Da trilogia O REINO DAS SOMBRAS
Legião, volume 1
Senhores da escuridão, volume 2
A marca da besta, volume 3

Legião
UM OLHAR SOBRE O REINO DAS SOMBRAS

1ª edição | setembro de 2006 | 10 reimpressões | 70.000 exemplares
2ª edição revista | setembro de 2011 | 8 reimpressões | 35.000 exemplares
20ª reimpressão | outubro de 2022 | 1.000 exemplares
21ª reimpressão | abril de 2024 | 1.000 exemplares
Copyright © 2006/2011 Casa dos Espíritos Editora
Todos os direitos reservados

CASA DOS ESPÍRITOS EDITORA
Avenida Álvares Cabral, 982, sala 1101
Belo Horizonte | MG | 30170-002 | Brasil
Tel.: +55 (31) 3304 8300
editora@casadosespiritos.com.br
www.casadosespiritos.com

Os DIREITOS AUTORAIS desta obra foram cedidos *gratuitamente* pelo médium Robson Pinheiro à Casa dos Espíritos Editora — empresa parceira da Sociedade Espírita Everilda Batista, instituição de ação social e promoção humana, sem fins lucrativos.

EDIÇÃO, PREPARAÇÃO E NOTAS
Leonardo Möller
DESENHO GRÁFICO, EDITORAÇÃO E ILUSTRAÇÃO
Andrei Polessi
FOTO DO AUTOR
Douglas Moreira
REVISÃO
Laura Martins
IMPRESSÃO E ACABAMENTO
Viena

COMPRE EM VEZ DE COPIAR. Cada real que você dá por um livro espírita viabiliza as obras sociais e a divulgação da doutrina, às quais são destinados os direitos autorais; possibilita mais qualidade na publicação de outras obras sobre o assunto; e paga aos livreiros por estocar e levar até você livros para seu crescimento cultural e espiritual. Além disso, contribui para a geração de empregos, impostos e, consequentemente, bem-estar social. Por outro lado, cada real que você dá pela fotocópia ou cópia eletrônica não autorizada de um livro financia um crime e ajuda a matar a produção intelectual.

Nesta obra, respeitou-se o Acordo Ortográfico da Língua Portuguesa (1990), ratificado em 2008.

TRILOGIA
O REINO DAS SOMBRAS
I VOLUME

Legião
UM OLHAR SOBRE O REINO DAS SOMBRAS

ROBSON PINHEIRO
pelo espírito
ÂNGELO INÁCIO

DADOS INTERNACIONAIS DE CATALOGAÇÃO NA PUBLICAÇÃO [CIP]
[CÂMARA BRASILEIRA DO LIVRO | SÃO PAULO | SP | BRASIL]

Inácio, Ângelo (Espírito).
Legião : um olhar sobre o reino das sombras / pelo espírito Ângelo Inácio ;
[psicografado por Robson Pinheiro]. — 2. ed. rev. — Contagem, MG :
Casa dos Espíritos, 2011. — (Trilogia o reino das sombras ; v. 1)

Trilogia O Reino das Sombras ISBN 978-85-99818-15-2
ISBN 978-85-99818-16-9

1. Espiritismo 2. Psicografia 3. Romance espírita I. Pinheiro, Robson. II. Título.
III. Título: Um olhar sobre o reino das sombras. IV. Série.

11—08871   CDD—133.9

Índices para catálogo sistemático:
1. Romance espírita: Espiritismo 133.9

Então Jesus lhe perguntou: Qual é o teu nome?
Respondeu ele: Legião é o meu nome, pois somos muitos.
MARCOS 5:9

SUMÁRIO

PREFÁCIO
pelo espírito Ângelo Inácio, xiii

PALAVRAS DO MÉDIUM
por Robson Pinheiro, xxi

1 *Criações enfermiças,* 26
2 *Zonas de deterioração,* 70
3 *Mortos-vivos,* 120
4 *Senhores da escuridão,* 184
5 *O resgate,* 288
6 *Obsessões complexas,* 324
7 *Ciência astral e cientistas,* 368
8 *Os guardiões,* 412
9 *A entidade,* 442

NOTA À 2ª EDIÇÃO REVISTA
pelos autores, 497

POSFÁCIO
Um espírito diferente
por Leonardo Möller EDITOR, 505

REFERÊNCIAS BIBLIOGRÁFICAS, 523

PREFÁCIO
pelo espírito Ângelo Inácio

SOMBRA e luz, escuridão e claridade. Essa realidade dupla forma o interior do ser humano, que tenta negar-se a cada dia, enganando-se. A maioria das pessoas quer ser apenas luz. Recusam-se a identificar a sombra que faz parte delas. Religiosos de um modo geral falam de um lado sombrio, diabólico, umbralino, como se esse lado escuro fosse algo externo, ruim, execrável. Até quando negar a realidade íntima? Até quando adiar o conhecimento do mundo interno? Várias tentativas foram realizadas para conscientizar o homem terreno de que as chamadas trevas exteriores são apenas o reflexo do que existe dentro dele.

Luz e sombra são aspectos internos do ser e não representam necessariamente um lado ruim e outro bom. A sombra não é pior do que a luz. Apenas faz parte de um equilíbrio universal ainda ne-

xiii

cessário para a visão do homem terrestre. São dois polos de uma verdade interna, mais profunda.

A sombra representa um aspecto transitório, porém necessário para o ser reavaliar-se ante os apelos da vida e as lutas que o fizeram ser o que é. Essa transitoriedade em qualquer plano da vida é uma etapa de aprendizado, adaptação, revisão dos valores adquiridos em lutas e desafios na grande jornada interna, pessoal, íntima. Portanto, viver esse lado de forma mais plena, conhecer-se mais profundamente, enfrentar-se sem mascarar-se talvez seja um caminho mais excelente — parafraseando o apóstolo Paulo — do que aquele que as religiões do mundo vêm oferecendo e que se reflete em fugas da realidade.

Quando é proposta a realização de uma excursão aos domínios das sombras, espera-se que haja coragem para admitir que esse reino obscuro tem sua raiz dentro do próprio ser humano. Ele não existe à parte ou em separado. É preciso reconhecer que a natureza do plano astral, da paisagem extrafísica é apenas a exteriorização do mundo íntimo de cada um. Dessa forma, não há como descortinar a realidade do astral inferior sem enfrentar-se, sem encontrar a si mesmo, em seu lado sombra, escuro e muitas vezes renegado.

Esse mundo de trevas e escuridão é algo mui-

to enraizado no ser humano; não é realidade extra-
-humana, mas intra-humana. Se você evita conhecer-se, rejeitando que é simultaneamente sombra e
luz, não há razão para prosseguir nesta jornada de
descobrimento interno. Adentrar o umbral ou o astral é se obrigar a penetrar na própria sombra. Conhecer as estruturas
internas das falanges do mal é, sobretudo, conhecer a própria capacidade de esparzir escuridão em
si e em torno de si. Descer aos domínios das trevas e tomar conhecimento de seus métodos, de suas
falanges, de sua força talvez seja uma forma de se
revelar — trazer à consciência a própria realidade.
Admitir-se, sem culpas e sem máscaras.

O passado humano é fixo e dependente de
conceitos religiosos deturpados e castradores, que
foram amplamente difundidos e ainda estão arraigados no psiquismo, mesmo naqueles que afirmam
rechaçar atualmente qualquer crença. Isso faz com
que o ser humano, principalmente aquele mais
apegado às questões religiosas, negue a verdade de
sua sombra. Para muita gente, somos apenas luz.
Quem sabe tal atitude seja uma tentativa de multiplicar as máscaras que trazemos incrustadas na face
do espírito? Devido ao passado de ignorância, alimentada pela religião secular, ortodoxa e detentora
do monopólio cultural, infundiram-se no ser hu-

mano certos símbolos das sombras, que representam conceitos moralistas de erro, pecado e desequilíbrio. São mecanismos que agem nas matrizes do pensamento, no inconsciente.[1]

Muitas pessoas, ao adentrar o mundo além da

[1] O próprio Allan Kardec, codificador do espiritismo, em diversos momentos alertou sobre as consequências nefastas da religião quando vista e difundida sob o ângulo do dogmatismo, responsabilizando os adeptos que assim procedem até mesmo pela incredulidade alheia: "A resistência do incrédulo, devemos convir, muitas vezes provém menos dele do que da maneira por que lhe apresentam as coisas. A fé necessita de uma base, base que é a inteligência perfeita daquilo em que se deve crer. E, para crer, não basta *ver*; é preciso, sobretudo, *compreender*. A fé cega já não é deste século [séc. XIX], tanto assim que precisamente o dogma da fé cega é que produz hoje o maior número dos incrédulos, porque ela pretende impor-se, exigindo a abdicação de uma das mais preciosas prerrogativas do homem: o raciocínio e o livre-arbítrio. É principalmente contra essa fé que se levanta o incrédulo, e dela é que se pode, com verdade, dizer que não se prescreve. Não admitindo provas, ela deixa no espírito alguma coisa de vago, que dá nascimento à dúvida. A fé raciocinada, por se apoiar nos fatos e na lógica, nenhuma obscuridade deixa. A criatura então crê, porque tem certeza, e ninguém tem certeza senão porque compreendeu. Eis por que não se dobra. *Fé inabalável só o é a que pode encarar de frente a razão, em todas as épocas da Humanidade*" (KARDEC. *O Evangelho segundo o espiritismo*. Tradução de Guillon Ribeiro. 120ª ed. esp. Rio de Janeiro: FEB, 2002. p. 387-388, cap. 19, item 7).

xvi

matéria, quer estejam desdobradas em espírito,[2] quer através dos portais da morte, ficam inquietas e sentem-se prisioneiras de uma realidade tão implacável que temem ou julgam haver sido injustiçadas. Dizem-se inteiramente boas, sem nenhuma sombra moral ou ética que as possa comprometer; com frequência, nesses momentos, declaram-se detentoras de qualidades e virtudes prodigiosas. Mas a vida além do corpo é apenas uma extensão da vida interna da alma. A estrutura e a organização das legiões do mal precisam ser visualizadas, conhecidas e pesquisadas sem que nos escondamos por trás de máscaras de religiosidade ultrapassada. Afinal, toda relação no universo se estabelece em bases de sintonia.

Convido-o a mergulhar comigo neste mundo além das aparências, muito além de sua bondade e

---

[2] Conforme demonstra o espiritismo, é cotidiano observar o ser humano em atuação na dimensão extrafísica, enquanto o corpo repousa, seja durante o sono ou não. Na atualidade, convencionou-se denominar esse estado como *desdobramento*, e quem está a ele submetido, *desdobrado em espírito* ou, simplesmente, *desdobrado*. Essa denominação será corrente neste livro. (Cf. KARDEC. *O livro dos espíritos*. 1ª ed. esp. Rio de Janeiro: FEB, 2005. p. 274, itens 401 ss.) É o mesmo que, em algumas outras denominações religiosas, identifica-se como *arrebatamento do espírito*, que é a terminologia própria da *Bíblia*, verificada, por exemplo, no livro *Apocalipse*, de João (cf. Ap 1:9-10).

superlativa espiritualidade. Mas coragem! É possível que no final dessa experiência descubra que o mundo no qual imergimos não está simplesmente além das fronteiras da matéria, do corpo físico; poderá estar também dentro de você, avançando sobre conceitos religiosos que mascaram sua vida e suas sombras.

Penetre comigo nesse mundo das trevas, das sombras, conhecendo um pouco das legiões do mal. Jamais se esqueça, porém, de que mal ou bem, trevas ou luz, sombra ou claridade fazem parte de você, de mim, do universo.

Visitar o umbral ou estagiar nas regiões sombrias não representa necessariamente atraso espiritual ou moral; muito pelo contrário. Lá é que se encontram, inclusive, os espíritos realmente iluminados e abnegados, que renunciam às paragens celestes — seu *habitat* verdadeiro — para se localizar onde impera o clamor daqueles que sofrem. Para a decepção dos que adotam ideias místicas e fantasiosas, "o céu está vazio", como costumamos dizer por aqui.

Portanto, a jornada que ora se inicia pode representar muito para seu crescimento. Espero que aquele que tem um compromisso mais intenso com os trabalhos espirituais possa apreciar em grau muito maior aquilo que transcende as palavras deste livro, que está por trás das letras. Para esse leitor, que é uma espécie de iniciado, eis aqui bem mais do que um livro com características semelhantes às de um *romance*. É preparo para algo que, em breve, virá como alerta e alternativa para os povos da Terra.

Belo Horizonte, MG, junho de 2006.

Palavras do médium
por Robson Pinheiro

Nunca lhe disse que seria fácil. Disse-lhe apenas que compensava." Essas palavras, escritas por Everilda Batista, minha mãe, como conclusão de uma carta transmitida pela mediunidade do saudoso Chico Xavier, em 1989, ainda hoje ressoam em minha alma. Agora, porém, imerso na produção do livro *Legião*, elas ganham novo sentido e passam a ter uma importância e um alcance muito mais profundos do que naquele dia em que as recebi das mãos do grande médium de Uberaba.

Nenhum livro por mim psicografado foi produzido de forma tranquila, serena e sem desafios. Este livro jamais seria diferente.

Em meio a intenso ataque energético levado a efeito por certas entidades — embora sempre estivesse amparado pelos benfeitores espirituais e pelo carinho dos companheiros de caminhada —, Ângelo Inácio, o autor espiritual, procedeu à escrita do livro. Naturalmente você entenderá, caro leitor, que um trabalho com este conteúdo não poderia passar despercebido por aqueles que não desejam o progresso da humanidade.

Experimentando as dores de um período pós--cirúrgico complicadíssimo, eu ainda não conseguia sentar-me. Todos os dias, deitado de bruços e muitas vezes com lágrimas nos olhos e um aperto tremendo no coração, observava Ângelo Inácio, Joseph Gleber e Zarthú se achegando para amenizar as dores através da psicografia. Na verdade, não havia propriamente diminuição das dores sentidas por mim. Contudo, o fato de estar circundado pelos mentores, pelas imagens, experimentando os desdobramentos conscientes e todas as emoções com as quais convivi durante os dois meses de psicografia, acabou por amenizar a situação incômoda, que, aliás, perdura até o momento em que escrevo este texto. *Legião* é, portanto, fruto de um parto espiritual, do qual participaram ativamente várias pessoas, que trago para sempre na memória do meu coração.

Todo o conteúdo do livro foi sorvido e apreciado por mim e pela equipe de trabalho, tanto da Casa dos Espíritos Editora quanto da Sociedade Espírita Everilda Batista, instituições irmãs. Mergulhamos no projeto, de corpo e alma, durante todo o tempo da produção mediúnica, com intensidade e dedicação incomparáveis. Na Casa dos Espíritos, o livro não é simplesmente recebido das mãos dos benfeitores, sem maior envolvimento. Na Sociedade Espírita Everilda Batista, o grupo de médiuns participa do aprendizado que encerra cada detalhe da narrativa. À medida que o livro é psicografado, ambas as equipes vivenciam, como eu, os lances ali descritos, como se fosse necessária sua assimilação por parte de cada um, no âmbito que lhe é peculiar, antes de levar o livro a público.

Sobre essa característica singular de nossa atividade, lembro-me ainda hoje das palavras do amigo Joseph Gleber, dirigidas a mim quando psicografei sua obra *Medicina da alma*, meu segundo livro a ser lançado: "Terá que experimentar todo o conteúdo do livro em si mesmo, senão eu me envergonharia, do lado de cá, de ter um médium que não provou o valor do próprio trabalho". Na época, no exato período em que o livro dava entrada na gráfica, eu adentrava o CTI, vítima de uma infecção que acabaria por me deixar 19 dias em coma e 30 quilos mais magro. Lá se vão quase 15 anos e mais 25 filhos[3] — perdão, livros — desde o longínquo mês

---

[3] Conforme dados à época da 2ª edição revista, em setembro de 2011.

de abril de 1997...

Quero deixar aqui registradas apenas as emoções, os sentimentos e a profunda gratidão aos espíritos amigos, que têm demonstrado sua fidelidade incondicional à proposta de Allan Kardec e do espírito Verdade. Embora os momentos desafiadores, somente conhecidos por mim e por aqueles mais íntimos que me acompanham, devo a esses representantes do Pai o amparo e a assistência, que nunca me faltaram, para o enfrentamento das graves questões que emergem diariamente, de dentro de mim, e que demandam tempo para ser solucionadas plenamente. À minha mãe e benfeitora Everilda Batista, meu carinho pelo auxílio silencioso, porém perceptível, durante a psicografia de *Legião*.

Eis aqui o fruto de uma parceria com o plano espiritual que apresento a você, na esperança de que lhe seja útil para reflexão e para ampliar sua visão a respeito da vida que prossegue além da vida.

Belo Horizonte, MG, agosto de 2006.

1

Criações enfermiças

Pois muitos são chamados, mas poucos são escolhidos.

MATEUS 22:14

Portanto, também nós, uma vez que estamos rodeados por tão grande nuvem de testemunhas, livremo-nos de tudo o que nos atrapalha e do pecado que nos envolve (...).

HEBREUS 12:1

REUNIMO-NOS na metrópole espiritual com a qual mantemos sintonia. Seria realizada uma conferência em que espíritos amigos discorreriam a respeito de problemas relativos às obsessões complexas, dando prosseguimento às observações que antes havíamos realizado no livro *Aruanda*, complementando nossos estudos com suas experiências e conhecimento. Da reunião participariam oito médiuns desdobrados, entre eles os médiuns Wander, Raul e Carlos, velhos conhecidos nossos devido aos trabalhos prestados em nossa dimensão.

Raul, possuidor de lucidez extrafísica, participava ativamente das atividades da metrópole espiritual. Durante determinado período da noite, enquanto desdobrado, ele era um aluno que se dedicava a realizar tarefas com o objetivo de ampliar seu conhecimento mais intensamente. Logo após as atividades, em geral executadas a partir das 23 horas, conforme o fuso horário terreno, ele assumia a direção de um grupo de espíritos, ministrando aulas na universidade espiritual que nos abrigava. Nesses encontros, o médium discorria a respeito da ética mediúnica ante os desafios dos planos astral e espiritual.

Entre os participantes no estudo das disciplinas, havia dez encarnados em desdobramento, que diariamente — ou melhor, noturnamente — estavam presentes entre os demais participantes, todos desencarnados. As aulas eram ministradas num salão onde compareciam médiuns e candidatos a médiuns nas próximas experiências que viveriam, corporificados na Crosta. Como o médium Raul havia desenvolvido lucidez e vidência extrafísicas, ele falava com convicção a respeito de temas ligados ao comportamento do médium e do animista em diversas situações nas quais era requerida sua participação, nas esferas próximas à Crosta.

Quando recebi o chamado para integrar a equipe que estudaria os temas relativos à obsessão complexa, resolvi convidar Raul, juntamente com Wander e Carlos, a participarem.

Encontrei o primeiro dos médiuns diante de uma tela, cujas dimensões aproximadas eram de 8 metros de altura por 15 metros de largura, aplicando os recursos da tecnologia sideral para a transmissão de seu pensamento, que se materializava em formato tridimensional à frente dos espíritos que assistiam à aula naquele momento. O recurso já era conhecido em nossa comunidade espiritual há mais de 60 anos e se constituía de uma película finíssima de matéria astral, semelhante a cristal, dentro da qual entravam em conflito partículas de ectoplasma modificado nos laboratórios do mundo invisível, além de outras partículas de matéria astral em movimento, em altíssima velocidade. Compunham o elemento catalisador através do qual o pensamento poderia ser transformado em imagem, som, cheiro e diversas outras sensações experimentadas pelos espíritos libertos do corpo. No processo de aprendizado em nossa universidade, constituía-se num instrumento de imenso valor para a execução das nossas atividades de aprendizado.

Assim que me viu, Raul dispôs-se a sair, transferindo a Wander a incumbência da continuidade das tarefas, que em breve seriam encerradas naquela noite. Convidei-o formalmente, estendendo a possibilidade de participar das conferências também a Carlos e Wander, porém interessado principalmente na participação de Raul, devido à afinidade dele com temas como o que seria abordado na ocasião.

— Sabe, Ângelo — iniciou Raul —, sinto-me honrado com o convite. No entanto, devo participar de um estudo com Joseph Gleber e outros amigos, aos quais já dei minha palavra. Creio que ficará para outra oportunidade.

— Mas Joseph será um dos espíritos a realizar a conferência nesta noite... Talvez estejamos falando do mesmo evento, e você ainda não tenha se dado conta.

— É verdade! Quanto a Wander e Carlos, também foram convidados para participar, mas alegaram compromissos em outra área do conhecimento e, delicadamente, recusaram o convite.

— Pois eu deixei uma mensagem, convidando-os também. Creio que não poderão ignorar a oportunidade que se faz presente para todos nós. Se não sentem afinidade com o tema ou com a perspectiva com que os espíritos o abordam, quem sabe participem das outras turmas que estão reunidas nesta noite na universidade de nossa metrópole?

— Pois é — respondeu Raul. — Os dois alegam compromissos diferentes e interesse por tópicos mais brandos do que aqueles que me cativam. Costumam dizer que só gosto de assuntos picantes, polêmicos...

— Talvez por você andar muito em minha companhia — falei a Raul, com certa ironia. — Como não tenho um comportamento ortodoxo nem me encaixo nos caixotes mentais que engessam o pensamento, você se contaminou comigo!

Rimos os dois e abraçamo-nos, como velhos amigos. Dirigimo-nos em seguida ao salão multifuncional no qual se realizariam as conferências da noite. De imediato encontramos velhos conhecidos nossos. Pai João de Aruanda estava radiante e, junto dele, o nosso amigo Tupinambá, vestindo um elegante traje que em nada lembrava a roupa típica de índio; remetia aos paramentos utilizados pelos iniciados maias. Zarthú caminhava junto a Estêvão e Martha Figner, e, mais além, estavam diversos trabalhadores ligados às tarefas desobsessivas. Sentimo-nos em casa, e somente então Raul obteve a certeza de que estava integrado à atividade certa, pois viu que ambos os convites que recebera eram relativos ao mesmo evento. Não lhe restava mais dúvida.

O tempo transcorreu para nós de forma mais rápida do que de costume, pois nos embriagávamos com as palavras dos benfeitores, que falavam, um a um, a respeito de tema tão controvertido e atraente: o das obsessões complexas. Zarthú discorreu serenamente a respeito dos componentes psicológicos que envolviam o intricado processo utilizado por magos e cientistas e falou de forma interessante sobre os modelos mentais desses espíritos, traçando um mapa psíquico de seu comportamento. Joseph Gleber abordou com maestria os fundamentos científicos dos processos de obsessão complexa, tais como a síndrome dos aparelhos parasitas, e elaborou uma tese que melhor definiu o comportamento das partículas mentais e das correntes parasitas de pensamento desorganizado. O tema arrebatou a plateia de espíritos encarnados e desencarnados. Estêvão entrou em cena e apresentou elementos ligados ao pensamento evangélico, falando a respeito dos processos obsessivos nos tempos bíblicos e, em seguida, da era cristã em diante, culminando com o pensamento de Allan Kardec e a necessidade de atualização da metodologia e do conhecimento sobre o assunto. Falou longamente da importância de os médiuns se colocarem à disposição para uma abordagem mais ampla e detalhada no tocante ao chamado reino das sombras.

Qual não foi a nossa surpresa quando, em meio à fala de Estêvão, que encerraria as exposições da noite, entraram no ambiente Carlos e Wander, que, desdobrados, participavam de outras tarefas em nossa metrópole.

— Ufa! — falou Wander. — Não aguentei os comentários das outras salas de aula e resolvi convidar Carlos para participarmos aqui.

— Pena que já está no final. Vocês dois foram os primeiros a chegar para o término da série de palestras — ironizou Raul.

Ambos entenderam a zombaria de Raul, mas

decidiram engolir em seco, pois perceberam os olhares atentos de Dona Maria e do amigo Fernandes, que estavam participando conosco, sentados ao lado de Pai João.

A conferência terminou, e logo vários grupos se reuniam, comentando o assunto de maior interesse. Fomos procurados por Joseph Gleber e Zarthú, espíritos que nos tutelavam as tarefas, profundamente ligados ao nosso projeto espiritual. Propuseram uma excursão aos planos mais densos e o desenvolvimento de uma tarefa de psicografia na qual seriam transmitidas as informações e experiências adquiridas nessa incursão ao reino das sombras. Olhei para Raul, Wander e Carlos na tentativa de obter deles a participação. Wander saiu de mansinho, e Carlos procurou a companhia do companheiro Fernandes para tratar de assuntos pertinentes ao seu trabalho como médium. Raul sorriu discretamente e falou para Joseph Gleber e Zarthú:

— Parece que não sobrou quase ninguém para a tal excursão.

Sério, porém de forma amorosa, Joseph Gleber respondeu:

— O suficiente para a realização da tarefa. Você aceita a incumbência?

Sem pensar muito, Raul indagou, visivelmente interessado:

— Quais espíritos participarão dessa tarefa?

— Vocês estarão sob a coordenação de João Cobú, e naturalmente Ângelo seguirá junto. Mas a equipe aumentará à medida que estiverem em contato com regiões mais densas. Estarei pessoalmente em sintonia com vocês, mas preciso de alguém que possa captar meu pensamento com mais intensidade além de João Cobú e Ângelo.

— Conte comigo! — acatou Raul, imediatamente.

— Não é simples assim — tornou Joseph Gleber.

— Você estará submetido a pressões internas muito intensas, e seu corpo espiritual poderá se ressentir, transmitindo ao físico a ressonância vibratória das regiões visitadas.

Pensativo, Raul perguntou:

— Isso significa o que, mais precisamente?

— É provável que seu corpo físico se impressione no contato com as vibrações que encontrará nas regiões subcrustais. Sua saúde poderá oscilar muito.

— Vou desencarnar?

— Com certeza — respondeu o amigo Joseph Gleber. — Mas não devido a isso.

— Então eu estou dentro. Pode contar comigo.

Olhei para Raul de soslaio e, no fundo, dei-me por satisfeito com a sua decisão. Estaríamos juntos novamente no prosseguimento de nossas tarefas espirituais, e Raul, uma vez mais, estaria junto comigo e Pai João nas tarefas que a vida nos ofertava. Após os preparativos em nossa cidade espiritual, começamos a descida vibratória em direção à crosta planetária. Nossa excursão destinava-se a estudar o reino das sombras, mas, antes, passaríamos na residência do médium Raul, que nos acompanharia, desdobrado. O espírito Pai João de Aruanda, conhecido também como João Cobú, seria nosso instrutor, como em outras oportunidades.[1] Segundo ele, fazia-se necessário alguém encarnado, que doasse certa quantidade de ectoplasma com relativa facilidade tanto quanto com qualidade. Raul, médium conhecido nosso, fora escolhido não devido a títulos de santidade, os quais definitivamente não possuía. Era trabalhador ativo e, em nosso plano, costumava deslocar-se com lucidez, colocando-se à disposição para o trabalho independentemente da hora ou da maneira como a atividade se apresentasse.

— Precisamos de colaboração em nossas observações — explicou-me João Cobú, o pai-velho.

---

[1] Uma das oportunidades a que se refere o autor espiritual é a que deu origem ao livro *Aruanda*, que narra excursão anterior feita sob a coordenação de João Cobú e aborda temas como magia negra, elementais, pretos-velhos e caboclos, sob a ótica espírita (PINHEIRO, Robson. Pelo espírito Ângelo Inácio. *Aruanda*. 13ª ed. rev. Contagem: Casa dos Espíritos, 2011).

— Nossos irmãos encarnados possuem reserva de energia ectoplásmica, da qual precisamos para esse tipo de estudo que lhe é afim, Ângelo. Um médium desdobrado será excelente auxiliar em nosso projeto e, caso possua clarividência extrafísica, poderá contribuir ainda mais para certas tarefas do lado de cá da vida.

Curioso, indaguei do preto-velho a respeito de suas observações:

— Mas não são todos os médiuns que gozam da visão desenvolvida quando se encontram desdobrados em nosso plano?

— De forma alguma, meu filho. A grande maioria ainda transita entre as expressões da matéria e as impressões que guardam da vida espiritual, sem a necessária lucidez quando atuam fora do corpo. Tudo é questão de exercício, trabalho e dedicação. Além do mais, alguns dos médiuns atualmente encarnados na Crosta vêm de um passado no qual receberam iniciação espiritual em antigos templos e no seio de povos que já não existem com a glória de outrora. Com experiências na Atlântida, no Egito ou junto a outros povos da Antiguidade, diversos sacerdotes do passado permanecem aperfeiçoando-se ou resgatando a paz de consciência em meio às lides espíritas, umbandistas ou esoteristas. Muitos são médiuns, que atualmente lidam com as questões do psiquismo orientados por espíritos que os dirigem do nosso plano. O conhecimento adormecido nos escaninhos da memória espiritual desperta ou emerge das profundezas do campo mental na hora necessária, para sua utilização adequada.

— De acordo com seus comentários, podemos depreender que todos os médiuns são iniciados de outras épocas?

— Absolutamente, meu filho. Na grande maioria, são espíritos endividados, que aproveitam a sagrada oportunidade da mediunidade para resgatarem seu passado em tarefas beneméritas, enquanto aprendem a lidar com as manifestações do psiquismo. Aqueles que foram iniciados no passado, cujo conhecimento e experiências estão arquivados em sua memória espiritual, são reconhecidos pelo trabalho que realizam em um âmbito mais abrangente. Infelizmente, nem todos permanecem fiéis ao mandato espiritual ou ao compromisso assumido antes de reencarnar.

— Isso significa que retardam seu progresso espiritual... — comentei.

— Não somente isso, Ângelo, como também comprometem a incumbência que receberam, adiando projetos traçados do lado de cá da vida por elevados amigos do Mundo Maior.

— Poderíamos dizer que no mandato mediúnico existem dois tipos de tarefas e tarefeiros, isto é: aqueles que no passado já experimentaram a vivência mediúnica e outros que a têm pela primeira vez?

— Vamos tentar esclarecer, meu filho. O Evangelho de Nosso Senhor nos diz que muitos são chamados.[2] Quando observamos as experiências relatadas nas páginas do Evangelho, vemos duas categorias de pessoas que davam sua colaboração ao trabalho do Mestre. De um lado, os chamados discípulos, ou aqueles que foram chamados a servir como aprendizes da escola espiritual que o Cristo coordenou, tal qual um professor ou rabi. A essa classe numerosa eram dados ensinamentos espirituais compatíveis com sua experiência e sua capacidade de entendimento. Eram a maior parte. De outro lado, no entanto, havia o apostolado, que foi conferido apenas a uns poucos. Aqueles que dele usufruíram foram os eleitos pelo Mestre devido a seu currículo espiritual, no qual certamente se registrava uma ficha de serviço mais intensa e ininterrupta.

"O apostolado pode ser entendido como uma convocação ou uma outorga divina para tarefas que exigem pessoas mais experientes ou com maturidade maior que os demais, em determinado contexto. Por essa razão, vemos nas páginas do Evangelho

[2] Cf. Mt 22:14.

muitos discípulos e poucos apóstolos. Aos últimos eram conferidos ensinamentos mais amplos e detalhados, que exploravam ideias expressas aos demais apenas através de imagens fortes e parábolas. Em contrapartida, exigia-se dos apóstolos atitudes mais condizentes com a importância da tarefa que lhes fora confiada.

"Ao transportarmos para o campo mediúnico tais observações, notaremos que muitos recebem o chamado da mediunidade como discípulos do Mestre, porém, como médiuns, não dão respostas em suas vidas e atitudes com a intensidade que o serviço apostolar exige. São apenas discípulos. No entanto, há aqueles poucos que traduzem sua tarefa em obras de verdadeiro heroísmo espiritual, deixando suas marcas por onde passam. É inegável que estes médiuns receberam uma outorga divina e que já trazem de seu passado larga experiência no trato com as questões espirituais, o que lhes impõe inclusive certa conduta, certo ritmo. Constroem sua obra espiritual e, à medida que avançam, vão arregimentando outros, discípulos do Mestre, que caminham tendo nesses servidores uma espécie de referência para seu roteiro de vida em busca de espiritualidade.

"Esse serviço do apóstolo moderno, que pode ser denominado *mediunato*, é algo que não pode ser negado. Os frutos desse chamado divino são percebidos de forma ostensiva, e a autoridade moral do medianeiro ou daquele que recebeu o chamado direto do Alto salta aos olhos nas ações que empreendem no dia a dia. Mas nem todos os médiuns são assim; aliás, são poucos os que são chamados diretamente para uma tarefa específica, o que nos faz relembrar as palavras de Nosso Senhor: 'Pois muitos são chamados [discípulos], mas poucos escolhidos [apóstolos]'."[3]

Atingimos a residência do médium, e, antes que adentrássemos o ambiente íntimo, notei que uma barreira vibratória, aparentemente intransponível, envolvia o local. Um pouco mais próximo do apartamento de nosso parceiro nas atividades espirituais, alguns guardiões estavam a postos, e nosso ingresso só foi permitido após sermos identificados aos sentinelas.

Ante minha surpresa, Pai João esclareceu:

— Muitos espíritos inteligentes e sem o compromisso ético com as tarefas do bem poderiam se disfarçar e tentar algo contra o equilíbrio duramente conquistado. Com a presença de espíritos guardiões, cada ser desencarnado que se aproximar deste local precisa ser identificado mediante as vibrações que emana, antes de adentrar o ambien-

---

[3] Mt 22:14.

te. Fazemos tudo isso para a proteção do médium, que é nosso parceiro nas atividades, embora ainda se encontre em meio às lutas naturais ao próprio aperfeiçoamento íntimo. Como parceiros, sentimo-nos no dever de providenciar recursos para a manutenção do clima espiritual e evitar que entidades das sombras possam interferir diretamente em seu cotidiano, prejudicando nossas atividades. O médium estava diante do aparelho de televisão, assistindo a um documentário, quando adentramos sua residência. Percebendo-nos a presença, imediatamente dirigiu-se ao quarto, deitando-se e se preparando para a tarefa em desdobramento. Proferiu uma breve oração e assim se colocou à disposição para o trabalho. Aproximei-me dele e apliquei intenso magnetismo na região do córtex cerebral, sensibilizando-o e ao mesmo tempo preparando-o para que o médium mantivesse o máximo de lucidez possível durante as tarefas que tínhamos pela frente.

Pai João aplicou-lhe passes longitudinais, projetando o perispírito[4] do nosso amigo para fora dos

---

[4] Segundo a terminologia espírita, *perispírito* é o mesmo que corpo espiritual, corpo astral, psicossoma ou corpo psicossomático. O termo é cunhado por Allan Kardec, em analogia com o perisperma — em botânica, tecido que envolve a semente. (Cf. KARDEC. *O livro dos espíritos*. Op. cit. itens 93-95, 135, 150, 155 passim.)

limites do corpo físico. A princípio, ele ficou meio tonto, talvez desnorteado, ao se ver fora do corpo. Em poucos instantes, porém, pôde perceber a presença de João Cobú, o nosso Pai João, e somente então me tornei visualmente perceptível a ele.

Mais um passe aplicado, agora no chacra frontal, e ele sentiu-se mais à vontade, pela percepção mais intensa da dimensão extrafísica.

Pai João sorriu amistosamente, demonstrando que estava atento a cada detalhe do que ocorria. O médium, por sua vez, entregou-se inteiramente ao trabalho, questionando apenas como ser mais útil naquilo que era esperado dele.

Os preparativos foram realizados com sucesso até aquele momento, e chegou a hora de começarmos nossa excursão espiritual.

Ao ultrapassarmos os limites do local onde residia o médium, avistei uma das ruas da grande cidade que visitávamos. A primeira coisa que me chamou a atenção foi a presença de certos espíritos, que encontramos policiando as imediações. Em algumas esquinas, não todas, havia uma classe de espíritos de prontidão, como se fossem soldados. Naturalmente eles também notaram a nossa presença e reverenciaram João Cobú, como se o conhecessem. Pai João socorreu-me o pensamento, que, com certeza, também refletia as indagações do médium que nos acompanhava desdobrado.

— Estes seres são os guardiões, meus filhos. Trabalham sob a tutela do Plano Superior e têm função equivalente à dos soldados da Terra, que algumas vezes policiam as ruas. A diferença está no fato de que, do lado de cá da vida, devem estar atentos aos seres que, no dia a dia dos habitantes do mundo, não são regularmente percebidos. Também exercem certo controle ou vigilância sobre algumas criações mentais ou formas parasitárias que encontramos do lado de cá.

Nesse momento do comentário do pai-velho, o médium que nos acompanhava interferiu com um questionamento:

— Pensei que os guardiões só policiavam outros espíritos; nunca imaginei tais espíritos exercendo o papel de vigilantes das criações mentais.

— O trabalho desses espíritos é muito mais complexo do que se pode imaginar. É uma pena que os nossos irmãos espiritualistas não pesquisem mais a respeito. Teriam imensos recursos à disposição, para seus trabalhos de assistência espiritual — falou Pai João. — Muitas criações mentais de encarnados e desencarnados representam um imenso perigo para os humanos desdobrados ou mesmo um obstáculo a certas tarefas dos desencarnados mais conscientes. Observem ali, por exemplo — apontou à sua direita.

Ao longe observamos uma cintilação dourada, que exercia um fascínio, devido à sua aparente beleza. À medida que focalizávamos o olhar, as cintilações foram percebidas com maior detalhe. Vimos uma fina camada de algo que mais parecia uma rede, tecida em material do plano astral semelhante a fios de *nylon*, com coloração dourada. Com mais atenção ainda, percebemos que o material se espalhava por uma área imensa da cidade ou daquele bairro onde estávamos. Alguns indivíduos transitavam por ali, vindos de seus divertimentos noturnos, despercebidos da realidade extrafísica a seu redor, naturalmente oculta, devido à sua situação de encarnados. Ao cruzarem aquele ponto, alguns deles eram como que atacados por imenso contingente daquelas formações estranhas, que pareciam ser atraídas para eles como a limalha de ferro é atraída pelo ímã. O ataque não se concretizou, em virtude da ação de um grupo de guardiões, que imediatamente percebeu o que ocorria e providenciou para que as algas energéticas — assim eu as chamei — não atingissem tais pessoas.

Um dos guardiões trazia um aparelho pequeno, que parecia funcionar com eletricidade retirada da atmosfera. Assim deduzi a partir do ocorrido. Logo que o aparelho foi posicionado perto dos encarnados, notamos uma descarga elétrica no ambiente à volta, parecendo que a eletricidade era transferida para o pequeno objeto trazido pelos guardiões. Um campo de força foi percebido imediatamente ao redor das pessoas, impedindo que as chamadas algas energéticas as atingissem. Pai João explicou-nos:

— Essas criações mentais vagueiam por muito tempo nessa região. A cintilação dourada, por sua vez, denota que agem preferencialmente no campo mental das pessoas, atraídas naturalmente pelas ondas e pelos raios emitidos pela mente de cada um, devido aos pensamentos abrigados e irradiados. Tais criações que você, Ângelo, denominou algas energéticas sobrevivem das irradiações mentais de encarnados e desencarnados. No entanto, ao se acoplarem ao campo mental das pessoas, elas imediatamente começam um processo mórbido de absorção das ondas mentais do hospedeiro. À medida que absorvem e se nutrem dos pensamentos emitidos pelos encarnados, descarregam em sua aura uma cota considerável de resíduos ou toxinas mentais, que envenenam as correntes de pensamento.

— Esse veneno mental poderá ser comparado aos venenos que encontramos na esfera física? — inquiriu Raul.

— Utilizamos o termo *veneno* por falta de um vocabulário mais rico; entretanto, podemos fazer uma comparação, meu filho — respondeu Pai

João. — Toda vez que essas criações mentais absorvem elementos dos encarnados ou desencarnados, agregam em sua estrutura uma espécie de fluido mórbido, pois que se nutrem das criações inferiores. O resíduo tóxico ou o excesso acumulado em sua estrutura íntima é transferido automaticamente para novos hospedeiros, formando intenso círculo vicioso. O resultado é que os pensamentos desorganizados de nossos irmãos passam a ser mais constantes e formam assim um circuito fechado de ondas-pensamento desequilibradas. Nesse sistema de circuito fechado, atraem mais e mais outras criações desorganizadas e daninhas para o equilíbrio de meus filhos, agravando mais e mais sua situação. Nota-se o efeito nos diversos crimes, nas brigas e no uso de drogas, largamente difundido nas noites terrestres, quando os raios benéficos do Sol não exercem ação destrutiva nessas comunidades de formas-pensamento desequilibradas. Aliás, tais comunidades energéticas que vocês observaram são produto dos pensamentos dos próprios encarnados, as quais são mantidas e utilizadas por espíritos das sombras mais inteligentes.

— Então, não são apenas o resultado dos pensamentos desequilibrados ou desorganizados dos encarnados? As criações mentais são também instrumentos de entidades perversas?

— Isso é certo, Ângelo — tornou Pai João. — Entidades mais inteligentes, porém com disposições íntimas egoístas, sabem da atração que essas formas-pensamento exercem sobre encarnados em geral e alguns desencarnados em particular. Utilizam-nas para os chamados roubos de energia. Cultivam muitas dessas formas mentais parasitárias em seus redutos e delas extraem o resíduo mental acumulado para se nutrirem, como vampiros que são, até que se esgotem as reservas. Nesse caso, quando as criações mentais já não têm mais conteúdo apreciável ou extrato mental roubado de suas vítimas, tais espíritos as distribuem novamente em lugares propícios, onde encarnados se reúnem, para que comece novamente o processo enfermiço.

Fiquei muito pensativo quanto ao papel dos guardiões ao exercerem suas atividades, muitas vezes tão ignoradas pelos estudiosos da vida espiritual. Nesse momento de minhas reflexões, o espírito Pai João interferiu:

— Os guardiões são especializados em diversas tarefas, meus filhos. Nem todos são aptos a enfrentar essas situações relativas às criações mentais inferiores. Do lado de cá da vida, a especialização é necessária para que possamos trabalhar com maior eficácia. Esses guardiões, por exemplo, já entram em contato com as tais algas energéticas há muito tempo. Sua organização é muito ampla, e aqueles espíritos mais experientes que coordenam as tarefas dos guardiões promovem as especializações de acordo com as tendências e até mesmo com as profissões e atividades desempenhadas pelos espíritos quando ainda encarnados. Alguns guardiões são simplesmente vigilantes, que observam os acontecimentos para fazerem seu relatório a outros, mais especializados. Outra equipe de guardiões é composta de membros que trabalham como soldados do plano astral, e outra ainda, mais especializada, exerce uma atividade mais intensa no planejamento e na estratégia de ação contra o domínio das sombras.

— Dessa forma — disse Raul —, podemos entender que os espíritos que trabalham como soldados ou guardiões são tão importantes quanto os chamados mentores, em suas atividades mais espiritualizadas, não é?

— Isso mesmo! Tudo e todos têm a sua importância. Sem o trabalho desses espíritos que enfrentam as vibrações mais grosseiras e densas das mentes desajustadas, não seria possível a tarefa dos chamados mentores ou guias. Todos dependemos uns dos outros em qualquer departamento do universo. Ignorar essa interdependência é pura arrogância. Também os encarnados dependem diretamente do trabalho dessas equipes de espíritos especializados; do contrário, sucumbiriam entre as próprias criações mentais desorganizadas. O acúmulo de energia mental de natureza densa formaria uma crosta em torno dos encarnados que dificilmente seria rompida por eles próprios. Isso dificultaria a conexão com os Planos Superiores através das intuições e inspirações. Também, na esfera mais física, o cúmulo energético pernicioso de tais criações exerceria uma influência sobre a respiração e a circulação sanguínea nos corpos de nossos irmãos encarnados.

— Não pensei que essas criações mentais fossem tão desastrosas assim no contato com os encarnados — concluiu Raul.

— Pois é, meu filho — acrescentou Pai João. — Além da fronteira do mundo físico, a realidade é também palpável, real e muitas vezes imensamente grave. As organizações existentes do lado de cá representam o equilíbrio do sistema. Se por um lado existe uma série de seres, coisas e situações que influenciam perigosamente o homem terrestre, por outro lado, o mundo espiritual se organizou ao longo dos milênios de tal maneira que, para cada situação emergencial ou complicada que possa comprometer o equilíbrio geral, constituíram-se equipes especializadas. Tais equipes são conhecidas por diversos estudiosos do pensamento espiritual, embora o silêncio que se faz a respeito de sua existência e de seu trabalho. Após as explicações de Pai João acerca das criações mentais, continuamos nossa caminhada. Uma pausa se fez notar em nossas considerações, talvez para que pudéssemos pensar mais a respeito de certas situações corriqueiras do lado de cá, mas pouco abordadas por espíritos e espíritas de modo geral. Nossos pensamentos já voavam com os comentários de João Cobú, quando ele próprio nos convidou a observar mais atentamente ao redor. Os detalhes eram muito importantes para nosso estudo.

Ao longe, divisamos um grupo de espíritos de aparência estranha. Pareciam zumbis que perambulavam pelas ruas sem saber ao certo aonde iam. Aproximamo-nos lentamente, mantendo, contudo, distância razoável, considerada adequada para observações mais amplas sem comprometer a segurança de nossa diminuta equipe.

Os espíritos em foco se assemelhavam a mortos-vivos; arrastavam-se penosamente pelo chão do planeta, olhar perdido, como se representassem um papel num filme criado pela imaginação de algum louco por aí.

— São os sonâmbulos — sentenciou Pai João, depois de dar um tempo para nossa inspeção. O médium Raul parecia atento a cada detalhe, porém mais parecia um gato, arredio, desconfiado. Mantinha-se mais afastado, sem, contudo, perder os detalhes. Pai João continuou:

— Muitos querem vir para o lado de cá da vida através da chamada viagem astral, mas ignoram que enfrentarão aqui uma vida real, e não uma ilusão dos sentidos. Não se preparam através de estudos e intentam conhecer o país além da esfera física sem ter informações precisas a respeito de seus habitantes, costumes e geografia.[5]

— É tão sensato como fazer, na Terra, uma longa viagem internacional sem a mínima noção sobre a cultura a ser visitada — comparou Raul, com ironia.

— Exato — retomou o pai-velho. — Com isso, ao se defrontarem com o panorama que ora presenciamos, situado na dimensão contígua à esfera física humana, alcançam pouco proveito em suas realizações. O fascínio que até então os movia se dilui ante a realidade encontrada. Apavoram-se ao deparar

---

[5] Apesar de não ter podido avançar muito na descrição da realidade extrafísica em seus pouco menos de 14 anos de pesquisas espíritas — a contar desde o primeiro contato com as manifestações, em 1855 —, Allan Kardec deixou noções fundamentais a respeito da natureza do mundo invisível. Repleta de exemplos esclarecedores a esse respeito, ainda que de modo esparso, recomenda-se a *Revista espírita: jornal de estudos psicológicos*, sua obra mais extensa, que editou pessoalmente a cada mês, sem interrupções,

com seres com os quais não sabem se relacionar. Em sua fantasia, esperam penetrar diretamente, sem escalas, em regiões superiores, onde desfrutariam da companhia de mentores e mestres do pensamento espiritualizado... Decepcionam-se amargamente, pois se veem em regiões sombrias, próximas à Crosta, à morada dos homens, totalmente desprovidas de elementos idílicos ou angelicais. Como se não bastasse, notam que o perfil dos habitantes desse mundo extrafísico não confere com descrições recheadas de fantasia que muitos apresentam como informações mediúnicas confiáveis.

desde janeiro de 1858 até sua desencarnação, às vésperas de publicar o número de abril de 1869. (A Federação Espírita Brasileira publica a tradução mais recente e cuidadosa da obra, de Evandro Noleto Bezerra, mas outras editoras também editam os 12 volumes da *Revista*.) De todo modo, as bases para a compreensão da paisagem extrafísica encontram-se cristalinas em dois textos fundamentais: *Do laboratório do mundo invisível* (in: KARDEC. *O livro dos médiuns ou guia dos médiuns e dos evocadores.* Tradução de Guillon Ribeiro. 71ª ed. Rio de Janeiro: FEB, 2003. p. 189-200, itens 126-131); e *Natureza e propriedades dos fluidos* (in: KARDEC. *A gênese, os milagres e as predições segundo o espiritismo.* Tradução de Guillon Ribeiro. 1ª ed. esp. Rio de Janeiro: FEB, 2005. p. 349-367, cap. 14, itens 1-21). Anos mais tarde, principalmente com as obras de Francisco Cândido Xavier, escritas pelo espírito André Luiz, bem como as da médium Yvonne do Amaral Pereira, o espiritismo ganharia contribuição notável a fim de preencher essa lacuna.

"Tais espíritos, semelhantes a zumbis, constituem apenas um dos grupos entre os muitos que ignoram quem são ou qual é sua situação na erraticidade.[6] Esse contingente de espíritos ignorantes compõe a maior parte da população terrena. Segundo as estatísticas atuais a que temos acesso, são aproximadamente 40 bilhões de seres que, em suas existências, transitam entre as dimensões, ora no plano físico, ora no extrafísico. Com características diferentes entre si, em sua grande maioria são como esses sonâmbulos. Compondo esse grupo, há desencarnados que caminham por todo lado à procura de vitalidade, em geral encontrada junto aos encarnados. Em seguida, acoplam-se a suas auras e absorvem inconscientemente o tônus vital de milhares de seres humanos. Como fantasmas, perambulam pela Terra, uma vez que durante suas existências físicas não entraram em contato ou não se relacionaram intimamente com a realidade do espírito. Portanto, permanecem ignorantes de sua vida de espírito. Suas mentes vagam entre o pesadelo de sua conduta na última existência e a falta de referência para uma vida

---

[6] Vocábulo espírita que caiu em desuso, *erraticidade* era como Kardec preferencialmente chamava o período entre vidas, entre encarnações ou *existências corpóreas*, termo este também de sua predileção (cf. KARDEC. *O livro dos espíritos*. Op. cit. itens 160, 224, 397, 492 passim).

mais espiritualizada. Como disse, essa situação de absoluta inépcia é o quadro típico que verificamos na grande massa de desencarnados do planeta Terra."

— Fico imaginando — falou o médium, desdobrado — como as coisas deste lado da vida são parecidas com as do nosso plano, o corpóreo. Chego a pensar que estamos sujeitos a leis equivalentes às do mundo físico, da sociedade e a outras circunstâncias próprias desse campo.

— O mundo extrafísico, Raul — prosseguiu Pai João —, tem muita semelhança com o chamado *plano crosta a crosta*, ou seja, o mundo objetivo, material. Em seus desdobramentos, com o espírito parcialmente liberto do corpo carnal, você pode constatar que, no ambiente onde nos movemos, há uma geografia própria, coexistente com a realidade humana. Muitos espiritualistas entendem de modo equivocado que a natureza extrafísica repete as bases corpóreas, ou seja, que o mundo extrafísico é uma cópia da Terra. Dá-se exatamente o contrário! Existe uma forma fixa e definida para o ambiente astral — cuja investigação mais ampla ainda está por ser realizada —, e é ela que serve de molde. A possibilidade de pesquisar, catalogar e avançar mais profundamente na compreensão das nuances do horizonte extracorpóreo é algo a respeito do que a maioria dos médiuns ou sensitivos ainda não se pronunciou.

"O cenário é em tudo muito semelhante àquele encontrado na Crosta; porém, temos de considerar o estado de fluidez e plasticidade da matéria astral, a qual reflete com extrema precisão o teor vibratório dos pensamentos emitidos em ambas as dimensões. Isso quer dizer, meu filho, que os pesadelos e temores abrigados nas mentes de nossos irmãos dos dois lados da vida se refletem com o máximo de fidelidade aqui. Veja, por exemplo, o caso das criações mentais inferiores. Normalmente, assumem a forma externa de elementos encontrados no mundo físico, tais como larvas, baratas, escorpiões, aranhas ou outros seres mais elementares da escala evolutiva. Constata-se assim que há mais do que simples cópia da realidade astral manifesta no campo físico; há, em certa medida, uma interação das dimensões, que se interpenetram profundamente. No exemplo citado, a esfera física reproduz--se no âmbito extrafísico, o que soa paradoxal."[7]

---

[7] Apesar de soar paradoxal, o fato de a realidade extracorpórea ser a matriz definitiva — ou o *mundo normal primitivo*, conforme denomina Kardec — não se torna obstáculo à interação entre ambas as dimensões. É o que assinalam os espíritos em sua resposta ao Codificador: "Eles [os mundos físico e extrafísico] são independentes; contudo, é incessante a correlação entre ambos, porquanto um sobre o outro incessantemente reage" (cf. KARDEC. *O livro dos espíritos*. Op. cit. p. 112, item 86).

— Já observei isso em alguns casos — disse Raul, pensativo. — Embora nunca houvesse refletido mais detidamente sobre o assunto.

— Pois bem — continuou a explicar o preto-velho. — Ao longo do tempo, aliás, ao longo dos milênios, o ser humano conviveu intensamente com pestes, animais selvagens e algumas formas de seres que durante eras têm acompanhado a marcha humana sobre a Terra. Com o decorrer do tempo, o imaginário popular classificou alguns desses seres como criaturas pestilenciais, negativas, que provocam asco em qualquer pessoa que com elas se depare. Formou-se, a partir daí, uma espécie de egrégora, com tais formas firmemente associadas a situações e ideias desagradáveis. Na verdade, tornaram-se símbolos dessas situações. Por exemplo: a barata causa mal-estar, nojo, repulsa. As aranhas, em especial as maiores, consideradas perigosas, transmitem uma ideia de repugnância, medo e horror, assim como ocorre com ratos, cobras e escorpiões, cada um a sua maneira.

"Quando a mente em desequilíbrio produz matéria mental tóxica, mórbida e doentia, essa matéria adquire imediatamente o aspecto já consagrado pelas mentes de milhões de criaturas como algo indesejável. Verifiquemos, na prática, como tais criações (que são seres vivos, dotados, contudo, de vida *artificial*) assumem formas ditadas pelas mentes humanas e passam a agir na aura das pessoas."

Assim que pronunciou essas palavras, Pai João nos chamou a atenção para dois jovens que passavam em frente a uma casa noturna, inebriados com a ideia de adentrar no ambiente eletrizante. Paramos do lado de fora, observando o trânsito de pessoas, quando o pai-velho apontou em direção ao solo, próximo aos pés das pessoas, particularmente dos dois jovens. Algo parecido com baratas surgia por onde pisavam; porém, as formas pareciam ser feitas de plástico. Moviam-se pernas acima, como que absorvendo dos encarnados alguma espécie de alimento invisível, mas necessário. Novamente foi Pai João quem nos orientou:

— As baratas, meus filhos, são animais de hábitos noturnos. Nesse período é que saem do abrigo para alimentação, cópula, oviposição, dispersão e voo. Portanto, as formas-pensamento inferiores, quando assumem a aparência de baratas, são classificadas como parasitas noturnos. Naturalmente, são encontrados onde há maior concentração de energias mentais desequilibradas e maior número de pessoas reunidas, cujo hálito mental esses parasitas absorvem, a fim de se manterem vitalizados.

"Durante o dia, as baratas que convivem com os humanos esquivam-se da luz e das pessoas; entretanto, algumas condições especiais contribuem para seu aparecimento diurno, tais como excesso de população, falta de alimento ou água, ocorrência de coisas estragadas, com odores em geral desagradáveis aos humanos, além de locais com pouca higiene. Quando consideramos os parasitas astrais elaborados e mantidos através de formas-pensamento inferiores com feição de baratas, podemos entender que o fluido mórbido que serviu de matéria-prima para esses insetos também tem comportamento noturno, tal qual suas duplicatas do mundo visível. São formas parasitárias comumente encontradas em ambientes fechados e possuem hábitos que contrariam a higiene mental e espiritual. Por analogia, são atraídas para lugares onde se encontra uma população encarnada que adota hábitos compatíveis com os seus, onde, ainda por cima, não há muita luz natural. Tais criações não assimilam corretamente as radiações solares, por isso a atração por locais que funcionam à noite. Como regra, sugam as energias de seus hospedeiros a partir dos membros inferiores, provocando nos encarnados uma descompensação energética intensa."

Convidando-nos a examinar outro local, Pai João de Aruanda nos conduziu a um ambiente totalmente diferente.

— Aqui, meus filhos, veremos outra aparência

de parasitas energéticos, que assumiram a forma de aranhas. São criações mentais peçonhentas e de maior gravidade para o elemento humano.

Estávamos agora próximos a um hospital, mais precisamente num pronto-socorro municipal, onde várias pessoas doentes, acidentadas ou sob a ação de tóxicos aguardavam, há algum tempo, o cuidado por parte dos profissionais de saúde. O local cheirava mal, e a sensação desagradável era aumentada principalmente devido à ação do pensamento das pessoas ali presentes. Agoniadas, exaltando cada uma delas seu próprio mal-estar, procuravam realçar cada detalhe de suas dores. Mais uma vez, Pai João nos intimou a vasculhar os detalhes da cena.

Diversos indivíduos que exalavam odores desagradáveis pareciam atrair formas mentais assemelhadas a aranhas, que andavam sobre seus corpos e, em determinado momento, inseriam pequenos ferrões nos corpos de suas vítimas, como se injetassem algum veneno nelas. A visão era de causar arrepios em qualquer um que observasse.

— Quando consideramos as aranhas materializadas na Terra — retomou Pai João —, sabemos que são animais carnívoros que se alimentam principalmente de insetos, como grilos e baratas. Muitas têm hábitos domiciliares e possuem ferrões, utilizados para inoculação de veneno. Em geral, a forma astral mantida pelos parasitas energéticos que assumem o aspecto aracnídeo ataca o ser humano atraída pelo teor energético de pensamentos desleixados e mórbidos, emitidos por quem se entrega ao sofrimento e não zela pela educação íntima de suas emoções. São pessoas que trazem a marca do desespero e têm prazer em ressaltar suas dores, transferindo aos outros a responsabilidade por aquilo que lhes acontece. Os parasitas energéticos que se alimentam desse tipo de fluido mórbido atacam através da aura da saúde, injetando o veneno fluídico em sua vítima por via cutânea. Surgem então as inflamações energéticas características, que acometem a periferia do duplo etérico exatamente nos pontos em que houve picadas. O agravamento desse quadro dá-se com ulceração e posterior rompimento da estrutura da aura das pessoas. A partir daí, as consequências são mais drásticas, pois, sem a integridade do duplo, a saúde e o equilíbrio ficam seriamente prejudicados.

Notamos, Raul e eu, que as pessoas sugadas e atacadas pelas formas energéticas de aranhas apresentavam suas auras rompidas, como se houvesse um rasgo ou uma ruptura no duplo dessas pessoas.

— Através dessa ruptura energética, os nossos amigos encarnados absorvem mais facilmente as correntes mentais infelizes de desencarnados e, ao mesmo tempo, perdem energias vitais preciosas. Vejam que a ação dos parasitas vampiriza os encarnados, baixando-lhes tanto a resistência energética quanto a imunológica.

Um indivíduo destacou-se dos demais, pois um número maior de aranhas — ou de criaturas mentais com tal aspecto — sugava-lhe mais intensamente. Estava todo coberto desses parasitas, que lhe penetravam pelo nariz, pela boca, pelos olhos e ouvidos; após exame mais atento, reparamos que a região da genitália também se transformara em uma abertura no seu campo energético. Esses seres arrojavam-se, por todos os orifícios, para o interior do corpo de seu hospedeiro. A visão causava repugnância e, ao mesmo tempo, despertava em nós vontade de auxiliar, impedindo que ocorresse aquele tipo de vampirização energética tão voraz.

— Não adianta, por ora, qualquer recurso magnético, Ângelo — interferiu Pai João. — Poderíamos até liberar a aura de nossos irmãos desses parasitas ferozes; no entanto, cada um tem de desenvolver suas próprias defesas psíquicas, através da educação das emoções e dos pensamentos, para que a situação de desequilíbrio não retorne. Nesse momento, nossa ação seria ineficaz, pois esses companheiros nem sequer acordaram para a realidade espiritual e, por isso, não estão preparados mental e emocionalmente para uma reprogramação de suas vidas. Somente com essa reprogramação e as ações dela decorrentes é que poderiam se ver livres definitivamente das criações mentais peçonhentas.

"Vejam, meus filhos, como o quadro é complexo. Além do ataque através da aura da saúde, que é efetuado pelos poros da epiderme perispiritual, outras formas parasitárias penetram no interior dos corpos astral e etérico, causando uma resposta imunológica que evolui para anemia, icterícia cutâneo-mucosa e hemoglobinúria — que é a presença de sangue na urina —; entre outros sintomas, a insuficiência renal aguda é a complicação mais nociva ao corpo físico quando a pessoa é atacada por esses seres peçonhentos.

"Para agravar ainda mais a contaminação fluídica, na contraparte astral esse tipo de parasita é utilizado por obsessores com satisfação, pois sua manutenção não exige deles nenhuma cota de energia mental. Para sustentar o processo de ataque energético e envenenamento vital, bastam as emoções transtornadas de seus próprios alvos. Só lhes cabe canalizar os seres aracnoides para a aura dos encarnados; a partir daí, os próprios homens, com sua invigilância mental, produzem o fluido mórbido que dá forma e alimenta a existência dos parasitas.

"No campo físico, o tratamento soroterápico

é o indicado para deter o processo das inflamações causadas por animais peçonhentos; na esfera sutil, somente o passe magnético intensivo, acompanhado de um processo de reeducação mental e de descontaminação energética, poderá liberar o indivíduo das formas monstruosas e de sua ação nefasta sobre a saúde de meus filhos. Muitos pais-velhos costumam prescrever o uso de ervas cujo teor energético é anti-inflamatório e anti-infeccioso. Ministradas através de banhos ou beberagens, tais ervas têm seu bioplasma ativado com tamanha intensidade que suas propriedades energéticas e terapêuticas promovem uma limpeza intensa na estrutura do duplo etérico. Ultrassensível, o corpo etérico absorve do elemento curativo das plantas as irradiações benéficas e saneadoras e naturalmente passa a expulsar as comunidades de parasitas mentais que se agregaram em suas linhas de força. O magnetismo administrado através dos passes é recurso muito útil; todavia, em qualquer caso, há que se proceder a uma modificação intensa dos hábitos mentais e das emoções do ser, senão outras comunidades parasitárias fatalmente assumirão o lugar daquelas que foram expurgadas de seus corpos."

Raul e eu considerávamos as informações que Pai João nos transmitia como uma enxurrada de ensinamentos difíceis de absorver na íntegra, devido às associações que ambos fazíamos com casos conhecidos. Contudo, Pai João parecia inspirado naquele momento, embriagando-nos com outras explicações, que por certo dariam muito que pensar.

— Existem outros tipos de contaminações energéticas, cujos *elementais artificiais*[8] envolvidos adquirem outros aspectos, sempre relacionados a "moldes" do plano físico. Algumas criações mentais inferiores, principalmente aquelas desenvolvidas em laboratórios de espíritos especializados no mal, apresentam-se com o aspecto das lacraias. Embora, no mundo físico, o veneno das lacraias não seja considerado muito tóxico para o homem, as formas astrais desses parasitas sintonizam-se geralmente com os elementos do sexo desrespeitoso e vulgar. São criações mentais elaboradas e mantidas com o intuito de sugar especificamente as energias sexuais e estimular o desejo descontrolado pelo sexo fácil e intenso, mas que jamais satisfaz os anseios do indivíduo. Isso ocorre porque as formas energéticas que contaminam o hospedeiro, introduzidas

---

[8] Termo utilizado por Pai João também no livro *Aruanda*, do qual é personagem, e definido pelo espírito Joseph Gleber (cf. PINHEIRO, Robson. *Além da matéria*. Contagem: Casa dos Espíritos, 2003. p. 119-124, cap. 18). A propósito das questões aqui abordadas, recomenda-se enfaticamente a leitura dos capítulos 15 a 19 deste último livro.

nas regiões genital e anal, alimentam a compulsão pelo sexo. Fisicamente, poderão ser detectados, em alguns casos, dores fortes e inchaço ou edema no local onde as formas energéticas são implantadas e se prendem por magnetismo. O alvo ainda está sujeito a apresentar estado febril, calafrios, tremores e sudorese, além de pequenas feridas na região afetada, por onde os parasitas penetram no interior do corpo físico e, por conseguinte, do duplo etérico. É bastante comum também que as formas astrais de lacraias estejam associadas, no corpo físico, ao aparecimento do vírus conhecido como HPV.

"O uso de bebidas alcoólicas aumenta o teor energético dessa espécie de criação mental, que suga do fluido etérico emanado pelo álcool um tipo específico de vitalidade, da qual se utiliza para se fixar internamente nos órgãos do corpo físico ou nos órgãos energéticos, os chacras."

Pai João falava com propriedade, mas dificilmente conseguíamos apreender todos os detalhes, dada sua profundidade. O pai-velho nos saturava de informações preciosíssimas.

— Outra forma energética que é comum observar em processos de contaminação fluídica — continuou — são as criações mentais que assumem o aspecto de formiga. Em geral percebidas apenas em sua ação, causam dores aparentes, inexistentes no corpo físico, mas perfeitamente sentidas por seus hospedeiros. Isso ocorre em virtude de esse tipo de parasita energético se agregar exclusivamente ao duplo etérico das pessoas. Além das dores, que mudam constantemente de lugar, causam uma espécie de coceira, que resiste a toda qualidade de medicamento utilizado pela medicina alopática e, às vezes, também pela homeopática. As formigas do astral agem de tal forma no duplo etérico que promovem a ressonância vibratória, com efeitos palpáveis no corpo físico, de modo mais e mais ágil, conforme perdure a enfermidade energética. Com o decorrer do tempo, sua ação nefasta passa a ser sentida quase que imediatamente. Podem, inclusive, provocar edemas e eritemas no corpo, sem causa aparente ou conhecida e resistentes a tratamentos convencionais. A presença desses parasitas assemelhados a formigas normalmente provoca nos médiuns clarividentes mais sensíveis, quando a percebem, transtornos de origem etérica, como calafrios, sudorese e taquicardia.

Depois das explicações de João Cobú, saímos do pronto-socorro, demandando outros ambientes. Fomos à Serra do Curral, local conhecido na metrópole onde estávamos realizando observações, a fim de abastecer-nos de energias da natureza, pois eram muitas informações para o início de uma jornada. Nossa mente precisava absorver e decantar tanto conhecimento novo e detalhado.

Enquanto eu anotava as elucidações de Pai João para trabalhos futuros, Raul, que dizia não ser curioso, aproveitava para esclarecer suas dúvidas junto ao pai-velho. Os guardiões que nos acompanhavam estavam atentos o tempo todo, providenciando para que o ambiente à nossa volta não sofresse alteração energética prejudicial aos nossos objetivos e às nossas atividades.

2

Zonas de deterioração

*Mas os covardes, os incrédulos, os depravados,
os assassinos, os que cometem imoralidade sexual, os
que praticam feitiçaria, os idólatras e todos
os mentirosos — o lugar deles será no lago de fogo
que arde com enxofre. Esta é a segunda morte.*

APOCALIPSE 21:8

DEIXEMOS nossa atenção voltar-se agora para outros aspectos da vida extrafísica, meus filhos — disse Pai João, após o breve intervalo de refazimento que desfrutamos naquele campo abençoado. — Há uma coisa curiosa que os irmãos encarnados costumam deixar de perceber, muitas vezes. É preciso atentar para o fato de que o mundo além das fronteiras da matéria densa apresenta-se tão real para quem está na dimensão astral quanto a matéria em si é real para quem habita o corpo físico. A nossa realidade, porém, está estruturada em uma dimensão superior, além do universo tridimensional em que os encarnados se locomovem — a física humana já apontou a existência dessa outra dimensão... Por isso, ao falarmos de certas coisas e seres que existem do lado de cá da vida, muitos ficam imaginando se não seria pura obra de ficção. Afirmamos, contudo, que o mundo físico é que é sombra da realidade, e não o contrário! Portanto, pretender estabelecer o que existe ou deixa de existir em matéria de realidade sutil, do ponto de vista de quem está no mundo corpóreo, é missão, no mínimo, arriscada.

Falando isso, Pai João nos convidou a nos dirigirmos às zonas de deterioração astral, ou seja, aos locais onde os espíritos desencarnados desajustados e inconscientes de seu estado real se organizam e convivem em comunidade, tal qual ocorre com as populações terrestres.

Muitas vezes realizei observações e tarefas em regiões inferiores do plano astral ou no umbral, conforme diriam os companheiros espíritas. No entanto, estávamos prestes a sondar mais detalhes, que poderiam nos enriquecer sensivelmente o saber espiritual. Nossa presente jornada tinha por objetivo a pesquisa mais minuciosa a respeito da realidade extrafísica, uma espécie de excursão de reconhecimento das regiões e formas de vida do astral.

— Muitas pessoas que estudam o plano extrafísico — retomou o pai-velho — se perturbam ao pensar onde os distritos e as construções do mundo oculto se situam. Com efeito, os homens, mesmo aqueles já habituados com certas verdades espirituais, baseiam suas ponderações e seus comentários na observação da dimensão em que vivem, isto é, partem sempre da perspectiva material, densa. O cérebro físico induz o observador encarnado a tomar a realidade do mundo das formas como sendo o princípio de tudo o que existe. É uma ilusão compreensível, mas na prática ocorre exatamente o contrário. É o mundo físico que é uma sombra imperfeita da realidade. Nos planos semimateriais do universo é que se dá a verdadeira vida e que está a matriz de tudo o que se concretiza na Terra, no nível crosta a crosta.[1]

Desta vez foi o médium Raul quem perguntou a Pai João:

— Somente a Terra possui a estrutura que denominamos de umbral ou existe algo equivalente em planetas mais adiantados?

— A organização em planos, dimensões ou distritos, no mundo extracorpóreo, não se restringe apenas ao planeta Terra. Todo o universo, isto é, todos os mundos têm estrutura similar. Assim, tanto em nosso planeta quanto em Marte, em Júpiter ou mesmo em outra galáxia pode-se notar que há a re-

---

[1] A ideia aqui expressa não é nova, apesar de persistir contrariando o senso comum, como ressalta o personagem João Cobú. Allan Kardec foi claro ao expô-la na obra basilar da codificação espírita, na qual chamou o plano extracorpóreo de *mundo normal primitivo*. "Qual dos dois, o mundo espírita ou o mundo corpóreo, é o principal, na ordem das coisas? 'O mundo espírita [ou dos espíritos], *que preexiste e sobrevive a tudo*'." (KARDEC. *O livro dos espíritos*. Op. cit. p. 112, item 85. Grifo nosso. Ver também itens 76-87).

gião correspondente ao umbral, bem como ao Plano Superior. Contudo, é forçoso reconhecer que a vibração do plano astral terreno difere muitíssimo daquela que constitui o plano astral de um mundo mais adiantado. Aquilo que aqui representa algo mais sutil, talvez em outro orbe seja a expressão da materialidade. A dimensão astral terrena talvez seja algo incompreensível para habitantes de mundos mais evolvidos. Em todo caso, a estrutura é a mesma, ou seja, sempre encontraremos uma realidade mais densa e outras que lhe sucedem na escala do progresso, naturalmente mais sutis; invariavelmente, haverá um campo material e um mental, conforme nos exprimimos em nosso planeta.

"Além desse aspecto, há outra questão que deve ser levada em conta. Diz respeito à densidade da matéria na Terra, que certamente não pode ser igual à de um mundo de condição evolutiva diferente. Vejamos um exemplo. Não se divisa diretamente o plano astral em nosso mundo, a não ser que os terrestres abandonem o corpo, seja através da chamada viagem astral, seja através do desencarne. Noutro orbe, aquilo que denominamos dimensão astral é tido como a localização natural dos habitantes quando encarnados. Dito de outro modo, a matéria etérica, tal como é conhecida aqui, constitui-se na matéria mais densa e comum à vida social dos encarnados de orbes mais elevados.[2] Isso explica por que os humanos da Terra ainda não conseguem detectar, em lugar algum, vida semelhante à encontrada em seu planeta. Os instrumentos construídos na Terra que são enviados para certos globos estão estruturados em matéria densa daqui. Ocorre que lá a vida corpórea é estruturada em matéria etérica, uma dimensão material ligeiramente diferenciada, mas suficientemente mais sutil para não ser detectada pelos aparelhos terrestres. "Vocês já conhecem esse fato através de seus estudos — disse-nos o pai-velho. — No entanto, é bom relembrá-los, pois conhecer a realidade das dimensões além da matéria terrena é um fator indispensável para que se entenda como funciona a estrutura organizacional das trevas, das regiões subcrustais e de outras mais que existem neste vas-

---

[2] Um estudo minucioso das dimensões em que a vida se manifesta é algo tão abrangente e fascinante quanto urgente para o pesquisador do espírito. Tudo se resume a uma questão de faixas de percepção e vibração, já que as diversas dimensões estão justapostas e se interpenetram incessantemente. Para quem vê o assunto com descrença, além dos conhecimentos que a física relativista trouxe no século XX, pode-se observar o espectro eletromagnético. Essa escala de frequência das ondas eletromagnéticas, medida em *hertz* (ou ciclos por segundo), revela a característica de propagação das ondas. Mostra que todas as ondas que conhecemos viajam pela atmosfera,

to mundo que transcende a vida social humana."[3] Enquanto Pai João nos prestava esclarecimentos, aproximamo-nos de uma região que apresentava estranha configuração. O solo em que pisávamos era semelhante ao da Crosta; no entanto, apresentava alguma fluidez ou plasticidade incomum ao ambiente físico. O chão parecia ter um elemento absorvente que aderia levemente ao nosso corpo

embora não se perceba sua presença sem o instrumento adequado e sensível àquela frequência ondulatória. Por exemplo: as ondas de televisão, telefonia celular e rádio percorrem o espaço das cidades sem que sejam captadas, a menos que se conecte o aparelho receptor apto a reconhecer aquele tipo específico de onda. O mesmo se dá com as micro-ondas, os raios x, entre outros. Nota-se que, conforme a espécie de onda, este ou aquele elemento pode constituir oposição à sua propagação, enquanto outro não. É o caso dos raios x, por exemplo, que atravessam músculos ou tijolos com facilidade, mas não penetram ossos nem chumbo. Apenas pequena parte do espectro é visível aos olhos. Denomina-se esse trecho de *luz visível*, que vai do vermelho ao violeta.

[3] A fundamentação espírita da pluralidade das dimensões encontra-se em Kardec: "Os seres que habitam os diferentes mundos têm corpos semelhantes aos nossos? 'É fora de dúvida que têm corpos, porque o Espírito precisa estar revestido de matéria para atuar sobre a matéria. *Esse envoltório, porém, é mais ou menos material*'." (KARDEC. *O livro dos espíritos*. Op. cit. p. 162, item 181. Grifo nosso). Sobre a interação envoltório corporal e plano dimensional, o codificador esclarece que é preciso haver compatibilidade

espiritual, embora não representasse, para nós, constrangimento ou empecilho. Notei também que o ambiente estava mergulhado numa luminosidade embaçada, tornando os elementos da paisagem quase irreais, como se fora produto de um sonho — ou, então, como em cenas de um filme de Elizabeth Taylor. Na minha época de jornalista, os diretores adoravam utilizar aquele efeito difuso ao enquadrar as divas hollywoodianas...

entre corpo e plano para que o espírito possa agir sobre a matéria. Ocorre exatamente como com os equipamentos e as ondas no espectro eletromagnético: um deve ser compatível com o outro. "A substância do perispírito é a mesma em todos os mundos? 'Não; é mais ou menos etérea. Passando de um mundo a outro, o Espírito se reveste da matéria própria desse outro, operando-se, porém, essa mudança com a rapidez do relâmpago'." (Ibidem. p. 165, item 187). Porém, a mudança não se opera somente quando o espírito vai de um planeta para outro: "Sabemos que quanto mais eles [os espíritos] se purificam, tanto mais etérea se torna a essência do perispírito, donde se segue que a influência material diminui à medida que o Espírito progride, isto é, à medida que o próprio perispírito se torna menos grosseiro" (Ibidem. p. 212, item 257, § 4). Ora, se corpo e dimensão devem ser correlatos, conclui-se que o estudo de um aspecto é, em alguma medida, indissociável do outro. Eis a razão que leva Joseph Gleber a denominar de modo idêntico corpo e plano correspondentes, isto é, a ferramenta que habilita o espírito a agir em determinado contexto, bem como o contexto em si (cf. PINHEIRO. *Além da matéria*. Op. cit. caps. 1, 2, 6-10, 12, 14).

Mesmo em meio a tantos detalhes que somente agora eu observava mais detidamente, notei que havia por ali vegetação, relevo, riachos e toda uma forma de vida, que parecia em segundo plano naquela paisagem bucólica. Pude divisar extensas montanhas que desenhavam vales ao longe, que se mostravam à minha visão permeados por uma nostalgia ou uma tristeza singular. Nem precisei formular a pergunta, pois gentilmente o preto-velho, que conhecia minha curiosidade natural de longa data, foi logo comentando a situação:

— Nos ambientes do plano extrafísico, meus filhos, existe uma geografia real, coexistente com a realidade humana. Muitos filhos encarnados, ao pesquisarem o mundo oculto, julgam que tudo por aqui é o reflexo do mundo físico, esquecendo que a realidade fora da matéria tem existência própria, embora a extrema sensibilidade e plasticidade com que se apresenta. Essa facilidade em assumir as formas mentais ditadas pelos encarnados e desencarnados pode dar margem à ideia de que as coisas aqui não têm forma própria. Mas é mera ilusão dos sentidos, já que o observador encarnado, mesmo quando temporariamente fora do corpo, não possui a lucidez necessária para perscrutar o íntimo do mundo no qual nos movemos e atuamos como espíritos.

"Vocês dois podem constatar que há paisagens,

atmosfera própria, solo e elementos da flora e também da fauna, se assim podemos nos expressar ao nos referirmos às criações elementais encontradas por aqui. Essa geografia extrafísica espera para ser explorada, mapeada e compreendida. As futuras excursões através do desdobramento ou das projeções astrais poderão contribuir em larga escala para que o conhecimento científico de nossos irmãos terrenos seja mais detalhado, no que concerne ao plano astral. Por ora ainda dependem muito dos relatos mediúnicos — quando não pseudomediúnicos —, que se sujeitam ao processo de interpretação de cada sensitivo. Virá o tempo em que os próprios pesquisadores se projetarão para fora do corpo carnal a fim de realizar o mapeamento dessas zonas de atuação da consciência.

"Além dos elementos que lhe são peculiares, cá nesta dimensão também há uma duplicata dos objetos e seres físicos, o que é um dos fatores que leva as inteligências recém-desencarnadas a não se sentirem perdidas, sem referências em um contexto tão distinto. A extrema plasticidade na esfera astral propicia a materialização das formas-pensamento superiores ou inferiores com as quais o homem terreno já está acostumado. Eis aí, também, o segredo de muitas criações mentais, elementais artificiais, aparelhos parasitas e outras formas aparentemente materiais aqui encontradas. O ambiente gerado pelas formas-pensamento consistentes ou transitórias subsiste à passagem dos séculos, tornando-se o *habitat* de seres extracorpóreos que permanecem existindo nas áreas de transição."

— Não entendi direito seu pensamento — falou o médium Raul.

— Veja bem, meu filho — respondeu Pai João, apontando para o céu daquela paisagem. — Repare que, vez ou outra, algum ser estranho a vocês cruza os céus do plano astral ou do umbral, conforme queiram. Da perspectiva humana, parecem aves monstruosas, segundo os padrões atuais do planeta.

— Sim, eu pensei que eram criações mentais dos espíritos que estagiam por aqui...

— Ocorre que nesse caso, filho, não é bem assim — informou o pai-velho. — Os seres que vocês veem sobrevoando estas paisagens são reais, possuem existência própria e consistem em elementos pretéritos do planeta Terra. Aliás, convém não esquecer que nosso planeta é relativamente jovem na escala dos mundos e, em decorrência disso, sua estrutura geofísica e psíquica ainda é bastante primitiva. Portanto, muitos habitantes da esfera extrafísica ainda são sobreviventes dos períodos chamados pré-históricos.

"Por esses distritos, cujo cenário é elaborado

nos domínios além da matéria densa, há determinada ecologia extracorpórea ou um ecossistema físico-extrafísico, que, aos poucos, vai sendo conhecido pelos investigadores mais sérios e dedicados. É de vital importância para os encarnados a pesquisa desse sistema de vida além das bases estritamente materiais. Em breve, será requerida cooperação efetiva de muitos filhos encarnados com aptidão para o desdobramento, a fim de auxiliarem na urbanização ou reurbanização das regiões astrais. Avizinha-se nova etapa de aprendizado para os povos do planeta Terra, e tal processo visa à preparação do panorama astral para a mudança. O conhecimento dessas paragens será de grande ajuda para os momentos vindouros, nas tarefas que nos aguardam."

Aproximamo-nos de um local no qual pudemos observar um bando de espíritos em completo desregramento dos sentidos. Na esfera material, alguns homens e mulheres perambulavam, dando gargalhadas nitidamente originadas no transe produzido pelas bebidas que haviam ingerido. Os desencarnados seguiam-lhes os passos trôpegos, atraídos como metal por um ímã.

— Aqui, meus filhos, começa a chamada zona de deterioração do plano astral — falou João Cobú.

— Na dimensão física, também se pode observar que certas regiões são habitadas e frequentadas por indivíduos que fogem a qualquer tipo de controle ou qualidade de vida social, perdendo-se na confusão e na variedade de padrões de comportamento da área com a qual se afinam.

"Em certos estudos de sociologia, os irmãos encarnados, ao analisar tais sítios urbanos, definiram-nos como zonas de deterioração ou áreas de vício. São locais cuja característica principal é o estado precário das edificações e o elevado grau de desequilíbrio de seus habitantes, que vivem à margem de muitos benefícios sociais. Observam ainda os estudiosos que nesses locais é limitada a ação e a presença do Estado e das instituições que organizam a sociedade. Naturalmente, qualquer um poderá notar que aí se concentram com maior intensidade indivíduos em desequilíbrio, a delinquência, a prostituição, a miséria e os vícios, em suas mais degradantes feições. Embora obviamente tais fenômenos não se circunscrevam aos ambientes caracterizados dessa maneira, costumam aparecer mais camuflados ou dissimulados no restante da cidade. Se os pesquisadores pudessem examinar esses lugares com os sentidos psíquicos, veriam sua ligação com as paisagens e os elementos correspondentes no astral.

"Na verdade, essas comunidades e aglomerados urbanos que foram classificados como áreas de risco e de deterioração humana nada mais significam que uma cópia caricatural das regiões extrafísicas, umbralinas, astrais ou purgatoriais, onde sobrevivem os seres ainda muitíssimo apegados à matéria e aos sentidos."

A noite era profunda, e as irradiações da matéria astral coloriam o céu com tons avermelhados, permeados com cintilações cinzentas. Estávamos parados à margem de uma estrada ou de algo semelhante. Eu e Raul refletíamos sobre as explicações do pai-velho, talvez traçando um paralelo entre aquilo que explorávamos agora com detalhes, e os relatos de muitos romances espíritas e de médiuns que os escreviam. Quanto a mim, pessoalmente, avaliava também o que podíamos aguardar, como quem viaja em pensamento, sem perder a conexão com a realidade e a tarefa na qual nos empenhávamos.

De repente, nossa atenção é desviada por uma luz que sobressaía na paisagem. A luminosidade inspirava algo diferente de tudo o que presenciáramos até então. Um misto de espiritualidade e respeito, veneração e saudade, algo difícil de descrever com o vocabulário humano. Aquele brilho intenso, que percebíamos em conjunto, atravessou a paisagem extrafísica numa velocidade inacreditável. Olho para o médium projetado em nosso plano e, em seguida, para o nosso guia, Pai João de Aruanda.

Quando decido voltar a atenção para a luz astral que nos parecia hipnotizar e mirá-la mais detidamente, já estava maior e ainda mais intensa. Neste instante percebemos uma forma branca surgindo no meio da claridade.

Pai João permanecera o tempo todo em silêncio, mas tão logo percebeu que Raul e eu estávamos absortos em admiração, interferiu em nossos pensamentos:

—Vocês verão ainda muitos desses seres. Prestem atenção, pois eles são ministros do Pai, espíritos superiores que vigiam e orientam os trabalhos nas regiões astrais e purgatoriais. São seres mais elevados, que as religiões da Terra provavelmente classificariam como anjos, pois têm sua existência preenchida com a realização da vontade de Deus. Dedicam-se dia e noite ao amparo daqueles seres ignorantes e muitas vezes perversos, mas filhos do mesmo Pai. Possivelmente não precisariam de colaboração em suas tarefas; mesmo assim, associam-se a outras almas de boa vontade, dando-lhes oportunidade de trabalho, enquanto ambos os grupos são auxiliados a sua maneira. Essa parceria faz com que desperte a soberana vontade nas almas trabalhadoras do bem. Esses seres luminosos, superiores, integram-se à paisagem do plano astral e são percebidos como fogo, luminosidade ou clarão, que luariza as almas endividadas. Quanto mais se aproximava aquele ser, maior era o brilho irradiado, até que chegou uma hora em que não consegui mais suportar a claridade e tive que baixar o rosto. O espírito superior dirigiu-se diretamente a determinada região, mais escura. Os fluidos do ambiente pareciam se dissolver, e as vibrações daquele ser de luz nem sequer agitavam a paisagem, não deixando vestígio algum de sua passagem. Mais de mil espíritos pareciam emergir das sombras à medida que o emissário celeste rasgava o cenário atroz. Pareciam inspirados a cantar; contudo, apenas percebíamos um leve balbuciar, que se assemelhava a uma ladainha daquelas cantadas em missas e velórios católicos. A uma só voz, os seres que emergiam da escuridão eram atraídos por aquela luz que irradiava do bom espírito. De repente, o ser iluminado fez um gesto, e todos se calaram, enquanto uma falange de espíritos socorristas irrompeu entre a multidão de almas, auxiliando-a, transportando todas para outras paragens. Assim que a massa de espíritos foi resgatada, ele, o ser de pura luz, sumiu, tão veloz como antes havia chegado.

Quanto aos que ficaram, pois não se deixaram envolver com o resgate do Alto, estavam bastante confusos, atônitos. Olhavam para todas as direções, como se estivessem tentando compreender alguma coisa, mas logo se entregaram às próprias vibrações e prosseguiram no encalço dos encarnados com que cruzavam. Estavam tão embriagados com seus próprios pensamentos que não puderam atinar para o que ocorrera ao seu redor. Pai João comentou:

— Os emissários divinos nunca abandonam seus tutelados. Mesmo nas regiões mais sombrias, espíritos superiores velam pelas almas em desterro e as impulsionam para um estilo de vida mais elevado ou, ao menos, mais condizente com a dignidade humana. Porém, meus filhos, aqueles que ainda não se acham preparados para a transição a planos mais altos permanecem ligados às necessidades humanas, prisioneiros mental e emocionalmente das sensações e dos instintos materiais.

Um dos espíritos achegou-se de nós, mais precisamente do médium Raul; ao notar que este era um encarnado em desdobramento, o espírito fez um sinal para os demais. Em pouco tempo, cercaram o médium por todos os lados, que, talvez por um instante, esqueceu sua peregrinação. Um deles se pronunciou com os braços estendidos, como se fosse abraçar Raul, mas Pai João logo interferiu, impedindo que o intento se concretizasse. Os espíritos então se afastaram, e finalmente Raul pôde reconhecer um dos seres. Olhando Pai João, o médium pediu:

— Deixe-me falar com este espírito.

— Estarei atento, meu filho, mas tenha cautela...

Aproximando-se do espírito, Raul fixou-lhe o olhar. O ser parecia perdido em seus pensamentos, quando balbuciou:

— Te esperei tanto, por que demoraste?

— Estou aqui agora — falou Raul. — O que fazes por estes lados?

— Não tenho aonde ir, estou cansada de perambular e meus pensamentos não respondem à minha vontade...

— Por que você não seguiu o mensageiro? Por que não se deixou levar pela sua luz?

— Não posso reclamar dele, que em suas asas abriga quem deseja e quando deseja. Ainda assim, neguei-me várias vezes o resgate, pois me sinto presa ao passado e não consigo me desligar das impressões terrenas — respondeu o espírito. — Todavia, nos últimos tempos a visita da luz tem me inspirado com antigas recordações. Voltei às margens do Nilo e do Eufrates. Transportei-me aos salgueiros da Babilônia, e minha memória retornou à época de Heliópolis e Karnak. Meus pensamentos vagavam em meio às imagens de outros tempos, quando o vi. Mas você é uma alma vivente; não é dos nossos.

— Sim, estou encarnado, mas encontro-me sob a proteção de um mestre.

— Sei, você é filho do Cordeiro...

O espírito ameaçava partir, virando-se, quando Raul lhe pediu:

— Canta! Canta para mim mais uma vez, para que eu relembre nosso passado. Deixe-me escutar mais uma vez o canto das sacerdotisas, das filhas de Ísis ou o eco das vozes da Babilônia... Se tua condição não te impede a memória ou o uso do teu canto amoroso, que tanto me trouxe paz no mundo, então canta — pediu Raul — e embala minha alma no frescor dos salgueiros e das tamareiras...

O espírito parecia transformar suas feições e entoou trechos de um canto triste e nostálgico:

Nos rios da Babilônia... às margens suas andei... Nos rios da Babilônia...

Pai João interferiu imediatamente, impedindo o ser de continuar. É que a melodia parecia encantar tanto Raul quanto a mim. Era um canto hipnótico.

Voltando-se para o médium, João Cobú advertiu com firmeza:

— Não faça tal coisa, meu filho! Este espírito está profundamente ligado a seu passado espiritual e, embora esteja em situação mental complicada, ainda não perdeu a capacidade de hipnotizar através da musicalidade e do ritmo, recurso de que lança mão no meio da multidão de seres em desequilíbrio. Sei que sua alma anseia muitas vezes pelo passado distante e que almas afins que comungaram com você em suas experiências pretéritas ainda vagueiam sem rumo, mas não perca a sintonia com os novos valores adquiridos. Não se permita retornar ao passado para aí estagnar. No momento certo, essas almas serão abençoadas com o resgate divino e terão seu momento de refazimento e reflexão. Por ora, é o bastante.

Logo que Pai João se calou, vi aquele bando de espíritos sair correndo sem direção, possivelmente atraídos pela aura de algum encarnado, como quem vai sem saber aonde. E nossa partida não foi menos ligeira.

Durante nosso trajeto, Pai João mais uma vez nos instruiu:

— Essa multidão de espíritos que segue sem rumo representa a grande maioria dos habitantes do mundo oculto. Faz parte de uma classe também comum nos processos obsessivos simples, pois que seus componentes se associam aos encarnados que perambulam por ambientes viciosos, de peso vibratório e baixa moral. São pessoas que não têm objetivo espiritual definido, exatamente como as companhias que atraem. Tais espíritos juntam-se ao indivíduo sem uma intenção específica, mas terminam por prejudicá-lo. São entidades sofredoras ou marginais, que andam aos bandos e são utilizadas por espíritos especializados, sem que o saibam. "Não tenha medo — continuou falando Pai João, experiente, dirigindo-se a Raul. — Mas também não seja fraco, deixando-se levar pela nostalgia! Aqui chegamos a um lugar, no mundo astral, onde encontramos almas sofredoras que já perderam seu livre poder de arbítrio. Não despertaram para a vivência espiritual, e essa multidão nem ao menos suspeita que haja uma vida diferente, mais elevada. Muitos ignoram inclusive que já desencarnaram, pois vivem numa ilusão sensorial e mental que se assemelha à hipnose."

— Aquele espírito que reconheci de meu passado... Sinto que teve uma ligação mais intensa comigo... — disse Raul.

— Está correto, meu filho. Aquele espírito é alguém que, como você, recebeu uma iniciação espiritual no passado remoto, mas que permanece refém de fantasias e vivências mal resolvidas. Em meio à multidão de seres sem destino ou objetivo, aquele espírito seduz e hipnotiza a todos, manipulando-os sem que o saibam.

A fala de Pai João atingiu Raul como um raio, provocando intensas reflexões. Espíritos mais experientes utilizam seus conhecimentos para hipnotizar e magnetizar aqueles outros que, ignorantes, não têm algo definido em termos de vida espiritual. Bandos de marginais do plano astral vivem se arrastando pelo mundo afora, em busca de algo que os satisfaça em seus anseios e suas vontades. São espíritos que não alimentam nenhum compromisso com propostas espirituais; muitas vezes são delinquentes mesmo, que representam perigo no convívio com os humanos encarnados. Ao se referir certa vez a esses seres, Pai João os denominou de *quiumbas*, espíritos atrasados vibratoriamente.

— Não se assuste, meu filho — falou bondosamente João Cobú. — O plano extrafísico guarda muitas coisas ainda insuspeitas pelos encarnados, as quais somente com o tempo poderão ser conhecidas e estudadas. Veja bem o que ocorre com a maioria desses espíritos. Assemelham-se a fantasmas, vampiros dos filhos encarnados. Como não despertaram ainda para uma vida mais espiritualizada, sobrevivem nas regiões próximas à Crosta, sugando a vitalidade dos homens, sem que sejam percebidos. Acoplam-se às auras dos filhos da Terra e, em processo de simbiose, roubam energias preciosas para o equilíbrio psicofísico dos encarnados. Até que sejam percebidos e o socorro seja requerido, acabam por causar imenso estrago na estrutura orgânica dos irmãos. Podemos classificá--los como vampiros de energias.

— Tenho muito interesse neste assunto, simbiose. Creio que, embora conhecido nos meios espíritas, ainda é pouco estudado. Você poderia falar alguma coisa mais a esse respeito, Pai João?

— Perfeitamente, Raul, tentarei ser mais explícito. Segundo a ciência dos irmãos encarnados, entende-se a simbiose como uma associação biológica duradoura entre seres vivos, considerada harmônica e às vezes necessária, com benefícios recíprocos. Ou seja, é uma espécie de parceria, na qual ambos os lados são beneficiados. A simbiose espiritual obedece ao mesmo princípio.

"Nas pesquisas de biologia, observou-se que esse caráter harmônico deriva de necessidades complementares que unem certas espécies. Pelo que se sabe, primordialmente tal consórcio era um tipo de *comensalismo* que, mais tarde, evoluiu para a simbiose. No comensalismo, apenas um dos seres se beneficia, sem prejuízo da outra parte, contudo. Com o tempo, a relação se modificou e se disciplinou biologicamente: o hospedeiro também passou a tirar proveito da relação."

Depois de uma breve pausa, dando-nos tempo para assimilar os conceitos que transmitia, o pai-velho continuou:

— Do mesmo modo que na natureza física existe a simbiose, também a verificamos entre espíritos do astral e entre encarnados e desencarnados. São

94

associações energéticas regidas por leis análogas àquelas enunciadas pelos estudiosos da biologia. É comum ver espíritos ligados de maneira especial a certas pessoas, atendendo com prontidão seus menores caprichos ou as evocações mentais e emocionais mais triviais.

"No entanto, esses seres que assim procedem, acatando pedidos e servindo aos desejos de outros, recebem em troca as energias vitais de seu hospedeiro, pois que carecem de vitalidade para alimentar as sensações e impressões sobreviventes da última experiência física. A grande maioria dos indivíduos encarnados que vivem tais alianças nem suspeitam, mas seus 'sócios' espirituais são almas inferiores, que se juntam aos homens para roubar o tônus vital em proveito próprio ou visando potencializar a ação nefasta e os propósitos mesquinhos a que servem. Persistindo a simbiose, meus filhos, o processo pode converter-se em *parasitismo*, ligação que prejudica uma das partes envolvidas. Como na biologia, raramente é do interesse do parasita a morte de seu hospedeiro, de quem retira o sustento, o que faz perdurar o consórcio doentio.

"Dependendo da gravidade e da crueldade com que atua o obsessor, a patologia é caracterizada como *vampirismo*, caso em que o espírito se torna legítimo vampiro das energias alheias."

Desta vez fui eu quem perguntou, curioso:

— Esses vampiros desencarnados guardam alguma relação com as lendas de vampiros, Conde Drácula e outros mais, de que falam certos autores terrenos? Sempre me vi fascinado por essas histórias...

— Certamente que tais narrativas são de inspiração espiritual, assim como diversas outras da literatura terrena. Escritores, desdobrados no plano astral, encontram esses seres em desequilíbrio e, ao voltar para o corpo físico, relatam em sua produção literária algo semelhante ao que presenciaram do lado de cá. De acordo com a definição corrente na literatura terrestre, os vampiros são seres que se nutrem de energias roubadas de suas vítimas. No ambiente lendário, o vampiro rouba o sangue, simbolizando a vitalidade da qual falamos. Há outros elementos da ficção que também exprimem a realidade: as vampiras disfarçadas de belas mulheres, que estimulam o apetite e as fantasias sexuais para, seduzida a vítima, dar então o bote; a imortalidade e a faculdade de tais seres se tornarem invisíveis, relatadas por alguns autores — todos sugerem claramente a questão espiritual. E poderia citar vários exemplos. Entretanto, ao abordar o fato segundo a ótica da pesquisa astral, vemos espíritos profundamente ligados aos sentidos físicos, que sentem necessidade de vitalidade orgânica para perpetuar sensações de prazer e, por isso, apegam-se aos encarnados. Nesse processo, talvez incompreensível para muitos, os vampiros absorvem do duplo etérico dos homens as energias vitais e ectoplásmicas, que são essenciais para a manutenção da saúde e do vigor dos corpos materiais.

— Nesse caso, os vampiros de energias agem com um objetivo bem definido, inteirados daquilo que fazem? — perguntei.

— Nem sempre, Ângelo, nem sempre. Em sua grande maioria, esses espíritos apenas se aproximam dos encarnados e sugam de modo quase inconsciente as reservas vitais do duplo etérico de meus filhos. Mas é preciso lembrar que não somente no plano astral, como também no físico, existem ladrões de energia. Aliás, na sociedade atual, mais do que nunca, os homens estão cercados deles. E hoje não se vestem de preto, conforme os contos fantásticos dos livros de terror, nem saem mais na calada da noite em busca do pescoço de vítimas inocentes. Tanto no corpo físico quanto fora dele, os vampiros modernos são seres que, para se manter vivos, sentem a necessidade de buscar outras fontes de alimento, passando a sugar a vitalidade e absorver as emoções de outras pessoas. Portanto, é natural concluir que, quando desencarnam, os vampiros apenas transferem domicílio, encontrando um campo de atuação mais vasto, ligeiramente invisível e imperceptível aos sentidos humanos comuns.

— Pelo que entendi de sua fala, Pai João — disse Raul —, tais seres não roubam apenas vitalidade. Eles sobrevivem também das emoções[4] de suas vítimas...

— Isso é certo, meu filho. Você não ignora que as emoções dão vida e colorido a toda criação mental. Não podemos esquecer, Raul, que toda troca ou intercâmbio energético tem sua base na mente, acima de tudo. Tanto nos homens como nos espíri-

---

[4] Além da feição que Pai João dá ao caráter emocional, pouco adiante, no diálogo, destaca-se a realidade do intercâmbio incessante de fluidos entre os seres inteligentes, encarnados ou não. Somente esclarecendo esse ponto se poderá entender o sentido de expressões como *sugar* ou *absorver emoções*. Sabe-se que a emoção tem a propriedade de aglutinar os fluidos dispersos no ambiente e emanados pelo ser, conferindo-lhes determinada característica particular, condizente com a fonte que a gerou. Robson Pinheiro afirma ter podido ver, em certas ocasiões na companhia dos espíritos, uma espécie de hálito ou substância gasosa, vaporosa, ao visitar alguns locais. Segundo apurou, era o que se poderia chamar *fluido emocional*, isto é, fluido impregnado dos atributos emocionais. Essa substância, composta por matéria astral, é inalada pela boca e pelo nariz durante o processo de respiração e absorvida também pelos poros da epiderme sutil. Efeitos dessa troca fluídica de natureza emocional podem-se notar quando alguém

tos, a mente é que promove a renovação, o progresso ou a decadência dos seres. Sob esse prisma, você poderá concluir que, antes de usurpar energias vitais ou haver a troca de emoções, o agente do processo deverá ter obrigatoriamente acreditado em suas próprias necessidades, formado uma imagem mental delas e forjado, assim, um clichê nas telas do pensamento. Mas isso não basta. Associadas a essa ação puramente mental, as emoções agem dando cor, vida e textura à criação do indivíduo. A partir daí é que a ação mental ganha corpo e consistência, concretizando o ato que se consuma.

— Isso quer dizer que qualquer ação para evitar

se agita na presença de pessoas excitadas, entristece-se ao comparecer a um velório, por exemplo, ou se alegra ao encontrar alguém bem disposto. "Como os odores, eles [os fluidos] são designados pelas suas propriedades, seus efeitos e tipos originais. Sob o ponto de vista moral, trazem o cunho dos sentimentos de ódio, de inveja, de ciúme, de orgulho, de egoísmo, de violência, de hipocrisia, de bondade, de benevolência, de amor, de caridade, de doçura etc. Sob o aspecto físico, são excitantes, calmantes, penetrantes, adstringentes, irritantes, dulcificantes, soporíficos, narcóticos, tóxicos, reparadores, expulsivos; tornam-se força de transmissão, de propulsão etc. *O quadro dos fluidos seria, pois, o de todas as paixões, das virtudes e dos vícios da humanidade e das propriedades da matéria*, correspondentes aos efeitos que eles produzem" (KARDEC. *A gênese...* Op. cit. p. 363, cap. 14, item 17. Grifo nosso).

o roubo das energias vitais primeiramente deve se concentrar na educação do pensamento e das emoções, não é?

— Sem dúvida, meu filho — Pai João respondia aos questionamentos com um carinho especial, o que nos cativava sobremaneira. — Nós diríamos que a educação do pensamento é a fonte de todo o equilíbrio interior.

Depois de uma pequena pausa que nos favoreceu as reflexões, o preto-velho retomou:

— Vamos voltar às nossas observações. Esses seres que sobrevivem das emoções alheias são encontrados de um e outro lado da vida. Talvez o parente, o amigo, o irmão ou qualquer outro familiar possa ser um sugador de emoções; alguém que, mesmo sem plena consciência, venha drenando as energias de meus filhos. Usualmente, quer se encontre dentro ou fora do corpo, tal criatura gosta muito de atacar pelo lado emocional e afetivo, e vão ruindo aos poucos as defesas imunológicas do corpo espiritual daqueles a quem dedica sua atenção. Faz de tudo para despertar comiseração e aproveita a bondade e a boa vontade dos outros para se mostrar infeliz, de modo que, de passo em passo, vai dominando emocionalmente seus alvos. Quando encarnado, lança mão de qualquer recurso, especialmente a chantagem emocional, para realçar sua aparente infelicidade. Lágrimas provocadas, está pronto para drenar as emoções das vítimas que encontra em seu caminho e que lhe dão atenção.

Ao desencarnar, integra-se à imensa legião de seres desequilibrados, muitas vezes já especializados durante a vida física na drenagem energética e no roubo de vitalidade, e são facilmente manipulados por outros espíritos mais experientes na execução de suas ideias e projetos.

— Não deixa de ser um processo obsessivo, em ambos os casos — comentei.

Como se medisse minhas palavras por um instante, Pai João acrescentou:

— Nos cultos de origem africana e nos terreiros de umbanda, nossos irmãos classificam esse tipo de ação energética e espiritual como *encosto*. É na verdade um processo de obsessão simples, ainda que, de diversas maneiras, prejudique os filhos encarnados.

"Muitos casos de enfermidade enfrentados pelos meus filhos na Terra guardam sua origem nesses processos de drenagem vital realizados por espíritos desprevenidos e ainda apegados aos instintos materiais. Em virtude de a maioria das doenças se iniciar nos corpos astral e etérico, pode-se deduzir que, no futuro, a humanidade dependerá de uma medicina integral, que perceberá o roubo energético, os desgastes emocionais e a ação dessas almas desajustadas sobre os encarnados como sendo propulsores da maioria das mazelas físicas.

Assim sendo, os profissionais da área da saúde poderão trabalhar ao lado de outra equipe experiente, extracorpórea, que se encarregará de orientá-los na abordagem desses processos intricados da energia e da emoção. Mas passemos a exames mais detalhados, meus filhos, que poderão exemplificar o que vimos até aqui."

Falando assim, Pai João nos conduziu a um local na esfera física onde se reunia um grupo de pessoas, na maior parte, jovens. Era uma espécie de festa particular, na qual os presentes estavam tão envolvidos com bebidas alcoólicas e conversas sem conteúdo apreciável que o ambiente se tornara quase agressivo para nós. Embora na dimensão material houvesse certa limpeza e harmonia na decoração do lugar, além de esmero no trato com os convidados, a atmosfera exalada pelas palavras, emoções e pensamentos, externados após a ingestão das bebidas, fazia com que o aspecto astral fosse desolador. De nossa posição pudemos divisar duas populações distintas: seres encarnados — que se divertiam normalmente, como é provável diriam — ao lado de numerosos desencarnados, que iam e vinham entre as pessoas. Parecia um bando de fantasmas, que perpassava o grupo de indivíduos ou com eles se mancomunava. João Cobú meneou a cabeça, indicando um dos presentes.

— Este é Caio — falou o preto-velho. — E ele está aqui com a melhor das intenções; pretende se divertir com os amigos que não vê há alguns anos e os reencontra agora para tomar cerveja e trocar experiências. No entanto, a bebida ingerida pelo nosso amigo produziu um relaxamento intenso, que fez com que seu psiquismo liberasse algumas emoções reprimidas durante muito tempo. Da perspectiva puramente humana, Caio está apenas mais leve, mais solto e alegre. Vejamos o que ocorre.

Quando passamos a uma averiguação mais atenta, vimos como dois espíritos se aliavam a Caio, respirando a mesma atmosfera que ele. Era como se ambos estivessem embriagados com o hálito do rapaz, e, em conluio, suas mentes se ligavam intimamente uma a outra, num claro processo de natureza mediúnica. Pai João adiantou-se nas explicações:

— Presenciamos um caso clássico de indução espiritual. Esse tipo de consórcio entre desencarnado e encarnado se faz espontaneamente, na maioria das vezes de modo casual, sem qualquer premeditação ou maldade. O espírito vê o indivíduo, sente-lhe a benéfica aura vital, que o atrai, pois lhe dá sensação de bem-estar. Por ressonância vibratória, recebe ligeiro alívio, tanto de suas emoções descontroladas quanto de algum resquício de conflito sobrevivente de seu passado como encarnado. Uma espécie de calor agradável se irradia a partir do corpo vital da vítima; nesse caso, de Caio, que automaticamente passa a sentir alguma angústia, disfarçada pela ação da bebida. Quando saírem desse ambiente e o rapaz estiver a sós — apenas aparentemente sozinho —, aflorarão as emoções dele conjugadas às do espírito, que desde já drena sua vitalidade.

Um dos espíritos partiu, deixando Caio na companhia do outro. Desse instante em diante, notamos como intensificou sua ação sobre o rapaz, absorvendo-lhe diretamente do hálito e do plexo solar energias mais materializadas.

— Durante o estado de indução espiritual — continuou falando Pai João —, existe a transferência da energia desarmônica do espírito para o indivíduo. Esse processo poderá agravar inúmeros fatos precedentes, fazendo, por exemplo, com que lembranças adormecidas no psiquismo de Caio venham à tona com maior intensidade do que se despertassem de forma espontânea. Isso poderá provocar *flashes* ideoplásticos em sua mente, acendendo antigos problemas, que ele ainda não está preparado para enfrentar.

— Essa ação aparentemente simples gera sequelas que poderão marcar de forma acentuada a vida do rapaz — acrescentei.

Pai João deu por encerrada as observações junto àquele grupo, mas, antes de continuarmos nossa excursão, pediu a um guardião de nosso plano que ficasse ali, a fim de interferir positivamente no caso de Caio, assim que ele apresentasse condições. Prosseguimos a jornada, pois um dos objetivos era o de transmitir nossas considerações aos encarnados; portanto, muito havia ainda a fazer naqueles sítios.

Em determinado momento, quando penetrávamos mais profundamente as regiões astralinas, o médium que nos acompanhava desdobrado começou a sentir frio intenso, como se estivesse submetido a temperaturas muito baixas. Raul tremia tanto que tive de me aproximar dele, procurando envolvê-lo em minhas vibrações, para que anulassem a sensação de frio. Preocupado com o que ocorria consigo, ele lançou um olhar indagador ao pai-velho que nos guiava. João Cobú interferiu, dizendo:

— Sabe, meu filho, para nós, os desencarnados que já superamos certos limites, as diferenças de temperatura não influenciam a sensibilidade de nosso corpo espiritual. No entanto, para o encarnado em desdobramento ou mesmo para espíritos apegados à matéria, o frio ou o calor[5] fazem diferença. É que, nesses casos, o perispírito ainda está impregnado de partículas atômicas materiais, além, é claro, do fato de que você, como encarnado em tarefa do lado de cá, possui ainda o duplo etérico. Esse corpo é material, embora vibre numa dimensão ligeiramente diferente da matéria densa, e traz registradas as impressões próprias de sua vivência.

Assim que Pai João socorreu o médium com suas elucidações, logo fui me intrometendo e acrescentando:

— Vale registrar algo mais, Raul — iniciei minha fala animadamente. — Muitos pesquisadores encarnados, ao abordarem a realidade do mundo astral, extraíram informações valiosas para quem se interesse por devassá-la. Diversas evidências, colhidas através de observações mediúnicas e parapsíquicas, sugeriram a esses estudiosos a existência permanente, ou melhor, predominante, de temperaturas baixíssimas na atmosfera extrafísica próxima à

---

[5] O possível estranhamento diante das afirmações sobre a sensibilidade à temperatura pode ser dissipado através de rápida consulta (cf. KARDEC. *O livro dos espíritos*. Op. cit. p. 208-216, itens 255-257). O autor dirige aos espíritos perguntas específicas acerca desse tópico e discorre detidamente a respeito no último item, intitulado *Ensaio teórico da sensação nos Espíritos*.

Crosta, à semelhança das temperaturas existentes no espaço interestelar.

"Naturalmente que nós, como desencarnados que habitamos uma dimensão superior a esta, não estamos sujeitos à diferença de temperatura, conforme lhe explicou Pai João, embora não ignoremos que esse fenômeno afeta aqueles que vibram no corpo físico ou em corpo astral compatível com essa região."

Raul, interrompendo-me, argumentou:

— Já participei de algumas reuniões de materialização e pude perceber, em determinados momentos, quanto a temperatura caiu na sala onde nos reuníamos. Entendo, então, o porquê da condição de resfriamento que se dá no ambiente humano das manifestações mediúnicas e psíquicas de forma geral. Muitas vezes, quando ocorrem efeitos físicos, tais como ectoplasmias, telecinesias e desmaterializações, pude perceber correntes de ar frias, como se o local onde acontecem tais fenômenos fosse de repente resfriado...

— Exatamente! A condição do plano astral, por ser de uma vibração mais densa, faz com que certas impressões sejam percebidas mais intensamente pelos médiuns. O caso que houve com você — que, embora encarnado, se encontra fora do corpo desempenhando tarefa e realizando estudos — é algo natural, pois também está sensível e vibratoriamente próximo às condições desta dimensão em que transitamos temporariamente.

Em seguida, o mentor segurou a mão de Raul, sorriu para mim, como a transmitir confiança, e guiou-nos em direção ao próximo destino. Lentamente, adentrávamos as regiões mais profundas do mundo oculto. Eu sabia que Pai João nos levaria a conhecer os pormenores de alguns redutos do astral. Sabia igualmente que nossa jornada mal havia começado e que aquilo que víramos até aqui era somente uma preparação para as cenas dos próximos capítulos.

Logo que penetramos as vibrações mais densas daquela área do plano extrafísico, ouvimos gritos terríveis, gemidos e prantos que ecoavam pela escuridão sem estrelas. Os lamentos eram tão intensos que Raul não se conteve e chorou. Gritos de mágoa, contendas e discussões, queixas iradas em diversas línguas formavam um tumulto que tinha o som de uma tempestade. O médium, visivelmente abalado com as vibrações que percebia, trazia nos pensamentos imagens que emergiam de regiões mais profundas do seu psiquismo, realçando o que ocorria ali com as cores vivas das emoções das quais era portador.

— Pai João, quem são esses espíritos que sofrem tanto e se expressam com tamanha dor? — perguntou o companheiro Raul, após empreender um esforço incomum para dominar as imagens que emergiam de seu interior.

Olhando-o amorosamente, João Cobú demonstrou conhecer-lhe as lutas íntimas e os pensamentos mais secretos. Respondeu pausadamente, dando tempo para assimilarmos a triste realidade daquele lugar:

— Esta é a situação daquelas pessoas que não se definiram no mundo pelo bem divino, colocando-se numa posição neutra, o que já representa um mal em si. Misturam-se com a multidão de seres e confundem-se com os *quiumbas*, arrastando-se por entre a turba de marginais do astral. Não assumiram uma posição clara e resoluta durante suas vidas; assim, meu filho, do lado de cá do véu que separa as duas realidades, são arrastadas como num vendaval, sem encontrar forças para se subtraírem às influências daninhas dos espíritos delinquentes. Seu sofrimento representa a angústia de quem sabe não estar bem, mas julga não possuir recursos próprios para se libertar. A imagem que observamos neste momento nos lembra uma águia, que, podendo singrar os céus, permanece com os pés enlameados, presa a perigoso pântano.

A imagem evocada por Pai João não poderia ser

mais perfeita, pois aquele bando de seres sofredores parecia se contorcer em meio a um lamaçal de imenso poder magnético. Era uma espécie de areia movediça do Além, ainda que suas presas não submergissem nela. A chamada *lama astralina* retinha os espíritos prisioneiros ao solo da região, como se fora um lodo pegajoso; ao tentarem se libertar, eram puxados de volta. A matéria astral da qual era composta a lama era viscosa e grudava como uma cola poderosíssima, evitando que pudessem fugir. Conseguiam se locomover, embora sempre com os pés mergulhados no solo astral de estranha aparência; escapar dali, porém, era algo aparentemente fora de alcance. Alguns espíritos tinham, à primeira vista, as pernas e os pés corroídos por vermes ou algo similar. Mais uma vez Pai João intercedeu:

— Estes seres desencarnam aos milhares pelo mundo afora, principalmente nos países onde a vida espiritual não é cogitada, nem ao menos pressentida. Os ensinamentos ministrados ao povo em suas religiões, quando é o caso, muitas vezes se atêm ao aspecto materialista e imediatista. Permanecem completamente ignorantes de uma vida espiritual ou espiritualizada. Ao cruzarem o rio da vida, suas mentes automaticamente os conduzem a essa situação desoladora, de acordo com a lei das afinidades. O pântano e as sensações que experimentam são apenas criações mentais, que foram se materializando em torno de si desde quando encarnados; agora, como habitantes dessas zonas purgatoriais, ressentem-se intensamente de sua ação daninha. Essa classe de espíritos compõe a imensa legião dos chamados *encostos*, que se aproximam dos encarnados para se sentirem aliviados. Advêm desse contingente os chamados *sofredores*, muitas vezes percebidos pelos médiuns, que captam suas vibrações doentias e entram também num processo de adoecimento.

— Então eles não fazem parte da legião de *quiumbas*, os marginais do mundo oculto? — indagou Raul, surpreso.

— Digamos, meu filho, que os marginais os utilizem da mesma forma como eles próprios são manipulados por espíritos perversos, sem que o saibam. Por exemplo: imagine a hipótese de um elemento da malta de marginais ou quiumbas ser contratado por algum espírito mais especializado e inteligente, a fim de provocar um processo de enfermidade em alguém. Como procederá? O tal marginal levará cativo em suas vibrações alguns desses sofredores, e, havendo sintonia mental e emocional com o encarnado, ambos os espíritos se acoplam à aura do infeliz. Nessa circunstância, o sofredor absorve certos fluidos animalizados, sentindo-se aparentemente mais revigorado, enquanto a vítima do processo obsessivo padece das dores e dos incômodos daquele ser, que aos poucos são transferidos para seus corpos etérico e físico.

— Você afirma que os sofredores são usados, sem terem consciência disso. Estarão hipnotizados?

— Ocorre algo semelhante, mas não podemos classificar como sendo a hipnose clássica. A mente da criatura desequilibrada, que não se preparou para a vivência ou o conhecimento da espiritualidade, encontra-se nublada, embotada e, por conseguinte, incapaz de realizar observações com maior grau de lucidez. Esse estado de dormência dos sentidos espirituais faz com que as entidades em sofrimento sejam os objetos prediletos de magos e feiticeiros, quando querem realizar uma transferência energética mórbida para o corpo humano. Funcionam como depósito de *morbofluido*, que ao longo do tempo se acumulou em seu perispírito. A mente adoecida cria continuamente clichês de sofrimento, além da matéria astral contaminada. Tais elementos ficam condensados na delicada tessitura de seus corpos espirituais patogênicos. Exalam uma espécie de matéria mental densa, pegajosa e de alto poder corrosivo. Por tudo isso, magos e feiticeiros frequentemente aproveitam essa turba de espíritos infelizes na consecução de seus planos destruidores.

— O que se pode fazer para libertar algum desses seres reduzidos a ferramentas de processos obsessivos?

— No âmbito umbandista, meu filho, são conhecidas e utilizadas certas ervas, que, simplificando, são dotadas de altíssimo poder absorvente. Bem utilizados, esses recursos da natureza sugam o fluido mórbido tanto do chamado *encosto* ou sofredor, quanto do encarnado, que é a vítima. É claro que somente o expediente fitoterápico, mesmo empregado com propriedade, não será suficiente. É necessário proceder ao esclarecimento do ser subjugado, quando se trata do sofredor, o que se alcança através da conversa com o espírito, incorporado num médium. Essa etapa pode ser cumprida num trabalho *de mesa*, no centro espírita, ou *de terreiro*, na tenda de umbanda bem orientada. A eficácia da limpeza energética com os elementais[6] é inquestionável. Quando é realizado esse tipo de limpeza nas auras dos seres envolvidos em assimilação energé-

---

[6] Para maiores esclarecimentos sobre os elementais naturais, denominados *espíritos da natureza* na codificação espírita (cf. KARDEC. *O livro dos espíritos*. Op. cit. p. 337-340, itens 536-540), consulte o volume 2 da série Segredos de Aruanda (PINHEIRO. Pelo espírito Ângelo Inácio. *Aruanda*. Op. cit. p. 86-98, cap. 7).

tica de fundo mórbido, o desencarnado é imediatamente liberado da carga tóxica e então estará apto para a conversa fraterna, que muitos espíritas chamam de *doutrinação*.

Pai João nos deu oportunidade de assimilar melhor seu ensinamento enquanto eu anotava tudo, cada detalhe do que ouvia. Pretendia, mais tarde, transmitir os apontamentos através da psicografia. Logo após, o pai-velho continuou:

— Como esses espíritos em sofrimento não possuem, quase em sua totalidade, o conhecimento da vida espiritual, precisam de um tempo para meditar, fazer algumas reflexões; a seguir, devem ser conduzidos, em breve espaço de tempo, à reencarnação. Durante a próxima vida, em novo corpo físico, entrarão em contato natural com o sofrimento e a marginalidade, mas se verão também envoltos em algum conhecimento espiritual elementar. Reclamarão um tipo de alimento espiritual básico, sem complexidade nem sofisticação, para que possam começar a ter noções de algo além do mundo material.

— Se precisam de um conhecimento tão básico assim, com certeza não estarão preparados para o ensinamento espírita ou umbandista, pois que ambos já expressam um grau maior de iniciação espiritual, não é assim? — inquiriu Raul.

— Pois é, meu filho — anuiu o pai-velho. — Precisamente por essa razão é que vemos no mundo a atuação cada vez mais intensa das chamadas igrejas pentecostais e neopentecostais, bem como do movimento católico carismático, os quais abordam a questão espiritual de maneira bem distinta daquela que o espiritismo apresenta. Esses nossos irmãos, com sua fé radical e grande poder de persuasão, têm prestado imenso benefício, pois retiram esses espíritos, já reencarnados, de dependências químicas e antros de perdição, como dizem. Conduzem-nos à vivência de algum princípio moral, que desperte neles conceitos elementares, a fim de elevá-los em relação à vida puramente material.

— Mas será válida a forma como trabalham com esse público? Em suas pregações, valem-se de imagens como o inferno, a perdição eterna e o diabo, arrebatando fiéis para suas igrejas através do medo.

— Que outra linguagem tais irmãos entenderiam? Emergem de uma situação no plano astral na qual conviveram com imenso sofrimento; eram fantoches nas mãos de espíritos marginais. Sobretudo, seu despreparo espiritual é tamanho que não compreenderiam jamais a linguagem detalhada e explícita da doutrina espírita. Reencarnam, então, em meio à marginalidade, conforme dita a própria sintonia de seus espíritos, integrando gangues ou agindo sozinhos, de conformidade com as impressões e lembranças firmemente gravadas na memória espiritual. Habituaram-se de tal maneira às imagens mentais de sofrimento e dor do plano onde estagiaram que, uma vez na Terra, só estão aptos a dar ouvido aos apelos das pregações fortes e recheadas de elementos familiares a seu universo. O inferno do qual querem escapar, ou o diabo, por quem alimentam tanto pavor, são os obsessores e magos negros que deles se serviam antes da reencarnação atual. Decorrem desse fato o conteúdo de medo e as imagens mentais fortes que muitos ministros pentecostais e carismáticos empregam.

"Tudo tem uma finalidade útil. Muitos dos atuais pregadores que se dedicam a trabalhar nos guetos, nas favelas e nos lugares de peso vibratório são espíritos de guardiões, que já desempenhavam esse papel nas regiões do mundo oculto, antes de reencarnar. Especializaram-se no resgate dessas almas; ao reencarnarem, em seu ministério, contam com a linguagem mais adequada a coibir os abusos que esses espíritos trazem como marca de sua conduta. Somente esse tipo de linguagem e vocabulário poderá ser capaz de conter seus instintos primitivos."

Nova pausa foi feita por Pai João, pois naturalmente sabia que era muita informação para nós. Precisávamos digerir tudo antes de prosseguir. Olhando-nos bondosamente, o pai-velho deixou transparecer seu carinho imenso. Percebendo que o tempo transcorrido fora suficiente, prosseguiu:

— Reencarnados, tanto os espíritos sofredores como os quiumbas ou marginais e outros semelhantes encontrarão no linguajar típico das igrejas reformadas um eco, imagens expressas de acordo com o que viveram na erraticidade.

"Talvez vocês entrem em contato com alguma propaganda igrejeira, falando de ex-drogados, ex--ladrões, ex-prostitutas, que agora se converteram àquela determinada religião. Mesmo em contato com uma fé mais elementar, esses ex-sofredores e ex-quiumbas, agora encarnados, têm oportunidade de ouvir falar também de um paraíso cristão, de uma continuidade da vida em alguma estância do universo. Ou seja, estão recebendo informações simples, sem complexidade, para que mais tarde possam assimilar o alimento espiritual mais elaborado das religiões espiritualistas de caráter mediúnico."

— Meu Deus! — exclamou Raul. — Os espíritos pensam em tudo! Nunca imaginei esse aspecto da vida religiosa. Como todas as religiões têm de fato sua função com vistas a acordar as consciências dos filhos de Deus.

O nosso guia espiritual, Pai João de Aruanda, deixou-nos a filtrar as informações que trouxera em suas palavras sábias. Fiquei imaginando quantas oportunidades certos espíritas perdem ao rejeitar as palavras simples e sábias de um pai-velho ou de uma mãe-velha, que poderiam dar imensa contribuição nas tarefas do bem. Talvez tenhamos de esperar uma nova geração de espíritas até que o preconceito esteja erradicado de nossas fileiras. Até lá, nós fazemos o papel de ovelhas negras do movimento, já que aproveitamos esta chance que nos é oferecida para aprofundar nossos estudos e melhorar a qualidade de nossas atividades.

Pai João certamente guardava outros ensinamentos, que nos transmitiria mais tarde. Como pai-velho, feição na qual se apresentava para nós, ele conhecia profundamente as regiões do astral e até mesmo as organizações das trevas. Foi de posse desse raciocínio que perguntei:

— Conte-me, Pai João: como você pode ter tanto conhecimento a respeito dessas regiões e das características de seus habitantes?

— Olhe, Ângelo, meu filho, trabalhar como pai-velho não é algo tão simples assim. Não basta haver acumulado experiências como escravo ou conhecer algumas mandingas e depois manifestar-se por aí, fazendo benzeções. Nosso trabalho é bem mais amplo, e nossa preparação, mais complexa. A fim de desempenhar bem a função que abraçamos, temos de nos especializar em diversas áreas do conhecimento oculto. Dependendo da tarefa a que um pai-velho queira dedicar-se, além das diversas iniciações pelas quais passou em outras vidas, é preciso capacitar-se. No período em que estagiar no mundo oculto, além dos limites da matéria, deverá aprofundar seu conhecimento, infiltrando-se nas organizações das trevas, conhecendo-lhes perfeitamente as estruturas complexas e os antros do mal. Há que saber os detalhes da geografia astralina. E, tanto quanto conhece as ervas e suas aplicações, o pai-velho tem de ser experimentado no trato com as entidades endurecidas, com o vil obsessor, além de dominar o que se refere a magia, teurgia e outras coisas semelhantes. Para que um espírito se manifeste como pai-velho, coordenando uma tarefa de responsabilidade, é crucial ingressar nas escolas do astral ligadas às sagradas correntes da *aumbandhã*, a lei divina de amor e caridade, realizando seu aperfeiçoamento com disciplinas rigorosíssimas e sob a tutela dos mestres do pensamento universal. Mas isso é apenas uma parte do processo, meu filho; outras coisas mais são necessárias, das quais não convém falar aqui, neste momento.

Não havia como comentar as palavras do pai-velho. Fiquei mais admirado ainda com sua postura elegante e seu gesto de extrema simplicidade ao compartilhar conosco algo mais de seu espírito.

3

Mortos-vivos

*Pois a nossa luta não é contra seres humanos,
mas contra os poderes e autoridades, contra
os dominadores deste mundo de trevas, contra
as forças espirituais do mal nas regiões celestiais.*

EFÉSIOS 6:12

P ROSSEGUIMOS nossa jornada por caminhos cada vez mais sombrios, adentrando um local que, visto no plano astral, parecia estar envolvido em um nevoeiro mais ou menos espesso. Uma turba de seres sem seus corpos físicos rondava o lugar, sem que eu pudesse perceber qual seria sua intenção. O local parecia uma ilha em meio ao ambiente que o rodeava. Árvores, estátuas, flores por todo lado podiam ser vistas à distância. Era um cemitério.

Um grupo de espíritos, ao nos ver nos aproximando do campo-santo, começou a gritar, na tentativa de nos insultar, talvez esperando de nós alguma reação. Pai João foi taxativo:

— Não deem atenção a esses seres. São vampiros, que buscam vencer a resistência dos guardiões para roubar a energia sobrevivente dos corpos etéricos em dissolução.

Pude notar, juntamente com Raul, que uma estranha luminosidade exalava de algumas lápides, sendo percebida à distância. Além disso, em determinado lugar, havia uma luz fulgurante que iluminava tudo ao redor, formando algo semelhante a um campo de força, delimitando aquele espaço e dimensão de onde o brilho mais intenso irradiava. Ao olhar mais intensamente, vi outro grupo, que aguardava do lado de dentro daquela área, sem se confundir com a multidão que víramos antes.

— Quem são aqueles? — perguntei ao pai-velho.

— Você saberá no seu devido tempo, quando chegarmos à região circunscrita ao facho de luz — respondeu Pai João, sem aprofundar o assunto.

Raul e eu entendemos que aquele momento não comportava perguntas. Concentramo-nos e juntos vencemos a névoa, aproximando-nos mais ainda do ponto central, para onde rumava nosso guia.

Alguém do interior daquele perímetro fechado hasteou uma flâmula com o símbolo de uma caveira, desenhado em meio a alguns traços, riscos e outros elementos, todos igualmente incompreensíveis para mim. Uma voz potente se fez ouvir, vinda de alguém que demonstrava muita firmeza e um intenso magnetismo ao falar:

— Almas ruins, espíritos famintos e sedentos de sensações, abandonem toda a esperança de entrar aqui outra vez, pois vou impedi-los de roubar algo que não lhes pertence a qualquer custo. Estejam preparados para a vinda dos atalaias...

Quando a entidade nos viu, gritou, como que se dirigindo ao médium que estava desdobrado, acompanhando-nos:

— E você, alma vivente, afaste-se deste meio, pois aqui só vem quem tem permissão!

Pai João tocou o ombro de Raul transmitindo-lhe segurança, enquanto a voz continuou a falar:

— Você deve seguir para outro lugar, onde encontrará o que procura. Porventura será você algum dos feiticeiros em busca de plasma dos corpos para suas artimanhas? Não encontrará nada disso por aqui!

Pai João interveio, respondendo em voz forte e potente:

— Não! Ele não é feiticeiro e está conosco. Somos também filhos do Cordeiro.

Falando assim, Pai João fez com a mão direita alguns gestos, de modo que, por onde ele circulasse o dedo em riste, um sinal luminoso se esboçava nos fluidos ambientes. Era como se desenhasse no ar alguma coisa que os tais seres do outro lado conheciam. Terminando o processo que realizava, ele deu um sopro forte, e os símbolos então se projetaram no alto, iluminando por alguns momentos a região logo acima do local para onde nos dirigíamos. Imediatamente alguém gritou da parte interna:

— É João Cobú! O vivente está com João Cobú. Eles têm passe livre. Deixe-os entrar.

Quando chegamos ao lugar, um grande portão foi aberto, e notei uma cintilação envolvendo todo o ambiente externo, como se fosse uma rede finíssima. Pai João foi recebido com extrema reverência e respeito.

— Salve, meu pai! Desculpe-nos as medidas inóspitas, mas ultimamente tivemos diversos ataques seguidos dos vampiros astrais.

— Salve, guardião — respondeu Pai João, enquanto acompanhávamos tudo com extremo interesse. — Onde está o seu *tata*?[1]

— O chefe estava numa tarefa muito importan-

---

[1] *Tata* é um termo proveniente das religiões de cunho africano popularizadas no Brasil. Em algumas nações de candomblé, trata-se por *tata de inquice* ou simplesmente *tata* o chefe, mais particularmente o chefe feminino do *terreiro* ou do *canzuá*, segundo algumas fontes. Neste ponto da narrativa, o personagem refere-se ao maioral ou responsável pelo trabalho desempenhado no local visitado. No contexto dos espíritos chamados exus ou guardiões familiarizados com a cultura das religiões afrobrasileiras, é natural que entre si mantenham a terminologia que lhes é própria. Nada de estranho há nisso. Deve-se levar em conta, sobretudo, que as características com que se apresenta o espírito geralmente são aquelas de sua última encarnação (cf. "Ensaio teórico sobre as aparições". In: KARDEC. *O livro dos médiuns...* Op. cit. p. 159-168, itens 101-110, com destaque para o item 102).

te, mas ele percebeu seu ponto projetado na esfera astral e já se encontra a caminho.

O espírito não tirava o olhar de Raul, algo desconfiado, talvez; mas a presença de Pai João exercia uma forte influência sobre ele e os demais. O porta-voz dos guardiões tinha a aparência de um homem alto, com mais ou menos 1,90m de altura. Calvo, trajava-se com uma roupa estranha, lembrando vagamente as fardas do exército alemão; contudo, ao invés da suástica, uma caveira era o emblema estampado no peito. Enquanto Pai João conversava com o guardião, caminhávamos todos em direção àquela luz mais forte que eu vira antes. Dirigindo-se a mim e Raul, o preto-velho informou:

— Estes guardiões são os *caveiras*, como são conhecidos nestas regiões do astral inferior, bem como nos cultos umbandistas e de tradição afro.[2]

---

[2] A influência da cultura no psiquismo do espírito, tanto no corpo como na erraticidade, ainda é um tema pouco explorado nas pesquisas espíritas. De qualquer modo, um exemplo corrente dessa influência é o hábito, largamente difundido no espiritismo brasileiro, de chamar os espíritos de Irmão Fulano ou Irmão Cicrano, o que remonta ao catolicismo. Kardec jamais se referiu a eles assim, e tal vocábulo aparece em seus livros na acepção de irmãos consanguíneos ou de humanidade, embora fosse mais frequentemente empregado pelos espíritos, para estabelecer diálogo com os leitores de suas comunicações escritas.

Ao contrário do que muitos médiuns ignorantes da realidade espiritual dizem, esta legião de espíritos trabalha para o bem, auxiliando nos cemitérios aqueles seres que desencarnaram e que, por algum motivo, permaneceram ligados ainda aos despojos em deterioração nas sepulturas. Especializou--se na tarefa de limpeza energética dos cemitérios, evitando que magos negros e feiticeiros ainda encarnados, mas desdobrados, tenham êxito quando vêm em busca do fluido vital restante contido nos duplos das pessoas recém-desencarnadas.

— Por que esse nome tão bizarro, *caveiras*?

— Muitos guardiões utilizam-se de nomes cabalísticos, pois que convivem diariamente com uma espécie de ser desencarnado, habitante das regiões inferiores, que os respeita exatamente por trazerem algo diferente, um nome ou um símbolo que evoca em sua memória espiritual algo que eles mesmos não sabem explicar. Como trabalham em cemitérios, o símbolo mais óbvio a ser escolhido foi a caveira. Sua tarefa, de singular importância, consiste no processo de limpeza energética, ao mesmo tempo em que realizam a transição, para as esferas mais altas, daqueles espíritos que já acordaram para algo maior.

Raul interferiu em nosso diálogo, acrescentando suas observações:

— O movimento espírita normalmente rejeita o uso de símbolos e nomes estranhos...

— Sim, meu filho, mas o movimento espírita não é a doutrina espírita. Nesses redutos habitados por seres com costumes e interesses diferentes daqueles classificados como equilibrados, a atmosfera é muitíssimo densa. Ante a densidade dos fluidos, a periculosidade de muitos que estagiam por aqui e a insalubridade energética de regiões inteiras do plano astral, a linguagem do pensamento, como a conhecemos, torna-se muitas vezes difícil de se propagar. Basta traçar um paralelo com a dimensão física para entender melhor essa realidade. Portanto, nada mais lógico do que associar imagens, símbolos e ideogramas para que certas falanges de espíritos prontamente se comuniquem e identifiquem logo com quem estão lidando. Veja bem o caso de certos espíritos bastante respeitados, como os da Legião de Maria, tão comentada em um livro da médium Yvonne Pereira. Seus integrantes exibem uma cruz azul como emblema de sua tarefa, de seu vínculo com esse corpo de trabalhadores.

"O espiritismo, para o desgosto dos adeptos pouco perspicazes, traz um sinal distintivo inspirado pelo próprio espírito Verdade. Falo da insígnia que Allan Kardec inseriu no cabeçalho do texto intitulado *Prolegômenos*,[3] que temos como a ata de fundação do espiritismo na Terra. Está lá, logo no início do livro que é base da doutrina espírita, atendendo à determinação direta daquelas almas que patrocinaram a Codificação, conforme explica. É o ramo da videira, simbologia destrinchada pelos espíritos ao longo do texto."

— Você mesmo — falei a Pai João — desenhou nos fluidos um símbolo e o projetou no alto; só então os guardiões liberaram a nossa passagem.

— Pois é, meus filhos, essa é a simbologia dos pontos riscados, algo bem mais profundo do que se pode imaginar a princípio e com implicações mais vastas do que muitos iniciados conhecem. Esses símbolos têm a função primordial de identificar certas entidades, falanges ou agrupamentos de espíritos, como eu disse. Assim como as bandeiras, flâmulas e fardas que militares usam em todos os países do mundo contêm seus emblemas, também os guardiões possuem seus símbolos distintivos.

— Lembro-me também — comentou Raul — dos sinais de trânsito, que possibilitam a circulação de veículos em qualquer país. Parece-me inclusive que sua adoção segue padrões internacionais, para facilitar a comunicação e, consequentemente, a lo-

---

[3] In: KARDEC. *O livro dos espíritos*. Op. cit. p. 68-71.

comoção de qualquer pessoa.

— Bem lembrado, Raul — Pai João prosseguiu.

— Tudo na humanidade está relacionado a símbolos, sejam eles de natureza artística, mística, poética ou objetiva; não importa. Do lado de cá, legiões superiores também ostentam seu simbolismo sagrado, o que facilita a interação e a colaboração. As fraternidades do espaço adotam cada uma seu emblema como forma de serem reconhecidas nas tarefas de assistência espiritual que realizam no mundo oculto. O que não fazem é associar quaisquer símbolos a poderes intrínsecos que não possuem, nem sequer a forças ocultas.[4] Isso seria convertê-los em instrumentos fetichistas, o que não é o caso aqui. Os sinais facilitam muito a comunicação. E, quando se

[4] A codificação do espiritismo aborda de modo claro o poder de amuletos e demais objetos considerados mágicos ou dotados de encantamento (cf. "Poder oculto, talismãs e feiticeiros". In: KARDEC. *O livro dos espíritos*. Op. cit. p. 344-346, itens 551-556). É interessante observar que, ao dirigir aos espíritos a pergunta número 554, o Codificador cogita a utilização desses artefatos com vistas à mobilização do pensamento do homem, ao que respondem que efetivamente podem conferir mais intensidade à vontade, atuando como seu propulsor. Ou seja, em outras palavras, afirmam que esse tipo de objeto não possui poder intrínseco, mas é portador de forte carga simbólica, o que guarda relação estreita com as explicações de Pai João de Aruanda.

trata de estágios prolongados nos planos inferiores do astral ou umbral, nada mais sensato do que desenvolver um sistema de comunicação visual facilmente reconhecido pelas falanges de trabalhadores que realizam suas atividades nesses sítios.

— Na Terra — acrescentei — há inúmeros símbolos que ajudam na identificação de instituições, nações e muitos agrupamentos. E o que dizer da própria escrita? Em nada mais consiste que em sinais gráficos associados a sons e, a partir daí, a ideias. Aproximamo-nos do local de onde se irradiava a luz que me chamara a atenção. Pude ver que se tratava de uma enorme cruz. Uma aura de espiritualidade envolvia aquele cruzeiro, como era conhecido o lugar.

— O cruzeiro, meus filhos, presente em quase todo cemitério, é o ponto de convergência de vibrações mais sutis, que atendem às necessidades dos guardiões em suas tarefas. As pessoas que visitam os cemitérios em geral se dirigem ao cruzeiro, onde realizam suas orações para os pretensos mortos. Com o tempo, essas mesmas vibrações, de devoção, saudade e amor, criam essa aura que se irradia daqui. Também é nesse espaço que os chamados *exus caveira*, guardiões dedicados a estes distritos, reúnem-se para determinar suas ações, de cujo benefício muitas dessas almas desesperadas não podem prescindir. Se não fosse a determinação desses comandos especializados, que trabalham no resgate e na condução das almas desequilibradas, há muito os magos negros já teriam dominado completamente todos os cemitérios do planeta, transformando-os em laboratórios de extração de ectoplasma.

— Quando chegamos aqui, aqueles espíritos que estão lá fora tentavam vencer a segurança — principiou Raul, fazendo menção, com o braço, ao acontecido. — Eles estão sob o comando dos magos?

Desta vez foi o guardião quem respondeu:

— Os seres em forma de réptil[5] são degenerações do aspecto espiritual de pessoas que se especializaram no roubo de energias vitais. Procuram os restos de ectoplasma que ficam no ambiente dos cemitérios após o sepultamento. Embora não percam o patrimônio intelectual adquirido, trazem a consciência nublada, e, aos poucos, sua forma exterior vai degenerando. Nossa tarefa é justamente assegurar que não obtenham o que vieram buscar. Devemos impedir que capturem tanto essas energias vitais quanto aqueles espíritos que ainda se

---

[5] Os seres em forma de réptil são tema revisitado no volume 2 da trilogia O Reino das Sombras (cf. PINHEIRO. *Senhores da escuridão*. 2ª ed. Contagem: Casa dos Espíritos, 2008. p. 202-250, cap. 4).

apegam ao corpo, suas presas prediletas, como poderão ver depois.

— Mas parecem compor um grupo muito grande... Como vocês conseguem rechaçar as investidas deles?

— Há mais ou menos 40 anos, recebemos a incumbência de trabalhar mais intensamente nos cemitérios. O tata, nosso orientador e líder, recebeu certos recursos das dimensões superiores e nos equipou de tal maneira que hoje formamos grupos em todo o planeta, preparados para o enfrentamento desses ataques. Segundo o tata nos transmitiu, a ordem do Alto era para que impedíssemos a ação dos vampiros de energia e formássemos uma linha de defesa nos ambientes dos cemitérios. Muitos magos negros e feiticeiros se apoderam de espíritos ainda prisioneiros dos despojos e os transformam em marionetes, cobaias para suas experiências. Nesse particular, os guardiões interferem profundamente nos planos dos magos das trevas, interrompendo o fluxo criado diretamente entre os cemitérios e seus laboratórios. O roubo de energias vitais está cada vez menos intenso. A ordem do Alto é erradicar completamente dos ambientes inferiores qualquer vestígio da ação das trevas.

— Então o trabalho de vocês não para nunca...

— Infelizmente temos de lidar com a ignorância de inúmeros espiritualistas. Por exemplo, quando um de nossos guardiões é percebido em reuniões mediúnicas, conduzindo espíritos para serem resgatados, somos mal interpretados pelos médiuns que não estudam nem suspeitam de nosso trabalho. A simples visão de uma caveira evoca na mente dos sensitivos imagens negativas, associações relacionadas à morte, como se fosse um tema macabro. É incrível o pavor que sentem pela morte muitos daqueles que lidam com os espíritos e postulam a reencarnação! Não é uma incoerência? Fato é que, ao sermos vistos, informam aos dirigentes que um exu com aspecto de caveira está presente, carregando prisioneiro outro espírito. Pronto: assumem uma atitude paternalista e, como a visão depende de quem olha, enxergam um bandido subjugando a suposta vítima.

Nesse ponto da conversa, Pai João interrompeu o guardião e continuou em seu lugar:

— O dirigente, despreparado, não conhecendo o simbolismo utilizado no astral, conclui que exu caveira é a representação do mal. Através de uma indução quase hipnótica e uma associação infeliz de ideias, alguns médiuns, a partir de então, deixam sua parte anímica falar mais alto e relatam coisas inacreditáveis a respeito dos guardiões. O espírito que deveria ser resgatado é liberado, como se fosse um sofredor, e o guardião ou exu é *doutrinado*, conforme dita o figurino adotado em larga escala nos centros espíritas. Terminada a reunião, o verdadeiro obsessor foi libertado, como se fosse um espírito necessitado, livre para voltar às suas atividades, e o guardião, que é o parceiro das atividades do bem, é confundido com espíritos maus.

— Isso mesmo — falou o guardião com o símbolo de caveira. — Por esse motivo, procuramos regularmente os centros umbandistas para nos auxiliar nas tarefas, pois neles nossos trabalhadores da polícia astral manifestam-se e são conhecidos como exus caveira. Evidentemente, também enfrentamos problemas sérios nos centros de umbanda, só que de natureza distinta. Com o tempo, porém, temos certeza de que cada vez mais umbandistas e espíritas se esclarecerão, de modo que possamos realizar um trabalho em parceria, com eficácia ainda maior.

— Se os umbandistas sabem sobre vocês e o papel que desempenham, por qual razão há problemas em sua participação?

— O conhecimento somente aos poucos vai conquistando as mentes e os corações dos verdadeiros umbandistas, assim como ocorre com todas as pessoas. Muitos médiuns e dirigentes estão cativos de ideias preconcebidas ou transmitidas por pessoas absolutamente despreparadas. Conhecem certos símbolos, sagrados para eles, e sabem de nossos nomes, é verdade. Entretanto, quando procuramos alguns médiuns para realizar um trabalho de parceria, teatralizam tanto a nossa manifestação através deles que perdem de vista o objetivo da tarefa. Existem casos extremos em que nos vemos compelidos a nos afastar, deixando o médium sozinho, entregue à encenação de um verdadeiro teatro. Encurva-se todo, fala palavras incompreensíveis, até mesmo palavrões, como se nos comportássemos de modo tão grotesco. Querem apenas uma plateia para aplaudir sua *performance* notável.

"Graças ao investimento do Alto, vem surgindo uma geração de umbandistas cada vez mais conscientes, que têm procurado estudar, conhecer mais e trabalhar melhor sua mediunidade, de maneira mais afeita aos ideais superiores, o que também os torna mais aptos a promover resgates, defesas e limpezas no astral, atividades com as quais muitos guardiões, de diversas falanges, estão seriamente comprometidos."

Nossa atenção foi desviada para um espírito que chegou. Sua aparência impunha respeito, mas não podíamos dizer que havia nele expressão de beleza. Apesar da figura rude, irradiava de sua face e de seus olhos tal autoridade e, ao mesmo tempo, tal simpatia, que diria incomuns. Alto, olhos vivos e poucos cabelos, aparentava aproximadamente 40 anos de idade, segundo as referências terrestres. Sabemos que a exterioridade de um espírito depende muito de sua vontade, de suas experiências e da plasticidade de seu perispírito ao retratar o íntimo do ser. Mas ali estava alguém que realmente chamava a atenção. Dirigiu-se ao pai-velho e, numa demonstração de gratidão, respeito e algo que beirava a veneração, cumprimentou Pai João:

— Salve, meu pai! Sinto-me honrado em recebê-lo novamente em nosso círculo de atividades.

— Que bom vê-lo de novo, meu menino — expressou Pai João com certa desenvoltura e demonstração de amizade. — Fico feliz em verificar que está desempenhando bem sua tarefa.

— Pretendo ser fiel ao legado que me confiaram, além de ser eternamente grato por você haver me abonado diante do comando dos guardiões.

— Tenho certeza de que você é capaz. Parece-me que os caveiras estão satisfeitos com sua forma de conduzir a situação por aqui...

— Temos procurado encontrar soluções para os desafios impostos pelas trevas ouvindo a opinião de todos, meu pai.

— Parece-me que a democracia chegou aqui... — satirizou Pai João.

— Não diria que é exatamente um regime democrático, mas buscamos uma igualdade relativa nos trabalhos, uma vez que os magos negros, vampiros e quiumbas não nos têm dado trégua. O que não é para menos, pois temos avançado nossas trincheiras. Na medida do possível, tenho visitado diversos campos de atividade, outros cemitérios, nos quais pudemos estabelecer um plano de ação semelhante ao que temos em funcionamento aqui. São iniciativas simples, é claro, sem esquecer que nosso planejamento estratégico vem do comando supremo dos guardiões. Seguimos a rota traçada, que, com certeza, é de inspiração superior e, naquilo que podemos, adaptamos essa orientação à realidade de cada local de nossa ocupação.

— Afinal, não é tão democrático assim, não é mesmo? — tornou a brincar o preto-velho, de forma afetuosa, colocando a mão sobre o ombro daquele soldado do astral.

Voltando-se para nós, Pai João apresentou-nos ao tata, como todos se referiam ao chefe daquela legião de espíritos:

— Este é Ângelo e o outro companheiro é o nosso amigo Raul. Ambos estão comigo, pois o nosso Ângelo precisa colher informações e apontamentos para transmiti-los aos filhos encarnados. E Raul é um vivente que está desdobrado, acompanhando-nos, pois carecemos de uma fonte de ectoplasma e de um parceiro com habilidade para se deslocar em nosso plano com relativa facilidade. Ele concordou em nos auxiliar.

— Escrever aos viventes da Terra a nosso respeito? — perguntou o chefe daqueles guardiões. — É preciso ter muita coragem para confrontar as ideias errôneas que elaboraram acerca de nosso trabalho.

— É o que pretendo, com a ajuda de vocês — respondi. — Já é hora de romper esse tabu, você não acha?

Dirigindo-se a nosso convidado Raul, o guardião falou, sem constrangimento:

— Você me parece corajoso também. Vejo que é coroado e traz uma outorga do Alto...

— Estou aprendendo com João Cobú a respeito da vida espiritual, sou um aprendiz.

Pai João interferiu na conversa:

— Raul é pupilo de um amigo nosso de outros planos, e juntos realizamos um trabalho de parceria. Aprendemos uns com os outros. Ele também é iniciado e serve sob a égide do espiritismo.

— Espiritismo? — o chefe dos caveiras deu uma estrondosa gargalhada. — Desculpe o jeito de me expressar, mas é que sinto pena de você. Os espíritas parecem ter criado um movimento tão cheio de preconceitos que dificilmente se interessam por algo a nosso respeito sem nos tachar de obsessores e acusar o médium de *antidoutrinário*, como é seu costume.

— Eu sei, mas, conforme disse Pai João, meu trabalho se dá sob a bandeira do espiritismo, e não dos espíritas — Raul foi taxativo.

— Corajoso, o rapaz! — respondeu o representante dos guardiões no cemitério, com certa ironia e bom humor. — Gostei de você.

Então, abraçando Raul como se abraça um amigo, retornou a atenção a Pai João e perguntou, com entusiasmo:

— Creio que não vieram aqui apenas para me ouvir, não é mesmo? Em que posso ajudá-los?

João Cobú instruiu o guardião a respeito das intenções que norteavam nossa excursão, no tocante à pesquisa do mundo oculto, principalmente no que concerne ao império das sombras, sua estrutura, organização e seu método de trabalho. Aquele a quem chamavam tata prontificou-se imediatamente a nos acompanhar em um breve reconhecimento daqueles sítios, denominados por eles de *campo-santo*, numa atitude solene, que me despertou interesse.

Sem delongas, pusemo-nos a caminho a fim de conhecer aquele local que, a começar pela postura dos anfitriões, merecia de nossa parte imenso respeito.

Dentro de instantes ouvíamos gritos e gemidos. Era algo tão aterrador que parecia vir de uma alma presa no lendário inferno criado pelos cristãos. Vimos dois guardiões curvados sobre uma sepultura, auxiliando o espírito de uma mulher a se desvencilhar dos despojos carnais, junto aos ossos que permaneciam no interior da tumba. Detive-me, com Raul, e pude notar horrorizado o quanto a pobre mulher se debatia em meio aos vermes que percorriam o local onde haviam sido devorados os últimos fragmentos do corpo em decomposição. A aparência daquele espírito desafiava minha capacidade de expressão. Não conseguiria descrever com clareza o que via. Raul, ao contrário, parecia não se abalar com o quadro à nossa frente e permanecia a meu lado, observando o desenrolar da cena. Pai João e o guardião conversavam a respeito daquele espírito e do que acontecia:

— Este infeliz espírito, que em sua última existência estagiou no corpo feminino, foi agraciado com uma beleza incomum — reportava o tata.

— Trabalhou como modelo e, entre as passarelas e a fotografia, conseguiu imenso prestígio no mundo dos homens, devido à singular beleza, aliada ao charme e ao exercício da sedução. No entanto, entregou-se às drogas, como frequentemente ocorre nesses casos, e dedicou sua vida a esculpir o corpo e projetar determinada imagem, concentrando na beleza física toda a sua atenção. Desencarnou vítima de um câncer, que foi, aos poucos, corroendo o intestino e o fígado, deixando-a cada vez mais desvitalizada. Após o desencarne, entrou num processo insano de apego ao antigo corpo, que fora objeto de culto e veneração durante a vida, num saudosismo doentio, ligado ao sucesso de outrora. Tem resistido a todas as tentativas de socorro. Mesmo sentindo os vermes a envolver seu corpo espiritual, a ex-modelo, por processo de ideoplastia, cria imagens e situações que agravam seu desespero íntimo. Não concorda que esteja desencarnada e, revoltada contra a vida, entrega-se a este estado calamitoso. Destaquei dois guardiões com o objetivo de amparά-la e observar se ocorreria algum progresso no caso da infeliz, até que ontem conseguimos algo. A avó da pobre criatura, desencarnada recentemente, resolveu visitar a neta, mas encontrou-a ligada aos despojos carnais.

— Há quanto tempo ela resiste ao auxílio? — perguntou Raul, voltando-se, interessado, para o guardião.

— Mais ou menos 20 anos. O tempo parece longo demais para um ser ficar acreditando que está sendo devorado por vermes, a criar continuamente situações aflitivas em torno de si.

— Não podemos fazer nada a respeito? Não há como acelerar o processo de resgate da mulher infeliz? — replicou, espantado.

— Precisamos de médiuns de boa vontade e capacitados para a empreitada. Procuramos certa vez um agrupamento mediúnico, e um de nossos guardiões se apresentou como Exu Caveira. Antes que pudesse explicar o motivo pelo qual comparecia àquela reunião, que era pedir ajuda para este espírito, o dirigente começou a *doutriná-lo*, sem sequer escutar seu lado da história. Casos como esse ocorrem repetidas vezes. Ontem, depois que a avó desta pobre mulher esteve aqui, fomos informados sobre um agrupamento mediúnico familiar que está disposto a auxiliar, mas, além disso, precisamos de um médium que doe ectoplasma e que conheça minimamente o processo de resgate. Vejam o que sucede com ela — falou o tata, apontando para dentro da sepultura.

Olhamos interessados, e eu, vencendo o pavor e a repugnância que a situação me inspirava, pude perceber detalhes que antes não havia visto. O espírito da mulher contorcia-se em meio a inúmeros vermes que envolviam cada centímetro do seu corpo espiritual. De sua boca, ouvidos e nariz, saíam formas horrendas; seus olhos esbugalhados, era como se estivessem fora de órbita, o que transformava sua aparência em algo assustador. A matéria astral que havia dentro da sepultura refletia diversos rostos de figuras quase humanas, que apareciam e desapareciam à medida que a examinávamos. Ora se assemelhando a seres humanos, ora se comportando como escorpiões, tais formas ferroavam incisivamente seu corpo espiritual. Seria isso um exercício de autopunição? — indaguei-me.

— Todo esse processo é o resultado de uma vida voltada com exclusividade às questões puramente materiais, somada ao uso de drogas poderosas. A mente desse espírito, habituada com imagens mentais sem nexo, geradas pelo uso de entorpecentes e outras substância tóxicas, passou a produzir, do lado de cá, essas formas mentais destrutivas que a atacam permanentemente. Vejam a situação da matéria astral junto ao corpo espiritual...

Fixamos a atenção em uma espécie de lama ou muco, que se achava grudado no perispírito da mulher, mais intensamente na parte inferior, próxima à região genital, às coxas e pernas. O estranho elemento astralino, produto de uma transformação antinatural, devido às imagens mentais tóxicas criadas pela mente enferma, assemelhava-se a um ácido de grande poder corrosivo, que ia aos poucos desfigurando o corpo sutil da mulher desencarnada. Diante de nossa admiração pelo que observávamos, o guardião esclareceu:

— Precisamos de alguém entre os encarnados

que entenda do processo em questão. Não basta boa vontade, nesse caso. É necessário que o médium ou o grupo estude o processo de ideoplastia, conheça alguns recursos da natureza e que o doador de ectoplasma se disponha pessoalmente ao resgate...

— Eu me candidato — interrompeu Raul. — Se quiserem, podem contar comigo.

O guardião olhou para Pai João, como que esperando sua aprovação, que veio através de um olhar significativo, assentindo com a cabeça. A um sinal do tata, um dos guardiões subordinados a ele partiu imediatamente dali.

— Aceitamos sua ajuda com regalo — respondeu. — Enviei um dos guardiões para falar com o representante dos trabalhos mediúnicos. Creio que no máximo até amanhã à noite poderemos libertar a infeliz.

Em seguida o local ficou repleto de guardiões. Notei também que algumas mulheres, semelhantes à polícia feminina, acorriam ao local próximo à sepultura onde a infeliz se mantinha refém. Eram espíritos de mulheres dotados de intenso magnetismo e que transmitiam segurança, dando a impressão de conhecer perfeitamente a tarefa que as aguardava. Estranhei, pois até aquele momento só observara a presença de espíritos com aparência masculina naquela equipe de guardiões do campo-santo.

— São a chamada polícia feminina do astral. Na umbanda, são conhecidas como *pombajiras*, ou *bombonjiras*[6], como expressam melhor alguns umbandistas.

— Mas as informações que nos chegam acerca desses espíritos... — comecei a falar, logo sendo interrompido pelo tata dos caveiras.

— Sei, Ângelo, são desastrosas. As pessoas dizem, lá entre os encarnados, que as chamadas pombajiras são espíritos de mulheres da vida, prostitutas ou coisa semelhante. Isso se deve muito mais à ignorância de médiuns e dirigentes, que desconhecem por completo a verdadeira identidade e a importante tarefa que desempenham essas guardiãs. Na verdade, formam uma falange de amazonas do plano astral e trabalham em todo caso que envolve sentimentos e emoções mal orientadas e desequilibradas, que é sua vocação. Como o presente caso

---

[6] Apesar de este termo frequentemente ser grafado como *pombagira*, com "g" ao invés de "j", adotamos aqui a indicação do *Dicionário Houaiss da Língua Portuguesa*, que recomenda evitar a forma com "g". O termo *bombonjira*, bem menos usual, ainda que mais correto, é mais frequentemente encontrado como *bombojira*, omitindo-se o "n". Igualmente preferimos a opção do *Houaiss*, que nem registra a segunda grafia. Com relação ao uso de maiúsculas, que o dicionário recomenda empregar sempre no uso desse termo, optamos por contrariá-lo. Entendemos que aquilo que ele indica

exige um acompanhamento ligado ao emocional, nada melhor do que espíritos especializados nessas questões, que, além disso, são portadores da garra e da determinação que distinguem as guardiãs comprometidas com o bem do próximo. Elas operam nas encruzilhadas vibratórias, que não guardam relação com as chamadas esquinas das ruas terrenas. São exímias conhecedoras dos problemas do coração, da sensibilidade, e exercem seu trabalho com maestria quando se cruzam os problemas da razão, da perda do bom senso, com aqueles gerados por emoções descontroladas.

— Tenho muito que aprender...

— Ao contrário do que muitos médiuns expressam, em seu animismo confundido com mediu-

no verbete *exu* (inicial maiúscula quando se refere ao nome do orixá; possibilidade de inicial minúscula ou maiúscula quando se refere à categoria do espírito) está mais de acordo com a convenção adotada nas obras da Casa dos Espíritos. Não utilizamos maiúsculas quando o texto se refere às individualidades ou aos espíritos de um modo geral (como em *os exus ou guardiões, as bombonjiras* ou *os espíritos*), utilizando-as apenas quando a citação diz respeito ao orixá (tanto a divindade do panteão africano como a força ou vibração da natureza assim denominada: é o caso em *Oxóssi*, o orixá, ou, no polo oposto, *Exu*), ou ainda quando o nome comum torna-se particular ao ser usado por um espírito para se identificar (exemplos: *Exu Veludo, Caboclo Pena Branca* ou *Pombajira Rainha*).

nismo, esses espíritos não se comportam do modo como são retratados pela incompreensão. Para nosso desapontamento, muitos sensitivos, que desonram o verdadeiro trabalho dessas guardiãs, representam-nas, no momento da incorporação, utilizando palavrões, atitudes grotescas e maldosas, desprezando a oportunidade ímpar de concorrer para o equilíbrio do sentimento e das emoções, técnica que elas dominam como ninguém no astral inferior. Em suma, não podemos prescindir de sua atuação, pois nas esferas do umbral elas desempenham atividade fundamental no resgate dos espíritos comprometidos com o coração, a emoção e a sexualidade.

Dando uma pausa necessária para que eu assimilasse suas palavras, ele continuou:

— É certo, Ângelo, que existem espíritos na forma feminina que abusaram da sexualidade e, do lado de cá, continuam com seus desequilíbrios, tanto quanto ocorre com espíritos na forma masculina. Muitos médiuns se sintonizam com essas entidades, que várias vezes pretendem se mostrar, através da incorporação ou da psicofonia, como sendo bombonjiras. São farsantes, espíritos inferiores e desrespeitosos, que produzem mistificações as mais diversas ao estabelecer sintonia com médiuns obtusos, comprometendo assim a imagem e o trabalho sério das verdadeiras guardiãs.

149

†

CREIO que não precisava de maiores detalhes no momento. Após essas explicações, o tata dos guardiões dispensou a força-tarefa feminina, como denominei as modernas amazonas do plano astral. Prosseguimos nossas observações em outro terreno, entre as sepulturas do cemitério. Nossa atenção voltou-se para um barulho externo. Uma multidão de seres em desequilíbrio tentava a todo custo romper o cerco dos guardiões, na ânsia de adentrar o cemitério. Eram desencarnados, muitos com aparência grotesca, dentes afiados, imensos e desproporcionais, tinham a boca aberta enquanto a saliva escorria-lhes entre os lábios. Outros, em menor quantidade, trajando longas túnicas, pareciam se arrastar em meio à turba, silenciosos, mas visivelmente ameaçadores. A grande maioria, porém, assemelhava-se a um bando de marginais, mulheres e homens desfigurados, sujos e maltrapilhos, todos com alguma deformidade na aparência perispiritual. O cemitério efetivamente estava sendo atacado — e sob artilharia pesada.

— Vejam, Ângelo e Raul — elucidou o tata. — Os que vestem túnicas são os representantes dos magos negros; são os iniciantes, na verdade. Detêm total controle sobre a turba de seres em desequilíbrio, composta basicamente por duas classes de espíritos. Os mais horrendos e agressivos são os vampiros astrais, que sobrevivem dos restos de fluidos densos exalados pelos corpos etéricos de recém-desencarnados; os demais são quiumbas, totalmente submissos a estes. Essa cadeia de dominação perversa, como poderão ver mais adiante, é a regra, que se estende até os comandantes supremos das sombras.

O tata interrompeu as explicações, como se tivesse recebido um comunicado de algum dos seus.

— Tenho de me apressar no comando dos guardiões. Fiquem por aqui — disse ele, retirando-se.

Vimos quanto os guardiões trabalhavam em sintonia. Algo diferente, que eu nunca poderia imaginar ocorresse no plano astral, presenciei ali naquela noite. Uma batalha no mundo oculto. Por mais inusitado que pudesse soar para mim, não tinha como descrever com outra palavra o que se dava diante de meus olhos.

Sob o comando do tata dos caveiras, imenso contingente de guardiões se colocou em seus postos. Poderoso arsenal, composto por armas desconhecidas para nós, era posicionado estrategicamente. Intrigado com tudo aquilo, recorri mentalmente a Pai João, que me socorreu no ato:

— Não se esqueçam, meus filhos, de que não

estamos nos mundos superiores nem na espiritualidade propriamente dita; muito pelo contrário. Este é o astral, também conhecido como umbral, uma dimensão de transição ainda bastante densa, situada entre os planos material e espiritual. Aliás, bem mais próxima do primeiro, vibracionalmente falando, é esta região específica onde nos encontramos. Por aqui as coisas ocorrem de modo muito semelhante ao que se dá na Terra. Como os magos negros atacam utilizando o arsenal de seres em desequilíbrio à sua disposição, os guardiões, por sua vez, armam-se de uma tecnologia que lança radiações elétricas. O choque dos raios emitidos afugenta a multidão de almas perturbadas, acordando-as temporariamente do transe hipnótico a que os magos as submetem.

Mal Pai João encerrou sua fala, ouvimos um barulho ensurdecedor. Os guardiões estavam munidos de armamentos diversos: alguns pareciam tridentes, outros eram como lanças, e ainda havia aqueles em forma de canhão, cujas bocas cuspiam faíscas elétricas em direção ao alvo. Era algo cinematográfico, poderia se dizer, mas perfeitamente real — para meu espanto, inclusive.[7] Os magos ne-

---

[7] Apesar da surpresa do autor espiritual, os combates sem dúvida ocorrem também no mundo extracorpóreo, conforme pôde verificar Allan Kardec

gros e sua turba de vampiros estavam na linha de frente do combate, e, mais além, a grande multidão de quiumbas agitava-se. Os magos mantinham os braços estendidos em direção aos policiais do astral, e podíamos notar raios finos partindo de suas mãos, os quais eram visíveis somente devido à materialidade dos fluidos ambientes. De suas cabeças irradiava imenso poder hipnótico, em especial dos olhos, iluminados com um clarão medonho e avermelhado. O grito de guerra do tata dos guardiões não se fez esperar:

— *Laroiê*, Exu! — bradou o tata a plenos pulmões, como que dando uma ordem.

Pai João entrou na batalha, e mais uma vez o vimos desenhar nos fluidos ambientes o sinal que lhe era característico, projetando-o nas regiões imediatamente superiores. O preto-velho transformou-se em nossa frente; em meio à aparência do

em mais de uma oportunidade. Em diversas obras se pode ter uma boa visão das batalhas. Talvez seja inovador aqui, até certo ponto, o relato de que o confronto não ocorre paralelamente a outro na dimensão física, o que é secundário, diante do esclarecimento de que, com efeito, há disputas corporais e guerras na realidade extrafísica (cf. "Os espíritos durante os combates". In: KARDEC. *O livro dos espíritos*. Op. cit. p. 340-342, itens 541 a 548. Cf. evocações de combatentes de Magenta. In: KARDEC. *Revista espírita*. Op. cit. p. 275-287, ano II, jul. 1859).

velho negro africano, vimos a forma de um antigo iniciado egípcio se destacar. Quando os símbolos de Pai João foram estampados no astral, algo diferente aconteceu do outro lado, fora do cemitério. Uma falange de exus ou guardiões, cerca de 500 espíritos, de repente veio chegando. Deslizavam nos fluidos do ambiente umbralino, portando armas do tipo tridente, as quais jorravam de suas pontas raios elétricos que repeliam a multidão enfurecida.

À medida que o grupo era atingido, os quiumbas tentavam correr, a fim de escapar de seus algozes, mas logo se viam aprisionados — só que agora pelos exus — em uma malha finíssima, de estrutura eletromagnética. Era grande o número de guardiões que os envolviam, de modo que não tinham como fugir. Os magos e os vampiros, por sua vez, encontraram resistência inesperada. Contrariando suas previsões, sofreram investida tenaz por parte dos caveiras, que estavam preparados para o confronto, intensificando o campo de força em torno do cemitério. Em pouco tempo, o destino da batalha estava decidido. Os magos ainda conseguiram bater em retirada, porém deixaram para trás os vampiros e os quiumbas, que lentamente acordavam do transe hipnótico, embora não soubessem que rumo tomar.

Antes de encerrar-se a contenda, tive oportunidade de surpreender-me uma vez mais, agora com a técnica utilizada por Pai João. Projetando sua forma perispiritual de pai-velho entre o cemitério e os magos em retirada, a figura do nosso guia os perseguia por onde quer que fossem. Era como se uma projeção holográfica ganhasse vida própria e fosse no encalço da legião das trevas. Em virtude disso, chegaram a parar por um momento, mas prosseguiram em seguida, alterando sua rota de fuga. Estavam certamente atordoados com o desfecho da batalha. Olhei para Raul e tive a nítida impressão de que ele tremia por inteiro. Será que achou que poderia desencarnar, estando desdobrado? — cogitei ironicamente. Após tudo voltar ao habitual, inclusive o aspecto do preto-velho Pai João de Aruanda, este chamou o tata, e voltamos a nos reunir no cruzeiro do cemitério.

— Chamei os guardiões que trabalham sob o comando de um grande amigo espiritual, um caboclo — principiou o pai-velho. — Eles são especialistas no trato com os quiumbas e os conduzirão a um local apropriado, na tentativa de conversar com eles. Contudo, é evidente que os magos não desistirão tão cedo de seu intento. Precisam de fluido vital a qualquer preço, até porque entre eles mesmos existem grupos rivais, facções inimigas que procuram sabotar as experiências uns dos outros. Para realizarem uma operação tão escancarada, suas reservas de ectoplasma devem estar escassas, por isso buscam extrair a maior cota possível diretamente dos cadáveres. Creio que com o susto procurarão outros campos-santos; não esperavam encontrar tamanha resistência.

— Os demais cemitérios estarão protegidos, como este? — perguntou Raul.

— De forma alguma. Todos certamente têm equipes trabalhando, mas ainda não conseguimos equipar e especializar um número suficiente de guardiões para o trato com essas questões delicadas, que envolvem magos, feiticeiros e vampiros do astral. São espíritos altamente perigosos. Há muitos cemitérios do planeta ainda sem a proteção no nível que este possui, embora as equipes socorristas deem o melhor de si.

Mudando o rumo da conversa, o tata nos convidou a um momento de reflexão e prece. Nessa hora, quando mentalizamos os recursos superiores, o cruzeiro iluminou-se ainda mais, como se uma profusão de luzes e cores irradiassem de planos mais altos e se derramassem diretamente sobre a cruz, em cuja base nos reuníamos. De suas hastes partiam jatos de luz, que eram disparados em toda as direções do cemitério, acalmando os espíritos que ali se encontravam, apegados aos antigos despojos. Diversas lápides se acenderam, e, embora o lugar pudesse despertar nos encarnados alguma lembrança lúgubre, o ambiente por inteiro recebeu a bênção superior em forma de safirina luz. Ao que tudo indica, o corpo de guardiões aguardava a ocorrência, pois todos eles espalmaram as mãos, em atitude receptiva, sendo cada um mergulhado nos jatos daquela luminosidade e envolto nas cores que irradiaram do cruzeiro.

Após alguns minutos, tudo parecia voltar ao normal, e as atividades prosseguiram conforme o planejamento. Desta vez foi Raul quem falou:

— Este cruzeiro funciona como um condensador de energias superiores. De certa maneira, também se comporta como um imenso condutor e transformador energético, pois as vibrações de dimensões mais altas fluem através dele, envolvendo a todos e ao ambiente por inteiro com um acréscimo de vitalidade sutil. Ao mesmo tempo, a luz astral reabastece os guardiões e dispersa aqueles fluidos densos, que talvez fossem resquício do encontro com os magos.

— Humm... — assenti. Pelo jeito o fenômeno era conhecido pelo médium, pois ele revelava detalhes que eu mesmo, como desencarnado, não sabia.

— Raul já visitou outros lugares como este, Ângelo, e também traz na memória espiritual certos registros, que eclodem de seu psiquismo à medida que a necessidade se faz presente — elucidou Pai João.

Prosseguimos nossa excursão pelo cemitério, sem maiores delongas, enquanto as equipes de guardiões também se dispersavam, para dar prosseguimento a suas atividades. Entre as sepulturas, deparamos com cenas incomuns. Alguns espíritos tentavam se esconder dentro dos montes de terra; outros, na ânsia de fugir de nossa presença, entravam terra adentro e, talvez acreditando chocar-se com uma barreira, ficavam com metade do corpo perispiritual para fora, debatendo-se intensamente. Associaria essa visão com emas e avestruzes, se não fosse tão trágico. A forma humana, nesses seres, era distante daquela conhecida pelos companheiros encarnados. Esqueléticos, mais humanoides do que propriamente humanos, os membros desarticulados apresentavam-se com intensa deformidade; as mãos, por exemplo, lembravam mais mãos de símios que de homens. O chefe dos guardiões deteve-se por instantes, observando ou dando um tempo maior para que pudéssemos visualizar mais detalhadamente a situação daqueles estranhos seres. Após breve intervalo, informou:

— Temos aqui espíritos revoltados com o fato de que a morte do corpo impede que vivam no meio dos encarnados. Além disso, trazem a mente obscurecida por uma visão muitíssimo distorcida da realidade espiritual. Há também outros grupos, que vagam medrosos por entre as sepulturas. Poderiam ser classificados pelos estudiosos como sendo seres *endógeos*, pois vivem escavando a terra na esperança de desenterrar seus antigos corpos. Entre nós, guardiões, são chamados de *fura-terras*, um termo menos complexo para referirmo-nos a eles, facilitando a comunicação entre a polícia astral. Enlouqueceram diante do pavor que a morte lhes inspirou, mas recusam-se a despertar o pensamento para que possam ser socorridos. Eventualmente, escapam ao controle exercido pelos guardiões e vagam pelas ruas à noite, sem rumo definido. Comportam-se como sonâmbulos.

— Mas os magos negros não usam esses seres, como fazem com os quiumbas? — indaguei o guardião, com certa surpresa.

— Esses espíritos estão enlouquecidos e não se prestam aos objetivos dos magos. Perderam o controle das emoções e da razão. Os magos negros precisam que a pessoa visada tenha um mínimo de raciocínio e que a mente objeto de seu poder hipnótico esteja em perfeito funcionamento. Os que observamos aqui têm seu campo mental totalmente comprometido, ao se refugiarem na loucura que os torna mortos-vivos. Nem mesmo sabem o que ocorre à sua volta, e a única sensação que experimentam é a do medo de qualquer outro ser vivo.

— Vocês permitem que fiquem soltos pelas ruas? Não poderão prejudicar alguém?

— Acreditamos que não. Estão de tal maneira mergulhados em seu universo distorcido e tão distantes da realidade que não percebem o que ocorre em torno de si. Além do mais, servem de alguma forma para deter a ação de pessoas encarnadas que poderiam prejudicar outros.

— Não compreendi bem o que você quer dizer...

— Como tais espíritos mantêm-se alijados do contato com o mundo corpóreo, vivem em estado de sonambulismo, como fantasmas, e procuram de preferência lugares ermos, casas abandonadas e territórios com pouco tráfego humano. Quando alguém entre os encarnados os percebe, através de sua sensibilidade, é um deus-nos-acuda. De um lado, o encarnado sai apavorado, correndo de medo, e, do outro, o próprio espírito foge, em pânico, pois sua mente encontra-se em completo desequilíbrio. Caso a pessoa esteja frequentando esses ambientes preferidos pelos fantasmas do astral maquinando algum plano ou tentando promover algo escuso, a simples presença desses seres desperta no intruso o pavor que o faz sair do local, desesperado. Mas nem todos eles conseguem sair por aí, a esmo. Os que o fazem, logo ao nascer do sol voltam para os cemitérios, tentando se enterrar pelo chão adentro.

Nosso olhar voltou-se para um outro grupo de espíritos, que notamos entrarem pelo chão, também em busca de esconderijo. Esses pareciam menos medrosos; encaravam-nos com os olhos quase saltando da órbita, embora não demonstrassem querer contato com nenhum de nós. Eram mais humanos na aparência, entretanto seus corpos espirituais continham marcas profundas, que sugeriam ser fruto de acidentes ou doenças mais graves. Feridas fétidas, membros amputados, cortes profundos em alguma parte de seus corpos — tudo compunha um quadro estranho de se ver. Mostravam-se de tal modo envergonhados que claramente desejavam ocultar suas deformidades uns dos outros, mas principalmente de nós. Sumiam chão adentro sem deixar vestígio. Certas sepulturas funcionavam como portas, das quais se utilizavam para ingressar num pretenso mundo subterrâneo. Desta vez foi Pai João quem nos esclareceu:

— Abaixo da superfície, outros planos ou dimensões existem, em situação energética mais densa, nos quais esses seres se refugiam. Agrada-lhes viver em cavernas subterrâneas, apesar de

161

que já têm coragem de ver e ouvir além de seu mundo mental, diferentemente dos primeiros *fantasmas*. Vivem em bandos, embora tenham perdido a lembrança de como articular a voz, para que pudessem efetivamente se comunicar entre si. Não despertaram ainda para qualquer atividade mental superior. Também podem ser classificados de fantasmas de cemitérios; entre os guardiões, porém, são conhecidos como *cavernícolas*, que assim os distinguem dos *fura-terras*.

"Há uma razão para tanto. Essa classe de espíritos, especificamente, é muito visada pelos feiticeiros encarnados, que, desdobrados, procuram os cemitérios para realizar seus trabalhos. Quando detêm tal capacidade, perseguem esses fantasmas, capturam-nos e os aprisionam sob seu poder magnético. Nos processos de magia negra, os feiticeiros os acoplam às auras de encarnados vítimas do processo obsessivo. Enfermidades desconhecidas, processos de adoecimento prolongado, sem diagnóstico claro ou tratamento, nem ao menos resposta diante das intervenções da medicina humana, passam a fazer parte da vida de tais pessoas. Tal situação é conhecida entre nós como *ressonância vibratória*. Isto é, o encarnado absorve os fluidos do ser em desequilíbrio, que está mentalmente comprometido e cujo perispírito apresenta grave contaminação por elementos pertinentes à esfera astral, tais como matéria tóxica, larvas, bactérias e outras criações mentais totalmente integradas ao corpo espiritual dessas entidades.

"O quadro pode se tornar ainda mais complexo quando os feiticeiros se associam aos seus pares na dimensão extrafísica. Afinal, é natural que atuem em conjunto, dada a sintonia que existe entre eles por conta das ações mórbidas que empreendem, independentemente de estarem deste ou de outro lado da vida. Assim, se o feiticeiro do astral tiver um poder mental e hipnossugestivo mais intenso, ele poderá inclusive manipular certos vírus e bactérias cultivados em pântanos e charcos do umbral, que ordinariamente só se encontram em regiões inferiores, com vistas a transferi-los para o corpo físico de seus alvos. Usam os cavernícolas como transmissores ou vetores desses microorganismos etéricos, muitos dos quais completamente desconhecidos do homem. Em virtude do contato intenso e constante que promovem com o campo energético do enfeitiçado, dá-se a transferência, o salto para o plano material. Sejam vírus, bactérias ou comunidades microbianas próprias do mundo astralino inferior, o fato é que se materializam ante a interferência da baixa feitiçaria, causando enfermidades variadas e dificilmente diagnosticadas pela medicina terrena."

Dando uma pausa para que pudéssemos absorver as informações e refletir acerca das consequências perfeitamente previsíveis daquilo tudo que nos explicava, Pai João prosseguiu sua exposição:

— Os chamados cavernícolas representam perigo porque também são presas perfeitas para os magos negros desencarnados e cientistas das trevas, categorias bem diversas da dos feiticeiros, de que tratamos anteriormente, e conforme veremos em detalhes em outro momento.

"Como não perderam completamente o uso da razão e sua situação mental é diferente da situação dos *fura-terras*, os magos e cientistas procuram os cavernícolas para transformá-los em cobaias de suas experiências infernais. São utilizados como hospedeiros para o desenvolvimento de bactérias e comunidades de vírus, nos laboratórios localizados nas regiões mais densas, aproveitando-se seu estado perispiritual, que evidencia grande decomposição. A matéria astral de seus perispíritos, obedecendo ao comando mental dos agentes das sombras, transforma-se num ninho de seres microscópicos semimateriais, que se desenvolvem e se reproduzem. São seres cuja existência é restrita ao plano astral, mas isso não impede que sejam utilizados em experimentos por essas figuras do mal.

Objetivam, aos poucos, materializar na Terra esses elementos cultivados em laboratório, através do ectoplasma que conseguem extrair dos humanos."

Caminhamos mais por entre os habitantes do cemitério, quando divisamos a presença de outra classe de seres. Eram espíritos emocionalmente dignos de comiseração, embora não se encontrassem apegados aos corpos físicos em decomposição e tampouco estivessem com a mente adoecida pelo fato de estar desencarnados. Algo medrosos, mas curiosos quanto à vida além dos seus estreitos limites mentais, permaneciam agrupados em turmas pequenas em redor das sepulturas, dos montes de terra, e faziam dali seu *habitat*. Agachados, muitas vezes mostravam uma timidez de tamanha intensidade que não conseguiam sequer virar o rosto em nossa direção. Um ou outro se atrevia a levantar os olhos, mas logo desviava o olhar para baixo. Gemiam baixinho, executando um estranho e macabro concerto, que envolvia aquele ambiente numa atmosfera singular.

O tata nos explicou a situação daqueles habitantes das covas:

— Esses são espíritos mais fáceis de ser resgatados, para os quais os guardiões convergem seus maiores esforços. A timidez expressa por esses irmãos demonstra que são mais ou menos conscientes de seu estado de desencarnados. Falta-lhes apenas coragem suficiente para, por si sós, libertarem-se das lembranças que ainda gravitam, em forma de criações mentais, junto às covas onde foram enterrados seus antigos corpos. Temem sair além dos limites dos montes de terra aos quais se apegam e, com isso, procuram alimento para sua fome espiritual no terreno delimitado pela órbita que descrevem seus clichês mentais. Além disso, é uma maneira de se sentirem seguros em meio àquilo que lhes é familiar: as próprias reminiscências.

"Padecem de grande fome e sede, consequência lógica do persistente vínculo com a realidade material; entretanto, já que não encontram nada que os sacie, paulatinamente suas mentes forjam nova configuração para seus corpos espirituais. A explicação para esse fenômeno reside nas propriedades e nos mecanismos de funcionamento da ideoplastia. No caso em questão, diferentemente do que ocorre com os espíritos que deliberadamente alteram sua aparência perispiritual, tal modificação sucede à sua revelia, sujeitando-se ao processo inconsciente. Sendo assim, adquirem esse aspecto esquelético que vocês podem verificar, assemelhando-se aos irmãos encarnados que povoam noticiários e documentários de televisão na Terra, aqueles habitantes de países africanos, que enfrentam a verdadeira fome, numa existência subumana de subnutrição e degradação."

— Não podem ser resgatados dessa situação calamitosa e conduzidos a estações de tratamento? — inquiriu Raul.

— À medida que oferecerem condições — respondeu o tata. — Logo que há abertura, os guardiões retiram-nos desse ambiente psíquico que elaboraram e comunicam o fato às equipes socorristas responsáveis para que sejam atendidos, conforme a necessidade individual. Nós, que aqui servimos, não podemos de forma alguma violentar as consciências em nome de uma caridade sem discernimento. Temos de aguardar o amadurecimento da colheita ou o momento do despertar de cada uma dessas almas. Sem dúvida, entre os residentes do campo-santo, essa comunidade de espíritos é a que mais fatores oferece para tornar favorável seu resgate; todavia, isso deve ocorrer na hora certa, sem impor determinadas situações que pesarão no futuro desses nossos irmãos. Precisam esgotar o estágio de aprendizado que vivenciam e, aí sim, encontrar um acolhimento respeitoso e consciente. Do contrário, em suas próximas reencarnações poderiam nascer autistas, devido à intensa introversão e à timidez diante das questões espirituais, características presentes neles.

Depois das vastas observações daquela noite, Pai João resolveu reconduzir o médium Raul ao corpo físico. Na próxima noite, ele seria convocado novamente a dar andamento às atividades, principalmente no tocante ao socorro para o qual se oferecera como instrumento. Um dos guardiões o levou à base física onde repousava seu corpo, e nós permanecemos no local durante o restante da madrugada e parte do dia seguinte.

Dedicamo-nos ao amparo daquelas entidades, depois de ouvir dos guardiões quais estavam mais propensas a ser resgatadas do quadro aflitivo a que se submetiam. Pensei que fosse uma tarefa sem maiores dificuldades, mas, ao experimentá-la na companhia de Pai João, concluí que o socorro era muito mais complexo do que imaginara. Em decorrência desse fato, nosso tempo de permanência no chamado campo-santo estendeu-se até a primeira parte do dia.

Em seguida, fomos conduzidos pelos guardiões a um abençoado pouso espiritual localizado em região próxima, onde me dediquei até à noite às anotações a respeito do que observei. Encontrava-me entretido em meus afazeres quando fui novamente acionado por João Cobú para ir buscar o médium, através da faculdade do desdobramento perispiritual. Achei-o deitado sobre a poltrona, diante da televisão. Fiz-me visível às suas percepções, recordando-lhe da atividade que nos aguardava. Algo contrariado, resmungou, ao dirigir-se para o quarto de dormir:

— Vocês não podem esperar nem ao menos terminar o filme que eu estava assistindo... Essa mania de trabalhar que espírito tem cada dia está ficando mais crítica!

— Pois é, Raul, mas mesmo assim você não consegue viver sem nós... — arrisquei contrariar o médium, ironicamente.

— Mas vocês também não conseguem fazer muita coisa sem nós, os médiuns. Somos parceiros — comentou ele, enquanto se deitava. — Portanto, estamos na mesma situação de dependência.

Calei-me por alguns momentos, pois avaliei ser prudente, à luz das tarefas que nos aguardavam, deixar que o médium pensasse sobre sua relativa importância para o desenrolar das coisas. Era bom para seu ego ver as coisas sob aquela ótica, e, sobretudo, isso não atrapalharia em nada o que tínhamos pela frente. Enquanto Raul fazia uma prece, apliquei-lhe um sopro frio sobre a região da coluna e conduzi ao cérebro dele intenso magnetismo. Ele literalmente pulou para fora do corpo, indo parar no teto do quarto. Após alguns segundos, em que buscava se localizar e reorientar os sentidos extrafísicos, justificou-se, apressadamente:

— Espero que você não leve a sério aquilo que falei, pois, como espírito, não penso exatamente assim...

— Não se preocupe, Raul. Sei perfeitamente que aquilo que se fala em vigília é muito diferente do que o próprio indivíduo pensa, quando desdobrado. Afinal, aqui, no plano extrafísico, as consciências se expandem, e as pessoas passam a ver as coisas sob outra perspectiva.

— Ainda bem que vocês não levam a sério muitas brincadeiras nossas... Vamos ao trabalho, pois é o que interessa.

— Veja só — falei, com certo ar de deboche. — Agora é você que está com mania de trabalhar! Temos tempo, fique tranquilo.

— Não quero esperar demais. Afinal, vocês precisam de mim, não é mesmo?

— Precisamos?

— Aliás — corrigiu Raul, num tom de humor entre nós —, necessitamos mutuamente uns dos outros! — exclamou, piscando o olho esquerdo.

Em virtude de uma estreita convivência com o médium em diversas outras atividades, desenvolvemos uma relação amigável, de parceria, e nossas conversas não eram pautadas pela formalidade nem pelo clássico vocabulário empolado que muitos médiuns emprestam a seus mentores — até porque jamais me considerei como tal... Éramos apenas parceiros de trabalho, conservando cada um suas características individuais, sem a máscara tão caricatural de santidade, que estamos longe de possuir. Por isso, sempre que podíamos, Raul e eu nos permitíamos momentos de descontração, que serviam até para fortalecer esse sentimento e o laço de amizade, que era intensificado em nossas vivências conjuntas no trabalho. Conduzi o médium ao ponto de encontro estabelecido por Pai João. Era uma casa simples, onde se reunia um grupo reduzido de pessoas, convocado extraordinariamente para aquela ocasião. Já era tarde, segundo os parâmetros terrenos. A casa espírita não era nada ortodoxa, já que seus integrantes permitiam nossa presença, oferecendo a direção dos trabalhos da noite ao preto-velho Pai João. Raul foi mais uma vez magnetizado, antes de iniciar as atividades. Assim que a prece inicial foi realizada, um guardião da equipe dos caveiras o levou ao cemitério, próximo à sepultura onde nossa pupila permanecia, refém das próprias criações mentais. Logo que Raul chegou ao local, entrou automaticamente numa espécie de transe, sendo vigiado de perto por vários guardiões.

No recinto onde se realizava a reunião mediúnica, o dirigente desdobrou um dos médiuns através de pulsos magnéticos, e ele passou a nos perceber a presença, facilitando o intercâmbio entre os dois planos. Todos estavam a postos quando o dirigente encarnado, atendendo ao conselho de Pai João, pediu aos participantes que se colocassem na posição de doadores de energia — isto é, de ectoplasma —, para que não dependêssemos exclusivamente de Raul. Foi um gesto bastante prudente, pois a tarefa certamente poderia esgotar o médium, se porventura não houvesse uma divisão de atribuições e responsabilidades. Também seria fundamental contar com o auxílio de elementais, pois, para o socorro que tínhamos em vista, necessitaríamos utilizar bioplasma, a vitalidade extraída das plantas, entre outros recursos naturais.

Extremamente cauteloso, Pai João explicava que de fato precisávamos atuar a fim de resgatar o espírito infeliz que se apegara à própria sepultura, onde estavam os detritos do corpo físico que lhe servira de habitação em sua última experiência. No entanto, acima de tudo, a preservação das faculdades do médium era essencial e estabeleceria o limite a ser observado, pois sua saúde e seu bem-estar não poderiam jamais ser prejudicados devido ao socorro em andamento. "Caridade que prejudica o médium ou o faz sofrer não é caridade, é falta de bom senso" — sentenciou Pai João.

Comandos magnéticos promoveram o envolvimento da reunião em campos de força adequados à natureza das incumbências que teríamos pela frente. Enquanto isso, o preto-velho agregava elementos e agentes da natureza, evocando as salamandras e as ondinas — elementais respectivamente ligados ao fogo e à água —, que, no momento devido, serviriam aos propósitos do trabalho.

Assim que as atividades se intensificaram, o dirigente dos trabalhos no plano físico parecia ainda mais conectado à mente de João Cobú. As orientações e o direcionamento das atividades da noite transcorreram conforme a necessidade de libertação daquele espírito que pretendíamos resgatar da sepultura.

— Os medianeiros fiquem atentos a qualquer eventualidade — frisou Tarcísio, o dirigente-médium. — Quero ser informado imediatamente de todas as ocorrências em nosso campo de ação, principalmente acerca da possível presença de magos negros ou de seus comparsas.

Assim que os médiuns foram desdobrados pelos pulsos magnéticos emitidos pelo operador encarnado, todos eles passaram a nos perceber a presença, inclusive a da equipe dos guardiões. Tarcísio prosseguiu:

— Devemos aproveitar a ajuda do médium que neste momento está desdobrado no cemitério e trazer a entidade ao nosso recanto de oração. Mas, para tanto, são necessários alguns recursos da natureza. Preciso que se concentrem nos ambientes das matas e cachoeiras e, juntamente com os elementais, tragam para cá aquilo que vamos utilizar.

Procedendo a uma contagem de pulsos magnéticos e à intensa visualização daquilo que falava, o operador instruiu novamente a equipe:

— Quero transportados agora para este recinto os extratos de plantas para aplicação nas tarefas que nos aguardam. Concentrem-se e visualizem as ervas peperegum, pinhão-roxo, assa-peixe e alfavaca.

Quando os médiuns desdobrados fizeram a visualização, imediatamente se projetaram no chão do cômodo as imagens mentais das ervas. Mais uma vez, o dirigente retomou:

— Agora quero apenas o extrato fluido das ervas disponíveis para os espíritos trabalharem, bastante rico em bioplasma. Visualizem o sumo dessas ervas, os extratos que utilizaremos para a limpeza energética da sepultura onde se encontra a entidade a ser resgatada.

Num recipiente materializado em nosso plano, vimos como foram aos poucos gotejando líquidos e sumos de ervas, que mais e mais se acumulavam no interior do vaso. Em breves instantes, com o trabalho de criação mental aliado às manipulações magnéticas do operador, obtivemos imensa quantidade de extratos das ervas, que enchiam o ambiente de uma fragrância exótica, porém agradável. Pai João logo deu ordem aos elementais do fogo, as salamandras, para que entrassem no meio dos extratos, sutilizando ainda mais seu conteúdo fluídico. Olhando para mim, o bom velho explicou:

— Para esse tipo de resgate, Ângelo, não há como dispensar os recursos da natureza. Algumas ervas possuem intensa propriedade absorvente, como essas plantas visualizadas pelos filhos encarnados. Agora quero que leve o preparado, juntamente com um dos guardiões, e derrame o conteúdo dentro da sepultura. Porém, mantenha-se sempre atento às reações de Raul, pois ele está em um estado de transe quase total. Muita cautela. Por aqui, continuaremos com a manutenção magnética dos trabalhos.

Deixei a casa onde ocorria a reunião e dirigi-me com o guardião ao cemitério, transportando os extratos das ervas cujo teor magnético havia sido ampliado pelas salamandras. Sob o comando de João Cobú, os recursos da natureza fizeram-se disponíveis para o resgate iminente. Ao chegar ao cemitério, o tata já nos aguardava ansioso. O espírito que pretendíamos socorrer entrara num estado mais intenso de demência, regredindo em relação ao estado favorável apresentado após o breve contato com a avó e, consequentemente, ameaçando o desfecho dos trabalhos.

Reparei que o médium Raul, desdobrado, pairava, levitando a mais de um metro da superfície, ou seja, da sepultura. Estava envolvido numa nuvem de ectoplasma, de tal maneira que se afigurava aos nossos olhos algo esfumaçado. O ectoplasma jorrava dele com intensidade para o interior da sepultura, onde a mulher infeliz se retorcia inteiramente, em meio às criações mentais inferiores, produto de sua mente adoecida. O tata dos caveiras derramou o conteúdo do recipiente que trouxemos, os fluidos das ervas, dentro da sepultura. Nesse exato instante, Raul começou a contorcer-se também, como se estivesse sofrendo com o processo. Diante disso, o guardião imediatamente aplicou-lhe um passe de sopro na região do córtex cerebral, aliviando a pressão espiritual própria da atividade.

Cheguei mais perto da sepultura e de imediato não vi nenhuma mudança. Ouvi a voz potente do tata:

— Observe mais detidamente, Ângelo. Em breve verá claramente o que está ocorrendo.

Agucei o olhar dirigido ao interior da cova e examinei o espírito ainda se retorcendo, dando suspiros profundos. Depois de alguns instantes de observação, notei uma movimentação em meio aos fluidos densos, nos quais se debatiam larvas mentais, bactérias do plano astral e outras criações elaboradas pela mente enferma da mulher. O extrato das ervas que ali despejamos entrou numa espécie de associação com o ectoplasma do médium. Desse amálgama de elementos fluídicos, surgia um terceiro elemento, desconhecido por mim, que literalmente diluía ou derretia as formas mentais e toda a comunidade bacteriana e virótica astral, bem como as demais criações do pensamento daquele espírito infeliz e as imagens de origem inferior. Após algum tempo, aproximadamente 5 minutos, não havia mais nenhuma daquelas criações no interior da sepultura.

A pobre mulher, abatida, parecia desmaiada. Porém, envolvida na nuvem ectoplásmica de Raul, era atraída lentamente para fora da cova, onde repousavam os restos mortais de seu antigo corpo.

— Os fluidos das ervas tiveram suas propriedades absorventes e diluentes amplamente majoradas pelo ectoplasma, como você pôde comprovar, Ângelo.

— E olha que já tinham sido ativadas pela ação dos médiuns reunidos e, a seguir, potencializadas pelas salamandras — acrescentei à fala do guardião.

— Pois é. A vontade do médium doador de ectoplasma, determinante nesse processo, acelerou definitivamente a fase de destruição das criaturas e dos clichês mentais. Desse modo, fica razoavelmente mais fácil nosso trabalho. Após tantos anos de prisão mental, a infeliz mulher pode ser retirada deste ambiente pestilencial.

Neste momento, Raul acordou do transe e interferiu na conversa. Enquanto isso, o espírito era retirado por outros guardiões e colocado em repouso numa maca improvisada ali mesmo, no cemitério:

— Agora é hora de evocarmos a avó dessa mulher, a fim de que ela transporte a neta para a casa espírita.

Numa atitude de prece, os exus caveira, que participaram conosco do resgate daquela alma, se uniram ao médium e a mim, rogando ao Alto a intervenção providencial. Em apenas alguns segundos vimos algo incomum ocorrer. O médium Raul, ainda desdobrado no plano astral, parecia entrar novamente em transe. Notei que uma luz dourada se destacava do cérebro perispiritual do médium, enquanto seu perispírito se elevava alguns centímetros na atmosfera, pairando sobre a superfície.

A intensa luminosidade que se projetava do corpo espiritual do médium parecia irradiar poderoso magnetismo, de tal sorte que podíamos perceber o pensamento de Raul com muitíssima intensidade e sentíamos, eu e os guardiões, que ele, igualmente, percebia-nos o conteúdo dos pensamentos, sem nenhuma interferência.

— Raul está desdobrando seu corpo mental para ceder o perispírito à materialização, em nosso plano, da avó da pobre mulher. É uma espécie de incorporação, que se dá na dimensão astral — esclareceu um dos guardiões.

O corpo mental de Raul parecia diluir-se muito acima de nós, até o momento que não o distinguíamos mais. Exatamente quando ficou invisível às nossas percepções, reparei no perispírito de Raul, que vagarosamente assumia outra configuração, como se de repente fosse possuído por outro ser. Na verdade, o espírito que havíamos evocado para transportar a mulher resgatada é quem assumia o corpo astral de Raul, deixando-o com a aparência de uma senhora sexagenária, vestida de uma longa túnica azul e verde, que lhe ornava o corpo espiritual.

Era a primeira vez que eu presenciava o fenômeno de incorporação em nosso plano. Um médium desdobrado cedia voluntariamente o psicossoma e, então, desdobrava-se novamente, desta vez em corpo mental. Outra entidade, de dimensões mais altas, assumia-lhe a constituição perispiritual, num nítido processo de transfiguração e incorporação. O espírito, agora plenamente materializado no astral inferior, dimensão onde se desenrolava a ação, tomou a mulher ainda dormindo em seus braços, acariciando-lhe os cabelos. Lágrimas se formavam, caindo-lhe sobre a face e molhando o rosto deformado do ser socorrido.

— Minha netinha querida — emocionava-se o espírito, que falava incorporado em Raul. — Minha querida menina! Como esperei por este momento, minha filha...

Com a ex-modelo em seus braços, a avó pediu-nos ajuda, e juntos fomos para a reunião espírita, onde os companheiros nos aguardavam sob a direção de Pai João de Aruanda. Quando chegamos ao ambiente da reunião, fomos percebidos pelos médiuns desdobrados, que estavam o tempo todo em sintonia com o que ocorrera no cemitério. O tata dos caveiras descreveu sucintamente a Pai João todas etapas da operação de resgate e pediu permissão para retornar de imediato ao seu campo de atividades. Ele teria ainda muito trabalho pela frente, em particular na cova onde até então o espírito permanecera. Deveria projetar campos energéticos de proteção naquele local, em caráter de urgência, impedindo que fosse assaltado por entidades imprevidentes.

Assim que o tata saiu do local, Pai João aproximou-se do ser materializado, com a mulher aconchegada nos braços, e tomou-a consigo. A avó aproveitou esse instante e, erguendo as mãos ao Alto, proferiu uma prece sentida, intercedendo pela proteção da neta amada. A mulher socorrida foi conduzida à presença de um dos médiuns, a fim de ser submetida ao choque anímico, que ocorre em virtude da proximidade do corpo físico de alguém. Quando Pai João, pessoalmente, acoplou a aura da mulher com a do médium, intenso choque de natureza magnética fez com que aquele espírito despertasse do longo transe ao qual se entregara. Ela parecia dopada, porém recobrava a memória e a lucidez aos poucos. A avó aproximou-se, mostrando-se à neta:

— Vovó... — balbuciou, voltando sua atenção para a avó, enquanto um pranto intenso marcava aquele momento sublime.

— Minha querida netinha! Como fico feliz por você estar bem!

Pai João deixou ambas naquele estado de interação espiritual, enquanto dava prosseguimento ao serviço. Ordenou que os elementais das águas, as ondinas, ficassem de prontidão para a limpeza energética dos médiuns. O espírito resgatado foi conduzido a um pouso preparado pelos guardiões, já que ainda não reunia condições de ampliar as próprias vibrações e ser conduzida a planos ligeiramente mais altos. Ficaria sob a tutela de espíritos especializados, que a conduziriam a partir daquele momento.

Assim que tudo terminou, divisei Raul retornando ao ambiente, em corpo mental, e assumindo lentamente seu psicossoma, que fora utilizado por outro espírito. Logo que assumiu plenamente sua forma perispiritual, fui em direção a ele, cheio de curiosidade:

— Conte-me tudo, com maiores detalhes. O que aconteceu enquanto estava em corpo mental? Quero que me relate tudo e não me esconda nada!

Olhando-me com ar de superioridade, o médium Raul rebateu, com humor:

— Não há como saber, Ângelo. Afinal, agora você está em minhas mãos. Morra novamente, mas, desta vez, de curiosidade! Não falarei por enquanto.

— Mas você não pode me deixar assim...

— Não posso? — perguntou Raul, mais irônico ainda. — Fique com sua curiosidade e deixe-me com meus segredos.

Raul saiu em direção a Pai João, refugiando-se em sua companhia, pois sabia que a seu lado eu teria mais reservas, em vez de deliberadamente penetrar seus pensamentos. Saímos ambos dali,

satisfeitos com o desfecho dos trabalhos, prepa-
rando-nos para nova etapa, que nos aguardava com
maiores surpresas.

4

Senhores da escuridão

*Um homem chamado Simão vinha praticando
feitiçaria durante algum tempo naquela cidade,
impressionando todo o povo de Samaria.
Ele se dizia muito importante.*
ATOS 8:9

*Pois Deus não poupou os anjos que pecaram,
mas os lançou no inferno, prendendo-os em abismos
tenebrosos a fim de serem reservados para o juízo.*
II PEDRO 2:4

OB qualquer ponto de vista que se analise a vida astral inferior e os intricados problemas obsessivos, as obsessões chamadas complexas — que abarcam implantes de larvas e aparelhos parasitas, magia negra, emprego de seres artificiais e outras técnicas similares — denotam claramente que nesse plano há quem esteja no domínio de uma tecnologia de ponta e de um conhecimento extremamente especializado. Essa tecnologia, juntamente com toda a prática ligada à criação mental e fluídica e ao manejo da matéria astral, forma um quadro que não pode ser enfrentado unicamente através do diálogo convencional das reuniões mediúnicas.

Assim iniciou a exposição que viera ministrar para mim o espírito Joseph Gleber, especializado em física, medicina e outros ramos da ciência sideral. Na verdade, incumbira-me também de transmitir algo de seus ensinamentos ao médium Raul, que não pôde comparecer, já que consistiam em pré-requisito para as etapas seguintes de nossa excursão, que explorava o panorama astral inferior.

Ele continuou:

— Sob essa ótica, podemos identificar, por trás da manipulação energética, a presença de entidades altamente intelectualizadas e com profunda experiência científica e magística, portadoras de tamanha cultura espiritual e de tal conhecimento do mundo oculto que desafiam os métodos consagrados da chamada *doutrinação*. Não basta disposição íntima de auxiliar ou solucionar o processo obsessivo; é preciso conhecer o procedimento utilizado, bem como a arquitetura do poder que exercem as mentes extrafísicas responsáveis pela aglomeração de forças no chamado submundo astral.

"Com certeza, a existência dos dragões, dos chefes de legião e de muitos dos magos negros é bem mais antiga do que a história das civilizações terrenas, considerando-se os registros que se tem à disposição nas academias. Sua origem remonta a outros mundos e aos exílios planetários, dos quais esses seres vieram, em situação de degredo cósmico. Em decorrência disso, sua procedência e sua maneira de pensar, assim como o conhecimento, o desenvolvimento e a visão que eles têm do mundo, da ética e da moral, não podem ser classificados simplesmente como errôneos, segundo uma perspectiva reducionista. Tachá-los desse modo não leva em conta e empobrece sua cultura espiritual, que advém de bases sensivelmente distintas daquelas que norteiam a população do planeta Terra.

"Ao longo dos séculos de aculturação, suas ideias e seus valores foram pouco a pouco disseminados entre os demais seres extrafísicos terrenos, muitos dos quais ainda estagiam nas regiões densas e nos subplanos do universo astral. À parte tudo o que os espíritos imigrantes absorveram nesse processo, fato é que esse seu saber, por assim dizer, 'estrangeiro', pulverizou-se entre as falanges de obsessores e foi assimilado progressivamente pelas diversas equipes de especialistas das sombras. Cada grupo de poder diferenciou-se, a partir de então, de acordo com a porção ou a faceta do conhecimento com a qual manteve relação durante os milênios."

Nunca havia olhado sob esse ângulo a influência dos aspectos culturais no desenvolvimento das civilizações do mundo extracorpóreo... Enquanto uma série de nuances ficavam mais claras para mim à medida que refletia, Joseph Gleber prosseguia, dando-me apenas alguns segundos para sorver as ideias.

— De volta aos métodos da ciência astral, é preciso ter em vista que a superioridade tecnológica dessas inteligências é algo passageiro, quando se considera o fator cósmico do tempo. Isso porque a vida no mundo astral é impermanente, e toda criação desse plano é passível de desaparecer ou diluir--se no grande reservatório de energias próprio dessa realidade, que é transitória. Assim é que as construções, invenções e criações do pensamento poderão ser destruídas ou desorganizadas pela ação de outros agentes do mundo extrafísico e de fatos oriundos de determinada dimensão com constante energética superior à do plano astral, que é uma esfera mais próxima da matéria bruta.

— Mas o homem, habitando a dimensão física, não age diretamente sobre as estruturas da realidade astral? — interrompi, após fazer menção de perguntar.

— A rigor, de modo direto, não. As ações humanas têm repercussão sobre o plano transitório porque o homem age indissociavelmente no físico e no astral, de forma simultânea. Mesmo encarnado e em vigília, por exemplo, o perispírito permanece ativo; é seu veículo de atuação. Basta ver o produto dos pensamentos e palavras que emite: são criações que têm existência e geram impacto no campo astral.

Após responder-me de modo solícito, nosso instrutor discorreu mais acerca dos mecanismos e da técnica astral:

— De qualquer forma, as descobertas e o desenvolvimento tecnológico alcançados pelos habitantes desse mundo de natureza inferior podem beneficiar a humanidade. É que as ideias e invenções, ou ao menos as intuições que lhes dão origem, têm ponto de partida no mundo extrafísico, de onde seguem em direção ao panorama dos encarnados, no qual cientistas e pesquisadores apreendem mais ou menos intensamente as emanações desse universo além das fronteiras da matéria. Mesmo a maior das inovações tecnológicas elaborada no submundo das sombras, ao ser captada por alguém encarnado, poderá ser mais bem utilizada, a depender do senso ético e moral daquele que desenvolve e aplica tal criação na arena física. Além do mais, quando alguma dessas inteligências extracorpóreas invulgares encontra um caminho mais ético e enobrecedor de vivenciar suas experiências, em geral não perderá, no processo de reencarne, o conhecimento adquirido. Pelo contrário, passa a recorrer ao vasto arcabouço de seu intelecto e das conquistas arquivadas na memória do psicossoma para auxiliar, modificando profundamente a rota de suas realizações. Portanto, há diversas alternativas de interface ou colaboração de fins positivos, no tocante ao aprimoramento tecnológico da humanidade.

— E como se dá a questão energética no campo

astral? Há uma dependência e uma busca insaciável por ectoplasma por parte dos cientistas das sombras, e de tantos outros, como temos podido observar.

— É verdade, mas não é somente ectoplasma — prosseguiu o mentor. — Há muitos outros aspectos a se considerar, que procurarei esclarecer. Hoje, no mundo físico, muitos cientistas buscam fontes de energia mais ecológicas; contudo, essa preocupação não é algo que se restringe à área de pesquisa dos seres encarnados. O mesmo princípio de obtenção de energia de modo sustentável, que desafia a humanidade encarnada, verifica-se entre as inteligências das dimensões mais densas do astral.

"No caso da esfera extrafísica, as fontes energéticas podem se multiplicar muitíssimo, embora sua utilização dependa do conhecimento das entidades envolvidas e do desenvolvimento tecnológico das comunidades em questão. Entretanto, em qualquer que seja a situação, toda manipulação energética realizada na dimensão astral está condicionada ao exercício e ao domínio dos processos básicos do pensamento, tais como a ideoplastia e a criação de ideias e padrões mentais, que possam atuar como clichês ou moldes para a posterior concretização no âmbito das formas transitórias."

— Segundo creem muitos espiritualistas e espíritas, basta o espírito pensar, e imediatamente surge à sua frente o produto ou objeto de sua imaginação... — acrescentei.

— Isso sem falar naqueles tantos que ignoram ou repudiam a existência de toda uma indústria tecnológica semelhante à que se vê na Crosta, composta por laboratórios de experimentações científicas de espectro variado, além de inúmeros outros recursos, de natureza distinta, como as ferramentas da magia. Rejeitam inclusive que as inteligências do mundo extracorpóreo possam empregar a tecnologia de que dispõem tanto para o bem quanto para as ações destituídas de compromisso ético e moral.

"Compreendemos que as teorias do pensamento espírita e espiritualista ainda carecem de elaboração mais detalhada, pois que são repletas de considerações e aspectos que permanecem nebulosos no entendimento da antiga geração de pesquisadores. Aliás, nenhum campo da ciência é passível de ser esgotado, de modo que sempre há lacunas a serem preenchidas pelos estudiosos; com o espiritismo, não haveria por que ser diferente."

As ideias do espírito que fazia as vezes de meu professor eram ilustradas com clareza em telas e projeções que ele utilizava, e minhas intervenções eram acatadas com tamanha satisfação que me sentia à vontade para participar. Não eram tão frequentes as oportunidades de conversar face a face com tal espírito, o qual costumava ver em aulas e conferências de público recorde.

— Retomemos o enfoque sobre a alimentação energética — conduziu ele. — O método tradicional de obtenção de energia pelos seres extracorpóreos repousa no princípio da transformação de energia *latente* em energia *ativa*, a qual pode ser plasmada, coagulada ou particularizada, de acordo com a vontade daquele que a emprega. Pode-se fazer um paralelo bastante prático com a dimensão material a fim de esclarecer esse ponto. A energia latente numa substância física qualquer pode ser convertida em ativa quando se dá a combustão, por exemplo. Com tal fenômeno, a matéria transforma-se em energia radiante, com característica diferente da que apresenta em estado condensado ou sólido.

"Nesse caso, se assim podemos dizer, houve uma *ascensão dimensional* da energia com a queima, a qual migrou do estado latente para o ativo ao tornar-se menos material. No entanto, o processo contrário também pode ser efetuado, isto é, uma espécie de materialização, ou melhor, *astralização* da energia dispersa numa dimensão imediatamente superior. É assim que os espíritos têm à disposição um reservatório energético de capacidade praticamente inesgotável. Fazem frente à sua demanda de energia transformando-a, conforme descrito anteriormente, canalizando-a do estado natural em que se encontra para uma forma propícia à manipulação e à coagulação, utilizando instrumentos de sua tecnologia.

"A ciência terrestre já conhece há muito tempo a teoria da conversão da energia em matéria ou da matéria em energia, a qual ilustra a realidade de que as dimensões diferentes entre si também possuem reservas energéticas apropriadas para o abastecimento dos seres nelas domiciliados. Em analogia com a física nuclear, diz-se que as diversas dimensões extrafísicas representam diferentes *estados de excitação* de uma energia básica, universal, única. Isso nos leva a entender que duas dimensões vizinhas podem ter conteúdo energético distinto, porém perfeitamente manipulável por seus respectivos habitantes. Dependendo do conhecimento e da técnica que têm à disposição, os habitantes de um plano poderão lançar mão dos reservatórios energéticos do plano vizinho em benefício próprio. Todavia, de forma alguma poderão utilizar um reservatório que estiver numa dimensão bem mais superior.

— Eis como tanto os seres físicos quanto os extrafísicos podem interagir uns com os outros, realizando manipulações energéticas onde habitam! — exclamei com o júbilo de quem finalmente entendia mais sobre um tema fascinante.

— Ou seja, os encarnados poderão movimentar recursos da dimensão astral ou espiritual no uso de energias para os passes e transferências fluídicas, tanto quanto os desencarnados poderão empregar energias telúricas, solares, atmosféricas ou radioativas de determinados elementos, bem como ectoplásmicas, para dinamizar suas criações mentais no plano em que se movimentam. Na prática, isso se torna visível quando determinadas entidades do astral, cuja inteligência é mais avançada que a da maioria dos habitantes de sua dimensão, desenvolvem objetos e aparatos tecnológicos, constroem cidades, laboratórios e até mesmo veículos que lhes facilitem a locomoção em ambientes mais dispendiosos.

"As formas de obtenção de energia no plano astral são muito superiores a quaisquer métodos utilizados na Crosta, até mesmo se comparadas às modernas usinas nucleares. Na dimensão astral, nenhum combustível valioso e insubstituível precisa ser modificado para sua eventual utilização, nenhuma fonte de energia corre o risco de se esgotar. Na realidade extrafísica, seja astral ou espiritual, simplesmente se empregam as energias existentes no imenso reservatório da natureza ou se sugam as energias de dimensões vizinhas, paralelas. Embora, no que se refere às entidades de perfil mais materializado e cuja sintonia com as dimensões superiores é deficiente, sejam necessários aparatos técnicos para extrapolar o uso comum dessas energias.

"Os espíritos especialistas, cientistas e magos do submundo astral, ao longo dos milênios, descobriram uma maneira de promover a sucção das reservas naturais de energia. Aprenderam a explorar as reservas do ambiente humano, próprias dos encarnados, como o ectoplasma e as energias da natureza física, e a influenciar os elementos pressurizados no interior do planeta. Extraem a energia contida nos minerais radioativos encontrados no interior da crosta terrestre, no magma ou no solo dos oceanos. Por meio da tecnologia, da força e disciplina mentais, a empregam, transformam, coagulam ou simplesmente a induzem, lançando-a em direção a alvos certeiros, objeto de seus interesses muitas vezes mesquinhos.

"Eis, portanto, a realidade das criações mentais, energéticas e fluídicas erigidas na realidade astral e nos subplanos imediatamente inferiores, bem como dos combustíveis que garantem seu abastecimento e correto funcionamento."

— É impressionante. E pensar que a sustentação energética consome tantos esforços e, paradoxalmente, é tratada de modo tão secundário por muitos estudiosos encarnados.

Após consentir com a cabeça, Joseph Gleber ainda pôde me inteirar a respeito de outro ponto, abordado durante a batalha presenciada em nossa visita ao cemitério. Retomou ele:

— Compreende-se assim como, utilizando o mesmo método, ambos constroem armas que se assemelham àquelas existentes no mundo físico: de um lado, os chamados obsessores, os especialistas envolvidos nas obsessões complexas; de outro, os próprios guardiões, responsáveis pela ordem e pela disciplina nas dimensões astral e física. Embora o objetivo dessas armas não seja o de matar, pela simples impossibilidade de ser morto o habitante da esfera astral, isso não implica que sejam menos perigosas. Algumas disparam correntes elétricas ou radiações de elementos do mundo astral nos corpos sutis das entidades atingidas. Outras têm a finalidade de paralisar ou interromper a conexão do cordão de ouro — que liga o corpo astral ao corpo mental —, causando o desligamento temporário do espírito de seu perispírito, o qual, atordoado, apresenta inconsciência mais ou menos duradoura. Há aparatos bélicos que visam induzir as vítimas a estados hipnóticos mecânicos, com irradiações na faixa do ultrassom. E ainda há aqueles armamentos mais potentes, equivalentes à artilharia pesada dos militares, responsáveis por desarticular ou desmantelar as criações fluídicas, as bases, as construções e os equipamentos dos seres extrafísicos.

— "Isso tudo é possível?", devem se perguntar os encarnados — interrompi nosso instrutor, imaginando como transmitir o que ouvia para o papel, mais tarde, através da psicografia.

— É algo tão perfeitamente possível que é realizado com extrema eficiência, porém sempre de acordo com as leis que regulam o uso e as transformações da energia e sua consequente manifestação nas dimensões em que será manipulada. A pergunta inteligente a ser feita talvez fosse: "Se tudo isso é algo factível, perfeitamente tangível à inteligência e à razão dos encarnados, como conciliar toda essa tecnologia e seus usuários com uma simples conversação ou doutrinação, que despreza esse aparato de que se cercam?".

— Essa é mesmo uma questão pertinente — respondi meditativo, lembrando-me do início de nosso diálogo.

— Faz-se necessária, com extrema urgência, uma atualização do conhecimento e da metodologia de trabalho, visando somar esforços para a desarticulação do sistema de transformação e *astralização* da energia, particularmente nas criações da indústria bélica das entidades sombrias. Não estranhe o agente encarnado quando deparar com exércitos de entidades, desde obsessores convencionais aos especializados, como os sombras, os espectros e diversas outras legiões de peritos, todos dedicados à preservação de seu *modus vivendi* e de interesses que possam desafiar, inclusive, nossa capacidade de entendimento de seu significado e amplitude.

Sinceramente — pensei —, mesmo no que se refere a mim, residente em uma dimensão superior ao chamado astral, muita coisa ainda me desafia inteligência, e, por esse motivo, se transforma em objeto de estudo permanente, para meu crescimento e meu próprio bem.

Dando por encerradas suas elucidações, o espírito Joseph Gleber despediu-se apressada, porém educadamente, comunicando-me que tinha outros compromissos e que o tempo urgia. Também pude concluir que a quantidade de informações a mim transmitidas era suficiente. A seguir, certamente eu teria oportunidade de fixar o aprendizado, verificando na prática os aspectos mencionados por ele.

†

ANTES que pudéssemos penetrar mais ainda nas regiões densas do mundo oculto, Pai João conduziu o médium para repouso numa estância regeneradora — essa era a razão por que teve de se ausentar da exposição de Joseph Gleber, à qual assisti, enquanto ele lá permanecia. Somente na noite seguinte Raul deveria submeter-se a novas tarefas, pois, como ainda estava encarnado, necessitava reabastecer-se, para que o desgaste não afetasse a saúde do corpo físico. Após seu refazimento, seria reconduzido ao corpo para as atividades diárias.

Assim, depois da despedida do benfeitor espiritual, continuamos, Pai João e eu, em atividade na dimensão onde nos localizávamos temporariamente. Eu sempre aproveitava os momentos de interrupção de alguma tarefa para organizar as ideias a serem transmitidas ao plano físico, mais tarde, através da psicografia. Enquanto eu fazia apontamentos, Pai João acompanhava de perto o direcionamento da ex-modelo, após tantos anos finalmente resgatada.

Com o máximo de carinho, conduziu aquela alma carente de reequilíbrio a um posto de socorro, avalizando seu atendimento com os méritos de que era pessoalmente detentor. Esse gesto garantiu à entidade um estágio de maior duração, para que tivesse tempo suficiente de se recompor espiritualmente e atualizar seu conhecimento, à medida que reorganizava suas emoções e seus pensamentos. Afinal, não bastava retirar o espírito da situação calamitosa na qual se encontrava; era preciso oferecer recursos para que pudesse se reestruturar perispiritualmente e reordenar o campo mental, afetado pelos anos de desequilíbrio íntimo. Além do mais, com as providências tomadas tendo em vista a atualização daquele espírito, ele seria informado dos progressos realizados no mundo após seu desencarne e teria chance de fazer uma reprogramação mental, de modo a dar prosseguimento à sua caminhada espiritual.

Durante o dia, juntei-me ao pai-velho, e o passamos envolvidos com o caso da mulher que resgatamos da sepultura, até que nova noite chegou e pudemos retomar as atividades com o médium já desdobrado junto de nós.

Visitaríamos agora uma região de maior densidade, de vibrações grosseiras, aprofundando-nos no mundo astral. Com certeza precisávamos nos proteger através de pensamentos elevados, mantendo uma disciplina mental que favorecesse a realização da tarefa.

Essa região astral localizava-se num vale. Montanhas altíssimas podiam ser avistadas ao longe. Os flancos dos montes, multiplamente alcantilados, apresentavam vegetação rasteira, ressequida, mas que teimava em prosperar naquela paisagem inóspita. Atravessa o vale um córrego de águas tóxicas, naturalmente contaminadas devido às emanações mentais dos desencarnados que povoavam o local.

O córrego de odor intenso e desagradável, cujas águas tinham o aspecto de fluidos densos e pastosos, desembocava num rio, que tragava todo o conteúdo mórbido nele despejado.

Avistamos ao longe uma área que parecia uma cidade de pequeno porte, cuja estrutura oferecia recursos para no máximo 20 mil habitantes. Por certo, os espíritos que ali conviviam, em sua maioria, estavam longe de ser exigentes em termos de beleza e harmonia. Apesar da distância, pudemos observar, aguçando os sentidos, que apenas as edificações centrais da cidade pareciam ser produto de uma arquitetura mais moderna, enquanto a periferia aparentemente consistia de casas e prédios antiquíssimos, jungidos uns aos outros, com vielas estreitas, angulosas e de aparência desleixada.

A cidadela que visitávamos pertencia a uma das regiões mais insalubres do plano astral. Durante séculos, segundo os registros dos guardiões, as gigantescas montanhas talhadas nas rochas consistiam em obstáculo para bandos de espíritos que poderiam fluir para ali, na tentativa de tomar aquela base do umbral. Parecia que a civilização não chegara ao lugar, ou, se chegara, somente a região

203

central era contemplada com algo que lembrasse o progresso. Concentrando ainda mais a visão, pude divisar um grupo numeroso de seres que, como vultos, andavam de um lado para outro. Muitos espíritos se aninhavam nas vielas sinuosas daquele lugar, afastado e perdido em meio à paisagem estranha do astral inferior.

Dava para entender por que alguns magos negros se alojavam naquela cidade astral enquanto empreendiam seus intentos. Tinham como cobaias espíritos cuja capacidade mental não opunha resistência ao jugo imposto por eles. Segundo as informações obtidas pelos guardiões da noite, as experiências levadas a cabo naquela comunidade do astral pareciam focar pessoas religiosas, isto é, aquelas que tiveram um envolvimento mental e emocional mais intenso com algumas religiões da Terra durante sua última experiência física. Tais espíritos, embora conservassem sua característica de religiosidade, tornaram-se intransigentes e rígidos ao longo da vida, alimentando ideias retrógradas em termos de espiritualidade. Desencarnaram, mas permaneceram apegados à culpa e aos conceitos extremos que abrigaram em suas mentes, de tal forma que se estabeleceu um clima mental favorável à ação dos magos negros, que impunham grave processo obsessivo a todos. Dependendo dos resultados obtidos naquelas experiências psíquicas, os magos empregariam os mesmos métodos para subjugar encarnados.

Se não fosse tão mórbida, a estratégia através da qual os espíritos sob dominação haviam sido aglutinados ali poderia ser tida como admirável. Era um capítulo à parte, lance de uma mente genial. Aproveitando-se do círculo vicioso de culpa e autopunição que os localizou nas regiões inferiores, o mago responsável por aquela colônia desenvolveu uma técnica que fazia com que cada um enxergasse nele o líder máximo de sua denominação religiosa, num autêntico processo de fascinação. Para os espíritas, ele refletia a imagem de Kardec; para os evangélicos, era um anjo, que vinha em meio às nuvens do céu; de acordo com a visão dos católicos, um santo; umbandistas e esoteristas, por sua vez, viam nele um iniciado da Fraternidade Branca. Profundo conhecedor de artimanhas psicológicas e dos anseios e projeções de almas aflitas, reuniu a todos sob o pretexto de que, juntos, deveriam avaliar suas vidas, e assim acreditavam se preparar para a nova chance que lhes seria concedida pelo Pai.

Pai João convidara uma equipe de guardiões para nos acompanhar. Em nossa jornada de estudos, eu ficara conhecendo diversos grupos de guardiões, cada um dedicando-se a tarefas especializadas de amparo, assistência e proteção a pessoas e lugares. Todavia, os seres convocados por Pai João desta vez definitivamente pertenciam a uma categoria diferente daquelas que conhecêramos até então. Eles se denominavam *guardiões da noite* ou *especialistas da noite*. Minha curiosidade parecia não ter limites e a de Raul também; embora procurasse disfarçar, queria a todo custo saber detalhes a respeito do trabalho desse destacamento. Pai João nos incentivou a conversar com um dos especialistas da noite enquanto nos dirigíamos ao acampamento dos magos negros. Após sermos apresentados a Jamar, identificado como o dirigente daquela equipe, entabulamos com ele intensa conversação. Quando Raul e eu pedimos para descrever suas atividades, ele não se fez de rogado:

— Somos uma equipe especializada no trato com os magos negros e a milícia negra que mantêm. Os magos, desde as épocas mais remotas, organizaram-se em facções muito fechadas, sendo que cada agrupamento é governado por um único mago negro. Evitam enquanto podem a reencarnação, mas, quando a ação telúrica ameaça a estabilidade dos centros de força de seu perispírito, não há como impedir o renascimento.

— Que tipo de reação se pode observar no corpo espiritual, ante a força telúrica e magnética, à qual você se refere?

— Essa força, que é própria do planeta Terra, exerce ação constante sobre os corpos espirituais na erraticidade, atraindo-os em direção à Crosta, de modo análogo à gravidade, porém induzindo-os ao útero materno. No caso dos magos negros, eles se opõem à natureza com relativo êxito, pois são dotados de intenso magnetismo e rigorosa disciplina mental, que adquiriram durante os milênios a partir do período de iniciação a que se submeteram, invariavelmente. Como disse, protelam a reencarnação o máximo que podem. Alguns não reencarnam há milênios.

— Mas isso é possível? — inquiriu Raul. — Isto é, são capazes de evitar por tanto tempo assim a reencarnação?

— É perfeitamente possível, mas não por tempo indeterminado — respondeu o guardião da noite. — A atração telúrica, a que me referi, faz com que as partículas astrais componentes do perispírito percam o poder de coesão, o que provoca a degeneração progressiva da forma humana, originalmente mantida pelo corpo astral. Pagam alto preço por sua obstinação, como se vê. O tempo que resistem é proporcional à capacidade mental de cada um.

— Quer dizer que, com o transcorrer dos milênios, os magos vão perdendo a forma humana...

— Isso mesmo — tornou o especialista. — Há um momento, portanto, em que os magos têm de reencarnar, senão podem se transformar em ovoides, perdendo de vez a aparência perispiritual e retrocedendo a uma forma mental inferior.

A conversa prendia minha atenção, por ser tão interessante, quando Pai João resolveu dar sua contribuição ao diálogo:

— Com isso, meus filhos — falou o preto-velho —, chegamos a um tema interessante para o estudioso. A constelação de poder formada há milênios pelos magos negros foi obrigada a programar uma espécie de sucessão entre os diversos dirigentes das falanges que representam. Como enfrentar a reencarnação e, ao mesmo tempo, conservar-se no poder, exercendo o domínio entre os integrantes dos grupos de magos? Essa é uma questão que os tiranos tiveram de solucionar.

— A reencarnação significa — completou o guardião da noite — o esquecimento do período entre vidas. Ou seja, o espírito, ao renascer, perde temporariamente a memória dos acontecimentos ocorridos até então. Além do mais, como reencarnação significa progresso, uma vez no corpo físico, os magos estarão sujeitos à modificação profunda de suas ideias, no contato com uma visão diferente do mundo e da verdade.

Pai João, refletindo um pouco, compartilhou mais alguns esclarecimentos:

— Os magos não aceitam, de modo algum, correr o risco de perder, ainda que temporariamente, a memória dos fatos que vivem no plano astral. Não estão dispostos a abrir mão do poder que detêm nas regiões inferiores, e, nesse contexto, a reencarnação configura-se num entrave aos seus planos. Por essa razão, estão determinados a evitá-la, adiando por um tempo sobremodo longo o retorno ao corpo físico. O problema enfrentado pelos magos foi aparentemente solucionado com um sistema de sucessão de poder entre os representantes das sombras. Sem desejar abdicar do domínio mental sobre seus subordinados, estabeleceram que seriam substituídos, apenas durante o período reencarnatório, por outro mago que apresentasse condições para exercer o comando entre os espíritos das trevas.

— E que condições são essas? — perguntou Raul, ansioso por saber mais.

— O candidato à sucessão deveria mostrar intensa força mental e disciplina, somente aprendidas nos templos iniciáticos do passado remoto, além de conhecer profundamente os elementos da natureza e saber manipular outras mentes com extrema desenvoltura. Para passar no teste, seria submetido a um rigoroso tratamento hipnótico pelo mago negro que deve reencarnar, a fim de garantir que não usurpasse o poder indefinidamente. O sistema desenvolvido pelos magos se afigurava diabólico, considerando suas pretensões ousadas. Foi Jamar quem contribuiu novamente com sua palavra de esclarecimento:

— Poderia ocorrer que, na hipótese de o mago retornar a seu território no astral, após a reencarnação, não conseguisse mais exercer o domínio sobre a comunidade que subjugava anteriormente. Seu substituto poderia se libertar das sugestões hipnóticas e assumir o controle direto e permanente sobre os demais magos e espíritos, então submetidos à sua autoridade. Nesse cenário, a hipnose profunda é a garantia de que, ao retornar à dimensão astral, o poder imediatamente volte ao primeiro mago negro, e tudo continue da forma como programaram.

— Então, pode haver a usurpação do poder entre eles? — perguntei por minha vez. — Sabemos, pela história da humanidade, que os déspotas e governantes que exerceram o domínio das multidões de modo autoritário nunca confiaram plenamente em seus subordinados, nem mesmo em seus supostos aliados. Não raras vezes foram traídos pelos mais próximos de si. Pode se dar o mesmo entre os magos negros?

— Sim, Ângelo, e com frequência isso se verifica — respondeu Jamar. — Embora os comparsas das trevas ajam com afinco e demonstrem tenacidade em seus propósitos, o que dá a ilusão de serem unidos, existe permanente disputa pelo poder entre as diversas facções de espíritos dessa dimensão inferior.

— E, como a ganância nunca se satisfaz, há sempre articulações para conquistar mais e mais... — acrescentou Raul, sem interromper o guardião.

— Diante da necessidade de se estabelecer um planejamento duradouro, que abrangesse um período mais ou menos longo, correspondente ao intervalo de uma encarnação, elaboraram uma especialização para sentinelas das sombras, compondo a chamada milícia negra dos magos. Criaram assim um sistema que visa lhes assegurar a colaboração de uma espécie de guerrilheiro, que tem diversos objetivos, entre eles o de exercer constante vigilância sobre aquele que for substituir cada mago enquanto permanece reencarnado. Os *sombras*, como são conhecidos os soldados dos magos, são monitorados psíquica e completamente pelas mentes dos maiorais das trevas. Muitos deles são submetidos durante anos a um terrível controle hipnossugestivo, a fim de garantir a total submissão ao mago dominante.

— Parece que a mente diabólica dos magos pensa em cada detalhe...

— É verdade que desenvolveram um plano muitíssimo detalhado para o caso de terem de reencarnar, por força da lei. Os tais sombras, ao mesmo tempo em que representam um poderoso fator de poder nas regiões do umbral, também se especializaram em diversos setores. Contudo, o controle hipnótico prolongado, a que fizemos alusão, acaba por afetar seriamente a capacidade de raciocínio, própria do corpo mental. Esses seres sofrem uma espécie de lavagem extracerebral por parte dos magos. O assunto era fascinante. Mesmo com toda a minha imaginação, não poderia supor que o jogo de poder nas legiões das trevas acabara por criar uma espécie de política ou sucessão astral. Agora eu era capaz de entender melhor como, entre os encarnados, as questões ligadas à política também se mostravam tão complexas, uma vez que, nas dimensões extrafísicas, as disputas pelo poder e pelo domínio das consciências se transformaram num embate extremamente ardiloso e acirrado. Se entre os representantes das trevas era assim, o que dizer do sistema vigente entre os encarnados, tão suscetíveis de captar as influências do plano astral?

Pai João, após dar um tempo para raciocinarmos quanto às informações que nos eram transmitidas, continuou pausadamente:

— Entre os sombras, os que foram submetidos

ao controle mental intensivo e específico com a finalidade de vigilância nunca são conhecidos pelos sucessores ou substitutos dos magos. Eles se misturam aos demais sentinelas, de forma tal que exercem o papel de agentes secretos dos magos negros durante o período em que estejam reencarnados. Porém, nem todo esse cuidado garante de modo inequívoco ao mago reencarnante que o poder lhe será devolvido. Sempre corre o risco de seus planos irem à falência.

— Sim — continuou o guardião da noite, com novas informações. — Outra coisa pode acontecer no decorrer do período no qual o mago negro estiver reencarnado. Dependendo da lucidez e da disciplina mental do reencarnante, já no útero materno começa a exercer influência sobre a formação do embrião. Conforme seus interesses, manipula, inclusive geneticamente, seu futuro corpo, de modo a propiciar, entre diversas aptidões, o desdobramento consciente. Assim, ao longo da vida física, pode policiar seu território astral e exercitar seu poder, ainda que de modo menos intenso, mas nem por isso ineficaz. Desdobrado, durante o sono físico, retorna a seu posto de comando, nas regiões inferiores do astral, e então vive duas faces da realidade. Uma como encarnado, quando pode difundir suas ideias entre os homens, num âmbito mais abrangente e perceptível, e outra no astral, enquanto seu corpo físico dorme, de maneira que se mantenha ainda como controlador das falanges sombrias.

— Mas existe algum registro na história, em que magos negros tenham realizado esse tipo de influência dupla? — perguntou Raul. — Quero dizer, casos em que, desdobrados, exerceram poder e coordenaram processos obsessivos e, ao retornar a seus corpos físicos, durante o dia, deram sequência a seus planos macabros entre os encarnados?

— Temos muitos lances conhecidos, que se transformaram num problema complexo, desafiando nossas equipes de trabalho. O inquisidor Tomás de Torquemada [1420–1498] e Rasputin [1869–1916], que hoje é um dos mais temidos magos negros do astral, tanto quanto muitos outros, são exemplos de espíritos que se viram obrigados a reencarnar para não perder a forma perispiritual. Rasputin, além de exercer seu império e fascínio sobre o czar e a czarina russos, ao dormir continuava a elaborar seus planos de dominação das consciências e a comandar as falanges das trevas que mantinham estreitas ligações com ele. O aiatolá Khomeini [1900–1989], ditador que ocupou o poder no Irã durante 10 anos, também é um mago negro que provoca grande assombro entre os habitantes do astral, embora seus objetivos sejam antagônicos aos de Rasputin, o que os torna inimigos. Ambos têm em torno de si sistemas rivais de poder.

Mesmo durante a encarnação, desdobrado através do sono físico, Khomeini conseguia manter o dirigente escolhido para sua sucessão no astral sob intenso controle hipnótico. Dessa forma, garantiu pessoalmente a consecução de seus projetos nas regiões inferiores. Paralelamente, agia em duas dimensões da vida.

— E como ficam aqueles que são dominados ainda no corpo pelos magos reencarnados? — voltou a indagar o médium. — Refiro-me ao que ocorre no período após a morte, como, por exemplo, na situação dos soberanos russos.

— Rasputin, igualmente, fazia esse papel de agente duplo — elucidou Jamar. — Ora na vigília física, com ascendência sobre os que orbitavam em torno de si, ora no plano astral, enquanto dormia, não abandonava sua posição de supremacia entre os desencarnados. O mago russo exercia tão grande domínio mental sobre seus subordinados que nenhum deles pôde se furtar a seu jugo. Quanto aos czares, ao desencarnar, permaneceram sob o braço forte do influente mago, que, durante a vida física, os submetera completamente.

— Esse então pode ser classificado como um

caso de obsessão complexa? — questionou novamente Raul.

— Não é só isso — interferiu Pai João, ao passo que respondia ao médium. — A magia negra tida como a ação dos magos do astral é o tipo mais intricado de obsessão do qual se tem notícia. Nesses processos complexos de obsessão, meus filhos, quando há influência dos magos e de magia negra do astral, implantação de aparelhos parasitas ou elementais utilizados por esses seres perigosos, em geral se observa o uso de *campos de força dissociativos* ou *magnéticos de ação contínua*. Os magos conhecem profundamente tais ferramentas, empregadas como agentes de instauração de desarmonias tissulares, que, por sua vez, dão origem a processos cancerosos, provocados frequentemente por eles. Como a maioria dos médiuns e dirigentes espíritas ainda não despertou para a realidade das obsessões complexas, os magos encontram vasto campo de ação entre os encarnados.

— Mais ainda, Pai João — adicionou Raul. — Muitos dirigentes espíritas não aceitam sequer a *existência* da magia negra, vendo nos magos apenas espíritos ignorantes que tentam nos enganar com sortilégios e mentiras.

— Muita gente confunde magos negros com feiticeiros...

— Eu mesmo já confundi esses dois tipos de seres do astral — reconheceu o médium. — No entanto, pude ver nos estudos a enorme diferença entre eles, tanto no conhecimento quanto na metodologia empregada nas obsessões que promovem.

Esclarecendo ainda mais a situação, Pai João complementou:

— Enquanto os magos negros são os personagens mais atemorizantes do astral inferior, profundos conhecedores de certas leis do mundo oculto, os feiticeiros podem ser considerados a degeneração dos magos. Isto é, mesmo que representem uma força considerável nos casos de obsessão, não detêm o saber milenar que possuem os magos; ainda fazem uso de matanças, ebós, despachos e oferendas como forma de canalizar suas energias para as pessoas visadas. Os magos negros não agem dessa maneira; possuem requintes de elaboração e sordidez em seus projetos, que os feiticeiros estão longe de alcançar, pois aqueles são iniciados dos grandes templos do passado remoto e exímios manipuladores das forças mentais. Os magos podem, por exemplo, controlar completamente os elementais naturais, que utilizam como seus agentes, além de impor a seus subordinados estreita submissão a suas mentes poderosas, em caráter duradouro. Ao contrário, para se ter uma ideia, há feiticeiros que, ao ingressar na erraticidade, tornam-se presa tanto das entidades como dos elementais escravizados por eles, denotando seu despreparo e sua capacidade limitada.

Os comentários estavam cada vez mais interessantes e nos envolviam intensamente com novas perspectivas, quando o guardião da noite interveio com uma anotação e sugestões acerca de nossa atividade:

— Precisamos ficar mais atentos agora, pois estamos cada vez mais próximos do acampamento dos magos. Aconselho que nos sirvamos de um veículo para facilitar a locomoção, pois, a partir daqui, as vibrações se tornam bem mais grosseiras, exigindo de nossa parte maior concentração de energia mental.

Com efeito, o solo era cada vez mais escarpado, e não era sem esforço que nos equilibrávamos para caminhar; mesmo assim, sem muita agilidade.

Como que se antecipando à surpresa de Raul diante de sua proposta, Jamar acrescentou:

— Na hipótese de utilizarmos um veículo para nosso transporte, não precisaremos empregar um *quantum* de força mental tão grande e intenso, pois viajaremos nestas regiões num equipamento artificial criado especialmente para esse fim, de modo a favorecer-nos o trabalho.

— Seria uma espécie de nave que nos transportaria? — perguntou Raul, sorridente. Ele adorava naves espaciais...

— Creio que você já conhece o chamado *aeróbus*, utilizado em algumas cidades espirituais.

— Sim, inclusive já tive oportunidade de ver de perto um desses veículos — disse Raul, com certo ar de decepção.

— Pois o nosso comboio pode ser considerado algo semelhante, embora adaptado às condições do ambiente onde nos encontramos.

Após uma ligeira troca de olhar entre o guardião da noite e Pai João, o preto-velho concentrou seu pensamento por alguns segundos, e, em pouco tempo, deslizava perto de nós o equipamento que nos transportaria ao reduto dos magos. Acomodamo-nos dentro dele, enquanto outro guardião desempenhava a função de condutor. Dessa forma, pudemos acompanhar mais detalhadamente a paisagem ao derredor e os elementos próprios da cidade que visitaríamos.

À medida que nos aproximávamos da cidadela sombria, pude observar detalhes que antes, ao longe, me escaparam. O perímetro era delimitado por uma muralha, e, acima dela, uma cintilação de cor roxa indicava a existência de um potente campo de força envolvendo todo o vilarejo. Nos imponentes portões que se erguiam diante de nós, dando acesso ao imenso acampamento, havia duas estátuas gigantescas, que competiam com a estrutura da muralha em grandiosidade. Ambas retratavam um ser envolto num manto negro e escarlate, com uma das mãos espalmada sobre o peito e a outra apontando à sua frente, como se indicasse algo no horizonte ou, talvez, saudasse alguém com altivez. Entre as duas esculturas, elaboradas, naturalmente, em matéria astral, estavam os portões da cidade, que se abriram à nossa presença. Assim que chegamos, dois sentinelas da falange dos sombras se apresentaram imediatamente, armados com escudos e lanças, que pareciam instrumentos de tecnologia avançada, embora encobertos por aparência rústica.

— Fiquem aqui, quietos — instruiu Pai João, dirigindo-se a mim e ao médium, ao passo que ele e Jamar se achegavam aos soldados.

Pai João assumiu uma postura mais firme, demonstrando sua ascendência espiritual, enquanto o guardião da noite, envolvido num campo de proteção individual, parecia brilhar dentro desse recurso energético, criado exclusivamente para a ocasião. Com voz de comando, própria de iniciado de um passado longínquo, Pai João falou aos sombras:

— Viemos fazer algumas observações. Diga a seu chefe que nos receba imediatamente.

— Vocês não deveriam vir aqui — respondeu um dos integrantes da milícia dos magos. — Não são bem-vindos e, além disso, poderão atrapalhar nossas atividades.

Provocando o sentinela das sombras, Pai João ordenou, com autoridade inquebrantável:

— Não podemos perder tempo. Chame seu superior e diga-lhe que temos a permissão do Cordeiro para entrar e fazer uma inspeção no ambiente.

— E quanto àquele ali? — retrucou, indicando o médium desdobrado. — Ele é um vivente. Não convém que conheça nosso acampamento...

— Vá! — determinou enfático o guardião da noite, interferindo abruptamente. — Não pode ver que ele é nosso protegido? Temos autoridade superior e não estamos dispostos a perder tempo com vocês.

Somente agora pude ver a autoridade da qual se revestia o especialista da noite, pois prontamente os sombras obedeceram, trancando os portões da cidade após entrarem, para nos impedir temporariamente. Talvez não conhecessem Pai João e o guardião que nos guiava naquele território. Mesmo assim, sentiram a força que emanava de suas palavras, que, severas, representavam um poder superior ali, naquelas paisagens do umbral inferior.

Passado algum tempo, surgiu um estranho ser à nossa frente, após os portões se abrirem novamente. Secundado por uma tropa de sentinelas, todos armados, o estranho parecia ter o olhar vitrificado, parado no tempo. Pelo menos era essa a impressão que tinha ao vê-lo. Um manto escuro envolvia todo o corpo espiritual daquele ser, que parecia algo deformado debaixo da túnica negra. Rugas profundas marcavam a face do espírito, fazendo com que ele aparentasse uma idade acima dos 100 anos ou muito mais, devido ao aspecto notavelmente antigo que seu perispírito demonstrava. Cintilação intensa pôde ser percebida envolvendo-o, que, por certo, eram potentes campos de força, sobrepostos em camadas. O ser literalmente deslizava sobre o solo astral, como se andasse sobre patins, embora fosse patente a dificuldade com que se movia, ocultada de modo precário.

O ambiente tornou-se subitamente carregado ante a figura daquele espírito. Não fosse nossa presença, com certeza o médium Raul teria sido acometido de profunda depressão e angústia. Era algo de uma dimensão assustadora, tanto quanto a aura tétrica e sinistra da qual o ser se revestia. Os sentinelas ou os sombras evidenciavam total submissão ao representante das trevas. Era tangível a aura de pavor intenso que dominava a milícia negra, em virtude da presença daquele ser de aspecto assombroso. Ao ver Pai João e o guardião da noite, o mago expressou-se com desprezo. Sua voz era gutural:

— Ah! São vocês. Os malditos e infelizes filhos do Cordeiro...

— Não tolerarei essa referência ao Senhor de todos nós — falou Pai João enfático.

— Senhor *de vocês*, pois aqui, nestas regiões, o único poder reconhecido é o nosso.

— Para que saiba que seu poder é tão transitório quanto sua arrogância — falou o preto-velho, fixando firmemente o olhar no representante das sombras —, veja o que posso fazer e o quanto posso. Vi como Pai João se transformou à nossa frente, assumindo nova aparência. Agora vestia um manto branco e trazia, encimando a cabeça, um adorno próprio dos iniciados antigos. Manipulando os fluidos do ambiente astral, criou a forma de um bastão e, com o braço estendido, inseriu-o na cintilação que envolvia o mago, desfazendo no ato todos os campos de força que o envolviam. Nesse instante, o ser urrou vorazmente à nossa frente, como um animal sendo sacrificado, e a voz de seu desespero ecoou por todo o vale. Ao mesmo tempo, bateu em retirada, como que rebocado por uma força invisível, que o arrastava em velocidade alucinante para longe de nós. Forte ventania assolou a entrada da cidadela, abatendo os sombras, que se chocavam contra as construções e corriam enlouquecidos, de um lado para outro, sem poder se equilibrar. Alguns caíam no solo astral, e outros conseguiam fugir, apavorados, pois não sabiam para onde fora seu dirigente ou superior.

Neste momento, Jamar, o especialista da noite, interferiu, agitando levemente os braços e projetando jatos de fluidos de cores variadas em torno, acalmando a situação. O sopro frio de João Cobú também colaborou para restaurar o ar pacato, porém soturno da aldeia. Os sentinelas se aquietaram, comportando-se então como um grupo de seres sem direção. Não sabiam o que fazer e aonde ir; estavam em colapso, acometidos de um torpor repentino.

Pai João assumiu novamente a forma do pai--velho, vestido impecavelmente de um terno branco, conservando o olhar sereno e seguro que nos guiava. Ele era com certeza o representante de um poder superior, que não havia como ignorar.

Adentramos os portões da cidade, na qual os magos usavam muitos espíritos como cobaias de suas experiências. O local parecia em rebuliço depois da fuga do mago negro. Acredito que os seres que ali eram mantidos em regime de prisão tenham ficado completamente dependentes, já que haviam sofrido uma espécie de reprogramação mental. Religiosos e indivíduos que ocuparam cargos eclesiásticos, médiuns que não honraram o divino legado que lhes foi confiado, representantes de instituições de diversas filosofias espiritualistas, todos desencarnados — além de alguns poucos encarnados, desligados temporariamente de seus corpos físicos —, eram vistos andando pelas ruas daquela cidadela das sombras.

Eu e Raul estranhávamos o fato de espíritos com tal história serem utilizados como experiências vivas por uma classe de seres do astral inferior considerados altamente perigosos. Quando ainda estávamos pensando nessas questões, Pai João interferiu beneficamente em nossos pensamentos, esclarecendo-nos com maiores detalhes:

— Os magos negros, meus filhos, são espíritos especializados em manipulação de fluidos da natureza e exímios conhecedores das leis que os regulam. Receberam iniciação espiritual nos diversos templos da Antiguidade e de civilizações ainda mais remotas, e, como iniciados, forjaram seu conhecimento e sua disciplina mental em anos e anos de adestramento das faculdades da alma, sob a tutela de seus superiores hierárquicos.

O tema nos fascinava, mas principalmente a Raul, que parecia se interessar ainda mais. Acabou nos favorecendo sua curiosidade a respeito do assunto, já que muitas perguntas ele fazia, para as quais Pai João sempre tinha uma resposta iluminadora.

— Considerando que nos templos e escolas iniciáticas foram realizadas cerimônias ou ministrados ensinamentos a respeito de um conhecimento superior, qual a relação dos atuais magos negros com os magos e iniciados do pretérito?

— Como regra, toda iniciação foi realizada para o bem, para o uso dos elementos da vida oculta com intuito de auxiliar a humanidade. Em geral, a pessoa era admitida nos colégios iniciáticos desde cedo, a partir dos 7 anos de idade. Num processo lento e gradual, à medida que oferecia condições e a maturidade despertava, o aprendiz recebia ensinamentos compatíveis com seu momento evolutivo e sua capacidade. Até que, ao completar 42 ou 49 anos, faixa etária observada na maioria das ordens iniciáticas, era recebido como mago maior ou alçado à categoria de grão-mestre daquele templo de sábios. A partir de então, o mago branco estava apto a conduzir outros aprendizes, formando novos colégios iniciáticos. O período longo de aprendizado era favorável ao desenvolvimento da disciplina mental e do poder de manipular certos fluidos, segundo as leis do mundo oculto. Era um modelo lento, porém eficaz, e aqueles que a ele se submetiam eram reconhecidos tanto nas comunidades às quais se vinculavam quanto nos planos adjacentes à Crosta, como representantes de poderes superiores. Contudo, nem todos se sujeitavam ao processo sem interesses particulares e, por vezes, escusos. Algumas pessoas, desenvolvendo a sede pelo poder e pelo domínio mental sobre os demais membros de suas ordens, acabaram desvirtuando-se e desviando-se dos sagrados objetivos para os quais lhes foram concedidos os poderes iniciáticos, conforme se dizia na época. Nasciam, então, os magos negros. Revoltados e gananciosos, desejavam a todo custo subjugar os grupos a que pertenciam, deixando-se transtornar com a inveja que sentiam de seus superiores e fomentando, assim, o espírito de insurreição e tirania.

— Existia especialização entre os magos e os diversos grupos ou templos iniciáticos do passado? Parece que por aqui, na região astral, há diversos grupos rivais, que lutam entre si...

— No momento de sua iniciação, no passado — respondeu Pai João, despertando ainda mais nossa atenção —, os magos escolhiam ou eram levados aos diversos templos iniciáticos de acordo com o mandato espiritual que possuíam. Todavia, apenas os grão-mestres ou sumos sacerdotes desses templos tinham acesso aos arquivos espirituais de seus tutelados. Desse modo, ao longo dos anos e milênios, nasceram diversos centros de formação espiritual, cada qual especializado segundo o compromisso e a afinidade daquela região ou daquele agrupamento.

"Aqueles magos negros do plano extrafísico cuja iniciação e formação oculta sucederam em regiões da Mesopotâmia, da Caldeia e da Pérsia utilizam-se hoje de seus pupilos, encarnados no Oriente Médio, como suas marionetes. Têm um verdadeiro exército à disposição entre os indivíduos pertencentes aos grupos radicais e adeptos de regimes extremistas que lá vigoram. Estes, ao desencarnar, muitas vezes são convertidos definitivamente em sentinelas e agentes daqueles magos, já que a iniciação com as mesmas raízes culturais lhes confere soberania sobre tais consciências. Além disso, como cederam à pujança e à fascinação pelo poder ainda encarnados, é com pouco esforço que os magos os manipulam após a morte do corpo."

As informações de Pai João eram demasiadamente ricas nos detalhes e muitíssimo importantes para quem fosse trabalhar com processos de obsessão complexa, no trato com os magos das trevas e seus métodos. Notadamente, aqueles trabalhadores que optaram por se instrumentalizar, lançando mão de técnicas mais modernas, teriam nas orientações de Pai João um excelente material.

Por isso, acredito, Raul perguntava mais e mais. Não somente porque tanto ele próprio quanto eu aprenderíamos, mas com o objetivo de que as explicações ficassem registradas para consultas futuras. Sabendo de nosso interesse, o preto-velho Pai João de Aruanda continuou discorrendo sobre os chamados senhores da escuridão, enquanto caminhávamos por entre as construções estranhas da região astral:

— Hábeis na manipulação das energias do duplo etérico e no uso de elementais naturais para suas investidas no mal, os magos se dedicam a treiná-los para aplicação nos processos de obsessão complexa. Estabelecem contratos com outras organizações interessadas em seus serviços sofisticados e altamente especializados e, em troca, exigem pesados tributos das associações umbralinas que se submetem ao seu poderio, muitas das quais subestimam as consequências de barganhar com os magos. "Vamos retomar nossos comentários anteriores, meus filhos — prosseguiu Pai João. — Aqueles que disciplinaram seu pensamento e adquiriram seus conhecimentos na época do Egito, nos templos de Karnak, Heliópolis e outros centros de referência, além, é claro, daqueles advindos da Atlântida, distinguem-se pela atuação no âmbito da mente. O uso, a manipulação e a exploração da faculdade de pensar e do corpo mental, com todas as consequências advindas desse saber, constituem sua especialização. Desencarnados, sintonizam-se com as hostes das sombras, visando à ascendência sobre cientistas, psicólogos, médicos e psiquiatras, também afinados com seus propósitos. Esses profissionais podem se transformar em instrumentos da ação perversa dos magos, sem que o suspeitem, pois a influência desses espíritos desajustados é discreta, imperceptível ao olhar desatento, ao menos até se instaurar mais definitivamente.

"Empregam força mental, hipnose e magnetismo, promovendo inclusive o sequestro do duplo etérico de encarnados para experimentos, nos laboratórios que administram em aliança funesta com os cientistas do mal. Nesse conluio, engendram elementais artificiais para contaminação mental, com o objetivo de direcionamento do corpo mental dos encarnados e domínio psicológico sobre as massas. Do aprimoramento desse processo surgem os chamados *clones* de encarnados, e mesmo de outros espíritos, pois conseguem implantar nos elementais uma memória fictícia, um dado conteúdo mental com vida temporária, que os anima; portanto, igualmente artificial."

— Já deparei com casos assim — disse Raul. — Entretanto, vi apenas clones de encarnados, encontrados em bases das sombras; não sei nada a respeito de clones de desencarnados. Poderia dar um exemplo?

— Claro, Raul! — continuou João Cobú. — Conhecemos muitos agrupamentos espiritualistas ou espíritas, tanto quanto médiuns sujeitos a longos anos de fascinação, conforme classificou Kardec,[1] que julgam ser devidamente acompanhados por seus mentores. Em inúmeros casos, o que denominam de orientadores espirituais nada mais são do que clones, estruturados de tal forma a permitir a manipulação à distância. As criaturas artificiais obedecem ao regime imposto pelas trevas, mas são percebidos próximos de seus médiuns como mentores elevados, que vêm em missão junto a seus pupilos. Instauram-se assim obsessões graves e de difícil resolução, perpetradas por magos negros interessados na condução de sensitivos e de grupos. Com a vantagem de que estão ausentes, reclusos às suas bases sombrias, onde se dedicam com relativa liberdade aos vários projetos de sua cobiça e, ao mesmo tempo, previnem-se quanto a possíveis surpresas, que os poderiam flagrar.

"Não raro, os alvos da operação em curso trazem as mentes e os pensamentos desorganizados com teorias estranhas e exóticas, que extrapolam os limites do bom senso. Convém observar que as pes-

[1] Cf. KARDEC. *O livro dos médiuns...* Op. cit. p. 354, 356-357, 367-368, itens 237, 239, 250.

soas envolvidas em fascinação e, portanto, também nesse tipo particular de obsessão complexa, costumam apresentar tal característica. Como a maioria dos espiritualistas ainda nem admite a ação da magia negra, especialmente do modo como a empreendem os magos, tornam-se presas fáceis desses déspotas do umbral. Os encarnados obsidiados pelos magos das sombras com especialização mental passam a ser objeto de uma lavagem extracerebral, que substitui por outros, sedimentados passo a passo, os padrões mentais naturais e conquistados pelo espírito no decorrer de sua história. Em geral, têm predileção por médiuns e representantes religiosos."

— Então, o procedimento utilizado nesse tipo de obsessão — interferi agora, em lugar de Raul — deveria gerar a eclosão de uma nova ferramenta para o enfrentamento da problemática, compatível com o grau de conhecimento de seus agentes...

— Certamente que sim! As trevas têm se especializado e aprimorado cada vez mais intensamente seus métodos, mas infelizmente a maioria dos grupos espíritas e umbandistas ainda prefere cristalizar-se na metodologia consagrada ao longo de décadas. É fundamental a abertura consciente para o novo, o avanço que se incorpora à base, ao que já existe. Muitos insistem em ver a mudança como substituição do que se fez até então, o que é um equívoco de grandes proporções. Capacitar-se significa somar, e não subtrair ferramentas. Se porventura tais agrupamentos não se atualizarem urgentemente, ficarão desprotegidos e à mercê de investidas das quais não poderão esquivar-se. É inadiável a atualização dos métodos espíritas e umbandistas, em face dos ataques cada vez mais elaborados dos emissários das sombras.

— Nesses casos, Pai João, não é suficiente a simples doutrinação desses seres?

— Pois é, meu filho... Não adiantam palavras decoradas de trechos do Evangelho ou conceitos apreendidos nas aulas de catequese espiritual. Aliás, cada vez mais a doutrinação tradicional será eficiente para um número menor de espíritos, que, à medida que reencarnam, tornam-se mais capazes, críticos e questionadores. Basta ver que muitas das respostas de décadas atrás não mais saciam a curiosidade e as questões levantadas pelas crianças de hoje em dia, na Terra. O nível de elaboração é outro, e as explicações simplórias não mais as convencem. Portanto, no âmbito da terapia espiritual, também o diálogo precisa ser reformulado em seus princípios, incorporando elementos da programação neurolinguística, da psicologia, em suma, das áreas da comunicação e das disciplinas que tratam do conhecimento da alma humana. Nada de pregação estéril; em vez disso, conversas que busquem revelar, para si mesmas, o íntimo das próprias criaturas em desequilíbrio, habilidade em que era mestre o Nosso Senhor, Jesus.

"Agora, com relação à abordagem dos magos negros, não há como se furtar ao entendimento de alguns fatores centrais. Por exemplo, esses espíritos se revestem de campos de força de natureza distinta, para fins de proteção, aglutinação das células perispirituais e deflexão da luz, entre outras funções, o que causa invisibilidade e faz com que os médiuns nem ao menos os percebam em suas reuniões. Há ainda outros elementos dos quais se utilizam como instrumentos para a consecução de seus planos sombrios, além dos que já mencionamos. Como você afirmou, Ângelo, o desenvolvimento da metodologia do processo obsessivo por parte desses espíritos nos leva fatalmente à necessidade de desenvolver procedimentos desobsessivos à altura, atualizando a forma e o conteúdo de nossas possibilidades. E repare que isso é tão somente *reagir* às sombras, quando o ideal que perseguimos é *anteciparmo-nos* à sua ação nociva e maligna."

Auxiliados pelo especialista da noite, que permanecia atento às diversas manifestações dos espíritos que cruzavam nosso caminho na cidadela dos magos, continuávamos nossa conversa, cada vez mais interessante. Estávamos tão absortos nas explicações do pai-velho que nem percebíamos os ruídos, o burburinho e os impropérios dos espíritos à nossa volta. Não precisávamos nos ocupar da segurança, ao menos naquele momento, pois Jamar inspirava temor e respeito nos sombras, a tropa de elite dos magos — que, de todo modo, havia sofrido golpe mortal, desferido contra seu chefe por Pai João de Aruanda. Além disso, o guardião providenciara para que uma cúpula nos abrigasse em energias de dimensão superior. Pai João continuava:

— E não podemos nos esquecer, Ângelo e Raul, de que, além dos magos negros, existe uma legião de espíritos também especializados, cujos métodos denotam franca decadência, que são os chamados feiticeiros do astral. Ambos constituem categorias claramente distintas, apesar de bastante confundidas.

Pai João retomava o assunto já tratado anteriormente, porém, agora, com mais detalhes:

— Os magos, como lhes disse antes, são especialistas e iniciados em templos e colégios do passado antigo ou remoto, dotados de vasto saber. Por outro lado, os feiticeiros, na melhor das hipóteses, são aprendizes, experimentadores da manipulação energética e fluídica, que tiveram contato com um ensino degenerado, superficial e vulgar, se comparado ao que possuem os magos. Estão ainda extremamente apegados a elementos mais grosseiros, tais como despachos, ebós e objetos de fetiche de um modo geral, além de sacrifícios de animais, pois, em sua grande maioria, são dependentes do plasma sanguíneo. Empregam métodos bastante materiais na tentativa de atingir seus alvos, costumeiramente motivados por vinganças pessoais, encomendadas ou não.

"Na verdade, os feiticeiros constituem grupos menos especializados, ainda que fortemente intimidadores. Habitualmente adestrados no uso de substâncias tóxicas diversas, extraídas do bioplasma das plantas, é frequente que estejam vinculados a traficantes e usuários de drogas, bem como ao desenvolvimento de novos narcóticos de uso popular. Além disso, empregam artefatos em suas empreitadas, como, por exemplo, condensadores energéticos e elementais naturais, viciados por eles. Gostam de atuar magneticamente em indivíduos com crenças exóticas e recorrem aos chamados exus inferiores para a realização de seus trabalhos. São um misto de magos e vampiros.

"Os feiticeiros astrais típicos foram iniciados em religiões de origem ou de influência africana, tais como catimbós, canjerês, candomblés e vodus. São antigos pais e mães de santo que se desviaram da ética espiritual. Podem ser encontrados também entre os representantes do pensamento nas diversas áreas de atuação humana, como na política, na religião e em outras. Não podemos ignorar que a forma mais elaborada de feitiçaria é a mental; aliás, é aquela que mais se aproxima da genuína magia negra. Portanto, onde há carisma e magnetismo a serviço da manipulação de massas ou individualidades, provavelmente há feitiçaria mental em andamento. Sob esse ponto de vista, encontramos seres especializados no emprego da força da mente em variados graus, independentemente da religião a que pertencem. Pastores e pregadores evangélicos, pentecostais e neopentecostais, assim como dirigentes religiosos, sejam eles católicos, espíritas ou maometanos, muitos deles passam a integrar as fileiras de feiticeiros quando se distanciam do conteúdo espiritual de seu trabalho e se deixam corromper.

"Os magos propriamente ditos trabalham com elementais e criações do pensamento, egrégoras, contaminações energéticas e ordinariamente mantêm bases na subcrosta, nas profundezas dos oceanos e nas cavernas incrustadas nas rochas. Em suma, locais de difícil acesso, pelos quais médium algum sente atração. Eventos como o que presenciamos aqui, nesta cidadela, ou seja, magos dirigindo vilas do umbral e mantendo-as sob comando hipnótico, são apenas laboratórios, campos de experiência. As bases efetivas de espíritos dessa classe situam-se em regiões ainda mais incrustadas no submundo astral."

— Pelo que vimos aqui, eles não são lá muito unidos... — interferi, alterando um pouco o rumo da conversa.

— Há a união provocada pela intimidação e pelo receio, ou mesmo imposta pela coerção mental, mas somente dentro do próprio grupo.

— Se é que podemos denominar de união essa coesão com ar de tirania, baseada no acatamento e na subserviência.

— É verdade, Ângelo — retomou o preto-velho.

— Entre si, as diversas ligas de magos ou falanges disputam o poder em caráter permanente. Há verdadeiras guerras desencadeadas pelo abuso e pelo desejo de oprimir e sujeitar os demais. A rivalidade é acirrada nessas faixas de existência do mundo astral. Não se esqueçam, meus filhos, de que não estamos visitando a espiritualidade propriamente dita, mas estâncias de escuridão muitíssimo materializadas, sob todos os sentidos.

Estávamos completamente inebriados pelos comentários de Pai João a respeito dos magos negros. Ele mesmo, João Cobú, era um mago branco, a serviço da luz. Normalmente, os magos das sombras temem os pais-velhos, porque estes, em sua maioria, são também iniciados dos templos antigos e trazem na memória espiritual considerável experiência, além de vasta bagagem a respeito de certos elementos da vida oculta, que muitos espíritos não detêm. Ao lado disso, mantêm-se encobertos na aparência singela de uma anciã ou um ancião, geralmente disfarçados pela ausência do verniz da cultura escolar, a que o negro escravo, forma sob a qual se manifestam, não teve acesso. Entretanto, conhecem amplamente as áreas mais densas e sombrias dos planos inferiores, pois isso faz parte de sua capacitação para o enfrentamento dos magos, entre outras habilidades, como o mais completo domínio mental, as experiências com magia e processos iniciáticos, tanto quanto o poder de comando, atributos que inegavelmente possuem. Em virtude de tudo isso, enfrentar os magos negros sem o concurso desses espíritos capacitados, que muitas vezes se manifestam como uma mãe-velha ou um pai-velho tarimbados, é muitíssimo arriscado ou, no mínimo, imprudente.

Os magos sabiam com quem estavam lidando. Por isso, quando chegamos à área central da cidade umbralina, não havia mais nenhum mago, somente seus subordinados, que, no entanto, ficaram à distância, sem opor nenhuma resistência. Penetramos em diversos edifícios e vimos de perto como eram

239

realizados os experimentos de manipulação mental.

— Observe, Ângelo — falou de repente Jamar, o chefe da legião dos guardiões da noite.

Vi que o guardião apontava para um dos prédios, que, embora mostrasse um aspecto mais soberbo e conservado que as demais edificações, apresentava claros indícios de desestruturação de seus elementos astrais constituintes. Isto é, como os magos negros haviam se dispersado ante nossa aproximação e a atuação do preto-velho João Cobú, algumas construções, por falta da força mental de coesão, começavam a se deteriorar substancialmente. Atendendo à insistência de Jamar, minha atenção foi dirigida para a entrada de algumas delas, onde pude ler frases indicativas das diversas especialidades desenvolvidas pelos magos e aplicadas em suas experiências com os espíritos. Comuniquei a Pai João o desejo de adentrar alguns daqueles locais, ao que ele prontamente cedeu, designando o amigo Jamar para me acompanhar. Convidei Raul para compartilhar comigo das observações.

Ingressamos num prédio em cuja frente estava escrito: *Ciências psíquicas e astrais*. A fachada apresentava-se desgastada, porém demonstrava estilo arquitetônico até certo ponto apurado, diferentemente do restante das construções da estranha cidade. Jamar foi à frente, guiando-nos lentamente, pé ante pé, naquele ambiente novo. Não podíamos deslizar na atmosfera, simplesmente porque parecia haver ali elementos muito materiais, quase nada fluídicos. Estava pesado o ar, que inalávamos com esforço, embora o aspecto do lugar fosse de extrema limpeza e, além disso, beirasse o exemplar no quesito organização. No entanto, causava-me grande estranhamento o interior do edifício. Poderia estar enganado?

Quando penetramos um amplo salão em um dos andares superiores, começamos a sentir impulsos de pensamentos como que procurando invadir nossas mentes. Foi Jamar quem primeiro notou e logo nos advertiu:

— Procurem não ceder aos impulsos mentais que se manifestam com certa intensidade. Creio que estamos para descobrir algo importante. Vou aproveitar o momento para chamar outros guardiões, pois em breve precisaremos de mais ajuda.

— Esses impulsos parecem de encarnados — observou Raul, mais atento.

— Acredito que temos aqui dois tipos de pensamentos, que parecem competir entre si. Tanto encarnados quanto desencarnados emitem os impulsos que captamos.

— Você conhece algum dos padrões mentais, Jamar? — perguntei ao guardião.

— Não, Ângelo. Pelo menos ainda, não dá para distinguir muita coisa, em meio a essa confusão mental. Prossigamos, pois talvez em breve possamos descobrir algo. João Cobú nos dará cobertura, enquanto os demais guardiões vêm em nossa direção. Chegamos a um cômodo relativamente grande, onde avistamos um grupo de espíritos. Eram cerca de 20, acossados num canto da sala. A mobília consistia de macas e padiolas e alguns equipamentos de tecnologia astral que eu nunca havia visto. Mas nossa atenção voltou-se inteiramente para os espíritos, que pareciam transtornados de medo.

— Estão em pânico com nossa chegada — comentou Raul, ao observar os seres à nossa volta. — Vejam como tremem.

— Raul, você que tem alguma experiência no trato com pessoas, em sua atividade profissional, que tal tentar um contato com esses espíritos?

Raul foi se aproximando devagar, mas, para nossa surpresa, não víamos nenhuma reação por parte do grupo. Jamar examinava atentamente os equipamentos encontrados, pois, como guardião da noite, especializara-se nas questões relativas aos magos negros. Após a iniciativa do médium, aproximei-me também, oferecendo ajuda. Raul ponderou:

— Esses espíritos estão tão apavorados que não conseguem esboçar qualquer reação diante de nós.

Ao que tudo indica, Ângelo, estão sofrendo uma espécie de crise de pânico.

— Acho que todos os seres usados pelos magos parecem ter reações semelhantes. Suas mentes sofrem uma crise momentânea de loucura quando os magos não os estão utilizando, tamanha a viciação estabelecida.

Raul resolveu aplicar energias magnéticas em um dos espíritos, que parecia se esforçar para comunicar-se. Não sabíamos ao certo se ele queria se comunicar conosco ou emitir algum pedido de socorro, pelo pensamento, a seus manipuladores, os magos. Mesmo assim, Raul estava determinado a correr o risco. Estendeu as mãos, concentrando-se, e magnetizou o ser que dava evidências de uma atividade mental mais intensa. Assim que Raul terminou os passes, o espírito espreguiçou-se, como se despertasse de um sono profundo. Raul, alegre, chamou a atenção de Jamar:

— Deu certo, deu certo! Veja, Jamar, ele está acordando do sono hipnótico.

Jamar aproximou-se, trazendo nas mãos um equipamento que encontrara sobre a mesa, e acomodou-se perto do espírito, que despertava lenta, mas progressivamente.

Sua aparência era de um homem de uns 35 anos de idade, mais ou menos 1,75m de altura. Vestia um jaleco verde-água. Olhos negros, vivos, pareciam agora recuperar o brilho que antes não observamos em seu olhar. Foi Jamar quem comentou, demonstrando satisfação:

— Foram os fluidos de Raul que o acordaram do transe. Provavelmente, o fato de estar encarnado, e ser por isso portador e doador de ectoplasma, tenha facilitado para Raul a tarefa. Nós dois, Ângelo, sozinhos dificilmente conseguiríamos, pois nos faltam energias próprias de quem está no corpo físico. O magnetismo peculiar a um médium desdobrado e a emissão natural de ectoplasma provocou o chamado choque anímico, que trouxe o espírito do transe imposto pelos magos.

— Vou fazer o mesmo com os outros, agora mesmo — empolgou-se o médium.

— Não faça tal coisa, Raul. Se deu certo com esse espírito, não significa que dará com os demais. Ainda por cima, temos muito pela frente.

— Ah! Mas...

— Nada disso — retrucou, sem deixar margem para discussão. — Não esgote suas reservas de ectoplasma e vitalidade com eles. Em breve chegarão os guardiões, que darão conta do desafio que encontramos. Economize energias para mais tarde, senão teremos de reconduzi-lo ao corpo antes do término de nossas atividades.

Raul entendeu que deveria ser mais comedido a partir dali. Creio que a advertência de Jamar foi suficiente para ele conter seu impulso de caridade e utilizar mais razão e menos emoção. Precisávamos atentar para o fato de não estarmos em ambiente favorável, mas nos movimentando em clima psíquico diverso daquele a que estávamos acostumados. Qualquer deslize, mesmo que motivado pela mais pura boa vontade, poderia colocar em risco nosso empreendimento.

O espírito levantou-se, assustado com nossa presença e, ao mesmo tempo, olhando ao redor, para os seus companheiros. Inicialmente, sem falar nada, sacudiu alguns outros espíritos, que permaneciam sob o pesado choque mental e emocional. Não obtendo nenhuma reação por parte deles, voltou-se para nós, desconfiado:

— Vocês não fazem parte de nossa equipe — observou.

— Viemos de longe — respondeu Raul. — Creio que, no fundo, você sabe de onde viemos e o que fazemos por aqui.

— Sei que vocês não prestam serviço aos nossos senhores. Mas ignoro de onde vêm e o que querem entre nós. Porventura são do grupo rival?

— Não é isso, meu amigo — interferiu Jamar na conversa. — Somos da falange do Cordeiro e não compactuamos com seus senhores, nem tampouco nos envolvemos nas intrigas e disputas da política das sombras.

Examinando atentamente em volta, irrequieto, o ser recém-desperto observava os detalhes. Após olhar por uma janela do cômodo onde nos encontrávamos, virou-se para Raul e afirmou:

— Você é um vivente. Como conseguiu escapar do domínio mental?

— Sim, sou um encarnado e estou projetado nesta dimensão astral em trabalho de parceria com esses espíritos que me auxiliam. Mas você certamente me confunde com alguém ou algum daqueles que conhece. Eu não estive e nem estou sob domínio algum.

— Parece que os senhores da escuridão se foram — disse o espírito, referindo-se aos magos. — Nada corresponde à realidade à qual estou acostumado. O que querem por aqui?

Desta vez foi Jamar quem conduziu a conversa com aquele homem, que agora dava sinais de compreender a dimensão do que ocorrera naquela comunidade. A visão que tivera ao olhar pela janela por certo despertara nele a convicção de que não estavam mais, ao menos temporariamente, sob a ação dos senhores da escuridão, conforme ele se referia aos seres sinistros que os subjugavam. Decidido a tirar proveito da situação e não dar mais tempo para que ele desviasse sua atenção dos fatos, Jamar conduziu brilhantemente a conversa:

— Como pode notar, tudo em volta demonstra que estão agora sozinhos. Nenhum impulso mental dos magos pode ser sentido nesta cidade. Portanto, acredito que você poderia nos esclarecer muita coisa por aqui. Mas não o obrigaremos a nada. Terá completa liberdade para atender-nos ou não.

— Não consigo imaginar como os senhores magos abandonaram por completo este campo de experimentação. Estávamos aprimorando muitos conhecimentos aqui, e os testes realizados eram de fundamental importância para eles — disse o espírito.

— Sei que tinham interesse nesta vila de experimentos; porém, um decreto do Alto determinou que as coisas por aqui devessem tomar outro curso. Viemos reverter radicalmente o processo levado a efeito por vocês, pois o que empreendiam ia frontalmente de encontro a qualquer norma ética conhecida. Portanto, meu amigo, o tempo para este seu modo de vida terminou. É mais inteligente colaborar.

— Fui avisado sobre o trabalho de vocês. Posso dar algumas informações, mas não tudo o que querem saber. Os senhores da escuridão não confiam totalmente em seus subordinados e, assim, dividem sempre o trabalho em etapas, cada qual realizada por um grupo de espíritos. Não conhecemos os demais.

— Uma estratégia interessante, sob o ponto de vista dos magos — comentou Raul.

— Eles pretendiam evitar, a todo custo, que seus planos fossem descobertos. Dessa forma, tenho informações apenas sobre o que realizamos aqui. Quanto a uma visão total do planejamento e da tática dos magos, creio que nenhum de nós poderá oferecê-la, pois não sabemos nada a respeito.

— Como você explica o fato de estarem todos sob comando hipnótico, gerado naturalmente pelos magos?

— Somos estudiosos da ciência e temos um contrato com os magos. Não nos interessa o que fazem com seus conhecimentos. Colaboramos em troca de auxílio. Mas os senhores da escuridão não confiam em nós plenamente, como disse antes, por isso implantam sugestões nas mentes de seus colaboradores. No nosso caso, não perdemos o poder de decisão, como ocorre com a polícia negra, os sombras, ou com os demais espíritos que servem de cobaias, os quais se tornam completamente dependentes de seus mestres. Nós nos submetemos a um processo de monitoramento mental, somente isso; conservamos, no entanto, a capacidade de raciocinar, o senso crítico e a liberdade de agir.

— Mas se são monitorados mentalmente pelos magos, não veem que isso restringe sua liberdade? — perguntou Jamar.

— Assim como os magos não confiam plenamente em nenhum de seus aliados ou colaboradores, nós também tomamos algumas providências relativas ao chamado controle *psiônico*, realizado por eles, os senhores da escuridão.

— E podemos saber quais providências são estas? — interferi, perguntando.

— Bem, já que vocês nos conhecem e têm autoridade suficiente para interromper nossas atividades, posso lhes adiantar algo. Além do mais, não creio que os senhores voltarão a este lugar. Mesmo porque não poderão fazer nada com estas informações que lhes transmito.

— Estou ouvindo. Pode continuar...

— Como vocês sabem, a diferença mais marcante entre os senhores magos e nós, que trabalhamos no campo científico, é que eles manipulam os fluidos diretamente através da força mental da qual são portadores, pois dominam muitas leis, das quais apenas suspeitamos. Quanto a nós, atuamos sobre os fluidos e modificamos o que nos parece adequado através do uso da técnica astral. Criamos elementos, produtos de uma tecnologia que desenvolvemos ao longo do tempo e vimos aperfeiçoando a cada dia.

— Até aí, não há novidade alguma — concluí.

— Pois bem — continuou o espírito do cientista, que estava a serviço dos magos negros. — Quando acatamos a exigência dos senhores da escuridão de monitorar-nos mentalmente, devido à extrema reserva que eles têm com seus colaboradores, resolvemos então fazer uma experiência. Alguns de nós nos submetemos a um processo de implante em nossos corpos psicossomáticos. Em determinada região do cérebro perispiritual, instalamos um aparelho minúsculo, produto da nanotecnologia astral, o qual nos imuniza em relação às atividades psíquicas dos magos. Esse implante, imperceptível mesmo ao olhar mais atento, faz com que as ondas mentais endereçadas a nós sejam desviadas a uma dimensão diferente. Assim, as sugestões hipnóticas podem ser desconsideradas, sem que os magos o saibam.

— Isto é, se os magos negros tomam medidas contra qualquer possível rebelião de sua parte, vocês também criaram uma forma de escapar do controle psíquico deles, mantendo sua autonomia e liberdade de ação.

— Exato! — respondeu o cientista.

— Você não ignora que é um jogo de poder

muito perigoso...

— O risco é inerente à nossa política por aqui. Eu posso garantir que sou um dos imunes. Talvez seja por isso que vocês conseguiram me tirar mais facilmente do choque traumático no qual nos encontraram. Os outros cientistas não tiveram a mesma sorte; eles não se imunizaram com o implante. Somos poucos os que nos sujeitamos ao processo.

— Mesmo de posse da tecnologia para a fabricação dos implantes, vocês não conseguem produzi-los em larga escala — considerou o guardião Jamar.

— É... — confirmou o ser, reticente. — Mas isso não importa agora. O interessante é que não me dobro ao controle mental dos senhores da escuridão.

— Você é uma espécie de agente duplo, então?

— Sim. Enquanto desenvolvo algo que pode ser considerado de importância vital para os senhores da escuridão, paralelamente, em virtude do fato de ser um imune, eu os observo e colho informações para nossa equipe avaliar posteriormente. Eu diria que é um sedutor jogo de poder, de que vocês, os filhos do Cordeiro, se privam...

— Pois bem, meu amigo — resolveu intervir Jamar. — Agora passemos ao que interessa. Gostaria de saber o que realizam de tão importante aqui, neste prédio. Pode nos acompanhar até o cômodo ao lado?

Jamar deu novo rumo aos trabalhos, conduzindo-nos a uma sala ainda mais ampla, ao lado de onde nos encontrávamos. Enquanto isso, uma equipe de guardiões da noite, composta por 18 integrantes, chegava ao local, assumindo o trabalho de transportar os espíritos dos cientistas adormecidos para um lugar mais seguro, fora da cidade. Adentramos o novo ambiente, e o que vimos me deixou estupefato.

O lugar onde entramos era envolvido numa cintilação intensa, o que revelava a presença de um campo de força, criteriosamente criado por cientistas ou magos. Em seu interior, oito corpos pairavam, presos em tubos que os ligavam a um aparelho externo. Todavia, os corpos que avistamos não se assemelhavam a perispíritos ou corpos espirituais. Tinham algo de material e, simultaneamente, um quê de imaterialidade, o que tornava difícil uma definição precisa, mediante exame superficial. Os corpos pareciam vivos; no entanto, não possuíam feições anatômicas que os identificassem. Formavam um amálgama de energias e fluidos mais ou menos materializados, suspensos numa aparente solução viscosa. Como se não bastasse o quadro pitoresco, algo indefinível parecia envolver os estranhos corpos. Seriam espíritos desencarnados ou elementais capturados pelos magos e transformados em produto de suas experiências? Creio que a mesma reflexão se passou na mente de Raul, o médium que nos acompanhava desdobrado. Mas os momentos de estupefação foram interrompidos abruptamente quando Jamar exclamou, dando ênfase ao que pronunciava:

— São duplos etéricos capturados de seres humanos encarnados!

A constatação de que eram corpos etéricos pegou Raul em cheio, sem haver como disfarçar que ele se abalara com a realidade. Afinal, ele mesmo ainda estava encarnado, embora temporariamente desdobrado ou projetado em nossa dimensão, trabalhando conosco. Os encarnados possuem um duplo etérico, também denominado corpo vital, que é estruturado em ectoplasma puro, uma fonte de energia das mais cobiçadas pelos cientistas e magos negros. As implicações daquilo que presenciávamos eram por demais comprometedoras. Creio que adveio desse fato o abalo emocional de Raul ante a visão fantasmagórica dos duplos aprisionados.

Jamar, mostrando estar profundamente alterado diante daquilo, que se constituía em crime contra a vida alheia, voltou-se para o cientista e pressionou-o, enérgico:

— Vamos, fale logo o que planejavam por aqui! Como puderam fazer uma coisa dessas? Não sabem a gravidade do ato que praticaram?

A visão dos duplos etéricos presos naquele campo de força gerou mal-estar entre nós, pois, apesar de tudo, jamais imaginávamos encontrar algo assim tão monstruoso. O cientista dava sinais de que temia a reação de Jamar e prontificou-se imediatamente a conceder as informações pedidas, numa agilidade antes não verificada:

— Não fomos nós que os capturamos; foram os sombras, a serviço dos senhores da escuridão. Fomos contratados tão somente para mantê-los ativos e extrair o máximo de ectoplasma de suas reservas. São considerados um bem muito precioso para os senhores, por isso fomos induzidos a criar o campo de força em torno deles, para evitar que fossem usurpados por outros grupos. Afinal, os corpos etéricos dos encarnados representam uma reserva nada desprezível de combustível para nossas criações mentais, e de vitalidade para os senhores da escuridão.

— Você esquece o estado das pessoas cujos duplos foram capturados e mantidos prisioneiros por vocês? Será que avalia a situação física e mental a que sujeitam aqueles que são vítimas de sua ação nefasta?

— Sei que a captura e o sequestro de duplos é algo relativamente novo no planejamento dos magos e de outros cientistas. Também não menosprezo o efeito desse ato nas pessoas que sofreram tal intervenção. Devem estar agora com o corpo profundamente debilitado e possivelmente entraram num estado de coma profundo. Suas mentes talvez vaguem sem referência, num estado próximo à loucura. Mas, veja bem, isso tudo ainda é muito novo em nosso meio; não temos informações detalhadas a respeito do estado das cobaias.

— Então vocês veem esses indivíduos como cobaias? Fico assombrado com o grau de indiferença que demonstram ao empreender essa metodologia de trabalho.

Jamar externou toda a sua indignação diante da monstruosidade que aquele processo obsessivo exibia. Qual seria o limite para a cruel inventividade dos agentes do mal?

Algo que os irmãos espíritas dificilmente suspeitariam era praticado nas regiões sombrias do plano astral. E há muita gente ainda, entre os próprios espiritualistas, que rejeita estudar mais e aprofundar seu conhecimento acerca das questões relativas às obsessões complexas! As trevas têm, cada dia mais, atualizado sua metodologia de ação contra os encarnados. Novas técnicas de obsessão, com o uso de tecnologia astral, são empregadas com eficiência avassaladora e resultados chocantes.

255

Ainda assim, médiuns e dirigentes de trabalhos espiritualistas querem manter-se no padrão antigo, sem atualizar seus métodos de trabalho, sua visão e seus conceitos. Tem-se a impressão de que acreditam já ter sido absolutamente tudo descrito com relação à dimensão extrafísica. A realidade exposta no passado é estanque, imutável; cristalizou-se... Será que pensam que o mundo extracorpóreo esteve à margem do progresso extraordinário que o próprio panorama físico sofreu ao longo do século XX e nas últimas décadas? Considerando todo o potencial utilizado pelos representantes das sombras, os médiuns encontram-se encurralados entre duas possibilidades: dedicar-se ao estudo sério, aumentando sua cultura espiritual, ou contentar-se em ser médiuns obsoletos, instrumentos arcaicos, parados no tempo, aproveitados eventualmente por mentes descompromissadas. No final das contas, as consequências daquilo que vimos são aterradoras, não somente da perspectiva das vítimas do processo obsessivo, como também sob a ótica daqueles que se propõem ser instrumentos de trabalho das forças do bem.

Sem protelar a tomada de decisão, Jamar instigou-nos a promover a libertação dos duplos aprisionados. Destacou mais alguns dos guardiões especialistas, enquanto o cientista era observado de perto por outro. Raul, por sua vez, tentou usar suas habilidades mediúnicas para verificar alguma trilha de energia psi, ou seja, procurou identificar um rastro energético que ligasse os duplos a seus corpos encarnados. Não foi possível:

— Não consigo detectar nenhum indício ou vestígio de energia que conecte os duplos a seus corpos, no plano físico — concluiu o médium. — Obviamente, isso pode se dever a um obstáculo que os magos tenham interposto. Talvez campos dissociativos em torno dos duplos, mas isso soa improvável. Algo está acontecendo, que não consigo entender.

— Deixemos essa parte para Pai João resolver, Raul. Tentemos liberar o campo que aprisiona os duplos.

Raul estava muito incomodado pelo fato de não poder rastrear mentalmente os impulsos dos donos daqueles corpos vitais, isto é, das pessoas das quais foram subtraídos. É claro que, apesar da captura dos duplos, eles não poderiam estar totalmente desligados de seus correspondentes físicos. Necessariamente havia uma ligação fluídica que os mantinha, por assim dizer, viventes, já que eram corpos semimateriais, com duração limitada, e somente era possível mantê-los naquele estado de existência enquanto os corpos carnais respiravam.

A regra difundida nos meios espíritas é que o

duplo etérico tem uma vida intimamente associada à existência do corpo físico. Quando o corpo morre, o duplo sobrevive por um período máximo de 40 dias, momento em que se decompõe e tem suas energias dispersas na atmosfera. De outra maneira, seria fatalmente vampirizado por entidades sombrias. Porém, o que presenciávamos ali sobrepujava em grande medida qualquer processo de vampirização conhecido. Raul levantou uma suspeita para a qual não dispúnhamos de resposta imediata:

— Será que os magos e cientistas descobriram um meio de manter o duplo etérico estável, mesmo que o corpo físico tenha morrido? Poderá a ciência astral, nos planos mais inferiores, ter se desenvolvido a tal ponto?

Se essa suspeita fosse constatada, as consequências seriam muito maiores do que poderíamos imaginar, e então a humanidade deveria se preparar para investidas cada vez mais intensas e poderosas por parte das legiões das sombras.

— Não vamos pensar nisso agora, Raul! — sentenciou Jamar, evidenciando que ele também estava preocupado com algo semelhante. Afinal, os especialistas das trevas não se contentam em empregar os métodos de outrora; obstinados e sem qualquer sinal de preguiça, dedicam-se a pesquisas e à utilização de meios técnicos para o desenvolvimento de seus planos de dominação.

O guardião evitou dar prosseguimento à cogitação de Raul, que não estava de todo distante da realidade. No entanto, o momento exigia ação urgente para a libertação dos duplos. Um dos guardiões da noite havia penetrado em outras dependências do prédio onde nos encontrávamos, procurando por mais grupos de seres parceiros dos magos negros. Ao retornar, prestaram seu relatório:

— Fizemos uma verificação detalhada no prédio e não encontramos rastro de nenhum dos magos ou de seus parceiros. Também não notamos mais nenhum ambiente semelhante a este. Tudo indica que o prédio foi abandonado às pressas.

— Raul e Ângelo! — falou Jamar, olhando para nós. — Fiquem atentos a eventuais correntes mentais. Procurem captar algum fluxo de pensamento de seres que porventura estejam neste ou em outro dos prédios, também prisioneiros dos magos.

— Já tentamos o contato, Jamar. Não conseguimos captar nada — respondeu Raul. — Mas vamos permanecer alertas.

Valendo-se de sua equipe de especialistas da noite, Jamar procedeu à libertação dos corpos etéricos aprisionados naquele edifício astral.

Vi como tiveram enorme cuidado com o que faziam, sobrepondo um campo de energias superiores sobre o campo de força criado artificialmente pelos cientistas. As energias superiores absorveriam o impacto da destruição do campo artificial e, além disso, protegeriam os duplos da atmosfera fluídica ambiente, à qual estariam mais expostos. Como era bastante densa, ela continha muitas formas etéricas que poderiam contaminar os corpos vitais ali acondicionados e envenenar-lhes as reservas energéticas, provocando efeito direto sobre os corpos físicos a que estavam associados.

Após algum tempo preparando a ação de libertação, os guardiões da noite concentraram suas energias num ponto do campo de força. Vimos como o campo energético primeiramente inchou, como uma bolha, sob o influxo das emissões superiores, para depois arrebentar, em um estrondo avassalador. As energias liberadas só foram contidas devido à competência dos guardiões e especialistas sob o comando de Jamar.

O cientista resgatado, embora soubesse da superioridade dos guardiões, pareceu profundamente atordoado quando viu ruir o campo de força criado pela técnica de seus companheiros. Sua autoestima estava oscilando visivelmente, pois jamais poderia imaginar que seu aparato tecnológico fosse entrar em colapso ante a superioridade dos representantes do Cordeiro, conforme eles nos chamavam.

Exatamente no instante em que Jamar destruiu o campo de força que retinha os duplos, Raul e eu passamos a captar impulsos mentais que se irradiavam com tal amplitude que não restava dúvida quanto ao local de sua procedência. As correntes de pensamento vinham de outro prédio, que ficava não muito distante dali. Informamos Jamar imediatamente, para que providências fossem tomadas. Nesse ínterim, Pai João voltou de sua jornada pela cidade das sombras. Ao ver o fruto de nosso trabalho, o pai-velho deu um sorriso de contentamento, que serviu de estímulo reconfortante para todos nós. Assim que o colocamos a par dos acontecimentos, Pai João nos relatou:

— Reuni alguns guardiões e pais-velhos para nos auxiliar. Juntos, visitamos todas as casas da cidade, fazendo um apelo pessoal para que os espíritos mantidos sob o comando das hostes dos magos e dos sombras se colocassem sob a proteção superior. Como vocês sabem, por aqui se encontram apenas espíritos de religiosos e cristãos, principalmente médiuns e antigos pais e mães de santo. Portanto, não é de se estranhar o desfecho de nosso trabalho.

— Claro que eles aceitaram o convite — exclamou Raul.

— Não foi bem isso o que ocorreu, meu filho — continuou Pai João. — Muito poucos aceitaram o convite. O preconceito ainda vige mesmo aqui, deste lado da vida. Quando muitos médiuns desencarnados viram que o convite vinha de pretos-velhos, logo trataram de doutrinar seus intercessores. Diziam que preto-velho é obsessor, e, portanto, têm de se submeter ao controle dos "santos" magos, para que passem a se mostrar de forma diferente... Cristalizaram suas percepções em conceitos antigos, profundamente arraigados. Na verdade, creio que ainda sofrem o controle indireto dos magos.

— Será que os magos negros os condicionaram contra a ajuda dos pais-velhos?

— Nenhum ser das sombras obriga ninguém a fazer aquilo que não quer ou o que já não existe em germe, dentro da pessoa. Eles apenas realçam e dão cor àquilo que já existe. No presente caso, porém, os espíritos sofrem uma forma de sugestão pós-hipnótica. Mesmo que tenha cessado a emissão da fonte geradora de controle mental, isto é, a ação dos magos, persiste por um período mais ou menos longo a sujeição a seus princípios. Tentamos de tudo, mas apenas uns poucos conseguiram romper o comando hipnótico, pois desejavam, com certo grau de força de vontade, ser liberados do domínio sinistro.

— E, agora, o que os pais-velhos e guardiões farão com os resgatados?

— Como não reúnem condições mentais suficientes para vencer a atmosfera pesada da subcrosta, onde nos localizamos, os pais-velhos convocaram mais guardiões, com veículos especiais que os conduzam aos planos mais elevados. Deverão estagiar primeiramente na Crosta, em algum albergue e, depois, poderão alçar voo a sítios do astral superior. Depois de pequena pausa, Pai João tomou a iniciativa:

— De qualquer forma, deixemos tudo isso para os pais-velhos e guardiões. Vamos, na companhia de Jamar, em direção daqueles que aguardam nossa intervenção para serem libertos.

Saímos do edifício de ciências psíquicas e astrais, juntamente com uma equipe de especialistas. Resoluto, Jamar tomava a frente, com o espírito do cientista a reboque, e nós o seguíamos, ladeados por Pai João. Raul se mostrava eufórico demais com a situação; em decorrência disso, recebeu um olhar de advertência de Jamar e do pai-velho. Embora sua dedicação, o médium não poderia prescindir da cautela necessária ao fiel cumprimento de nossos objetivos naquela cidadela. Indiquei a Jamar a fonte das correntes mentais captadas por mim e Raul, e ele logo encontrou o novo endereço de nossas atividades.

Um prédio de dimensão ainda maior e aparência mais sólida erguia-se diante de nós. Imponente, a construção destoava, como a anterior, das muitas que avistamos ao chegar. Era de uma arquitetura exemplar do estilo pós-moderno, que impunha sua fachada em meio aos elementos pesados da atmosfera sombria. Sem nos dispersar, adentramos o prédio estruturado em matéria do plano astral, porém localizado nas regiões logo abaixo da crosta planetária, na aldeia das cobaias dos magos.

Raul se concentrou, a pedido de Pai João. Por possuir corpo físico, embora estivesse desdobrado em outra dimensão, teria maior facilidade em rastrear os impulsos mentais, pois pareciam advir de seres também encarnados, fora do corpo, como ele. Sem dúvida, Pai João, ou outro espírito de nossa equipe, poderia igualmente detectar a origem de tais impulsos, mas Raul teria oportunidade de exercitar ainda mais suas faculdades; além do mais, poderíamos nos ocupar com outras situações. Assim que ingressamos na construção e Raul procedeu ao rastreamento, Pai João e Jamar convidaram os desencarnados da equipe a estabelecer pontos onde os guardiões ficariam de prontidão. Não poderíamos correr nenhum risco. Ao determinar os lugares mais apropriados do edifício para o plantão dos especialistas, todos imediatamente acorreram ao local devido, mediante o chamado mental de seu chefe, Jamar.

Apesar da aparência cosmopolita daquela edificação, a luz do Sol nem sequer ligeiramente banhava o ambiente com suas claridades. A penumbra era algo quase material, que a tudo permeava. Os guardiões da noite, seres especializados no trato direto com os magos negros e seus sentinelas, fizeram uma ronda pelo edifício a fim de detectar eventuais seres a serviço das sombras. Em pouco tempo, passaram um pente-fino em todos os pavimentos e, assim que terminaram, transmitiram seu relatório a Jamar.

Nesse meio-tempo, o médium Raul identificou a origem exata de onde partiam os fluxos de pensamento, e para lá demandamos, sob a batuta de Pai João de Aruanda e Jamar, o especialista. Em nosso percurso, demos de cara com um saguão, que se encontrava no centro da construção astral, repleto de instrumentos criados artificialmente pela técnica astral dos cientistas e magos. Surgiam a nossa frente máquinas em perfeito estado de conservação, condutos e elementos de controle. Aparelhagens que revestiam a parede e demais instalações davam mostras de haver sido abandonados repentinamente, pois algumas ainda funcionavam perfeitamente. Logo os especialistas de Jamar assumiram a direção do local, desligando cada equipamento encontrado.

Raul ficou ensimesmado quando percebeu algo diferente no ar, como se um perigo oculto nos rondasse. O que encontramos em seguida foi o que mais nos impressionou, principalmente ao médium. Uma sala retangular, no centro da qual se erguia uma base de estrutura cristalina, possivelmente composta de matéria astral diferente daquela peculiar à região onde estávamos.

— O que é isto? — perguntou atônito um dos guardiões.

Jamar dirigiu-se ao centro da sala e constatou que havia cerca de 40 pedestais dispostos sobre a estrutura cristalina. Sobre os pedestais, objetos lisos e escuros, semelhantes a ataúdes, abrigavam em seu interior corpos perfeitamente visíveis e aparentemente adormecidos. Mas eram corpos de aspecto diferente daquele que vimos anteriormente, na outra construção. Estes aqui emitiam uma espécie de radiação mental, psíquica, coisa que os duplos não possuíam.

Eram pessoas em desdobramento, ou melhor, perispíritos de encarnados, dispostos em fileiras e sustentados cada um por um pedestal, que os mantinham elevados. Eram mais de 40 espíritos em estado de animação suspensa, profundamente adormecidos. Além da presença dos corpos espirituais de pessoas encarnadas, algo mais nos chamou atenção. Os perispíritos estavam todos distribuídos de maneira uniforme, perfeitamente equidistantes e conectados a fios finíssimos, de uma substância aparentemente orgânica. Sem dúvida, eram os cordões de prata, que os ligavam ao longe, onde quer que repousassem seus corpos físicos. As irradiações mentais ficaram ainda mais intensas, devido à nossa proximidade. Jamar olhou para o cientista que nos acompanhava, como a indagar sobre nossa descoberta. O ser, agora com sua estima abalada, deu uma resposta ao olhar devassador do guardião:

— Juro que eu não conhecia nada disto. Desta vez eu não tenho conhecimento do que se passa por aqui.

Jamar contentou-se com a resposta do espírito, mas ficou por algum momento parado, provavelmente pensativo quanto ao que ocorria ali. Os magos negros estavam realizando experiências com encarnados desdobrados, bem como com seus duplos etéricos. Mas ali, naquele novo ambiente, ocorria algo ímpar, diferente do que presenciáramos até então. Jamar, tanto quanto nós, impressionou-se com o que vira. Era algo sem precedentes em nossos registros. Com certeza os senhores da escuridão escolheram esta área para seu experimento mais desumano de manipulação de mentes.

O que será que estes corpos espirituais estavam fazendo abrigados em ataúdes? Que segredos eles poderiam revelar a respeito da ação dos magos negros? Os olhos dos mais de 40 seres desdobrados pareciam vitrificados. A aparência da epiderme espiritual era de uma brancura extrema, como se tivessem sido sugadas as últimas reservas de vitalidade. A completa nudez dos corpos perispirituais e a penúria na qual se encontravam eram algo atemorizante.

— Não consigo deixar de pensar nestas pessoas — falou Raul. — Estes corpos astrais devem ter um propósito especial. Dedicam a eles tanto esmero e os depositam sobre pedestais num prédio de última geração, com uma técnica tão impressionante. Um ser que prepara o sequestro de encarnados em desdobramento e dá este tipo de tratamento a seus corpos espirituais esconde alguma coisa ou planeja algo de grande relevância.

Entreolhamo-nos, e nossos pensamentos eram quase síncronos. Podíamos sentir que algo aterrador, um crime hediondo contra a humanidade ali se esboçava. Os perispíritos dormiam num estado próximo ao cataléptico; no entanto, eram alimentados de alguma forma por fluidos, que os mantinham ativos dentro de seus ataúdes. Parecia até que, embora o aparente estado de inconsciência, os corpos espirituais fitavam-nos como se fôssemos invasores de um estranho ritual.

Passaram-se alguns minutos até que todos conseguíssemos reorganizar os pensamentos ante a situação estranha com que deparamos. Subitamente, então, Raul parecia ouvir uma voz em seu interior. Uma voz perceptível apenas a ele. O médium que nos acompanhava desdobrado possuía imensa capacidade de ver adiante, antecipando certos obstáculos. Dotado de imaginação muito fértil, sentia-se atraído por desafios, por mais difíceis que pudessem se afigurar. Além disso, era investido de um tipo de intuição pré-cognitiva ou premonitória, que vinha se aprimorando no trabalho. Essa intuição para os fatos difíceis e complicados já o fizera inclusive escapar de alguns problemas da vida diária. Contudo, a partir de determinado ponto, resolveu que deveria filtrar as informações que recebia, aguardando o momento propício para transmiti-las.

Mas esta era uma ocasião diferente. Os pensamentos que vieram à sua mente eram de uma clareza sem par, como acontecia nos momentos do transe mediúnico. De repente sabia — sem que conscientemente compreendesse de que maneira — com precisão o que se passava ali. Era como se alguém de uma instância superior estivesse mandando uma contribuição através de suas faculdades mediúnicas. Na verdade estava — isso logo se tornou evidente. A decisão e a certeza que ostentava diante de algumas situações como esta se deviam ao fato de captar de elevado companheiro espiritual uma intuição cristalina. E o espírito que a enviava naquele exato instante era justamente aquele de quem recebera a permissão para aperfeiçoar suas percepções na excursão que fazíamos pelos planos mais densos.

Raul falou sem afobamento, com profunda convicção:

— Os perispíritos estão sendo alimentados por nutrientes desenvolvidos por uma outra equipe de cientistas, também a serviço dos magos. Embora estejam em estado de suspensão, eles pensam, e seus pensamentos ocorrem de alguma forma que não podemos entender ainda.

Os espíritos de nossa equipe permaneceram em silêncio, talvez devido ao fato de que percebíamos, mais claramente do que o próprio Raul, que ocorria com ele uma comunicação de planos mais altos, como a nos socorrer diante do fato inédito. Qualquer distração ali, onde nos encontrávamos, seria arriscada demais para o transcorrer da comunicação. Continuando, agora sob nova influência espiritual, o médium falava para todos ouvirem:

— Noto pensamentos diferentes procurando

invadir minha mente...

— Fique tranquilo, meu filho — falou Pai João. — Você está amparado. Sabemos que estes seres, embora encarnados e desdobrados, estão tentando se comunicar através de você agora. Procure filtrar as informações, pois poderão nos ser de grande valia.

A mente de Raul estava sendo assediada por uma enorme quantidade de pensamentos. Ele se esforçava para realizar a filtragem e isolar algumas ideias da corrente que mais insistia em estabelecer conexão. Acostumara-se a trabalhar como médium falante ou psicofônico, porém ali se dava um fato diferente, pois não eram inteligências extrafísicas que intentavam a comunicação. Eram seres encarnados, muito embora aprisionados pelos magos, com o agravante de apresentarem estado aparentemente cataléptico — mas, ainda assim, espíritos. Raul os percebia intensamente.

Cada receptáculo onde repousava um ser em suspensão encontrava-se ligado a determinado equipamento, que a todos alimentava com fluidos de característica até então ignorada por nós. Além disso, cada um dos esquifes estava conectado através de fios tenuíssimos à aparelhagem vista antes na sala, por meio dos quais se retirava dos corpos espirituais certa cota de vitalidade. Era um processo simbiótico viabilizado tecnicamente. Os perispíritos estavam impedidos de voltar a seus corpos ao longo da noite; enquanto isso, desenvolveriam formas-pensamento inteiramente programadas pelos magos durante o transe a que eram submetidos. Os pensamentos que atingiam Raul pareciam advir particularmente de um único ser aprisionado. De repente, a voz tornou-se mais clara e tão nítida que não apenas Raul a escutava, mas nós também, através do perispírito de Raul, que parecia ampliar as ondas mentais:

— Vocês não são servos dos magos! Como ousam perturbá-los? Sabem que os pensamentos partem de nós, os médiuns e iniciados de nossos senhores. O que vocês querem?

Raul falou, pronunciando cada palavra em conexão estreita com Pai João de Aruanda:

— Não somos parceiros dos magos. Eles fugiram diante de nossa aproximação e abandonaram vocês aqui, nesta base de experiências. Viemos para libertá-los. É isso que viemos fazer aqui.

— Vocês pensam em nos libertar, mas não conseguirão fazer isso. Já somos livres e estamos aqui por nossa espontânea vontade.

A resposta do aprisionado deixou os guardiões boquiabertos. Pasmo, Raul procurou refugiar-se nos pensamentos de Pai João e buscar dentro de si a conexão com a fonte de pensamento superior que o havia contatado antes. Preocupado com a situação, Jamar falou, em voz baixa:

— Amigos, as coisas aqui são muito complicadas. Estes espíritos capturados e mantidos neste local pelos magos parecem ter perdido a conexão com a realidade. Ao que tudo indica, tornaram-se íntimos dos magos e, portanto, irradiam uma aura estranha, eu diria quase maligna. Não sei como os magos conseguiram transformá-los assim. Estava patente que os cerca de 40 seres encarnados em desdobramento haviam participado do experimento dos magos, inicialmente, por vontade própria. Talvez, mais tarde, os magos os tenham sujeitado ao controle hipnótico.

— Não adianta vocês tentarem nos libertar! Nossos senhores nos procurarão onde quer que estejamos e nos conduzirão ao novo reduto que construírem — tornou a se expressar a voz de um dos seres perturbados.

— Por que vocês se ofereceram como cobaias para os magos? Por que se candidataram a uma experiência tão bárbara assim? — Raul indagou, com evidente contrariedade diante da situação.

— Não adianta tentarem arrancar algo de nós! Todas as informações foram transferidas a uma base dos senhores da escuridão, em regiões ainda mais profundas — a eloquência do pensamento contrastava com a figura dos corpos inertes.

— Não queremos informações para combater seus senhores, mas para libertar aqueles que sofrem a influência pertinaz de mentes diabólicas.

Uma risada quase irônica preencheu a mente de Raul, e a ouvimos todos. Era como se aquela pessoa ali projetada em corpo astral estivesse completamente louca, sem qualquer noção a respeito de sua vida espiritual e sem saber o perigo que corria. Novamente uma voz ressoou em nossas mentes. Desta vez não vinha da mesma pessoa, mas de outro espírito dos que ali estavam prisioneiros:

— Não confiem nele! Está louco. Socorram--nos, libertem-nos!

E mais outras vozes, em coro, conseguimos ouvir claramente, como se despertassem de um longo sono:

— Isso mesmo, socorram-nos! Os magos nos prometeram poder e voz de comando, e agora descobrimos toda a verdade. Salvem-nos!

— Não nos abandonem aqui! Não conseguimos nos libertar por nós mesmos. Estamos imobilizados.

Um silêncio constrangedor se seguiu após o levante dos seres desdobrados que foram feitos reféns e cobaias. Uma risada maligna se ouviu em meio ao silêncio, e, logo depois, Pai João manifestou seu pensamento:

—Vejamos o que escondem estes nossos filhos da agonia...

Pai João adiantou-se, aproximando-se mais ainda dos corpos astrais em suspensão e, ao concentrar seu pensamento, tateou mentalmente os seres que pareciam hibernar naquela clínica tenebrosa. Depois de algum tempo sem ser interrompido, o pai-velho falou em tom bem sonoro, para todos ouvirem:

— As pessoas cujos perispíritos estão alojados aqui, em desdobramento, estão sofrendo a ação dos magos em processo obsessivo altamente complexo. Mas também são cobaias, com as mentes das quais os magos estão fazendo experiências. Como é noite na crosta, estes seres vêm para este lugar sem nenhum esforço dos magos ou de seus sentinelas, através do desdobramento. Todos receberam um comando hipnossugestivo, que os compele, assim que dormem, a retornar sempre ao mesmo lugar, este laboratório de experimentos extrafísicos. Desse modo, os magos os mantêm sob intensa vigilância. Diria que estão sofrendo uma espécie de reprogramação mental, algo muito mais sofisticado do que a simples lavagem cerebral conhecida dos encarnados. Seja como for, vejamos o que se pode fazer para libertar estes infelizes do domínio dos magos.

Era como se Pai João houvesse dado uma ordem, pois assim que pronunciou essas palavras, os guardiões presentes no ambiente prontificaram-se a executar as ordens de seu comandante.

Observamos que um dos guardiões trazia consigo um representante dos sentinelas dos magos, capturado e sob os seus cuidados. O sombra, conforme se autodenominava, estava visivelmente atordoado pelo fato de ser submetido a uma autoridade superior, diferente do arbítrio exercido pelos magos. Talvez ele pudesse vir a calhar, trazendo informações que facilitassem nosso trabalho, pois se destacava dos seus pares por sua capacidade e liderança.

O certo é que não poderíamos permitir que aquela situação se prolongasse ainda mais. Não estávamos ali por mero acaso, nem mesmo para sermos expectadores mudos, desprezando o sofrimento e a ação premeditada dos magos. Quem saberia dizer o alcance daquelas experiências levadas a efeito na cidadela de cobaias humanas? E se tivessem consequências catastróficas no futuro?

Enquanto os guardiões especialistas libertavam os corpos astrais colocados em animação suspensa nos esquifes, Pai João convidou-nos, Raul e eu, a acompanhá-lo numa tentativa de dialogar com o sentinela dos magos capturado pelos guardiões. Conduzindo-o a um canto do salão, Pai João iniciou a conversa:

— Não se assuste. Seus senhores os abandonaram numa situação complicada. Estão sob a tutela de espíritos mais esclarecidos, e não podemos permitir que você retome sua função de agente das falanges dos magos negros.

Impondo a mão direita sobre a fronte do sentinela, Pai João projetou intenso fluxo energético sobre o cérebro perispiritual do ser que estava sob o império dos magos. O representante dos sombras parecia se contorcer ante a força magnética do pai--velho, que o libertava do domínio impiedoso. Em poucos instantes, o espírito pareceu mais à vontade; no entanto, não sabia como se portar diante do novo panorama que se desenrolava diante de si.

— Veja, meu filho — retomou Pai João. — Você agora se encontra sob a bandeira da misericórdia do Cordeiro. Não há como retornar às falanges às quais pertencia. Se isso fosse possível, os magos o tratariam como desertor ou traidor. Portanto, aconselho-o a se entregar ao jugo suave daquele que a todos ama e abriga em seu coração.

Soluçando, como que acordando de um sono de longa duração, o espírito se mostrava claramente abalado. Raul o abraçou imediatamente, oferecendo um apoio naquele momento de extrema importância para o seu despertar espiritual. Após longos minutos, durante os quais nos mantivemos em respeitoso silêncio, o ex-agente dos magos balbuciou, com palavras entrecortadas:

— Desejo contribuir de alguma forma com o trabalho de vocês, em retribuição ao que fizeram por mim — disse, agora que recobrara a lucidez.

— Não se sinta obrigado a fazer nada — disse eu ao ser que renascia para a nova vida. — Você será conduzido a planos mais altos, que talvez nunca tenha visitado. Mas, a partir de agora, é um espírito livre, e tem toda a liberdade, inclusive, de se calar quanto às experiências que vivenciou.

— Me sentirei melhor se permitirem uma contribuição de minha parte.

— Fale então, meu filho! — encorajou Pai João.

Quando o espírito começou a falar, atraiu a atenção de muitos dos guardiões que auxiliavam Jamar na libertação dos corpos astrais. Estávamos cada vez mais perplexos com a história que o ex--agente dos magos nos contava. Os planos dos senhores da escuridão eram por demais assombrosos. Escutávamos atentos:

— Como puderam ver, meus senhores, somente o centro desta cidade reflete uma aparência mais moderna; os arredores apresentam um ar antigo e desleixado. É que aqui, na área central, funcionam os prédios de experiências com os encarnados. Este é apenas um campo experimental. As bases dos magos responsáveis, como sabem, ficam em cavernas incrustadas em regiões mais inferiores ainda. Os espíritos estacionados aqui, em sua grande maioria, converteram-se em cobaias dos senhores da escuridão. Este reduto astral fica escondido em meio a neblinas intensas e se constitui num terreno de difícil acesso para muitos médiuns encarnados. Se porventura quisessem interferir no andamento das pesquisas aqui realizadas, enfrentariam sérios obstáculos; eis a razão mais óbvia pela qual os magos escolheram este local para implantar seu complexo experimental. E, podem ter certeza, existem outras estâncias semelhantes a esta.

O antigo agente das sombras parecia falar abertamente de tudo que sabia, agora que recobrara a desenvoltura. Todavia, era patente que ele não estava de posse de todos os pormenores, pois demonstrava nitidamente desconhecer algumas conexões, cujos detalhes Pai João e Jamar já haviam explorado anteriormente. Mesmo assim, não o interrompemos. Sua perspectiva poderia acrescentar-nos bastante, e por certo teríamos muito a aprender a respeito da tática dos magos.

— Neste distrito astral — prosseguiu o ex-sombra —, os magos realizavam experimentos de manipulação sugestiva, ou aquilo que poderiamos denominar de reprogramação da mente e das emoções. Trata-se de um método de substituição de lembranças e conceitos, que são adulterados e trocados por uma falsa memória, implantada artificialmente. Por isso, eles escolheram indivíduos, sejam viventes ou não, ligados à religião, principalmente sensitivos e representantes religiosos mais expressivos.

— Não entendi direito a associação dos fatos, isto é, o motivo real de sua predileção pelas figuras que desempenham tais papéis — expressou Raul.

— Na verdade, os magos atuam no planeta desde épocas imemoriais. Sua atuação foi mais intensa no momento histórico da Atlântida e da Lemúria, e muitos deles passaram a operar nos bastidores da história das civilizações humanas. Considerando que não desejavam de modo algum que a mensagem do Cristo viesse ao encontro dos povos da Terra, tudo fizeram para impedir o desenvolvimento e a difusão da ideia cristã. Como não obtiveram êxito em seu intento, e depois de inúmeras investidas a fim de deturpar o conteúdo de seus ensinos, desde a década de 1960 se empenham em nova modalidade de ataque. Procuram realizar experiências para implantar conceitos e memórias falsas e obtusas nos representantes religiosos.

— Isso explica o fenômeno que se presencia hoje

em dia, com o aumento considerável de ideologias absurdas e seitas exóticas que proliferam na Terra...

— Mas o que se vê por aí é apenas uma pálida ideia do que pretendem. Começaram por desenvolver bacilos psíquicos, que são alojados nas mentes das pessoas que já trazem uma predisposição ao fanatismo e ao extremismo religioso. Dessa maneira, foi fácil achar, entre os encarnados, parceiros interessados em arrebatar as multidões com suas ideias fantasiosas, todas introjetadas nos corpos astral e mental pelo processo que já conhecem. Sob a ação dos magos, que desse modo fomentaram essas ideias, surgiram, no plano físico, os movimentos pentecostais e carismático.[2] Os senhores da escuri-

---

[2] Há quem se assuste com a afirmativa de que os magos teriam inspirado o surgimento dos cultos mencionados pelo personagem. O choque advém da lógica — excessivamente maniqueísta, talvez — que diz que, se algo surgiu por influência de seres sombrios, não pode ser bom, muito menos produzir nada de bom. Simplista em demasia, tal lógica não resiste à análise. Tanto assim que o espírito Pai João recomenda, noutro momento, a fim de tratar uma pessoa: "Mas, no momento, creio que o melhor para ele é ser levado a um culto pentecostal" (PINHEIRO. Pelo espírito W. Voltz. *Corpo fechado*. Contagem: Casa dos Espíritos, 2009. p. 109). Nas páginas seguintes dessa obra, o pai-velho nos apresenta um templo pentecostal onde se realizam louváveis atividades sob o amparo do Alto. Nada de incoerente há nisso. A realidade é que Deus é aquele que das sombras tira a luz, ou seja,

dão apreciaram o resultado de seu trabalho hipnótico e então resolveram abrir, do lado de cá da vida, este campo experimental, trazendo para cá, desdobrados, vários médiuns e dirigentes espíritas e umbandistas, entre outros. Reparem que a incidência de pessoas ligadas aos movimentos espiritualistas é muito grande aqui.

— O que pretendem com os espíritas e umbandistas, especificamente?

— Como já infiltraram seus agentes e suas ideias escabrosas entre aqueles que se julgam os únicos representantes legítimos do Cordeiro, os líderes religiosos e fiéis tomados pelo fanatismo, agora pretendem investir em novo núcleo. Os chamados médiuns, os chefes de terreiro e os dirigentes espíritas oferecem solo fértil nos quais semear

usa tudo o que existe para a promoção do progresso, indistintamente e sem pudores, e sem pedir licença. Do contrário, por que haveria Ele de permitir o mal na Terra, se não para lhe extrair proveito? Geralmente, nem mesmo os espíritas demonstram familiaridade com esse pensamento, mas sem dúvida é ele que ressalta das palavras do espírito Verdade ao responder sobre a lei de destruição, entre outras passagens. "Com que fim fere Deus a Humanidade por meio de flagelos destruidores? 'Para fazê-la progredir mais depressa' (...). Que objetivou a Providência, tornando necessária a guerra? 'A liberdade e o progresso'." (KARDEC. O livro dos espíritos. Op. cit. p. 428, 431; itens 737, 744. Grifos nossos).

282

tais pesquisas, pois também trazem elementos ambíguos e espinhosos, que poderão ser enfocados pelos magos. Por exemplo, podemos citar o desejo de aparecer, a busca pelo aplauso e pelo reconhecimento público, ou ainda a vontade de sobrepujar o outro na destreza para lidar com as forças sutis da natureza, no exercício de um pretenso poder, outorgado pela própria megalomania e pela vaidade.

Para alcançar êxito nessa etapa inicial de sedução, os magos apresentam às suas futuras cobaias propostas subjacentes, aumentando a importância desses fatores na mente das pessoas. A sede egocêntrica ganha relevo. Quando elas vislumbram a possibilidade de atingir os objetivos que almejam, então cedem voluntariamente à ação dos magos, que se disfarçam em mentores e mestres de reconhecida autoridade moral. Dessa forma, são conduzidas a esta cidade, onde se transformam em cobaias de experiências mentais e emocionais. Aos poucos, os senhores das sombras pretendem substituir a memória e o conhecimento do Cordeiro e de seus ensinamentos por deturpações e pseudoconhecimentos, cuja implantação se dará no cérebro espiritual dos corpos astrais de suas vítimas. Objetivam confundir e, no limite, extinguir a imagem de Jesus de Nazaré, o personagem histórico, que se perderia em meio a tantas falácias, uma atrás da outra.

"As técnicas que possibilitam a manipulação mental já são conhecidas pelos estudiosos encarnados e se constituem numa realidade, no que se refere à psicologia moderna e suas variantes. A teoria a respeito da modificação da memória e do implante de novos conceitos e dados na mente do indivíduo também já existe, mas fica na dependência do modo como se consolidaria esse tipo de ação criminosa, em virtude do evidente dilema ético. Naturalmente, entre os encarnados, isso tudo não passa da teoria, considerada por alguns absurda ou risível. No entanto, entre os habitantes do mundo astral, principalmente entre os especialistas das hostes dos magos negros, havia a necessidade apenas de elaborar um planejamento estratégico — aptidão em que os magos provaram ser exímios —, uma vez que a barreira ética não representa impedimento algum. Tudo isso configura uma nova metodologia de ação desses seres da escuridão, uma forma mais sofisticada de obsessão, que desafia os modernos discípulos do Cordeiro a se atualizarem também. As trevas há muito vêm atuando com novas disposições e táticas para efetivar seus projetos entre os humanos encarnados; e quanto aos defensores do bem?"

O ex-agente dos magos nos deu preciosos esclarecimentos a respeito da situação reinante ali.

Mas aquilo não era tudo. Os planos dos magos negros não poderiam ser detidos unicamente com a descoberta dessas informações. Era preciso muito mais para deter o funcionamento da máquina que sintetizava toda a constelação de poder forjada pelos magos negros e seus asseclas. Ouvindo o que falava o ex-sentinela, o cientista que nos acompanhou resolveu contribuir:

— A preservação desta cidade e de outras semelhantes consome grande quantidade de energia e vitalidade mental dos senhores da escuridão. Por isso, de tempos em tempos eles e seus auxiliares mais diretos têm de se abastecer de força vital, o que ocorre quando os cientistas extraem de seres viventes componentes emocionais e ectoplásmicos. Mas é claro que os magos não se satisfariam tão somente com isso. Interessa-lhes sobremaneira a quantidade de energia psíquica irradiada pelas pessoas que vampirizam. Eis por que eles agora atacam principalmente os médiuns, de qualquer corrente religiosa.

As revelações pareciam comprometedoras, sob todos os aspectos. Eu nunca imaginaria que os magos pudessem representar um fator de poder tão assombroso e extraordinariamente perigoso na hierarquia do mundo astral. Mas tudo isso era apenas uma fração da história.

Os guardiões conseguiram libertar os corpos astrais, encaminhando-os a planos superiores, sob a supervisão do espírito Joseph Gleber, que assumira a condução dos casos pessoalmente. A solução demandaria tempo e investimento da parte de uma equipe multidimensional — isto é, composta por integrantes de um e outro lado da vida —, especializada no trato com processos obsessivos complexos. No que se refere a nós, Pai João deu sinal para partirmos imediatamente, pois a situação da matéria astral por ali parecia oscilante demais. Todas as construções, os prédios e as casas erguidos pelo poder mental dos magos corriam sério risco de sucumbir, por falta dos elementos mentais que os sustentavam. Com tantas informações em nossa mente, saímos todos daquele ambiente astral, lamentando apenas que a maioria dos espíritos que povoava aquela aldeia macabra não quis ser auxiliada pelos pais-velhos.

Tanto o cientista quanto o antigo sentinela dos magos entraram conosco no comboio astral, que nos aguardava no mesmo local por onde penetramos a cidadela do mal. Deixávamos para trás uma turba de espíritos gritando e falando coisas indescritíveis. No momento oportuno, os espíritos resgatados seriam encaminhados, uns para tendas de umbanda, outros para casas espíritas, segundo as inclinações de cada um, para receber orientação e se restabelecer.

Depois, Pai João, eu e Jamar reconduzimos nosso companheiro encarnado de volta ao corpo físico, pois já estava na hora de ele retornar às atividades na Crosta. Os relógios marcavam 6 horas da manhã, e novo dia se desenhava no horizonte do hemisfério onde Raul desempenhava suas atividades como médium e cidadão. Ele em breve se levantava da cama, com as imagens dos últimos acontecimentos fortemente impressas na mente. Antes mesmo que se envolvesse nas questões do cotidiano, ainda pôde nos perceber a seu lado, acenando-lhe. Por precaução, Pai João ordenara que mais um dos guardiões, entre os especialistas da noite, pudesse permanecer ao lado do médium, a fim de evitar e preservá-lo de possíveis ataques dos magos.

5

O resgate

O povo que andava em trevas viu uma grande luz;
sobre os que habitavam na região da sombra da morte
resplandeceu a luz.

ISAÍAS 9:2

Nenhum soldado em serviço se embaraça com
negócio desta vida, a fim de agradar àquele
que o alistou para a guerra. Igualmente o atleta
não é coroado, se não lutar legitimamente.

II TIMÓTEO 2:4-5

ARA nós, os desencarnados, trabalhar com os médiuns de um modo geral às vezes representa um enorme desafio. Muitas concepções e opiniões que foram surgindo e ganharam corpo no movimento espiritualista não passam de mero produto da imaginação de algumas pessoas. Lamentavelmente, diversos médiuns acabam por sucumbir diante desses conceitos distorcidos, adotando um comportamento que tolhe ou, no mínimo, inibe um trabalho de parceria mais estreita.

Graças a Deus, existem aqueles que se comportam fora dos padrões estabelecidos. Questionam tudo e nem sempre concordam com os espíritos, característica essa habitualmente acompanhada de uma atitude diligente, bastante ativa, enquanto estão desprendidos do corpo físico. Têm iniciativa, o que, salvo raras exceções, é um alívio, pois desse modo não se portam como dependentes espirituais. Em vez de deixar tudo a cargo dos benfeitores, facilitam nosso trabalho. Porém, não podemos contar com um número tão grande de parceiros assim. Embora os perigos que porventura se desenhem no andamento desta ou daquela tarefa, há médiuns que não recuam diante de obstáculos. Quanto a nosso pupilo, parece possuir uma espécie de sexto sentido às avessas, que o compele a buscar situações que outros considerariam penosas demais, das quais sem dúvida dariam jeito de se esquivar. Entrega-se inteiramente ao trabalho e apaixona-se pelo que faz. Muitas vezes, sua saúde é comprometida devido ao fato de que não costuma fugir a certos desafios. Parece mesmo sentir atração por coisas árduas e situações intricadas, que exigem esforço redobrado.

Inspirado nesse seu senso de aventura foi que Pai João permitiu ao médium fazer uma excursão com Jamar, o guardião, até certa região inferior do astral, a fim de obter notícias de um grupo de seres mantidos como reféns dos magos. Ele reunia plenas condições de proteger Raul dos perigos iminentes com que depaparam ao enfrentar as regiões mais densas do mundo oculto, pois era o chefe de destacamento de especialistas da noite — como eram chamados os guardiões que haviam estudado e se aprimorado no trato direto com os magos negros e seus subordinados.

Jamar recebera um comunicado de sua equipe, a respeito da existência de uma espécie de campo de guerra ou, conforme diriam os encarnados, um campo de concentração, no qual espíritos eram mantidos prisioneiros durante anos. O objetivo dos magos seria utilizá-los em suas experiências de magnetismo e hipnose. Segundo relatórios de outros guardiões da noite, os seres aprisionados eram — de modo semelhante ao que vimos na cidadela dos magos — quase todos identificados com alguma corrente religiosa, incluindo médiuns espíritas e umbandistas desencarnados, porém despreparados para lidar com os magos negros.

Um agente dos guardiões da noite se infiltrara nas organizações das trevas e tivera acesso aos registros guardados pelos seres que eram vigias dos magos, os quais ficaram conhecidos no astral inferior com o nome de sombras, como já tivemos oportunidade de mencionar.

Eram seres altamente perigosos, mas careciam de direcionamento permanente, pois os magos haviam influenciado seu campo mental há tanto tempo que quase não possuíam mais capacidade de decisão em momentos graves para os planos de seus senhores. Talvez a sensível limitação de sua milícia fosse o preço que os magos negros tinham a pagar, em decorrência do controle mental que exerciam implacavelmente sobre os espíritos. Aqueles que eram submetidos ao seu poder deveriam ser orientados e conduzidos o tempo todo; do contrário, caso precisassem tomar alguma atitude por si sós, pareciam incapazes. Na falta de comando e instrução, apenas reproduziam as ordens recebidas durante o processo hipnótico. A sugestão pós-hipnótica implantada na mente dos vigilantes dos magos fazia deles marionetes nas mãos de seus superiores. Portanto, incapazes de agir em situações que requeressem iniciativa própria, sem a condução dos magos, comportavam-se como robôs, cujas mentes estavam seriamente debilitadas.

De acordo com o que pudera desvendar o espião, em virtude das disputas entre as diversas facções de magos, o campo de prisioneiros e futuras cobaias estaria temporariamente sem comando. Portanto, estava suscetível à interferência dos especialistas da noite, que agiriam para desmoronar a estrutura criada naquelas regiões sombrias e libertar os espíritos. Aprisionados, certamente eram utilizados em processos de obsessão complexa, mas, devido ao trabalho dos guardiões, possivelmente poderiam ser resgatados.

Raul ofereceu-se para acompanhar Jamar e seus especialistas na tarefa que se delineava. Nem mesmo o chefe daquela equipe poderia dizer que seriam bem-sucedidos, pois, de uma hora para outra, os magos poderiam retornar, recrudescendo seu domínio sobre as vítimas.

Há quem pense, entre os encarnados, que uma missão de libertação se dê apenas com palavras bonitas e carregadas de conteúdo moralista, doutrinário. Ignoram que regiões inteiras do mundo oculto, desde milênios, permanecem nas mãos das organizações trevosas. Por isso mesmo, é necessário ação intensiva por parte dos guardiões, que, semelhantes aos detetives do plano físico, investigam, colhem informações, elegem comissões e investem todos os recursos a fim de promover a emancipação de muitos espíritos, mantidos como reféns em sítios umbralinos. Somente após todo esse trabalho, frequentemente menosprezado pelos religiosos e estudiosos, é que tais entidades são encaminhadas às chamadas reuniões de desobsessão, seja nas mesas espíritas ou nos terreiros de umbanda. Quando o espírito chega a incorporar nos médiuns, muito antes, no plano astral, toda uma preparação complexa e minuciosa já foi realizada.

Raul e Jamar se dirigiram para as regiões mais profundas do astral, enquanto Pai João e eu nos ocupamos de pormenores referentes à nossa tarefa, junto aos demais guardiões. Raul, por estar encarnado, embora desdobrado, trazia o perispírito adensado, conforme exigia a circunstância. Jamar, o guardião especialista, acostumado com empreendimentos dessa natureza, havia dado uma aparência mais opaca ao seu corpo espiritual. Apresentavam-se de tal maneira que, caso cruzassem com os habitantes daquelas paragens ao longo do caminho, seriam confundidos com a população natural do lugar. O médium teve de se proteger com mais ênfase, pois, como encarnado ou vivente, como diziam, seria facilmente reconhecido entre os seres da legião inferior. Assim, vestira um traje especial, que lhe fora emprestado por Jamar. Essa roupagem fluídica facilitaria a camuflagem.

— O que espera encontrar por lá, Jamar? — perguntou Raul.

— Não faço uma ideia clara a respeito do que encontraremos por lá, meu amigo, mas, sinceramente, além da expectativa de libertar aqueles pobres infelizes, quem sabe teremos oportunidade de descobrir alguma informação preciosa a respeito da organização dos magos.

— Sem dúvida, isso seria muito proveitoso para os guardiões e para meus estudos! — concordou Raul.

— É por isso que permitimos sua vinda conosco, pois, além de ser abonado por João Cobú, tenho a impressão de que você tem grande interesse em conhecer os planos dos magos negros.

— Talvez porque eu seja um trevoso disfarçado temporariamente de médium — brincou Raul.

Jamar era exatamente aquele tipo de espírito dotado de força magnética extraordinária. Era alto, com 1,92m de altura, cabelos curtos, tipo militar e olhos escuros expressivos. Quando sorria, o que frequentemente fazia, mesmo sem um motivo apreciável, revelava dentes alvos e magníficos. Desencarnado na década de 1950, trouxera da experiência física largo currículo no trato com organizações terrestres ligadas ao tráfico de drogas em nível internacional.

Quando suas vibrações assumiram progressivamente um aspecto mais grosseiro, devido à proximidade com aquele recanto mais denso do astral, Raul esperava deparar com uma situação pra lá de extravagante. Mas isso não aconteceu.

— O que você acha, Raul? — indagou Jamar.

— Por enquanto não acho nada — murmurou o médium.

Raul dava a entender que não estava disposto a emitir opinião, a não ser muito a contragosto. Jamar, por sua vez, demonstrava notável equilíbrio. Sereno e calmo, não se precipitava em adiantar o que sabia do destino em direção ao qual caminhavam, evitando deixar o médium em situação emocional complicada. Preferia que ele fosse se habituando à paisagem lentamente.

— Uma região escura — constatou Raul após algum tempo de silêncio.

— Creio que as coisas não serão muito favoráveis para o resgate, caso ele seja possível.

Para Raul, os guardiões especialistas da noite lembravam seres mitológicos, descritos nos livros que lera. Não era tão somente pelo aspecto externo dos guardiões, mas o modo como se comportavam, como se deslocavam entre os fluidos densos e escuros de setores como aquele no astral. Pareciam pesados, às vezes até lentos; no entanto, quando em ação, moviam-se com invejável desenvoltura. Fora isso, sua maneira de ser afigurava-se até solene.

As primeiras observações demonstravam que o local era de uma densidade fora do comum, pois as irradiações solares eram impedidas de chegar com maior intensidade, em virtude das nuvens de fluidos presentes no ambiente. Cúmulos gigantescos e negros como que engoliam a luz, que os ultrapassava muito pálida. Jamar e Raul deslizavam por entre as massas de nuvens, que lembravam brumas a encobrir o reduto de algum personagem de contos mágicos. Em silêncio, procuravam por uma brecha entre o nevoeiro, que lhes permitisse ingressar no esconderijo dos magos, mais precisamente no campo de contenção das almas capturadas pelos sombras, seus vigilantes. "Se ali ficava realmente essa tal aldeia de prisioneiros sob intensa vigilância" — pensava Raul —, "então eles se esmeraram para encobrir a sua localização. Escolheram o lugar certo."

Depois de caminharem lentamente, quase se arrastando entre os fluidos densos, a cortina de nuvens escuras parecia ceder aos poucos.

— Casas... edificações! — exclamou Raul, de repente.

— Com certeza, meu amigo! — respondeu Jamar. — Permaneçamos atentos.

— Será que são habitadas pelos magos ou pelos seus vigilantes?

Os dois se entreolharam rapidamente e mergulharam no manto de nuvens, apressando os passos, embora a dificuldade causada pela densidade dos fluidos. Continuavam em silêncio e tentavam penetrar na escuridão do ambiente.

— Haja o que houver nos esperando, a realidade com que nos defrontaremos corresponderá à ideia de um purgatório, um terreno sem luz nem esperança — sentenciou Raul, depois de algum tempo.

— Sem sombra de dúvida — respondeu Jamar, embora parecesse estar com todos os sentidos em alerta.

Raul apoiava-se agora no ombro direito do guardião, seguindo-o de perto. À medida que desciam vibratoriamente, notaram que nem um único raio solar penetrava aquele local. A única luz ali percebida era a chamada *luz astral*, propriedade apresentada pelas partículas atômicas peculiares àquele plano, que a irradiavam. Sendo assim, uma espécie de penumbra reinava na região que eles invadiam.

— Quando olho para este lugar, chego à conclusão de que os magos tratam seus prisioneiros de forma pouco amistosa; agora compreendo melhor por que os seus vigilantes são conhecidos como sombras — acrescentou o médium.

Além da paisagem estranha e do solo astral pegajoso, a região em que transitavam tinha aspecto que induzia a pensar ser grande a incidência de chuva por ali, pois notaram muitos charcos espalhados ao longo do caminho. O ar era úmido, quase irrespirável, e o clima de estufa talvez fizesse com que o sofrimento das entidades aprisionadas se tornasse pior. Tais espíritos, ainda muito materializados, sentiam todas as sensações físicas; por isso, o ecossistema ali encontrado afetaria em larga medida seus corpos espirituais, mais densos.

— Cuidado! Olhe ali... — o guardião apontou à sua direita.

Miraram detidamente, até que uma sombra gigantesca, que apenas se esboçava, deitada no chão, mostrou-se mais claramente à visão espiritual. Era um dos personagens das esferas inferiores do astral: um pássaro ou um sáurio, de aparência pré-histórica, que estava caído, possivelmente adormecido por um efeito qualquer, oriundo das disputas entre os magos.

— Pelo menos existe alguma coisa por estas bandas! — tornou a falar Raul. — Esse animal estranho me lembra um imenso dragão negro...

Ambos fitaram o ser, que lhes dirigia o olhar ao virar a cabeça, mostrando o bico curvo, desconfiado. O animal do plano astral possuía uma envergadura de cerca de 8 metros. Pescoço longo e pelado, possuía pele negra e enrugada, que fazia o papel das penas que lhe faltavam, com barbatanas de grandes proporções. Tudo indicava que o ser bizarro fora deixado para trás numa fuga apressada. Estava desvitalizado.

— Esses seres são utilizados pelos sombras como meio de transporte. Talvez devamos auxiliar essa criatura das profundezas a se restabelecer — falou Jamar.

Dizendo isso, ele concentrou toda a sua atenção na libertação do esdrúxulo habitante das profundezas sombrias do astral. Raul o acompanhou, "dando uma mãozinha", como me contaria mais tarde. A ave pré-histórica, então livrada do charco umbralino, ensaiou um bater de asas e depois rompeu as nuvens densas, como se fosse a coisa mais fácil do mundo, pairando a razoável altitude.

— Esses animais pré-históricos — informou Jamar — desempenham o papel de veículos para que os sombras realizem seu patrulhamento aéreo. Possivelmente tenha sido abatido durante um eventual combate.

— Sua figura lembra fósseis dos primórdios da evolução terrena. É muito rudimentar e grosseira, como se tivesse vindo direto de uma expedição arqueológica. Há quanto tempo estão por aí?

— Não sei precisar, Raul, mas o interessante é o modo como se mantêm vivos. São criações mentais dos magos, que, por meio de sua força psíquica, sustentam tais imagens; esse, o segredo de perdurarem por séculos e milênios nos recônditos do astral. Como os senhores do mal não têm a capacidade de elaborar formas superiores, e ainda têm nesses animais a associação com seu passado longínquo, contemplamos aqui o fruto vivo de seu pensamento consistente e persistente.

Após o encontro inesperado, os dois prosseguiram, vislumbrando um território não tão denso à sua frente, ligeiramente menos soturno.

Florestas negras, escombros quase irreconhecíveis, antes avistados por Raul e Jamar, agora eram perfeitamente visíveis. Um ou outro riacho com cheiro fétido foi transposto durante o romper das densas nuvens. Colunas de neblina emergiam do solo astral, engrossando as nuvens que escureciam a região. Por todo lado havia ruínas, cujo aspecto lembrava o de antigas cidades medievais já destruídas.

— O que acha da ideia de que aqui se localizava a base ou laboratório dos magos? — perguntou Raul de sobressalto.

— Não creio nisso, Raul — discordou Jamar. — Tenho a impressão de que os magos destinavam este lugar apenas ao reduto de seus sentinelas, os sombras, que cuidavam dos prisioneiros. Eles não constroem suas fortalezas dessa maneira; preferem ficar ocultos no interior das rochas e nas regiões abissais.

Refletindo por instantes, o guardião inquiriu Raul:

— Sente-se à vontade para dar uma olhada por aí comigo?

— É claro! — retrucou o médium. — Afinal, foi para isso que viemos, não foi?

Resolveram chegar mais perto, ingressando na cidade destruída, onde talvez encontrassem os espíritos aprisionados. No entanto, também poderiam se defrontar com os sombras. Era um risco necessário.

Naquele lugar, a superfície apresentava-se ainda mais úmida. Observávamos folhas mortas, das quais brotavam em grande quantidade plantas pequenas, cuja cor, devido à penumbra do ambiente, remetia a um amarelo pálido, ocre. Ao redor dos destroços das construções, alastrava-se enorme volume de sujeira misturada ao lodo. O local parecia ter sido importante para aqueles espíritos; abandonado, contudo, era o retrato da desolação. O ar no interior daquilo que outrora fora um povoado era fétido, saturado de umidade e de toxinas astrais, sinal inequívoco de que antes houvera ali experiências com espíritos infelizes, objeto da atenção dos magos negros.

— Veja, Jamar! — exclamou Raul, apontando para o solo astral.

Animais que se assemelhavam a escorpiões corriam por todo lado e arrastavam, com seus ferrões e tenazes, algo de aparência asquerosa atrás de si.

— São criações mentais ou os chamados elementais artificiais, que sobreviveram ao evento dos magos. Buscam manter-se vivos alimentando-se da matéria astral e da fuligem mental encontradas nesta estância sinistra.

Pequenas formas mentais correspondentes a lagartos iam e vinham, correndo sem sentido, junto ao que restara das construções.

Ambos os enviados àquele vilarejo em ruínas estavam atentos aos detalhes da ecologia astralina quando, repentinamente, escutaram rumores. Era como se uma multidão de seres estivesse a gritar e suas vozes a repercutir em toda a extensão do ambiente astral. No início não havia como saber de que direção partia o murmúrio, que, aos seus ouvidos, soava como intenso clamor. Imediatamente o guardião da noite aguçou os sentidos psíquicos para distinguir maiores detalhes. E, indicando determinado ponto no horizonte, chamou Raul:

— Nossos soldados estão próximos. Capto os pensamentos dos guardiões que estão nos esperando. Vamos por aqui — disse, dirigindo-se ao local de onde provinham os pensamentos.

— E esse vozerio, de onde vem?

— Mais tarde, Raul. Agora, o essencial é que encontremos nosso pessoal e, juntos, preparemo-nos para qualquer eventualidade.

Transcorrido breve intervalo de tempo, ambos deram com uma equipe de 21 guardiões da noite a postos, os quais pareciam aguardar seu chefe, Jamar. Raul foi introduzido, e, depois de algumas explicações, prosseguiram todos em direção ao barulho, procurando detectar sua procedência.

— Os sombras não estão mais aqui, nas ruínas — disse um dos guardiões. — Acreditamos que, na falta do comando mental dos antigos senhores, tenham transmitido um sinal de socorro e se evadido, refugiando-se em algum lugar. Eu mesmo vi quando foi projetado na atmosfera o símbolo dos magos negros. Temos de nos apressar.

Seguindo rumo ao murmúrio, que se tornava cada vez mais nítido, chegamos às proximidades de um pântano de grandes proporções. Era, na verdade, um mar de matéria astral líquida, porém espessa, com alto poder corrosivo, semelhante a um monstruoso lamaçal. A área alagada estava mais profundamente imersa nas brumas, embora pudéssemos identificar em seu interior uma multidão de seres, vultos de pessoas que perambulavam de um lado para outro, unidas entre si. Entretanto, ao que parecia, não podiam por si sós se desprender daquele charco, onde havia um amálgama de líquidos viscosos e restos de matéria mental tóxica. A situação era desoladora. Para piorar, os sombras tinham tudo sob seus auspícios. Vigiava o local um grupo de mais de 50 entidades pertencentes à guarda de elite dos magos negros, conhecida e temida por sua periculosidade e ausência de medo. Os especialistas da noite discutiam entre si:

— Os sombras fugiram do que sobrou de sua cidade e vieram para este pântano. Quanto aos prisioneiros, não podem se emancipar sozinhos, até porque nem saberiam que direção tomar em meio aos fluidos densos do astral inferior. Permanecem vagando dentro do pântano. Estou certo de que os sombras esperam algo, pois não arredam pé do lugar.

— Temo que não será nada fácil vencermos a resistência desses sentinelas.

— Se eles só reconhecem a autoridade dos magos, creio que será muito difícil penetrarmos em seus domínios e libertar aqueles infelizes que vagueiam pelo mar de lama.

O campo de prisioneiros fora erguido pelos magos em cercanias inóspitas da subcrosta. Na época, os próprios magos negros moldaram a região através da ideoplastia, o que não representou nenhum esforço mental expressivo para eles. O lugar ficara sob os cuidados da milícia negra dos sombras, a guarda de elite dos chefões do mal. O cárcere astral consistia unicamente de um campo energético de aproximadamente 10m de altura, o qual abarcava uma área de 2.000m². Contígua a esse terreno, havia uma cúpula de 20m de diâmetro, onde os sombras realizavam investigações psíquicas em cada um dos condenados pelos magos. Contudo, a criação havia se deteriorado e se transformado no lamaçal agora visto. Assim como a morada dos sombras, não havia sobrevivido ao confronto entre os dois grupos rivais que disputavam a supremacia nos planos inferiores.

A cidadela onde residiam os vigilantes das trevas fora absolutamente destroçada durante o confronto, e, então, somente restavam escombros. Em decorrência desse fato, eles aglutinavam-se em torno da prisão — que, sem a interferência das mentes que criaram e mantinham aquele campo de força, transformava-se lentamente no pântano de proporções gigantescas que a equipe de guardiões observava. Os espíritos ali detidos ficaram imediatamente jungidos ao lamaçal, que cada vez mais sofria processos de deterioração. Não havia mais mentes adestradas para alimentar a forma e as características que antes se verificavam, pois os magos haviam se retirado. A paisagem mórbida lembrava palidamente outro sítio, visitado anteriormente por nossa equipe.

Os encarcerados reuniam-se em grupos de diversos tamanhos. A presença dos sombras sem dúvida significava que esses sentinelas tinham esperanças de que os magos retornassem a qualquer momento para assumir seu legado. Mas eles mesmos, da milícia negra, não sabiam como se comportar. De certa forma, eram também prisioneiros, já que agiam sob a indução hipnótica dos magos. Sem seus patrões, não tinham poder de decisão. Enquanto os guardiões da noite examinavam esses fatos e se certificavam das ocorrências por ali, Raul interferiu, definindo o fim do dilema:

— Já sei como resolver a questão! — exclamou de súbito, olhando para Jamar.

— Fale logo, meu rapaz, pois temos pouco tempo. Se você acha que pode fazer algo, o momento é agora.

— Creio que posso ajudar. Já tive experiências no passado, como mago, em diversas ocasiões, e guardo na memória espiritual os registros da época. Creio que poderei ajudar de determinada maneira.

Jamar sorriu comedido, deixando os dentes brancos à mostra. Ele entendera logo o que Raul pretendia fazer. Se sua expectativa se confirmasse, teriam reais chances de êxito na busca de livrar os infelizes das garras dos sombras.

Raul afastou-se dos guardiões alguns metros e concentrou totalmente a mente. Aos poucos, foi reorganizando a estrutura do seu corpo astral, que se transformava progressivamente, aos olhos de todos.

O médium, naturalmente, aprendera com elevado mentor da Vida Maior como transformar a aparência do perispírito mediante a concentração obstinada. No lugar do médium Raul, esboçava-se agora um homem alto, corpulento, trajando uma larga túnica escarlate, que brilhava fortemente, parecendo feita de material iridescente. Ele assumiu uma forma antiga, registrada na memória do cérebro extrafísico. Era um verdadeiro mago. Não totalmente calvo, do lado esquerdo de sua cabeça pendia uma trança de cabelos negros, à semelhança dos magos egípcios. Olhos grandes e testa larga denotavam inteligência superior e poder magnético ao qual era difícil resistir. Agora, só faltava enfrentar os sombras e ver qual seria sua reação.

Pairando a uns 3ocm do solo lodoso, o médium, disfarçado na pele do mago escarlate, deslizou em direção aos sentinelas. Os guardiões da noite ficaram mais afastados, de maneira que não pudessem ser identificados, pois assim evitavam um confronto aberto com os sombras. Caso esse choque se desse, provavelmente teriam de desistir de libertar os espíritos reféns naquele pântano.

A poucos metros dos sombras, um deles se destacou, indo em direção ao mago, que se aproximava. O momento requeria muita concentração, e um silêncio constrangedor pairava no ar. O sentinela, um brutamontes de aspecto rude e grosseiro, parou exatamente em frente a Raul, agora na feição de mago. Mediu-o detidamente, mas logo se sentiu inquieto, com toda certeza dominado pelo olhar vigoroso de Gilgal, o mago escarlate.

— Quem é você? Qual o seu nome? — perguntou o sombra.

Passaram-se alguns segundos antes que o mago respondesse. Caso falhasse, poderia ser desmascarado, e toda a trama dos guardiões descoberta. Sem hesitar, o ser vestido de escarlate respondeu com voz cheia de magnetismo e, ao mesmo tempo, autoritária e arrogante:

— Eu é que pergunto quem é você. Quanto ao meu nome, você não é digno de pronunciá-lo. Afaste-se imediatamente e dê passagem ao seu senhor e mestre.

Carente de voz de comando e reconhecendo ali alguém soberano, o sentinela desleixou-se em sua guarda, cedendo ao intenso magnetismo que o mago irradiava. Definitivamente, contribuiu muito a forma como o mago escarlate se expressara. Era todo pretensão e soberba, e nem por um instante se intimidara diante da situação.

O integrante da milícia negra abriu passagem, enquanto o mago caminhava até a margem do pântano. Olhou para o interior do charco espesso e, aparentemente, fez uns minutos de silêncio. Durante esse tempo dirigiu um pensamento ao chefe dos guardiões da noite, informando que até aquele momento fora feliz na empreitada. Voltando-se para os temidos sentinelas, o mago Gilgal, o escarlate, endereçou-se novamente a eles, após ver reunidos os demais:

— Relatem o que ocorreu por aqui imediatamente, se não desejam ser punidos.

Gaguejando a princípio, mas depois com mais

segurança, o representante dos sombras respondeu:

— Mestre, depois que vocês se foram, ficamos à mercê do ambiente hostil do astral. O campo de prisioneiros se transformou lentamente neste lodaçal, e nossas edificações perderam a forma, convertendo-se em ruínas apodrecidas. Não sabemos o que fazer e, por isso, aguardamos sua chegada aqui para nos orientar.

— Retornem aos escombros e reúnam todo o material que encontrarem e que sirva para mim. Vamos sair deste lugar imprestável. Encontramos uma região mais propícia, para a qual transferiremos o campo de prisioneiros. Não demorem, pois tenho pressa.

— Mas, mestre, qual tipo de material poderemos encontrar em meio às ruínas?

— Quero o que restou dos registros que confiamos a vocês; tudo a respeito dos prisioneiros. Eles são muito importantes para as experiências que temos de realizar. Voltem à antiga cúpula e recolham qualquer indício de material importante que puderem. Aguardarei aqui sozinho.

— Senhor — esboçou o sombra —, não seria razoável que deixássemos aqui um contingente de sentinelas?

— Você não está aqui para questionar minhas decisões. Não o contratamos para pensar, e sim para agir. Obedeça imediatamente ou o farei sofrer sob o poder da minha ira.

O mago jogou tudo numa única cartada. Se falhasse, todo o trabalho teria sido em vão. Perscrutou o sombra com um olhar significativo, repleto de fúria e ferocidade aparentes. Finalmente, ele cedeu ao intenso influxo magnético e partiu com os demais sentinelas. A convicção genuína com que foram pronunciadas as palavras de ordem arrebatou os sentinelas do mal em direção aos nossos objetivos. Raul aproveitou cada minuto e imediatamente emitiu o sinal para que os guardiões da noite entrassem de prontidão.

Assim que chegaram os guardiões, Jamar dirigiu-se ao pântano e gritou a plenos pulmões para os aprisionados:

— Venham, caminhem, viemos para salvá-los!

Uma voz de barítono foi ouvida ecoando através das brumas espessas:

— Não conseguimos nos mover mais rápido. O pântano nos retém.

— Procurem dar as mãos uns aos outros e cantem. Tentem cantar, assim vocês desviam a atenção do pântano... — respondeu Jamar, aos berros.

Pouco a pouco se ouviu um murmúrio, que parecia se avolumar. Vultos arrastavam-se com morosidade em direção ao solo mais firme, às margens do pântano. As vozes cada vez mais intensas da multidão de seres infelizes eram ouvidas como um lamento triste que ressoava naquelas paragens inferiores do astral. Aproximavam-se mais e mais da margem do lodaçal, quando Raul enfim os percebeu visualmente. Mas, quando alguns dos prisioneiros vislumbraram a figura de Raul, ainda transformado no mago Gilgal, recuaram apavorados, gritando e se atirando de novo dentro dos charcos.

Neste instante, Jamar entrou em ação com os guardiões da noite, e se jogaram dentro do mar de lama e fluidos perniciosos. Transcorridos alguns minutos, muitos espíritos foram vistos acompanhando Jamar e os demais guardiões. De mãos dadas, vinham cantando, embora algo apreensivos, devido à presença do mago escarlate que os observava do lado de fora. Todavia, a verdadeira ameaça ainda não tinha passado. Encontravam-se ainda a alguns metros da margem.

A lama, o lodaçal — aquela substância composta de negrume, terra, plantas apodrecidas e água fétida — escorria dos corpos espirituais dos resgatados e dos guardiões da noite. A matéria astral da qual se formara o pântano equivalia a um muco viscoso, de cor marrom-escura, que inspirava asco e pavor. Não podiam se deter ali, absolutamente. Raul, transfigurado no mago escarlate, ajudou os guardiões no momento final do resgate.

Um após outro, os espíritos repousavam à beira do mar repugnante, desfalecidos, enquanto nova legião de guardiões avizinhava-se do local para o transporte da multidão de seres. Apenas trocando gestos breves e palavras curtas, eles esvaziaram o local, antes que os sombras retornassem.

Jamar enviara um pedido mental a Pai João, que providenciou que um veículo de transporte fosse colocado à disposição para o auxílio. Os resgatados não tinham como se deslocar por conta própria em meio aos fluidos densos, uma vez que, para vencer o percurso, era necessário utilizar força mental, feito impossível para aqueles espíritos sobremodo debilitados. Um comboio específico os transportaria, o aeróbus, levando-os até o posto de socorro onde eram aguardados, na companhia dos guardiões destacados para conduzi-los pelos vales astrais.

Por precaução, Jamar ficou com um pequeno destacamento de guardiões e especialistas, pois, assim que o último espírito foi removido do local, alguns dos sombras foram vistos se aproximando. Raul, na personalidade de Gilgal, o mago, foi ter com os sentinelas, enquanto Jamar e seus guardiões ficavam a postos. O mago queria ganhar tempo e, se possível, evitar que os sentinelas percebessem o resgate antes da hora.

Vendo que o mago se aproximava de sua horda, os sombras detiveram os passos, aguardando seu senhor.

Gilgal, atemorizante, posicionou-se de tal maneira e demonstrou tamanha presunção e vontade férrea que os sombras, abatidos por haverem ficado longo intervalo sem direção, acataram suas determinações.

— Espero que não tenham retornado sem os elementos de que preciso — pronunciou a voz do mago.

— Não, meu senhor, mas temo que não tenhamos encontrado muita coisa a ser aproveitada — falou um dos sombras, o chefe da horda. — Trouxemos os documentos e alguns registros das experiências realizadas com os prisioneiros. Mas não é muito.

O sentinela curvou-se perante aquele que julgava ser o senhor da escuridão e assim se manteve por algum tempo. Após examinar os arquivos trazidos pelos sombras, Gilgal enviou uma mensagem mental a Jamar, dizendo do ocorrido e de como tais dados poderiam ser úteis aos guardiões da noite. A documentação outrora secreta dos sombras e dos magos trazia projetos delineados, além da descrição de certas experimentações, o que muito auxiliaria no combate aos processos obsessivos complexos. Eram de um valor inestimável para a equipe de especialistas.

Voltando-se para os sombras submissos, Gilgal ordenou que regressassem às ruínas e ali aguardassem novas ordens, enquanto o mago retornaria com os documentos. No entanto, ao dar as costas ao sombra, o mago escarlate ouviu sua voz, como num lamento:

— Senhor da escuridão — falou o sentinela, quase chorando. — O que será de nós se demorar a voltar? Para onde iremos?

A voz do sentinela denotava um misto de temor e veneração, além de expressar um cansaço incomum. "Mas cansaço de quê?" — pensou Raul. Imediatamente, Jamar interveio em seus pensamentos, pois o acompanhava mentalmente no diálogo com o representante da milícia negra:

— Não perca tempo, Raul. O sentinela apresenta condições favoráveis de se desligar da milícia negra dos magos. Ele está cansado de servir nestas regiões.

Gilgal resolveu dar atenção ao sentinela dos magos, depois de ouvir a sugestão de Jamar.

— Diga, vassalo — pronunciou o médium disfarçado, pois não poderia correr o risco de ser desmascarado antes do tempo.

— Mestre — tornou o sentinela. — Perdoe-me a petulância de me dirigir ao senhor da escuridão, mas eu não me sinto muito à vontade por aqui.

— Por que motivo você modificou sua forma de ser de repente? Por acaso está abandonando seus votos de perpétua fidelidade?

— Não sei bem, meu senhor; não entendo o que acontece comigo. Mas devo dizer que os demais sentinelas que eu trouxe ao seu encontro partilham dos mesmos sentimentos que começam a emergir em meu interior. Porém, imploramos, mestre, não interprete nosso gesto como infidelidade aos senhores.

— Fale-me mais a respeito — ordenou Gilgal. — Prometo contemplar sua causa.

— Desde algum tempo, noto que surge em mim um clamor diferente. Conversei sorrateiramente com outros sentinelas, estes que estão aqui comigo, e eles sentem-se de modo semelhante. Certa insatisfação brotou e vinga a cada dia dentro de nós, mas não sabemos como proceder. Pessoalmente, ignoro se estou vivo ou morto, e toda a movimentação por estas regiões escuras parece que está produzindo em nós algo que não podemos definir.

O sentinela estava experimentando o remorso, precursor do arrependimento. Mas, sem uma referência espiritual minimamente elaborada, sentia-se incapacitado para lidar com o processo interno. Raul ou Gilgal, mediante a sugestão de Jamar, concordou logo que havia uma chance palpável de conduzir aqueles espíritos por um novo caminho. Tirando proveito da circunstância, indagou:

— E os demais sentinelas, afora este pequeno grupo, que pensam a respeito?

— Não sabemos, mestre. Talvez aquilo que se manifesta em nós seja alguma doença em nossa alma. Nós nos separamos dos demais e os deixamos nas ruínas, conforme o senhor ordenou, à procura de algo importante. Precisávamos falar com um dos senhores da escuridão.

Demonstrando interesse nas questões apresentadas, Gilgal refletiu profundamente, afastando-se por algum tempo dos sentinelas, que continuaram parados, à espera de seu pretenso senhor. Passados poucos minutos, o mago retornou, falando mais brandamente com os integrantes da milícia negra.

— E se eu lhes mostrar um caminho mais excelente do que este, que estão acostumados a percorrer? Se eu lhes conceder uma oportunidade de modificar seus pensamentos e sua situação, liberando-os dos compromissos assumidos com seus senhores?

— Mesmo assim, mestre, não saberíamos o que fazer, já que estamos habituados a seguir instruções. Seremos gratos; porém, não conhecemos outro poder além dos senhores.

— Pois eu liberto vocês agora de qualquer domínio mental — sentenciou solene o mago escarlate, acompanhado mentalmente por Jamar. — A partir de agora, não são mais escravos de ninguém. Se desejarem, sigam-me.

O sentinela olhou para seus companheiros, e seu olhar parecia transmitir uma mensagem comum a todos — almejavam a liberdade. Gilgal abriu os braços num gesto de aconchego, abraçando inesperadamente o sombra recém-liberto. O ex-sentinela dos magos caiu em pranto convulsivo, juntamente com os demais que o seguiam. Gilgal também não se conteve, e uma lágrima discreta foi vista rolar em sua face. Ele aproveitou o momento e anunciou aos seres que estavam sob a tutela dos magos:

— Aguardem aqui por um momento! Buscarei alguns companheiros, que os conduzirão a novo recanto de atividades. Zelarei pessoalmente por vocês.

Deixando os sentinelas a sós, com lágrimas nos olhos por tantas emoções duramente represadas, Gilgal procurou Jamar, endereçando a ele a guarda dos espíritos. Através da ideoplastia, o mago escarlate modificou a aparência, retornando à sua forma original como Raul. Apontou na direção dos antigos sentinelas das sombras, encontrando-os já na companhia de Jamar.

— Vejo que sua equipe de guardiões encaminhará esses espíritos a um local apropriado, onde poderão refletir a respeito das novas questões que se impõem a eles.

— Com certeza, Raul — respondeu Jamar. — Contudo, antes que sejam levados a um posto de auxílio superior, precisam ser conduzidos a uma casa espírita ou umbandista para que travem contato com os fluidos mais animalizados dos médiuns, através daquilo que denominamos choque anímico.

— No caso desses espíritos, considerando que eles próprios é que desejaram subtrair-se do império dos magos negros, ainda assim há necessidade do choque anímico?

— Ocorre, meu amigo, que os ex-agentes das sombras ainda têm o psiquismo tão fixado no passado e concepções materiais arraigadas a tal ponto que, apesar do desejo de modificação, não conseguiriam vislumbrar os espíritos mais esclarecidos, como os pais-velhos e outros mentores da Vida Maior. Só nos percebem devido ao fato de que adensamos muitíssimo nossas vibrações para nos movimentarmos nestas zonas de baixíssima frequência. O choque anímico provocará neles uma descarga energética de altíssimo grau, fazendo com que sejam liberados os fluidos mais densos, agregados a seus corpos espirituais. Dessa forma, poderão abranger algo mais além do campo estreito de suas percepções atuais. Enfim, o contato com o ambiente de uma reunião mediúnica será extremamente benéfico para esses espíritos.

Raul aproximou-se daqueles espíritos, dando-se a conhecer plenamente. Eles ficaram felizes ao constatar que o mago escarlate era, na verdade, o médium Raul, que se disfarçara para o contato. Com efeito, ainda temiam os magos, seus antigos senhores. Descobrir que Gilgal era o médium desdobrado trouxe, portanto, mais tranquilidade àqueles seres, que se ofereceram para novas tarefas, inclusive para acompanhar a equipe de Jamar nas excursões pelos planos mais densos.

6

Obsessões complexas

*Então os discípulos aproximaram-se de Jesus
em particular e perguntaram:
Por que não conseguimos expulsá-lo?
[Ele respondeu:] (...) Mas esta espécie só sai
pela oração e pelo jejum.*

MATEUS 17:19, 21

URANTE o dia, Pai João e eu fomos convidados por Jamar a visitar uma base de operações dos especialistas da noite, os guardiões que haviam se instrumentalizado para enfrentar questões relativas aos magos negros e seus superiores hierárquicos. Enquanto o médium Raul se absorvia nas questões próprias de sua vida de encarnado, colocamo-nos a caminho do local. Na verdade, o convite tinha claramente segundas intenções. É que nova turma de guardiões, desencarnados recém-admitidos na equipe dos especialistas, estava se aprofundando em temas intrigantes, perfeitamente dominados por Pai João de Aruanda. Em seus estudos, os aprendizes a caminho da especialização teriam a oportunidade de formular algumas perguntas ao pai-velho João Cobú, a fim de esclarecer alguns aspectos relativos ao trabalho dos magos negros.

Com imensa boa vontade, Pai João aceitou o convite, e eu, como repórter das questões espirituais, evidentemente fui no seu encalço. Era uma ocasião valiosa para colher mais informações a respeito dos magos, seres envoltos numa aura de fascínio e mistério. Além disso, seria de bastante proveito para os estudiosos encarnados todo e qualquer conhecimento embasado que eu pudesse obter a respeito dos processos obsessivos levados a efeito por tais entidades. Também era uma circunstância apropriada para desmistificar o que diversos espiritualistas falam a respeito dos magos, pois havia muita teoria sem fundamento sobre o assunto. Como Pai João pertencia a determinada categoria de espíritos, os pais-velhos, conhecedores profundos da magia e, portanto, com vasto repertório acerca dos processos complexos de obsessão, jamais eu poderia perder essa chance.

Adentramos um enorme salão no interior de edifício espaçoso, localizado em região astral cuja vibração era muito próxima à da Crosta. Era um dos diversos pontos em que os guardiões da noite se reuniam para estudar e de onde partiam para observações e trabalhos de campo, os quais os capacitariam a enfrentar as legiões do submundo. O salão abrigava mais de 100 espíritos de variadas nacionalidades, que ali se encontravam para a sessão de questionamentos endereçados a Pai João. Enquanto aguardávamos Jamar com as apresentações, pude

328

examinar o ambiente à minha volta. Sentia-me numa autêntica divisão militar, pois os espíritos presentes se comportavam com o máximo de disciplina possível. Quando Jamar se pronunciou, introduzindo Pai João de Aruanda, notei a profunda reverência que os guardiões nutriam em relação ao pai-velho. Todos sabiam o significado e a importância de se estar ladeado por um desses espíritos no combate às legiões das sombras. Como já foi dito, grande quantidade de pais-velhos são iniciados dos antigos templos de civilizações perdidas; por isso, entendem como ninguém dos processos de magia e demais assuntos correlatos: disciplina mental, campos vibratórios dissociativos, de força e de contenção, bem como manipulação de recursos da natureza, entre outros. Sobretudo, são temidos pelos magos negros. Os guardiões não ignoravam que, por trás da aparência simples e singela de um pai-velho, escondia-se a sabedoria milenar de grandes almas.

Após as apresentações de Jamar, Pai João posicionou-se em lugar semelhante a um palco e introduziu o assunto a respeito dos magos e suas ações com uma breve explanação:

— A Atlântida e a Lemúria, continentes cuja história ainda não é oficialmente reconhecida pelos intelectuais da Terra, mas estudada através dos registros mantidos no mundo espiritual, constituem o berço dos magos. Esse território perdido recebeu os exilados de outros orbes, espíritos detentores de grande bagagem científica e notável domínio mental sobre as forças da natureza, os quais, em seu apogeu, portavam-se de acordo com determinado sistema ético e moral. Ambos os fatores lhes asseguravam a possibilidade de fazer incursões no mundo oculto com invejável liberdade, manejando com destreza inúmeras leis da natureza e os fenômenos condicionados a elas.

"Ainda hoje, mesmo com todo o conhecimento espiritual que a humanidade conquistou, não encontramos ninguém entre os encarnados que possa fazer frente ao que os magos brancos conseguiam realizar naqueles tempos. Não havia passado muito tempo desde a ocasião do degredo, evento que os trouxera para a Terra, o que lhes favorecia o acesso aos arquivos de sua memória espiritual. Somado a isso, a atmosfera psíquica do planeta, ainda jovem, contava com poucos focos de contaminação astral, o que proporcionava aos magos mais facilidades para exercer uma ação puramente mental sobre os fluidos e demais elementos da vida oculta. Por causa dessas condições, nesse período a magia era totalmente mental, sem que se fizesse necessário o uso de rituais, tampouco de objetos de condensação energética, embora gradativamente eles tenham sido incorporados à sua prática. Foi o caminho encontrado para suprir as carências dos novos iniciados ante o aumento considerável da carga mental tóxica, que os homens criaram com o transcorrer do tempo.

"Entre os magos, houve os que se distanciaram dos objetivos traçados pelo Conselho dos Bons — como era chamado o colegiado diretor dos ensinos iniciáticos — e se colocaram em desarmonia com os elevados propósitos da vida; por esse motivo, autodenominaram-se magos negros, em contraposição aos adeptos da magia branca ou superior.

"As atividades dos lemurianos e atlantes se concentravam sobre os fluidos naturais do planeta Terra, que, muito embora fossem primitivos, primários ou pouco elaborados, em virtude disso mesmo respondiam mais facilmente à ação do seu poder mental disciplinado. Naqueles tempos, o ambiente astralino e psíquico do globo terrestre ainda era de manipulação razoavelmente simples. Inexistia a contaminação fluídica, produto do pensamento desordenado, ou pelo menos ela se apresentava num nível infinitamente mais brando do que se vê na atualidade, a tal ponto de pôr em risco o equilíbrio da ecologia sutil. Era diminuta a população de encarnados, disposta em grupos esparsos pelo orbe, e não havia a fuligem mental de desencarnados, cujo contingente era bem menor e, acima de tudo, composto por almas predominantemente instintivas, ignorantes e ingênuas.

"Sendo assim, é nesse ambiente 'virgem', que resguardava relativa simplicidade psíquica, que os magos negros encontraram o campo vibratório que favoreceu seu desenvolvimento e o consequente planejamento de suas operações e organizações. Ignoravam, contudo, que eram manipulados por outros seres, ainda mais perigosos do que eles: os chefes de legião dos dragões. Os magos queriam acreditar que eram os senhores absolutos das próprias ações, rejeitando qualquer apelo por parte de seus antigos mentores e mestres. Mesmo hoje, a maioria dos magos, senão todos, não concebem que são dirigidos por espíritos ainda mais antigos e experientes na arte da sedução mental, como os dragões do mal. Contestam com veemência essa realidade e presumem ser soberanos no império astral, que dá mostras de franca decadência, diante dos progressos inevitáveis pelos quais o mundo passa, no âmbito do conhecimento e da espiritualidade."

A exposição de abertura feita por Pai João suscitou inúmeras perguntas, que gradualmente foram elaboradas e, a seguir, projetadas em uma tela. Um dos guardiões questionou:

— Quer dizer que o poder desses magos era

muito superior à força mental detida pelos magos da atualidade que transitam no astral? Se isso for correto, como explicar a decadência, demonstrada ao longo do tempo, de sua aptidão de lidar com os fluidos e energias do astral inferior ou da subcrosta, onde se localizam suas bases?

— É como disse antes — elucidou pacientemente o pai-velho. — A ação direta sobre os fluidos ambientes, sem as complicações advindas das criações mentais perniciosas da atualidade, é um dos fatores que desembaraçava a manipulação energética naquela época recuada no tempo. Se compararmos com dados contemporâneos, havia uma quantidade bem menor de seres encarnados e desencarnados a agir na atmosfera psíquica do planeta. Como consequência disso, os elementos mentais e emocionais eram mais suaves, menos grosseiros e menos potencializados do que hoje em dia.

"Também temos de considerar outro fato relevante. O saber trazido da pátria sideral, de onde aqueles espíritos emigraram, ainda aflorava com vigor de suas mentes, embora os cérebros físicos terrenos, primitivos que eram em relação a sua capacidade, estivessem muito aquém da possibilidade de expressá-la. Porém, eram dotados de tal grau de disciplina mental que venceram sem grandes esforços os obstáculos. Seu êxito era tanto que conseguiam trabalhar não somente com elementos da vida oculta, mas também do mundo físico. A proximidade dos tempos do exílio planetário, pois que haviam chegado recentemente à Terra, fazia com que os magos atlantes e lemurianos recordassem com razoável nitidez um sem-número de leis e métodos sobre como empregar a energia de seu pensamento para manipular tudo ao seu redor. Como era de se esperar, essa lembrança foi progressivamente nublada, devido às sucessivas reencarnações e à necessidade de envolvimento na vida social mundana."

Uma indagação originou-se dessa que Pai João respondeu, demonstrando a perspicácia dos novos especialistas e a sede de ampliar conhecimentos acerca do assunto:

— Após essa primeira fase, em que houve uma ação mais eficiente e irrestrita sobre os fluidos do ambiente terrestre, como os magos negros das gerações seguintes reagiram, à medida que o antigo conhecimento tornou-se obscuro ou foi migrando para camadas mais profundas de seu psiquismo?

— Obviamente, com o transcorrer dos séculos e milênios, as grandes civilizações que aportaram no planeta foram perdendo o contato com o conhecimento primordial. Na Antiguidade, restavam apenas fragmentos desse saber, e muitos dos antigos exilados já haviam retornado ao orbe de origem.

Por essa ocasião, ficaram para trás apenas os retrógrados e seus aprendizes, que formaram os colégios de sábios e os templos iniciáticos. Os magos remanescentes, então sem a lucidez de outrora e distanciados do conhecimento original, agruparam-se em grandes confrarias, de acordo com as afinidades de cada um, formando colegiados.

"Além disso, meus filhos, podemos deduzir que, aumentando, ao longo do tempo, a quantidade de seres encarnados, cresce em igual proporção o volume de matéria mental exalada por inteligências habitantes das duas dimensões da vida. Com os espíritos imigrantes já adaptados ao ambiente do planeta Terra, dá-se maior número de reencarnações, e assim a egrégora ou atmosfera psíquica do planeta vai-se tornando cada vez mais densa e pesada, o que é acarretado pela ação dos pensamentos desgovernados, revoltados ou viciosos. Desse modo, os fluidos terrenos passam a responder com maior dificuldade à ação exclusivamente mental de seus habitantes.

"Em resumo, são dois aspectos centrais. De um lado, a perda progressiva da memória espiritual dos degredados, bem como do acesso ao conhecimento superior, o que restringe a eficácia dos magos. De outro, o adensamento das vibrações e do próprio panorama astral, provocado pelo aumento do contingente populacional de baixa condição moral, o qual plasma, em derredor, realidade condizente com seu atraso evolutivo."

— Então, o poder de influir sobre a matéria astral foi ficando cada vez mais restrito a um número menor de seres?

— Perfeitamente — principiou Pai João. — Perdendo o conhecimento superior devido ao fato de ficarem naturalmente absorvidos nas questões de sobrevivência, os poucos iniciados retiraram-se para os templos antigos, isolando-se em colégios fechados. Esse movimento se deu nos planos corpóreo e extracorpóreo; neste último, a conspiração de seres do astral formou diversas confrarias, cada qual sob o comando de algum mago que se mostrasse mais apto à condução dos demais. A partir de então, em ambas as dimensões, tanto os magos brancos quanto aqueles que se identificavam com os elementos de discórdia, no plano astral, viram--se compelidos a associar o poder do pensamento às *simbologias*. Tal ferramenta foi a solução encontrada para que os novos iniciados compreendessem e empregassem os conceitos da magia. Na fase que se seguiu, o conhecimento foi-se tornando ainda mais escasso, mesclando-se às simbologias, elaboradas com o nítido objetivo de fornecer muletas psíquicas aos iniciados.

— E o que dizer dos colégios iniciáticos da Babilônia, dos caldeus e de outros povos contemporâneos a eles? — era a dúvida de mais um guardião da noite.

— Segundo os registros do mundo espiritual, esse contexto a que você faz menção, meu filho, corresponde a um período ainda posterior à fase simbólica, à qual nos referimos há instantes. No ápice das sociedades citadas por você, os sacerdotes utilizavam elementos materiais e rituais não apenas como símbolos, mas também como condensadores de vibrações. Tais artefatos serviam então para substituir ou suplantar o poder mental perdido e aglutiná-lo, com o auxílio externo, de forma a atender aos fins propostos. Já que não conseguiam usar a força mental pura, ante a complexidade dos pensamentos e formas-pensamento que se multiplicavam no plano astral, elaboravam condensadores de energia mental, tais como amuletos, altares e outros objetos magísticos, sempre com uma única finalidade: acumular a força mental.

"Os magos da Babilônia e da Caldeia, os sábios da Pérsia, as pitonisas da Grécia — sem exceção, todos empregavam os elementos simbólicos e concretos não como artifícios exóticos e, em essência, dispensáveis, mas como instrumentos para proceder à condensação de energia, que mais tarde poderia ser aplicada conforme desejassem. Vejam, por exemplo, o caso da arca da aliança dos israelitas, que funcionava como importante acumulador de energias, copiada por Moisés do modelo encontrado por ele nos templos egípcios, em sua peregrinação como iniciado em Heliópolis e Karnak.

"Essa é a fase *fetichista* da história, em que os apetrechos materiais, de meros símbolos, convertem-se em elementos centrais, adquirindo *status* fundamental no exercício da magia, sobrepujando-se até sobre o ensino de natureza propriamente espiritual. É a expressão material do culto ganhando destaque, em detrimento do essencial: a sabedoria imponderável, que sempre norteou, em solo terreno, todos os fundadores de escolas que professam algum princípio superior. Alguém identifica qualquer semelhança com a história do cristianismo e todas as grandes revelações que a humanidade conheceu?"

As palavras de Pai João ressoavam em nossas mentes, como se pudéssemos ver as imagens a elas relacionadas, de modo a nos impressionar profundamente. A compreensão de alguns fatos vivenciados recentemente aumentava à medida que o preto-velho nos esclarecia. Uma pequena pausa pareceu proporcionar-nos um momento de reflexão. Novamente, outra pergunta foi transcrita na tela do salão onde estávamos:

— Como entender a degradação ainda mais avançada dos processos de magia, a ponto de haver momentos em que os elementos simbólicos se transformaram em sacrifícios humanos e de animais? Como os magos ou estudiosos da vida astral puderam se degradar tanto assim?

— Sabe, meus filhos, a compreensão do ser humano e da realidade que cria em torno de si é rica e elaborada, inclusive no que se refere às questões mais simples do seu cotidiano. Imagine quando levamos em conta seus dilemas e os conceitos esdrúxulos que advêm de experiências dramáticas, vivenciadas nos dois planos de existência.

"Sendo assim, no que concerne à fase fetichista e ao que falamos sobre esse estágio de aprendizado, é possível notar que os espíritos consorciados aos magos negros, já naquela época bastante distantes do conhecimento iniciático, efetivamente introduziram sacrifícios humanos e de animais em suas práticas. Visavam não apenas à condensação da força mental, mas também formavam campos magnéticos de baixíssima frequência, desprezando por completo o ensino espiritual. Davam início à magia negra mais primitiva e vulgar, que descambaria de vez, mais tarde, na chamada feitiçaria. Nesse conluio com as entidades das trevas, homens e espíritos desavisados se transformaram em instrumentos das forças do abismo. É um período que, cronologicamente, encontra seu ápice na Idade Média; felizmente, logo depois, é suplantado por ideias mais humanas e sadias, muito embora os efeitos de conchavos do gênero ainda perdurem nos dias atuais, em processos obsessivos gravíssimos.

"A partir de determinado momento da história, na modernidade, renasce no interior dos templos, lojas e colegiados a sabedoria das leis da magia clássica e da alta magia. Inspirados pelo Alto, Eliphas Levi, Papus e outros nomes dessa importante escola representam o advento de novos conhecimentos para os estudiosos no plano físico. A magia então retorna a um estágio de transição, menos degradado, situado entre as fases simbolista e fetichista. Perde, pelos menos entre os humanos encarnados, o selo de negrume que por tanto tempo marcou o estudo das leis do ocultismo."

Pai João atendia a todos com enorme satisfação e voz pausada. O ambiente parecia estar totalmente impregnado do magnetismo exalado das palavras do pai-velho. De repente, uma pergunta que chamou a atenção de todos:

— E quanto aos processos de magia negra observados na psicosfera do Brasil: estarão relacionados diretamente com os magos negros ou terão outra procedência? Dando uma breve pausa, talvez para procurar as palavras que expressassem seu pensamento de forma mais clara, Pai João ponderou:

— Em geral, no Brasil, devido ao passado comprometido com a escravidão e ao abuso de poder sobre os povos africanos e seus descendentes, houve muitos processos de magia, associados ao conhecimento iniciático dos orixás e da lei de santo. A magia africana dispõe de elementos simbólicos, fetichistas e, muitas vezes, primitivos. Seu processo de iniciação é lento e gradual, e tem na manipulação de forças elementais um de seus aspectos de destaque.

"Não há nenhuma espécie de associação com a ética ou as ideias cristãs, pois é uma expressão de religiosidade que se desenvolveu em separado do cristianismo. O ensino moral que deveria prevalecer, contido na mitologia dos orixás, previsivelmente se perdeu com o decorrer dos séculos, ainda mais porque se trata de tradição oral; isso ocorreu também em virtude da aculturação com o indígena e o homem branco, esta última tão opressora. É natural esperar, na medida em que esses cultos se mantiveram afastados dos propósitos elevados, que seus integrantes fossem utilizados pelos chamados senhores da escuridão. No entanto, não podemos classificar tais práticas como magia negra propriamente dita, ao menos sob a ótica segundo a qual são realizadas no astral. Esse tipo de atividade, que fere frontalmente os ideais do bem, deve ser catalogada como *feitiçaria*. Portanto, podemos considerar esse método como corrupção da magia, ao qual denominamos feitiçaria, nos casos em que se vê o abuso das energias da natureza, especialmente com a difusão de sacrifícios de animais e evocação indiscriminada de elementais e de outras forças da natureza e do mundo oculto."

Ante a resposta de Pai João, outro espírito se manifestou, transcrevendo sua pergunta, que, de certo modo, traduzia questionamentos de vários ali presentes:

— Sabemos que a magia africana ou feitiçaria é uma forma mais material de manifestação da magia original. Como se dá a aplicação da feitiçaria ou do conhecimento iniciático africanista no cotidiano das pessoas atingidas pelo feiticeiro, sejam encarnadas ou do astral? Como o processo se desenrola?

— Em geral, meus filhos, a feitiçaria em si está relacionada a elementos da vida material e afetiva; em seu desenvolvimento, é comum contar com alianças espúrias entre seus agentes, um de cada lado da vida. Portanto, os feiticeiros do astral, tanto quanto seus comparsas encarnados, são exímios exploradores da sexualidade e dedicam-se a fazer seus trabalhos com o objetivo de provocar a união ou a separação de casais, bem como influenciar o aspecto financeiro dos cidadãos.

"Existem casos mais mórbidos, em que comprometem a saúde física de suas vítimas, causando até mesmo a morte do corpo físico. Nesses episódios, fazem uso das energias deletérias e tóxicas acumuladas nos cemitérios que não têm a devida proteção dos guardiões especializados, os caveiras. Os feiticeiros são extremamente dependentes do plasma sanguíneo e de rituais macabros para a concretização de seus intentos. Exploram os quiumbas — espíritos trevosos e malfeitores — em troca do plasma que oferecem a eles em seus sacrifícios. Com frequência, recrutam também marginais identificados como *exus menores* ou *exus inferiores*, malandros e boêmios desencarnados, que desonram o nome com que se apresentam indevidamente. É do conhecimento de todos que, originalmente, a falange de *exu* é sinônimo de ordem e disciplina e designa aqueles que se empenham por sua manutenção.

"Ainda no que concerne a pais de santo, feiticeiros e demais membros de diversos cultos africanos, é preciso afirmar que, devido à pratica de atos condenáveis, ao desencarnar costumam localizar-se em dimensões extrafísicas de baixíssima vibração. Isso decorre evidentemente da falta de comprometimento de muitos desses cultos com a moral cristã, tomada como o conjunto de princípios universais e sublimes defendidos pelo Cristo e expressos no Evangelho.

"Por essas e outras razões, os feiticeiros são presas fáceis dos magos negros. Ou, como ocorre tantas vezes, antes de reencarnar percorrem longo aprendizado nas escolas astrais controladas pelos magos, servindo, no plano físico, aos propósitos ignóbeis desses mestres das sombras."

A extensão do telão não era suficiente, tamanha a quantidade de perguntas que eram transcritas após a exposição do pai-velho, que as respondia cuidadosamente. Mais uma se esboçou, digna, entre as demais, de ser efetuada:

— Quando esses espíritos, os feiticeiros, se fazem presentes no ambiente espiritual das casas espíritas ou tendas umbandistas, costumam deixar sua marca ou seu rastro energético? Eles realmente conhecem as leis que presidem sua feitiçaria ou baixa magia, ou não?

João Cobú procurou resumir sua resposta, mas de maneira tal que não restava dúvida a ninguém:

— Até mesmo sob a perspectiva da ardilosa trama que mantêm com os magos negros, que manipulam os feiticeiros como marionetes, fica patente que esses seres de fato conhecem certas leis, naturalmente em proporção inferior aos magos. Os feiticeiros astrais sabem manipular com eficácia as ervas e usam animais, ambos considerados como elementos dos mundos físico e extrafísico fundamentais à conclusão de seus projetos. Predominantemente, têm aparência magra ou esquálida, em consequência da perda exaustiva de energia vital, que lhes foi sugada tanto pelos magos negros quanto pelas entidades vampirizadoras jungidas a eles. Sua presença é vistosa e se faz notar nos ambientes, perceptível inclusive à sensibilidade mediúnica, dado o mau cheiro que exala de suas auras. São habitantes de cemitérios desprotegidos e cavernas próximas, em caráter regular.

O assunto do dia era extremamente interessante e suscitava reflexões profundas. Mas, como um comentário leva a outro, nova indagação surgiu, agora quanto à ação dos magos negros:

— Está claro que os feiticeiros se ocupam, de um modo geral, com coisas mais materiais e lançam mão de rituais exóticos e de acumuladores de energias psíquicas, tais como despachos, oferendas, ebós e outros. Porém, que sintomas podem indicar ou sugerir a interferência dos magos negros, que difere bastante da característica dos feiticeiros? Será possível sabermos como sua ação atinge as vítimas, encarnadas ou não?

O tema eletrizante proposto na pergunta do aprendiz de guardião pareceu atear fogo no ambiente. Digo isso, evidentemente, de maneira figurada, devido ao rebuliço dos espíritos presentes, que buscavam sorver todo o conhecimento de Pai João, ávidos que se encontravam por respostas. O pai-velho, sorrindo e naturalmente captando as intenções e a excitação dos guardiões com relação a matéria tão instigante, esclareceu:

— Os magos negros, ao longo dos milênios, têm aperfeiçoado seus métodos de ataque aos encarnados e desencarnados. Embora cada legião de magos tenha se especializado em determinada área, genericamente podemos identificar sua atuação na vida de alguém quando é detectada a presença de trabalhos de magia negra, isto é, de qualquer processo obsessivo complexo, no qual empregam intenso magnetismo, visando ao domínio mental do sujeito. Os magos podem realizar o empreendimento nefasto por si mesmos ou, então, confiá-lo aos seus subordinados, em especial os psicólogos desencarnados, que lhes servem em regime de parceria.

"Há vários outros aspectos que podem ser indício da atividade de magos negros. A seguir, enumeraremos alguns exemplos curiosos. Primeiramente, os casos em que o psiquismo do indivíduo acha-se preso ao passado remoto, atrelado a rituais de natureza sombria, nos quais se submeteu a práticas sacerdotais ou iniciáticas estranhas e macabras. O prejuízo em sua vivência atual advém do fato de não conseguir se desvencilhar dos eventos dramáticos, pois ligações magnéticas robustas não se rompem simplesmente com o desencarne; muito pelo contrário. Dependendo da intensidade com que foram gerados, esses laços podem continuar a repercutir indefinidamente sobre a história do sujeito.

"Em segundo lugar, podemos destacar a existência de campos de força de elevada potência e com baixíssima frequência vibratória, acompanhados ou não de artefatos tecnológicos. No entanto, quando esses artefatos são efetivamente utilizados, há enorme probabilidade de que os magos estejam associados a cientistas do astral, que se desvirtuaram em seu trabalho e então labutam nas hostes sombrias.

"Outra forma muito comum de os magos atuarem é na usurpação de energia vital, extraída principalmente por meio das forças sexuais da pessoa envolvida. Dão enfoque particular à larga exposição do indivíduo a conteúdo erótico, o que favorece o incremento desordenado do apetite e da atividade sexuais. Uma vez que necessitam do ectoplasma roubado de suas vítimas para realizar seus planos, procuram obtê-lo de quem quer que esteja a seu alcance; contudo, dão imenso valor àquele que furtam de sensitivos em geral, cuja plasticidade e apuro das emanações psíquicas é bem maior.

"Como quarto ponto sintomático da ação de magos negros, identificamos o emprego indevido de elementais naturais em suas ações contra a humanidade. Todavia, costumam aplicá-los de modo altamente elaborado, específico e com requintes de crueldade, ao contrário do que se vê na feitiçaria, em que seu uso é indiscriminado e pouco detalhado. Esse é um fator muito frequente nos processos obsessivos complexos desenvolvidos pelos chamados senhores da escuridão.

"Além de todos esses indícios, passíveis de ser coletados a partir de uma boa investigação medianímica, devemos mencionar outra gama de fatores, que seguramente denotam a ação desses espíritos perversos. Dizem respeito justamente ao andamento das atividades de intercâmbio espiritual."

Dando uma pausa para que pudéssemos assimilar melhor o conteúdo de seus pensamentos, Pai João continuou:

— Basta confrontar-se com as seguintes questões para determinar se os agentes da magia negra estão se acercando da tarefa espiritual. Diariamente, veem-se disputas, brigas e fofocas predominando na equipe de trabalhadores? Costumam ser acarretadas pela ação dos magos, que, para suscitar distração, de modo que não sejam notados, enviam espíritos marginais e descompromissados — os chamados quiumbas — para colocar a casa em desordem. O tumulto geral e os problemas gerados evitarão que o foco dos dirigentes recaia sobre a ação sombria. No âmbito do exercício mediúnico, é preciso chamar a atenção para o fato de que, muitas vezes, os magos atuam sem que sejam percebidos pelo agrupamento, já que se envolvem em potentes campos de força, disfarçando assim sua presença nas reuniões. Como meio de se resguardarem ainda mais, ordinariamente recrutam espíritos galhofeiros como seu batalhão de choque, artifício que tira o foco dos médiuns e atrás do qual se escondem.

"Há ainda diversas situações que sugerem a interferência de magos negros e seus auxiliares, às quais devemos ficar alertas: toda compulsão ao uso e abuso de poder, domínio mental e impulsos os mais variados, quando são realmente difíceis de serem contidos. Como já foi dito, intenso envolvimento com sensualidade ou sexualidade exacerbada, o que pode significar mobilização dos sexólatras em favor da magia negra e do roubo de energias vitais, visando à manutenção das bases das sombras. Casos de licantropia, zoantropia[1] e muitos outros, em que a forma perispiritual humana de seres encarnados ou não foi desfigurada. Sobre esse particular, há um tipo relativamente frequente de ser observado no astral inferior, principalmente nas zonas subcrustais: a degeneração da aparência humana com a consequente transformação do indivíduo em ovoide.[2] E, para finalizar, os casos de perversidade, crimes hediondos e loucura repentina. Todos são indicativos da intromissão dos magos negros e caracterizam igualmente obsessão complexa."

— Pelo que foi dito, podemos concluir que a humanidade está quase à mercê da ação dos magos negros?

— Não é à toa, meus filhos, que a magia negra,

---

[1] Segundo a conceituação espírita, *licantropia* e *zoantropia* são patologias espirituais caracterizadas pela adoção de aparência animal ou animalesca pelo perispírito. Respectivamente, dizem respeito à transformação em lobo, especificamente, e em qualquer animal, de modo geral, apesar de o primeiro termo não raro ser empregado de maneira indiscriminada (cf. MIRANDA, Hermínio. *Diálogo com as sombras*. 21ª ed. Rio de Janeiro: FEB, 2006. p. 114-121, cap. II, item 2. Cf. XAVIER. *Libertação*. 2ª ed. esp. Rio de Janeiro: FEB, 2010. p. 76-77).

[2] Termo provavelmente cunhado pelo espírito André Luiz, que relata a existência de ovoides em seus livros (cf. ibidem, p. 88 passim. Cf. XAVIER.

conforme é praticada no submundo astral, constitui a pior forma de obsessão conhecida até o momento. O império dos magos engloba uma miríade de espíritos altamente técnicos e capacitados, que, sob seu comando, têm invadido o acampamento dos encarnados. Graças a Deus, os mentores da Vida Maior dispõem de recursos cada vez mais eficientes no combate às obsessões complexas. Vocês mesmos, guardiões e especialistas da noite, são um time de agentes do Plano Superior, os quais os magos temem e respeitam; seu trabalho, embora até agora tenha passado despercebido dos companheiros espíritas e umbandistas, representa importante fator de poder, que de modo algum pode ser subestimado, no tocante à luta contra a magia negra. Além disso, a umbanda bem orientada, a

Evolução em dois mundos. 20ªed. Rio de Janeiro: FEB, 2002. p. 116). Assim como ocorre com as zoantropias, a perda da forma perispiritual humana pode se dar por autoindução, em casos graves, mas comumente é provocada por espíritos experientes através de técnicas de hipnose e sujeição mental profundas. "Livre desse obstáculo que o comprimia [o corpo físico], o perispírito se dilata ou contrai, se transforma: presta-se, numa palavra, a todas as metamorfoses, de acordo com a vontade que sobre ele atua" (KARDEC. *O livro dos médiuns...* Op. cit. p. 88, item 56). Esta nota é expandida na obra de Pai João de Aruanda (cf. PINHEIRO. *Magos negros*. Contagem: Casa dos Espíritos, 2011. p. 237-238, item 70).

apometria, os trabalhos espíritas e outros recursos promovidos pelo Alto são ferramentas que têm se mostrado eficazes, postas à disposição objetivando o sucesso dessa ação mundial de combate às obsessões complexas, que se desenvolvem sobretudo sob o comando dos magos. Agora foi a hora de Jamar se pronunciar perante o contingente de espíritos sob a sua tutela. O guardião da noite desejava esclarecer algo de grande relevância, sobre a maneira como os encarnados, espíritas e umbandistas em particular, poderiam — ou não — enfrentar categoria de espíritos de tal periculosidade. Principiou ele:

— Não adianta a doutrinação convencional nem as pregações evangélicas, com frases decoradas que estão mais na boca do que na vivência legítima. Para o trato com os chamados senhores da escuridão, há que se aplicar outro método. Por quê? Se não é uma obsessão de tipo comum, trivial a que desenvolvem, por que a metodologia de enfrentamento haveria de ser? Primeiramente, é necessário que o dirigente da reunião mediúnica, seja ela de mesa ou de terreiro, proceda à desestruturação dos campos de força que envolvem e protegem os magos. Depois, deve projetar campos magnéticos de contenção, em forma piramidal, esférica ou cúbica. Esse será o mecanismo mais eficaz para conter tais espíritos, sem que eles possam se libertar. O comando verbal, aliado ao poder da palavra pronunciada com convicção, à vontade firme do operador e dos demais, à assistência espiritual superior especializada e, finalmente, ao magnetismo animal de que dispõem os médiuns, tudo isso formará o conjunto de fatores capaz de fazer frente à ascendência exercida pelos magos negros.

"O que observamos nas reuniões tradicionais, ao contrário, é que o dirigente e os médiuns, em nome de uma caridade abstraída do uso da razão, alegam respeitar a liberdade do obsessor; nesse caso, o mago negro. A pretexto de respeitar seu livre-arbítrio — o mesmo que ele menosprezou e tripudiou ao violentar suas vítimas, diga-se de passagem —, pretendem deixá-lo ir, inteiramente à vontade para retornar à prática do mal. Isto é, se antes ele não provocar graves prejuízos ao agrupamento mediúnico imprevidente.

"Não compreendem que são criaturas portadoras de conhecimento e maldade em níveis superlativos e que empregam tais atributos consciente e deliberadamente. Os especialistas do astral inferior sabem o que fazem e o fazem sem nenhum constrangimento! São comparáveis a marginais de último grau, capazes de arquitetar e perpetrar os crimes mais hediondos contra a humanidade.[3] Sendo assim, perguntamos: por que deixá-los livres, se poderão causar danos ainda maiores? Como abordá-los do mesmo modo como se faz com espíritos sofredores, tristes ou simplesmente vingativos? Para cada doente, um tipo de medicação apropriada. Nesse contexto, o conhecimento do manuseio de campos de proteção e de contenção, bem como de outras ferramentas eficientes de trabalho, representarão poderosa arma contra a ação irresponsável desses seres da escuridão.

"Após tomar as providências cabíveis para a

---

[3] Para aquele que eventualmente se assusta com o comportamento enfático e determinado recomendado por Jamar, que visa despojar as entidades do mal de seu poder temporário, é oportuno relembrar Jesus. Não há uma circunstância sequer nos relatos do Evangelho em que ele tenha se posto a dialogar amistosamente com espíritos perversos, buscando reverter processos obsessivos graves e dissuadir seus autores através da persuasão. Segundo a terminologia bíblica, ele *expulsava* os *demônios* com linguagem impositiva, baseando sua metodologia na ascendência moral ímpar que possuía. Isso pode ser confirmado nas narrativas "O endemoniado gadareno" (Mc 5:1-20), "A cura do endemoniado na sinagoga" (Lc 4:33-36) e "A cura do menino lunático" (Mc 9:14-29). Além disso, as questões apresentadas por Jamar, a seguir, incitam para que se tomem as rédeas do processo, demonstrando convicção, ousadia e determinação compatíveis com aquelas que observamos nos maiorais das trevas. A ineficácia de postura diferente da mencionada já havia sido explicitada na Codificação: "Por que,

contenção desses espíritos em formas energéticas superiores, das quais não poderão se libertar, surge então a oportunidade de retornar o espírito ao passado remoto, numa autêntica regressão de memória, em que ele reviverá certos eventos. No caso específico de um mago negro, é crucial apagar temporariamente de sua memória a lembrança de sua iniciação, com a consequente perda dos poderes conquistados. Ou, conforme a circunstância, confrontá-lo com a realidade de sua iniciação para o bem, o que pode impressioná-lo positivamente."[4]

no mundo, tão amiúde, a influência dos maus sobrepuja a dos bons? 'Por fraqueza destes. Os maus são intrigantes e audaciosos, os bons são *tímidos*. Quando estes o quiserem, preponderarão'." (KARDEC. *O livro dos espíritos*. Op. cit. p. 526, item 932). Essa posição é semelhante à que Jesus parece ter adotado: "Ele disse aos discípulos: Por que sois tão *tímidos*? Ainda não tendes fé?" (Mc 4:40). Ele não poupou seus seguidores mais achegados de diversas reprimendas: "Ó geração *incrédula* e *perversa*, até quando estarei com vocês? Até quando terei que suportá-los?" (Mt 17:17. Grifos nossos).

[4] O personagem Jamar faz alusão a técnicas e procedimentos familiares à apometria. O exemplo citado consiste na técnica denominada *despolarização dos estímulos da memória*. Como *apometria* é um nome que desperta reações intempestivas e preconcebidas — sejam favoráveis ou contrárias à sua prática — por parte de muitos adeptos do espiritismo e da umbanda, recomendamos o exame isento de prejulgamentos das técnicas apométricas descritas nesta obra. Para isso, aconselhamos a leitura do livro em

355

Jamar se expunha a seus interlocutores com um estilo que deixava transparecer conhecimento e traquejo para tratar do assunto. Um dos espíritos, parecendo mais interessado em esclarecer-se quanto à ação das equipes de médiuns em parceria com os desencarnados, pediu que Jamar desenvolvesse mais o tema. E o especialista não se fez de rogado:

— Quando a equipe mediúnica se prepara através do estudo continuado, os companheiros deste lado de cá da vida podem se associar a eles com objetivos bem definidos. Estando os encarnados e os mentores da reunião de posse do conhecimento técnico adequado, o temível obsessor poderá ser remetido ao passado ou lançado no futuro provável. No primeiro caso, é possível inclusive encontrar feitos de magia realizados no passado que sobrevivem através dos séculos em lamentáveis consequências impostas aos envolvidos. Na segunda hi-

que é apresentado o termo *apometria* e são enunciadas as leis que regem essa ferramenta de trabalho (AZEVEDO, José Lacerda. *Espírito/matéria*. Porto Alegre: Casa do Jardim. 8ª ed. rev. ampl., 2005). Ao contrário do que apregoam árduos combatentes ou defensores fanáticos, a obra trata tão somente do estudo e desenvolvimento de uma técnica para aplicação em reuniões mediúnicas, e não de algo que veio demover ou substituir qualquer filosofia erigida anteriormente, muito menos o espiritismo ou o corpo doutrinário umbandista.

pótese, a finalidade é chocar o espírito com a realidade peremptória da lei de causa e efeito, que o obrigará a ceifar, no porvir, em conformidade com aquilo que tem feito até então.

"Ao enfrentar os magos negros e as demais entidades especializadas e conscientes da ação obsessiva, é aconselhável que os encarnados se utilizem intensamente de cantos, pois estes enfraquecem as emissões mentais de tais entidades, atenuando a resistência e os subterfúgios que evidentemente procuram impor. Não há quem menospreze a lei do ritmo, que a tudo preside no universo, e a possibilidade que as músicas cantadas têm de despertar energias mentais ou dispersá-las, conforme a cadência.

"Naturalmente, no embate com elevados níveis de especialização do astral inferior, há que se contar com uma equipe espiritual igualmente gabaritada, e, para isso, é imprescindível a evocação de pais-velhos, mães-velhas e guardiões familiarizados com a problemática em foco e com os médiuns em serviço. Como explicou nosso Pai João de Aruanda, os *pais-velhos* — em oposição a *pretos-velhos*, geralmente ex-escravos dotados de certa sabedoria — são magos antigos ou iniciados dos grandes templos do passado, portadores de conhecimento à altura do que requer o confronto com os magos e seus comparsas.

"Além disso, durante o processo de *desmanche* da magia ou *antigoécia*, é altamente recomendável induzir o cientista, mago ou feiticeiro a desmantelar todos os itens que compõem sua empreitada infeliz, inclusive a retirar os aparelhos implantados, se for o caso, liberando vibratoriamente aquele que padece suas consequências."

— E quanto à atitude da vítima do processo obsessivo complexo levado a efeito pelos magos negros? Que comportamento deverá ter o indivíduo vitimado pela magia negra? — perguntou outro espírito ali presente.

Desta vez foi Pai João quem respondeu, com a solicitude que lhe é característica:

— É claro que a reversão do processo obsessivo complexo demanda também, da parte da pessoa visada, a promoção de uma mudança de hábitos e da elevação da frequência vibratória de seus estados mentais, o que se consegue através de estudo e disciplina mental, bem como de apoio e orientação emocional. Aliás, nesse quesito, nada há de ser diferente do que é necessário com vistas à cura de qualquer obsessão, talvez com a singularidade de a modificação ser ainda mais emergencial, dada a gravidade do quadro apresentado. Sempre vale lembrar que a reeducação do pensamento, por meio da devida reprogramação mental e emocional, é fator de extrema importância, sem a qual o uso de qualquer técnica terá êxito muito limitado.[5] "Outra peculiaridade que se deve levar em conta são os reflexos vibratórios persistentes, fruto da ação dos magos nos processos de obsessão complexa. Mesmo que se coloque fim ao processo obsessivo, existirá ainda o resquício dos fluidos movimentados pelo mago negro, adicionados e misturados ao *quantum* energético da vítima por um intervalo de tempo mais ou menos longo. Por essa razão, muitas vezes o sujeito permanece sentindo certo incômodo por algum período, pois não liberou tais resíduos de sua constituição física, vital e perispiritual. Eis por que não se deve prescindir do tratamento magnético, necessário para dissipar esses reflexos.

"Faz parte da recuperação do indivíduo o tratamento visando desintoxicar o duplo etérico e, por

[5] É novamente Jesus quem deixa clara, em seus ensinamentos, a importância do fator mudança para pôr fim a processos de dominação infeliz, ressaltando a urgência da modificação interior, ou seja, da conduta do sujeito "curado". Isso fica patente em vários momentos, desde a recomendação sintética que dá à mulher que seria apedrejada, após libertá-la de seus algozes — "Vá e não peques mais" (Jo 8:11) —, até o alerta ao homem que fora curado em Betesda: "Olha, agora já estás curado. Não peques mais, para que não te suceda coisa pior" (Jo 5:14).

conseguinte, deter a perda de ectoplasma. Os passes magnéticos objetivam o reajuste do sistema nervoso, que foi prejudicado devido à ação obsessiva complexa. Além desses recursos, o auxílio terapêutico para a reorganização emocional da pessoa vitimada pela magia é algo de caráter igualmente relevante. Qualquer que seja o processo em foco, tanto a magia propriamente dita como a ação de cientistas, com implantes de *chips* e aparelhos parasitas, todos desorganizam tão profundamente as emoções e as faculdades do pensamento que, após a abordagem do obsessor, o ser acometido desse mal demorará um prazo relativamente longo para libertar-se completamente das consequências da influência nefasta."

A seguir, um dos guardiões pediu a Jamar e Pai João que discorressem a respeito da magia negra e de como os magos conseguem manipular tão intensamente os fluidos do plano astral, a ponto de serem de tal maneira temidos por diversas falanges de espíritos. Pai João, a pedido de Jamar, deu o esclarecimento:

— Não se pode ignorar que, de um lado e outro da vida, a mente sempre é a base de toda criação. Qualquer trabalho de magia negra, indução mental e hipnótica ou magnetização exige experiência no que tange à disciplina mental. Os magos pertencem a uma categoria de seres que se dedicaram, no decorrer de anos e anos, em diversas encarnações, à experimentação e à obtenção do controle absoluto da força do pensamento, nos mais variados enfoques. Empregaram tempo, esforços e potencial inteiramente a fim de atingir a supremacia mental, exercício que lhes exigiu o máximo de empenho e rigor.

"A ação da mente e sua força ideoplástica, tanto quanto a matéria mental e astral são tão reais e mensuráveis para os desencarnados como o poder das energias elétrica e atômica assim se configura para o homem, tangível e passível de ser quantificado. Através da disciplina adquirida em suas peregrinações pelos templos de iniciação espiritual, os magos conseguem aglutinar energias e fluidos com tamanho vigor e habilidade que se tornaram mestres nesse tipo de empreendimento, o que faz deles exímios magnetizadores. Além disso, sabedores de que todo pensamento mais duradouro e toda ideia alimentada causam reações físicas, influenciam os encarnados de tal maneira que os pensamentos, os clichês mentais ou as manipulações que levam a cabo junto deles acabam por afetar muitas das funções do corpo somático.

"Acerca dos elementos envolvidos na realização de processos classificados como magia negra na dimensão extrafísica, é possível organizá-los no seguinte esquema, que também se aplica à feitiçaria e à ação dos cientistas. O fenômeno pressupõe a existência de um agente ou manipulador, que é o próprio mago negro, o feiticeiro ou o cientista do astral. Ele é o emissor da energia que será canalizada ou arregimentada para a criação do chamado *condensador energético*, que obedece aos mesmos preceitos teóricos mencionados quando abordamos a feitiçaria. O condensador ou acumulador será qualquer objeto que sirva para o agente ampliar seus recursos magnéticos e mentais em favor dos seus propósitos (o cientista, por sua vez, utilizará o artefato tecnológico). Em alguns casos, esse elemento desempenha função dupla e endereça vibratoriamente a um alvo a maquinação do agente das sombras. O *endereço vibratório* é a pessoa visada, encarnada ou não. Portanto, pode ser um objeto impregnado pelos fluidos do alvo da magia, já que os condensadores têm características individuais, feito as impressões digitais.

"Porém, para que a ação da magia seja eficaz, é necessário que o agente seja possuidor de vontade forte e saiba conduzir seus pensamentos e emoções diretamente ao condensador energético, que diluirá essa energia no endereço vibratório visado. Além disso, o espírito que usar esse processo como instrumento para seus desmandos deverá ter conhecimento minucioso de todas as etapas. Não basta deter informações a respeito."

A fala de Pai João suscitou um questionamento, que pairava no ar:

— Em que medida a magia negra pode afetar uma pessoa que estiver sintonizada com o bem? Isso pode ocorrer?

— Talvez, meus filhos, o problema maior esteja no sentido que se dá à palavra *magia*. Quando nos referimos à magia, não a entendemos como algo sobrenatural ou pretensamente oculto, como se fosse um poder fantástico e maravilhoso. Nós a definimos como a capacidade que certos espíritos possuem de influenciar os fluidos ambientes e as energias dispersas no universo, de maneira tal que obedeçam ao seu comando mental e sirvam a determinado propósito. Segundo essa perspectiva, também podemos ajuizar que ninguém está o tempo todo sintonizado com as esferas elevadas ou imune a pensamentos e emoções desarmônicos.

"Para se ter uma ideia mais clara, em casos nem tão esporádicos assim, a magia realizada no passado distante permanece orbitando em torno do campo vibratório do indivíduo, até a ocasião em que ele se encontre em depressão energética, com o pensamento desgovernado e as emoções em desalinho. Nesse momento infeliz, a energia aglutinada no astral dilui-se ou é absorvida pela aura, de tal sorte que o acúmulo energético se transfere integralmente para o endereço vibratório. Entre os processos de obsessão complexa, esse é catalogado como magia realizada no passado remoto ou recente, que traz repercussões no presente da pessoa, ocasionando distúrbios psicossomáticos mais ou menos graves, de acordo com cada episódio. O procedimento leva em consideração, inclusive, o programa reencarnatório da vítima, que, a rigor, nem sempre é tão vítima como se pensa. Sendo assim, quando estudamos a magia cientes de que não se trata de prática sobrenatural, mas de efeitos decorrentes de leis naturais, mal observadas e compreendidas superficialmente até por aqueles que se dizem letrados na vida espiritual, podemos entender como existem muito mais coisas por trás da magia negra realizada no astral do que supõem muitos dos que se julgam peritos no assunto.

"O merecimento, argumento sempre levantado quando se cogita o tema magia negra, em defesa das supostas vítimas, apenas atenuará a eclosão do processo obsessivo. Contudo, desconhecemos ainda, na realidade terrestre, um espírito que seja realmente merecedor, a ponto de se ver totalmente imune, a salvo das investidas das trevas. Por isso, a pertinência do conselho do Mestre Jesus com relação a orar e vigiar, necessidade constante dos habitantes do mundo. A ignorância, tanto quanto a pretensão de quem afirma conhecer em profundidade tudo sobre a vida oculta ou espiritual, encontra larga acolhida entre os encarnados. Em virtude do atraso evolutivo em que nos posicionamos, das disposições cármicas individuais e do próprio comportamento atual em face do livre-arbítrio, o famigerado merecimento, que se imagina prerrogativa de cada um, torna-se algo seriamente questionável. Eis por que, meus filhos, é necessário estudar indefinidamente, a fim de nos instrumentalizarmos na batalha contra as forças sintonizadas com o mal."

Pai João e Jamar transitavam com desenvoltura e amplitude pelas nuances do assunto concernente aos magos negros e suas investidas contra o ser humano, nos dois lados da vida. O conhecimento externado nesse encontro com os guardiões seria detalhado e destrinchado à medida que refletíssemos mais sobre os tópicos. Relevante tanto para os guardiões iniciantes e aprendizes como para os estudiosos do plano físico, o assunto despertava interesse em quem quer se dedicasse ao combate e ao enfrentamento da problemática obsessiva.

Após as respostas de João Cobú e Jamar, os guardiões circundaram o pai-velho, demonstrando profundo respeito e gratidão pelos ensinos transmitidos. Quanto a mim, naturalmente, afastei-me para registrar aquilo que ouvira — não podia perder a oportunidade. O trabalho não parava por aí. Afinal, apenas o equivalente a um período diurno tinha transcorrido. Mais tarde, traríamos o médium Raul para nossa dimensão, a fim de dar prosseguimento às tarefas programadas.

7

Ciência astral e cientistas

Dizendo-se sábios, tornaram-se loucos.

ROMANOS 1:22

A convite de Pai João de Aruanda, fomos visitar uma das inúmeras bases de espíritos cooperadores ou parceiros dos magos negros. Intitulavam-se cientistas seus integrantes. O médium Raul foi projetado em nosso plano através de passes magnéticos; inteiramente absorvido pela ideia, desejava saber mais detalhes a respeito da tão falada falange dos seres que colaboravam com os magos. Tivemos de adensar muitíssimo nossas vibrações, a fim de nos adequarmos à situação do ambiente para onde demandaríamos.

O lugar era incrustado no interior do planeta, embora não soubesse dizer a distância exata, pois foi necessário que descêssemos vibratoriamente em direção às profundezas abissais. O fundo do oceano fora há muito ultrapassado, até que pudemos avistar a zona de atuação dos cientistas — ou melhor, um imenso complexo, localizado em regiões onde a luz do Sol não poderia chegar. Nossas coordenadas no astral correspondiam ao conhecido Triângulo das Bermudas, área do Oceano Atlântico próxima à costa leste da Flórida, no sul dos EUA. Diante de nós, erguia-se uma imponente estrutura, composta por prédios ligados entre si, conferindo-lhe aparência de meia-lua. Havia alguma luminosidade no ambiente, mas não era de origem natural, e, naquele momento, não pude identificar a procedência.

O aeróbus deixou-nos em dado local, de modo que não pudesse ser percebido por nenhum espírito da falange dos cientistas. Tivemos de recorrer ao veículo, que nos fora cedido para as investigações e pesquisas extrafísicas, devido, principalmente, à densidade das vibrações que encontraríamos. Conosco, vinha um enorme contingente de membros da equipe dos especialistas, comandados por Jamar, além de outros guardiões, de uma hierarquia superior, os quais faziam parte do chamado *comando de inteligência extrafísica*. Desta vez, porém, os guardiões que nos acompanhavam eram seres experientes ao extremo no trato com as questões científicas, pois ali precisaríamos desse tipo de conhecimento. Quem sabe poderíamos topar com situações nas quais fosse preciso uma intervenção mais direta?

O mundo astral, com os desafios que lhe são

peculiares, sempre exigiu o dispêndio de grande quantidade de energia mental por parte de espíritos socorristas, tarefeiros do Mundo Maior, e dos demais espíritos em trabalho no meio adverso em que consiste essa dimensão. Era fundamental manter elevação de pensamentos, além de profunda vigilância em relação às chamadas zonas de alta periculosidade e a seus habitantes.

Aquelas eram regiões de difícil acesso, inóspitas mesmo para as equipes espirituais habituadas, fato que não se devia somente à presença das falanges do mal. É que a matéria astral nas esferas inferiores parece se aglomerar de uma forma especial. As moléculas e os átomos que a compõem aglutinam-se comportando-se de maneira idêntica a uma nuvem de poeira num redemoinho, fazendo com que muitas vezes sejam observadas reações violentas na natureza extrafísica, que lembram fenômenos como uma tempestade de areia ou um *tsunami*, com suas consequências desastrosas. Não que esse seja o estado natural da matéria ali encontrada, mas assim ocorre em virtude dos pensamentos e emoções desarmônicos, gerados de ambos os lados da vida, que têm seu produto atraído ou arrastado para esse espaço por causa de sua alta densidade.

Em um ambiente de energias e fluidos tão robustos e densos, a volitação nem sempre é possível, mesmo considerando a força mental e o poder de irradiação do pensamento de algumas entidades mais experientes. Já que a matéria mental comporta-se de forma desordenada, devido à cota de pensamentos desequilibrados dos habitantes dos dois planos da vida, torna-se impraticável, em alguns momentos, simplesmente deslizar em meio a fluidos tão materiais quanto os que vemos nessas regiões inferiores. Além disso, as entidades socorristas — nem sempre espíritos iluminados, de altíssima espiritualidade — regularmente encontram verdadeiro perigo rondando suas caravanas, como as maltas de obsessores e os elementos criados através da ideoplastia das inteligências sombrias.

Fortalezas, armadilhas, covis e antros dominados por seres ardilosos e experientes na arte da guerra são encontrados aqui e acolá, além dos redutos governados pelos chamados donos do poder, os chefes de legião e seus subordinados.

Ao participar dessa experiência, Raul não se conteve: queria a todo custo algumas explicações a respeito do conhecido veículo aeróbus, um comboio estruturado pelos técnicos do Mundo Maior, em matéria astral. Inquirindo Jamar, com quem desenvolvera uma relação de estreita amizade e confiança, o guardião não se fez de rogado:

— Durante muito tempo, os espíritos socorristas se viram obrigados a extraordinário dispêndio de energia mental para se manterem no ambiente hostil das dimensões inferiores e, ao mesmo tempo, desenvolverem suas tarefas de assistência espiritual. Diante dessa realidade, aplicando os recursos da engenharia sideral, os peritos do Plano Superior desenvolveram uma ideia ou um clichê, materializando-o, através da concentração da mente, nos fluidos do meio astral. Fizeram isso, primeiramente, a partir da aglutinação de material fluídico existente nas regiões elevadas, conferindo-lhe uma forma aparente, que deu surgimento ao aeróbus, uma espécie de nave que serviria tanto de transporte como de abrigo temporário aos espíritos em missão nas regiões mais densas. Os problemas inerentes à matéria astral, em constante movimentação, com as variações que lhe são próprias e que decorrem dos pensamentos desorganizados dos habitantes desse mundo de natureza inferior, passaram então a ser enfrentados com melhores condições.

— Na prática, como este veículo serve aos espíritos socorristas? — insistiu Raul. — Isto é, como ele auxilia na economia da energia mental utilizada pelos espíritos que trabalham nas regiões mais densas? E mais, se o aeróbus é um veículo, de qual combustível ele necessita para sua locomoção? Sempre me deparei com tais questionamentos quando via

375

nos livros de André Luiz[1] menção a seu respeito.

Retomando a palavra, Jamar explicou com maiores detalhes, pois, afinal, ele e sua equipe utilizavam com frequência o veículo para suas atividades nas zonas conhecidas genericamente como *trevas*.

— O aeróbus tem por finalidade dinamizar o transporte dos espíritos sem consumir larga cota de energia mental, a qual poderá então ser direcionada a outras atividades. Esse veículo astral é capaz de se mover a velocidades incríveis e de se adaptar às constantes mudanças de ambiente, de acordo com a dimensão em que os tarefeiros encarnados e desencarnados estagiam. Absorvendo energias do imenso reservatório natural, usa como combustíveis a própria matéria astral e as partículas de antimatéria do ambiente astralino, elementos que têm a vantagem de nunca se esgotar. Os cientistas da alta espiritualidade desenvolveram uma forma de transformar a matéria mais densa das regiões inferiores, utilizando usinas e transformadores tão potentes que sua eficácia supera em muito as usinas

---

[1] Os livros do espírito André Luiz foram escritos pelo médium Francisco Cândido Xavier e hoje estão reunidos na série intitulada *A vida no mundo espiritual* (ed. FEB). Entre eles, o primeiro volume, *Nosso Lar*, publicado originalmente em 1943, faz referência especial ao até então desconhecido *aeróbus*.

atômicas da Terra. Equiparam cada aeróbus com essas miniusinas, capazes de acelerar as partículas subatômicas da matéria astral e exercer empuxo para que o aeróbus atinja a velocidade desejada pelo espírito que o conduz.

— Quer dizer que a tecnologia usada para movimentar o veículo astral utiliza a própria matéria do plano extrafísico? Nesse caso, como enfrentar as dificuldades decorrentes da excessiva materialidade das regiões mais inferiores, como nas zonas subcrustais ou nas chamadas trevas?

A pergunta de Raul tinha procedência, pois, baseando-se no que tem sido divulgado, ninguém imagina que os espíritos tenham dificuldade de se locomover em regiões inferiores. Se porventura imaginam, pelo menos não externam suas dúvidas, de modo a possibilitar aos espíritos a ocasião de respondê-las. Jamar, vendo o interesse autêntico de Raul, não demorou a esclarecer:

— Existe outra fonte energética, que poderá ser utilizada de acordo com a densidade do meio ambiente, ou seja, ao serem visitadas regiões mais profundas, próximas ao centro da Terra, em cuja estrutura astral se observa aumento de radiação dos elementos altamente pressurizados ou dos minerais radioativos.

"O ectoplasma doado por médiuns conscientes da importância desse substrato é armazenado em cápsulas e levado aos laboratórios do invisível.

A seguir, é trabalhado num equipamento sideral semelhante a um acelerador de partículas, que os físicos terrenos denominam cíclotron, no qual os elementos ectoplásmicos são isolados e pressurizados, despertando forças ainda desconhecidas pelos encarnados. Essas cápsulas de energia obtidas pelo ectoplasma modificado servem também para a propulsão do aeróbus, além de alimentar outras máquinas e aparelhagens criadas pela tecnologia astral superior."

— Fico imaginando o alcance ou a abrangência do aeróbus...

— Este modelo específico de aeróbus, ou *nave de resgate*, como também é conhecido, atende também a outros objetivos — continuou Jamar. — Na realização de excursões a outros planos mais desenvolvidos do universo ou a outros mundos, emprega-se um modelo mais aprimorado desse veículo astral, já que para tal empreendimento é necessário, por parte do espírito, o dispêndio de *energia psiônica*, denominada ainda *força psi* ou *força mental*. Esses equipamentos voadores ou interdimensionais criados pelos espíritos superiores com certeza revolucionaram as possibilidades de atuação nos meios mais densos do astral inferior. Devido a eles, um contingente maior de entidades resgatadas pode ser transferido de dimensão ou elevar-se na atmosfera psíquica do umbral, já que não dominam as forças do pensamento organizado e disciplinado.

Sem conter a curiosidade, Raul voltou a indagar:

— Mas o modelo atual em que se locomovem os espíritos é o mesmo descrito por André Luiz ou houve progresso e aperfeiçoamento do veículo astral?

— Nos anos 1930, esses comboios ainda estavam em teste nas chamadas zonas purgatoriais ou umbralinas; contudo, hoje, no século XXI, o Plano Superior dispõe de grande número desses veículos, que foram aprimorados sobretudo devido às necessidades dos diversos grupos de espíritos em atuação nos recantos mais densos do mundo extrafísico.

Parece que Jamar, com a resposta condensada para atender à curiosidade de Raul, dava por encerrado o assunto, já que tínhamos muita coisa nos aguardando pela frente.

Viajamos num desses aeróbus para aportar na base dos cientistas. Sob o comando de João Cobú e Jamar, chegamos à região onde poderíamos observar melhor a atuação das inteligências sinistras. Antes de deixarmos o veículo que nos conduzia, Pai João resolveu dirigir-nos a palavra, conscientizando-nos a respeito da relevância e do alcance de nossa empreitada:

— Esta excursão, como todos sabem, é muito importante não somente para o futuro dos trabalhos de assistência espiritual, pois que seu resultado será transformado futuramente em livro, como também para as equipes socorristas, que operam do lado de cá. Uma vez que meus filhos encarnados tenham mais informações acerca do *modus operandi* das entidades do astral inferior, poderão formar parcerias efetivas com nossos mentores, atuando como instrumentos das forças sublimes da vida. Essa aliança estreita entre espíritos e encarnados mais conscientes será de imenso proveito para se conseguir opor resistência ou, então, enfrentar os graves processos obsessivos configurados como de alta complexidade. É urgente limitar a ação dos espíritos vingativos e obsessores.

"Levando-se em conta a monstruosa investida dessas entidades do astral inferior contra os habitantes da Crosta e também contra outros desencarnados, torna-se muito louvável um empreendimento destes, do qual participamos. Não precisamos ficar apreensivos ou temerosos, pois o Plano Superior dispõe de recursos mentais, técnicos e espirituais para fazer frente a qualquer tipo de ataque das trevas. Depende de nós conhecermos melhor o planejamento e as estratégias dos espíritos envolvidos nessa grande batalha espiritual em andamento nas regiões próximas à Crosta."

Deixando que pensássemos um pouco no sentido de suas palavras, logo após Pai João nos convidou a descer do veículo de transporte e resgate para penetrarmos no ambiente dos cientistas. Nossa equipe desceu do aeróbus, e logo pudemos observar por que o local fora escolhido pelos cientistas para o soerguimento de sua base. Andamos apenas alguns passos, e, ao olharmos para trás, onde estava o veículo de transporte, parecia que alguns quilômetros nos separavam do lugar. Era uma ilusão de percepções causada pela densidade das moléculas astrais, que se entrechocavam, provocando oscilações na atmosfera ambiente.

De repente, uma torre fora avistada, indicando ser o local de acesso ao interior do complexo. A construção em si causava uma impressão ameaçadora. Sua estrutura consistia em um material semelhante a rocha ou granito negro.

Nos arredores da edificação, o ambiente parecia intocado, pois o ser humano ainda não possuía condições técnicas para descer àquelas regiões abissais. Nada sugeria, inclusive, que outros espíritos, além dos cientistas, houvessem povoado esse lugar inóspito, resguardado pelas temperaturas baixíssimas e pela profundidade, inatingível a espíritos comuns. O certo é que, bem abaixo da superfície dos oceanos, encoberto pelas águas e rochas sedimentadas há séculos, encontrava-se imponente baluarte da técnica astral, na dimensão inferior que visitávamos.

Havia ali uma quantidade enorme de cavernas, que foram revestidas por algum tipo de substância modificada da matéria astral original. O revestimento das rochas parecia ter sido elaborado com a função de proteger ou barrar eventuais radiações emanadas das profundezas, talvez de algum mineral radioativo. Essas cavernas eram subdivididas em salões circulares e outros retangulares, nos quais encontramos armações sobrepostas e alinhadas lado a lado, como se fosse um depósito ou uma espécie de almoxarifado, onde eram guardados aparelhos importantes para o trabalho dos cientistas. Nesses galpões estavam armazenados os chamados *cascões astrais*, espécie de seres sem vida, provavelmente esperando o acréscimo de algum componente plasmático ou ectoplasmático, que os despertasse para suas atividades.

Pai João e Jamar pareciam decididos e não queriam perder tempo com observações da parte externa da construção.

Desta vez fui eu quem perguntou a nossos instrutores sobre os cascões astrais ou os ditos clones, embora os ali encontrados estivessem, aparentemente, sem nenhum movimento ou sinal de vida.

Jamar, especialista nessas questões, respondeu-me, com o consentimento de Pai João:

— Um dos temas mais controversos nas discussões atinentes ao astral inferior é o produto da criação mental voltada para a reprodução de seres humanos através de clones ou duplicatas astrais.

Na verdade, não passam de seres artificiais, feitos com ajuda inconsciente de encarnados, pois os pensamentos humanos forjam clichês, que, com o tempo, se transformam em imagens vivas de si mesmos. De posse dessas criações, os cientistas do astral desenvolveram uma biotecnologia capaz de empregá-las como objeto de intricados processos obsessivos. A ciência extrafísica, menos sujeita às barreiras típicas do mundo corpóreo, aprofunda suas pesquisas e alcança resultados, no mínimo, apreciáveis, dignos de estudo.

Minha curiosidade sobre o assunto parecia superar a do médium que nos acompanhava. Eu ficava fascinado a cada passo ou descoberta dentro do laboratório. Observando a boa vontade de Jamar em elucidar nossas dúvidas, senti-me, de certo modo, estimulado:

— Como encarar a realidade desses seres artificiais em relação à visão estreita e ao pouco conhecimento de muitos espíritas e espiritualistas? Como os médiuns enfrentam os argumentos de seus dirigentes ortodoxos quando deparam com seres artificiais, produtos da ciência astral?

— Quando se examina a ação de seres inteligentes voltados para uma conduta antiética e imoral, algumas reflexões são necessárias e urgentes — respondeu Jamar, com a solicitude de sempre. — Durante muito tempo, espiritualistas e espíritas viram-se diante da realidade patente da obsessão, porém considerando apenas os tipos clássicos: mono e poliobsessões, cujos agentes são, respectivamente, um único espírito e dois ou mais deles.[2] No entanto, ao enveredar nas investigações psíquicas, os encarnados mais estudiosos notaram que outra metodologia vinha sendo empregada pelas sombras. Surgiram as primeiras observações quanto às obsessões complexas, que exigiam nova abordagem, além da

---

[2] A distinção entre *mono* e *poliobsessão* é adequada, mas leva em conta somente o número de entidades envolvidas, e não o método perpetrado por elas. De modo análogo, a classificação tradicional (cf. KARDEC. *O livro dos médiuns... Op. cit.* p. 355-358, itens 238-240) — que separa o fenômeno em obsessão simples, fascinação e subjugação — observa a *gravidade* da patologia espiritual, sem guardar relação com a *metodologia* empregada no intento. Sendo assim, a nomenclatura que se propõe, *obsessão complexa*, tem o mérito de considerar o *método*. É, pois, uma classificação complementar, que vem se somar às demais, pois parte de uma perspectiva específica.

consagrada técnica de conversação fraterna ou doutrinação. Entre as diversas ferramentas verificadas para instaurar o quadro obsessivo, descobriu-se, então, embora a relutância em admitir o fato, a existência de seres artificiais gerados em laboratórios do submundo astral. Juntamente com aparelhos parasitas, implantes de *chips*, projeção de campos de força ou magnéticos e de ação contínua, tais elementos acabam provocando desarmonias nas células físicas dos encarnados, até mesmo causando processos cancerosos. Sobretudo, são métodos obsessivos que fogem à definição clássica.[3]

"Todas essas constatações nos levam a encarar a realidade espiritual ou astral considerando a atua-

---

[3] O Codificador fez questão de assinalar o caráter progressivo do espiritismo (cf. "Constituição do espiritismo". In: KARDEC. *Revista espírita*. Op. cit. p. 514-515, item 3, ano XI, dez. 1868. In: KARDEC. *Obras póstumas*. Tradução de Guillon Ribeiro. 1ª ed. esp. Rio de Janeiro: FEB, 2005. p. 420-422, item 2). Em uma de suas primeiras obras, publicada originalmente em 1861 (cf. KARDEC. *O livro dos médiuns...* Op. cit., p. 358, item 241), não fazia distinção entre possessão e subjugação. Contudo, alguns anos mais tarde, em 1868 (cf. KARDEC. *A gênese...* Op. cit. p. 390-391, cap. 14, itens 47-48), reconhece a gravidade maior daquela em relação a esta. Demonstra, com essas ações, a disposição em elaborar mais detalhadamente a doutrina, sempre que possível e de maneira continuada, o que decorre naturalmente da lúcida percepção de que nem tudo está terminantemente estabelecido.

ção de cientistas, engenheiros genéticos, médicos ou outros peritos dedicados às suas pesquisas, independentemente do efeito devastador que tenham sobre a comunidade humana. A abordagem do assunto está necessariamente associada a aspectos transcendentais e tem implicações de cunho moral, mesmo que alguns deles discordem desse fato. Contudo, o desenvolvimento dos chamados clones ou seres artificiais, por parte de cientistas que utilizam técnica astral inferior, não se viu reprimido pelas elucubrações morais, nem tampouco pelos princípios espirituais. A ideia de criar uma cópia do ser humano com vistas a manipular as pessoas encarnadas foi algo que se afigurou fascinante perante os olhos das entidades envolvidas. Poderiam ser utilizados amplamente e com imensa flexibilidade para atingir diversos objetivos, muitas vezes inconfessáveis. Com efeito, para a concretização de seus projetos no astral inferior, era necessária grande quantidade de seres artificiais, que deveriam estar disponíveis para os testes em cobaias humanas, por meio dos quais os cientistas levariam a cabo sua escalada de domínio das consciências."

— Os chamados cientistas agem assim por vontade própria ou, por sua vez, são induzidos a essa atitude profundamente desrespeitosa?

— Sob certa perspectiva, Ângelo, essas inteligências, os cientistas, permanecem até os dias de hoje sendo manipuladas por outras entidades mais perversas ainda, portadoras de conhecimentos mais amplos. Apesar de que, na hipótese de confrontá-los, possivelmente negarão com veemência essa realidade, pois a ignoravam no passado, e muitos ainda a desconhecem.

"Outros cientistas desencarnados, mais atentos, sabem que os magos negros têm certa ascendência sobre eles e que, de algum modo, dependem dos senhores da escuridão para a obtenção de muitos elementos da vida oculta, necessários aos seus experimentos. Obviamente, os cientistas jamais se safaram inteiramente dessa tutela indireta exercida por outro poder. Talvez seja essa a razão por que resolveram manter relações diplomáticas com os magos, possivelmente aguardando o momento de se libertarem e agirem sem o controle desses seres perigosos, que engendram sua própria política de domínio. Para tanto, em ocasiões diversas, os magos recorriam aos cientistas, que, por sua vez, viam-se obrigados a ceder experimentos em troca da obtenção de recursos da vida astral. Como suspeitam de que os magos têm ligação com outra formação de poder, superior em hierarquia, por pura motivação política resolveram trabalhar em parceria. Caso algum dia a legião dos senhores da escuridão seja reconhecida em todo o território astral como figura determinante do poder, os cientistas já estariam preparados, mas não inteiramente submissos."

Dando uma pausa breve nos comentários, Jamar logo prosseguiu, em tom mais grave e ritmo mais lento:

— Há décadas que, em determinadas reuniões mediúnicas, alguns dos integrantes suspeitaram ou detectaram a presença de seres diferentes, sem emoções, completamente destituídos de sentimentos. Contudo, não podiam expressar suas percepções sem que fossem confundidas com imaginação fértil e fantasiosa, ou sem tê-las enquadradas como efeito de puro animismo. Transcorrido o tempo, esses seres artificiais foram sendo percebidos com maior frequência, e, na atualidade, não se pode desprezar tais criaturas, fruto da tecnologia astral colocada a serviço da obsessão.

"Essa conclusão suscita algumas questões palpitantes, que merecem ser debatidas e estudadas por todos. Em que casos são mais utilizados os clones? Como é seu mecanismo de ação e com quais finalidades entram em cena? Uma tecnologia tão avançada não é facilmente viabilizada, nem mesmo na dimensão extrafísica. Se ainda assim topamos com esses seres artificiais, o que representam de tão importante, dentro do estratagema maquiavélico traçado por cientistas, magos ou outras entidades do astral inferior?"

Os questionamentos levantados por Jamar eram interessantes, e, naturalmente, aquela equipe de especialistas que nos acompanhava tinha o objetivo de descobrir algo mais acerca do assunto. Eu desempenhava meu papel de jornalista do Além, anotando tudo e indagando ainda mais:

— Muitos poderão perguntar o que define um desencarnado como cientista, em vez de mago. O que você teria a nos dizer a respeito?

— O critério para essa classificação tem relação sobretudo com o sistema de trabalho. Identificamos como participantes da legião de cientistas do astral inferior todos os seres que realizam seus questionamentos segundo o método científico. Levantam hipóteses, pesquisam, inventam, teorizam e implementam ações de forma metódica e disciplinada, em conformidade com balizas acadêmicas similares às dos humanos. Na maior parte das vezes, empregam técnica sofisticada, visando a objetivo predefinido. Suas iniciativas normalmente obedecem a um rigor científico, a uma organização e a um planejamento minuciosos. Essa falange, especializada em diversas áreas do conhecimento humano, valoriza o intelecto em detrimento dos sentimentos e, por isso, constitui uma ordem de espíritos com a qual é perigoso lidar.

Após os esclarecimentos de Jamar, resolvi dar como encerrada, por ora, a sessão de perguntas, pois tínhamos um tempo reduzido pela frente. A tarefa que deveríamos realizar, isto é, a missão de reconhecimento e investigação dos guardiões, tudo precisava ser feito rapidamente.

Ao ingressarmos nas instalações, vimo-nos em recinto de proporções gigantes, com diversos espíritos vestidos em trajes verde-oliva. Pareciam jalecos usados por equipes de pesquisa e de laboratórios na Terra. O que saltou aos nossos olhos foi a absoluta limpeza do lugar e os inúmeros aparelhos encontrados, como se estivéssemos em local totalmente automatizado. Os espíritos não distinguiram nossa presença, embora tivéssemos adensado nossos corpos espirituais. De todo modo, Jamar deu ordens aos especialistas da noite para se colocarem de prontidão em pontos estratégicos; caso fosse necessária ação disciplinar ou de defesa, estaríamos preparados. Outra equipe de guardiões, peritos em ciência e tecnologia, ficou incumbida de estudar as técnicas e os esquemas empregados pelos cientistas.

Jamar trouxe conosco o cientista capturado anteriormente pelos guardiões na cidadela dos magos, que resolvera colaborar de bom grado, muito embora Raul e eu desconfiássemos de que ele guardava algum segredo. Independentemente de suas questões íntimas, sem dúvida ele seria de grande valia em nossa excursão de reconhecimento. Após longa conversa com Pai João e o guardião da noite, o cientista deu a conhecer seu nome. Gostava de ser chamado de Eliah, nome aparentemente de origem judaica.

Eliah foi à frente com Jamar, pois tinha familiaridade com instalações como aquela; assim, o mapeamento da situação ali reinante poderia ser executado mais facilmente pelos guardiões e por nós. À medida que adentrávamos o complexo, cruzamos com mais e mais espíritos, entretidos em seus afazeres, sem nos perceberem a presença. Movimentávamo-nos com relativa segurança, embora não pudéssemos prescindir da atuação dos guardiões especialistas.

Encontramos uma seção cheia de equipamentos técnicos, que denotavam fazer parte de um laboratório de engenharia genética de grande porte. Foi ali que resolvemos começar investigações mais detalhadas. O imenso laboratório estava repleto de cientistas diversos: médicos, bioquímicos, geneticistas e outros dedicados ao estudo de fatores referentes à constituição do ser humano. No centro do salão, enorme máquina ligava-se a instrumentos delicados e visivelmente sofisticados; mais adiante, vários espíritos ainda encarnados repousavam sobre macas, atuando como médiuns no processo de extração ou roubo de energia vital, que era canalizada para o funcionamento do maquinário. Era inequívoco: estávamos diante da produção de um ser artificial, um clone. Os cientistas pareciam eufóricos com o produto de sua tecnologia astral.

Eliah, tomando a palavra, alertou-nos:

— Não pensem que estes viventes sejam vítimas de um experimento, como os que encontramos na ocasião anterior. No presente caso, os cientistas contam com pessoas que tenham com eles identidade de interesse no campo das pesquisas. Portanto, estes são voluntários em desdobramento.

— Podemos depreender de suas palavras que estas pessoas são também cientistas encarnados, correto? — interpelei Eliah.

— Exatamente! — respondeu, confirmando nossas suspeitas. — São médicos e pesquisadores, como biólogos, farmacêuticos e outros mais, que, durante a vigília física, detêm sua mente exclusivamente nas questões científicas e intelectuais, sem qualquer vínculo com o componente espiritual. Há também os que, ao invés disso, professam doutrinas espiritualistas ou comungam de algum conhecimento na área, mas deixam-se absorver de tal maneira pelos interesses científicos e as pretensões do ego que perdem a sintonia com os objetivos traçados antes de reencarnar. Muitos até permanecem envolvidos com as ideias espiritualistas ou espíritas, mas já se colocaram em posição mental e emocional tão delicada que apresentam as bases de seu pensamento contaminadas com conceitos distintos daqueles que caracterizariam seu trabalho como cristãos.

Neste ponto, Pai João de Aruanda continuou o esclarecimento:

— Ao dormirem, desdobrados, estabelecem elos estreitos com entidades que administram laboratórios semelhantes, atuando como seu elemento de ligação com o mundo físico. Acreditam que, se mantiverem o interesse apenas nas questões científicas, poderão alçar voo rumo ao infinito; no entanto, mesclaram o conhecimento adquirido até então com ideias, tendências e conceitos inspirados pelos desencarnados que os utilizam como intermediários e cobaias.

— Isso mesmo — retomou Eliah. — Foram contaminados com ideias insufladas pelos cientistas desencarnados. Em certa medida, não fornecem tão somente o ectoplasma aos seres desta instituição astral; emprestam também a atividade criativa do pensamento e o próprio corpo mental para a gestação de novas ideias. Ocorre como se cedessem poderoso computador orgânico, neste caso seus cérebros e suas mentes, para que tais agentes pudessem desenvolver suas teorias. — Uma parceria dessas só é possível se o indivíduo tiver sintonia com as ideias do desencarnado — acrescentou o pai-velho. — O sistema é tão discreto e funciona tão sorrateiramente que o sujeito, mesmo desdobrado, não se dá conta de que entrou numa vertente de pensamento perigosa para seu futuro, comprometendo seu projeto espiritual de vida, em longo prazo. Tamanha é a sutileza que o encarnado, o cientista enredado nesse ardil, prossegue simpático às questões espirituais que antes o encantavam; entretanto, ao estar afastado do corpo físico, outras ideias vão tomando lugar, passo a passo. Novos enfoques e pontos de vista vão ganhando espaço em sua mente, ao ponto de vir a acreditar que tudo é fruto das próprias elucubrações. Na verdade, são conceitos incutidos pelos cientistas do lado de cá, que sucessivamente vão substituindo interesses antigos por outros, e a pessoa, aos poucos, perde a conexão com os elementos espirituais, embora continue a pensar que está ligada a fontes superiores.

— É uma forma de obsessão complexa — foi a vez de Jamar interceder. — Para ter êxito, os cientistas extrafísicos realizam um procedimento quase cirúrgico no corpo mental do indivíduo, nele implantando corpúsculos mentais estranhos ao hospedeiro. Tão logo inserido nas correntes de pensamento do encarnado, o corpúsculo comporta-se como vírus mental ou vibrião psíquico. Gradativamente, contamina o corpo mental por inteiro, até que a pessoa esteja completamente desconectada da realidade espiritual.

— É uma artimanha diabólica — disse Pai João.

— No estágio descrito por Jamar, a pessoa transforma-se em parceira das inteligências sombrias, e com elas contribui com relativa facilidade, julgando estar em sintonia com as correntes superiores de pensamento.

Após breve pausa, o pai-velho suspirou e emitiu emitiu sua conclusão:

— Eu diria que é um aperfeiçoamento do célebre processo chamado fascinação.

Diante do esclarecimento acerca do processo obsessivo levado a efeito naqueles seres que estavam ali desdobrados, resolvi arriscar:

— E seus mentores, os responsáveis pelo projeto reencarnatório dessas pessoas, não poderão intervir?

— É claro que interferem, Ângelo — assentiu o especialista da noite. — Porém, como ocorre em qualquer caso, não obrigam seus tutelados a nada; atêm-se a apresentar seus conselhos e instruções, ainda que reiteradas vezes. Não podemos deixar um aspecto de lado, entretanto. Aqueles que se ligam mais intensamente às questões científicas em geral tendem a ser pessoas cujo intelecto tem predominância sobre o coração, a sensibilidade. Faltam-lhes, frequentemente, o bom senso, a simplicidade, a sabedoria e o Evangelho...

— Sei de muita gente boa na Crosta que se sintoniza com as questões científicas e conhece bastante o Evangelho.

— Isso é verdade, meu amigo — ponderou Jamar. — Mas são casos raros no universo daqueles que se dizem cientistas ou militam nas disciplinas científicas. Em sua grande maioria, decoram palavras bonitas e se expressam com eloquência admirável ao discorrer sobre as questões do Evangelho; contudo, esse fato não os faz comprometidos com a causa do Cristo. São computadores humanos, que trazem na memória registros de palavras e passagens inteiras das Escrituras ou de livros espíritas e espiritualistas, mas...

— Entendi! — respondi, cabisbaixo, avaliando a proporção assustadora dos processos de obsessão complexa e o quanto transcorre sem alardes a atuação de entidades especializadas.

Os cientistas desencarnados, em toda a sua euforia, não nos percebiam as atividades. Pareciam hipnotizados com o que faziam e com o resultado de mais um de seus experimentos.

Nossa equipe continuou observando o que ocorreu a seguir. Vimos materializar lentamente, diante dos olhares atentos das entidades, uma forma humana mais ou menos nebulosa. Era algo fantasmagórico, mas que ainda assim fascinava, pela maneira como se aglutinavam os elementos ectoplásmicos em torno do molde previamente imantado — uma das pessoas desdobradas e adormecidas no laboratório. A imagem foi gradativamente se estabilizando diante de todos. Nós mesmos nos pegamos admirando a criação do ser artificial naquele laboratório de pesquisas extrafísicas do astral inferior. Raul, porém, estava dominado por grande emoção e reagia diferentemente de nós diante do espantoso experimento. Ele estava estarrecido, pois reconhecera entre os indivíduos desdobrados alguém com quem se dava diariamente em sua vida de encarnado. Pai João abraçou Raul, aconchegando-o em seus braços, como um pai bondoso:

— Não fique assim, meu filho — consolou Pai João. — Agora você sabe por que o trouxemos aqui e permitimos seu ingresso neste ambiente extrafísico. Inteirado de toda a extensão da problemática que acomete nosso companheiro, que se tornou parceiro dessas entidades, você poderá auxiliar com mais eficácia no caso. Calemos nossas emoções, meu filho, e aguardemos o momento propício para o despertamento de nosso irmão.

Ao reconhecer quem estava adormecido ali no ambiente dos cientistas, Raul ficara muitíssimo abalado. Foi necessário um apoio maior do preto-velho Pai João, que não o abandonou mais a partir dali. Entretanto, mesmo conhecendo o processo e a gravidade do que ocorria, não poderíamos interferir direta e imediatamente, como gostaríamos. Afinal, a pessoa em questão estava ali desdobrada e entregue à atividade por vontade própria.

A duplicata astral que se estruturou diante de nossos olhos foi levada a outra parte do imenso laboratório. No outro ambiente, encontramos uma espécie de domo ou redoma, dentro da qual estavam imersas formas espirituais estranhas, mergulhadas em um líquido viscoso e ligadas a fios tenuíssimos.

— São ovoides capturados e mantidos em cativeiro pelos cientistas — sentenciou Eliah, o antigo cientista resgatado pelos guardiões. Agora ele nos auxiliava com informações importantes.

— Reparemos bem no que acontece — falou-nos Jamar.

O ser artificial elaborado a partir do ectoplasma dos encarnados em desdobramento foi conduzido a um pedestal no centro do domo. Notamos

398

uma abertura em seu interior, onde havia nichos em forma de favos, dentro dos quais os ovoides estavam alojados. Um dos cientistas, sempre secundado por outros da equipe, carregou pacientemente uma daquelas criaturas para perto do clone, com uma dedicação quase religiosa. Devagar e com todo o cuidado, acondicionou o ovoide no interior da cabeça artificial do ser construído com ectoplasma. Observávamos tudo atentamente, pois Pai João nos aconselhou a colher o máximo de elementos para posterior análise nas dimensões superiores.

Ao fim da operação, o ovoide foi imediatamente tragado, de tal sorte que o ser artificial logo começou a movimentar lentamente os membros. Por último, os olhos se abriram, para a alegria incontida dos cientistas desencarnados. Estava pronta mais uma duplicata artificial mista, ou seja: um híbrido entre a tecnologia astral dos planos inferiores e os seres que tinham perdido sua forma perispiritual, os ovoides, por meio dos quais os cientistas manipulavam aquela criatura. Depois de um primeiro momento de euforia, os cientistas pararam, admirados com sua criação, demonstrando talvez certa reverência. Quem sabe o momento lhes soasse sagrado, suscitando alguma sensação mais grave ou de perplexidade ante o resultado atingido?

Após assistirmos a tudo o que ocorreu no interior da redoma, Pai João pediu a Jamar que verificasse mais detidamente o que se processava dentro dos favos, em cujo interior repousavam os demais ovoides. Após cuidadosa observação, Jamar relatou:

— Nada, João Cobú! Absolutamente nada, além dos ovoides. Estão ligados através de fios finíssimos e mergulhados naquele líquido viscoso que vimos antes, mas isso é tudo.

Os cientistas se dispersaram, levando consigo a criação recente. Enquanto isso, aproximamo-nos dos favos, os recipientes onde se depositavam os seres ovoides. Novamente foi Eliah quem nos surpreendeu com mais explicações:

— Os ovoides são capturados com o auxílio de magos negros e conduzidos a inúmeros laboratórios como este aqui. Só não sei dizer se acaso se prestam ao mesmo tipo de experimento ou a qualquer outro. Fato é que diariamente vários magos comparecem aqui e ficam horas e horas, sentados diante de cada um dos nichos onde esses seres se alojam. Somente depois de muito tempo é que vão embora, sem falar nada.

— Com certeza realizam um procedimento hipnótico nas mentes ovoides — afirmou Pai João.

— No estado em que se encontram, esses seres infelizes não têm mais condições de resistir sem auxílio externo. Vejamos o que se pode fazer.

Apontando para Jamar e os demais integrantes de seu time, Pai João deu um sinal. Parecia que os especialistas já esperavam por isso. O pai-velho que nos guiava lhes havia dito que tivessem cuidado com todos os ocupantes dos nichos ou favos. Dentro de instantes, quatro dúzias de guardiões da noite, estudantes da ciência espiritual do Plano Superior, estavam dispostos com equipamentos em torno de cada um dos ovoides ali instalados.

Um estudante de psicologia da equipe de Jamar, portanto um guardião especialista da noite, efetuava testes num dos ovoides, quando Pai João perguntou:

— E então? O que você acha?

— Estão mentalmente modificados. Definitivamente, não é um procedimento convencional; não estão apenas hipnotizados, mas alterados psicologicamente. Emanam uma aura única, difícil de descrever. Também notamos a mesma característica nas almas em desdobramento; há algo indefinível em seu padrão mental.

— Apressemo-nos a libertar os ovoides. Assim, deteremos o processo de criação das duplicatas astrais por algum tempo, até que o Alto defina novos procedimentos.

De repente, Raul deu um grito, assustado. O ato imediatamente nos chamou a atenção.

401

— Que foi isso? — perguntei.

Vi que o médium começou a se contorcer de um momento para outro. Pai João o amparou novamente.

— Senti que minha cabeça ia explodir, como se alguém quisesse penetrar em meus pensamentos contra minha vontade. Mas já passou — Raul disse, aliviado.

Pai João foi quem esclareceu:

— Obviamente, Raul, como médium, embora desdobrado, percebe os fragmentos de pensamento dos ovoides, e algum desses seres talvez esteja em estágio menos avançado de modificação mental.

— Mas suas mentes não estão inoperantes nesse estado?

— Inoperantes, não, Ângelo — respondeu um dos guardiões de hierarquia superior, que nos acompanhava até então calado. — Estão apenas em estado de hibernação mental, se assim podemos nos exprimir, mas suas mentes estão operosas, embora de um modo ainda incompreensível para muita gente. Pensamentos não deixam de ser gerados na situação a que estão submetidos. Inexoravelmente, são portadores da faculdade de pensar, mesmo fortemente alterados e influenciados hipnossugestivamente.

O guardião, membro do chamado comando

superior, portava aparelhagem similar a um ence-falógrafo, que media os padrões mentais dos ovoides. Após o incidente com Raul, que trouxe à tona o fato de estarmos lidando com seres pensantes, os ovoides foram liberados de sua prisão em formato de favo e encaminhados pelos especialistas da noite a local seguro. Competiria aos espíritos superiores, que nos abonavam aquela excursão, determinar o que faríamos com as almas recolhidas.

Foi aquele mesmo guardião das explicações recentes que nos guiou por outras seções da base de exploração científica extrafísica. Ficamos alarmados com as barbaridades que ali eram perpetradas sob o nome de ciência. Num salão especialmente protegido por um potente campo de força, havia espíritos realizando experiências que, à primeira impressão, pareciam ser produto de puro sadismo. Injetavam bactérias e vírus, já existentes ou elaborados no plano astral inferior, em corpos espirituais de pessoas desdobradas. No mesmo local, presenciamos a extirpação de partes inteiras do cérebro perispiritual, num processo cirúrgico minucioso. Em ambiente próximo, vimos o desenvolvimento de venenos, a partir de substâncias extrafísicas, que mais tarde seriam conduzidos a indústrias farmacêuticas do mundo físico, onde seriam derramados ou "materializados" em diversos medicamentos. Todos os cientistas envolvidos acreditavam firmemente estar colaborando para o avanço das pesquisas no campo científico dos desencarnados. Ante nosso espanto, o guardião do comando superior comentou:

— Há muito tempo investigamos diversos laboratórios do plano astral. Por vezes, é difícil empreender uma ação direta para desarticular essas bases, pois temos de investir contra poderosos campos de força. Além do mais, nossa operação tem de ser muito bem planejada, a fim de preservar os indivíduos desdobrados, que são as cobaias dos experimentos sombrios. Energias muito intensas e radiações de elementos ainda desconhecidos pelos humanos poderão afetar as linhas de força dos perispíritos aqui retidos.

Era uma infraestrutura gigantesca. Somente naquele local, observamos cerca de 1,5 mil espíritos aprisionados, todos em sono profundo, como que hipnotizados por algum processo desconhecido. Estavam extáticos e, provavelmente, alimentavam com magnetismo animal o maquinário dos cientistas, senhores absolutos daquele sistema diabólico.

Rondando pelo enorme complexo do laboratório, junto com Pai João e a equipe dos guardiões, presenciamos experimentos com as contrapartes etéricas dos microorganismos causadores da febre

404

amarela, da cólera e de outras patologias temidas entre os encarnados. Cultivavam vírus, bactérias e bacilos diversos. Segundo ouvimos de um biólogo da falange dos cientistas, deveriam levar o resultado de suas experiências às multidões, para despertar uma espécie de pandemia nas populações terrenas. O objetivo? Eles mesmos não sabiam ao certo, pois foram contratados pelos senhores da escuridão para o desenvolvimento de doenças letais ou para aumentar o efeito daquelas já existentes.

Outro departamento que nos chamou especialmente a atenção foi aquele onde se reuniam cientistas para executar experiências com o sistema nervoso dos encarnados. Nesse lugar, estavam dispostos mais de 800 espíritos desdobrados, em estágio bastante acentuado de desequilíbrio. O transplante de partes ou órgãos do perispírito parecia ser algo corrente nessas pesquisas. Os peritos das sombras faziam incisões cirúrgicas diretamente nas linhas de força dos corpos espirituais, num processo complicadíssimo. Com isso, os centros de força eram adulterados de tal maneira que, no local onde antes funcionavam regularmente, parecia haver um torvelinho de energias exsudando substâncias escuras. Muitos espíritos desdobrados contorciam-se sob a ação das entidades das trevas.

Um viveiro de larvas, bactérias e outras criações artificialmente mantidas em laboratório fazia parte do aparato "científico" daquelas entidades. Eu não imaginava a extensão de sua atividade. Sem que suspeitassem, os cientistas desenvolveram uma relação simbiótica com os magos negros, a serviço da indústria extrafísica da obsessão. A realidade que contemplávamos era assombrosa, assustadora, mas verídica e profundamente tangível. Tendo divisado todo esse aparato tecnológico, não poderíamos ficar apenas olhando, sem nada fazer. Entretanto, de que modo enfrentar processos obsessivos complexos como os que estavam ali em andamento?

Eu imaginava uma providência direta para desarticular a base de operações dos cientistas, quando Pai João interferiu:

— É desaconselhável que a investida contra tamanha estrutura seja fruto de emoções, Ângelo. Sei que você e Raul estão em certa medida atormentados com o que viram, mas é preciso ter cautela. O melhor método para promover a desarticulação ou a derrocada do processo obsessivo complexo é, sem dúvida, o esclarecimento de nossos irmãos no plano físico. Portanto, filho — as palavras de Pai João transbordavam de carinho —, anote suas impressões, recolha informações e as transforme em livros, para que os encarnados, médiuns e dirigentes, espíritas ou umbandistas, tenham notícias mais precisas acerca do que ocorre nos planos inferiores do astral. Quanto a um ataque mais direto às bases das sombras, os guardiões especialistas nessas questões já estão angariando recursos para isso. Hoje, o que mais falta são médiuns conscientes de suas responsabilidades, que não se intimidem diante das ofensivas das trevas e com o mínimo de conhecimento sobre obsessões complexas. Se investirmos no esclarecimento e na capacitação, sem fanatismo nem extremismo, certamente poderemos contar com um contingente maior de parceiros. Isso é mais importante, no momento, do que uma ação impensada ou movida apenas por emoções em ebulição.

Os indivíduos que se somaram à equipe de Jamar eram especializados em diversos ramos do conhecimento científico imortal e eram identificados como guardiões do comando superior. Seu líder chamava-se Anton. Foi ele quem nos deu explicações mais detalhadas quanto ao comportamento de espíritos como aqueles que estagiavam no amplo laboratório localizado nas regiões abissais:

— Os cientistas desencarnados — principiou Anton, líder daquele destacamento do comando superior — são espíritos que se sintonizam com a técnica astral, embora a utilizem sem comprometimento ético ou moral. Estes aqui reunidos acabam

407

de encerrar uma série de experimentos com os corpos espirituais de encarnados. Tentaram implantar elementos naturais do mundo astral nas células de cérebros perispirituais, cujos donos se encontram desdobrados. Para tanto, modificaram a frequência de vibração do psicossoma de cada uma das pessoas que são alvo de seu estímulo magnético.

— Será que estão tentando romper a conexão dos cérebros perispirituais com os cérebros orgânicos, provocando estados adulterados de consciência?

— Creio que pretendem mesmo é produzir loucura, sob variados aspectos — continuou o guardião. — Considero essa operação algo monstruoso, não apenas devido aos graves danos que podem causar ao material orgânico do cérebro dessas pessoas, mas, sobretudo, por motivos éticos. A transferência de elementos microscópicos e altamente tóxicos do astral inferior para os cérebros perispirituais de encarnados prejudica o funcionamento dos neurônios físicos. É um projeto que não deixa margem para apelação: constitui violação absoluta da ética cósmica, e jamais poderemos permitir que continuem agindo assim. Submetidos a esses experimentos dos cientistas, os cérebros perispirituais recebem algo equivalente a um enxerto de criações ou de seres vivos da dimensão astral, além de elementos radioativos, que influirão drasticamente no comportamento das pessoas atingidas.

— Isso poderá afetar a razão e as emoções das pessoas... — murmurei, um tanto assustado com o alcance do procedimento nefasto dos cientistas.

— O problema não para por aí. O desenvolvimento de clones ou duplicatas astrais baseado no roubo e no fornecimento de ectoplasma poderá levar a consequências ainda mais aterradoras do que vislumbramos até aqui. A consumação dos planos sombrios é mais ousada, segundo apurou nossa equipe. Os cientistas pretendem substituir o duplo etérico das pessoas em estado avançado de obsessão por essas criações artificiais.

— Mas isso é possível? — indaguei, boquiaberto.

— Somente o tempo dirá, Ângelo. De todo modo, não pretendemos esperar que os cientistas consigam algo ao menos parecido. A ciência astral, atualmente, está muitos anos à frente da ciência dos encarnados, e o saber desses espíritos, muitíssimo além daquele compartilhado por espíritas e estudiosos. Há inúmeros feitos e eventos que os pesquisadores espíritas declaram não existir; porém, isso se deve ao fato de subestimarem a profundidade e a extensão do conhecimento e das experiências levadas a efeito do lado de cá. Em geral, aquilo que soa impossível numa geração, é perfeitamente possível nas décadas seguintes; e isso entre os próprios encarnados. Imagine, então, como a ciência astral se desenvolve fora dos limites estreitos da matéria e das observações humanas!

O guardião deu mostras de que percebia minha dificuldade em compreender certas implicações relativas ao empreendimento dos cientistas do astral inferior. Creio que, por isso mesmo, ele retomou as explicações apenas após alguns minutos de silêncio:

— Resumindo, os cientistas do plano inferior estão dispostos a tudo, inclusive a sacrificar vidas humanas em seus experimentos sinistros, a fim de obter resultados inconfessáveis. Para eles, a vida dessas pessoas, cujos perispíritos foram aprisionados, tanto quanto a dos ovoides, que capturaram e mantêm numa espécie de viveiro, não vale nada. São apenas cobaias de seus laboratórios.

— Isso lembra algumas práticas "científicas" nazistas, realizadas com seres humanos...

— Muitos desses cientistas do antigo regime ditatorial atuam nessas instituições do lado sombrio e, a partir de seus laboratórios, engendram e comandam experiências sinistras, com vistas ao domínio do mundo.

— Sendo assim, a existência dessas bases representa um atentado à vida e à liberdade humanas, não é?

— Exatamente, Raul — tornou o guardião. — Por isso mesmo recebemos do Alto a incumbência de observar e reportar informações, visando à desarticulação de grande parte do sistema laboratorial dessas entidades. A fala do guardião produziu efeito muito intenso sobre mim. Suas palavras calaram fundo em minha alma. Mais resoluto do que nunca, resolvi atender ao apelo de João Cobú e dar minha contribuição pessoal ao aniquilamento daquele quadro atemorizante, transformando o que vira em notícia para ambos os lados da vida. Havia não só espíritas, mas também espíritos bem intencionados, que nem ao menos sonhavam com a existência de processos obsessivos tão complexos como aqueles que presenciamos em andamento. Quem sabe eu teria como transmitir essas informações de tal maneira que muitos desencarnados igualmente pudessem entrar em contato com essa realidade?

Enquanto me ocupava com essas questões e os guardiões sob a tutela de Pai João começavam a entrar em ação, Raul foi reconduzido ao corpo físico para o acoplamento. Amanhecia além da fronteira vibratória dos dois planos da vida, e o médium precisava dar prosseguimento às tarefas sociais, próprias da vida de encarnado. Do nosso lado, os trabalhos continuavam intensos.

8

Os guardiões

Pois eu também sou homem sujeito a autoridade,
e com soldados sob o meu comando. Digo a um:
Vá, e ele vai; e a outro: Venha, e ele vem.
Digo a meu servo: Faça isto, e ele faz.

LUCAS 7:8

A ti, ó filho do homem, te constituí
por atalaia sobre a casa de Israel.

EZEQUIEL 33:7

ENQUANTO a equipe de especialistas de Jamar e os agentes do comando supremo dos guardiões permaneciam a postos junto àquele laboratório, Pai João, o próprio Jamar e eu dirigimo-nos a outro ambiente extrafísico, onde seria promovido um encontro focado na educação e na formação espiritual para o trabalho dos guardiões. João Cobú e Jamar conheciam em profundidade o esquema da vida astral e me convidaram a acompanhá-los à assembleia de espíritos que se especializaram nas tarefas de guarda e defesa, tanto de seres humanos em particular, quanto de instituições beneméritas ou representativas para o progresso da humanidade.

A atmosfera espiritual era de descontração. O local era uma base no próprio plano astral, onde se reuniam espíritos recém-vindos da experiência carnal, admitidos como estudantes nas academias dos guardiões na dimensão próxima à Crosta.

Acomodamo-nos em torno de João Cobú e

Jamar, os facilitadores do encontro. Poderíamos perguntar à vontade a respeito da atividade de guardião. Durante nossas incursões pelos planos inferiores, no chamado umbral e mesmo nas zonas subcrustais, presenciei inúmeras operações realizadas por equipes de guardiões especialmente gabaritadas. Conheci desde os chamados exus até os especialistas da noite, que eram altamente qualificados no contato com os magos negros, e também, mais recentemente, os representantes do comando supremo, que coordenava a atuação dos guardiões em todo o planeta. Tudo havia me cativado de tal maneira que muitas questões foram surgindo, à medida que entrava em contato com essa legião de seres a serviço da ordem e da disciplina no panorama astral. Como minha curiosidade era visivelmente destacada, em comparação com a dos demais espíritos presentes, resolvi perguntar, iniciando a conversa:

— Durante expedições que realizei aos redutos das trevas, notei que diversas equipes de guardiões contribuíram para o bom andamento das atividades. Deparamo-nos com os caveiras, a força-tarefa feminina, os especialistas da noite e outros mais. Podemos chegar à conclusão de que qualquer guardião é sinônimo de exu? E todo exu é guardião das forças do bem?

— Na umbanda e nos cultos de origem afro, a palavra *exu* é empregada para se referir aos guardiões — elucidou Jamar. — Porém, como *exu* é um termo comum à terminologia africana e afro-brasileira, em geral apenas nos cultos citados é que se utilizam esse e outros nomes, que, aos olhos de muita gente, são estranhos ou destituídos de significado. Contudo, não podemos ignorar que os guardiões representam, em todos os planos onde atuam, uma forma de equilibrar as energias do universo, da mesma forma que os exus. Sem os guardiões, muitas tarefas, senão todas, seriam inconcebíveis, tanto no plano físico como no astral.

"No entanto, não se deve fazer confusão, presumindo que todos os guardiões desempenham tarefas de igual teor. Também no plano astral, é necessário conceber a ideia da especialização. Assim sendo, nossos irmãos umbandistas poderão chamar todos os guardiões de exus, indiscriminadamente, mas não entendemos que, a rigor, todo exu seja um legítimo guardião, pois há aqueles considerados *exus inferiores*, como os sombras, da milícia negra dos magos. De acordo com essa ótica, os chamados *exus superiores*, conhecidos pela umbanda, podem ser denominados guardiões; os exus inferiores, ao contrário, podem ser denominados apenas de espíritos descompromissados com o bem."

— Seriam esses exus inferiores os próprios quiumbas disfarçados? — perguntou um espírito iniciante nos estudos.

— Não exatamente! — respondeu Jamar. — Observamos requintes técnicos nas ações de muitos exus inferiores, fato que os distingue dos quiumbas propriamente ditos. Veja, no exemplo que dei ao Ângelo, o caso dos sombras. Constituem uma força astral nada desprezível e organizam-se à semelhança de um exército, com seus diversos departamentos e hierarquia. Portanto, não podemos reduzi-los a quiumbas, que são entidades simplesmente desordeiras, sem nenhuma especialização em seus atos. Entre estes, não há hierarquia nem definição clara de papéis, muito embora comumente estejam sendo usados pelos magos e outras entidades.

Nesse ponto da conversa Pai João deu sua contribuição, ampliando as informações a respeito da importância dos guardiões:

— Há necessidade de estabelecer ordem e disciplina em todos os domínios do universo. Dessa forma, a falange dos guardiões desempenha uma função de zelar pela harmonia, a fim de evitar o caos. A presença de representantes da ordem a atuar como força disciplinar nas regiões inferiores é imprescindível, se levado em conta o estado atual da evolução no planeta Terra. Poderíamos imaginar como seriam nossas atividades espirituais sem a dedicação e o trabalho dos guardiões? Imaginemos cidades ou países sem policiamento, sem disciplina, sem ordem alguma...

"Na umbanda — continuou Pai João, esclarecendo-nos —, Exu é uma força de caráter masculino, é ativo, *yang*. Nos cultos de origem afro, é tido como agente mágico da natureza, correspondente às forças de equilíbrio. Como figura mitológica ou simbólica, Exu está intercalado nas encruzilhadas vibratórias, nos entroncamentos energéticos. Sob essa perspectiva, podemos entender que os guardiões, mesmo os de hierarquia superior, representam a ordem, o ponto de equilíbrio, onde cessa o conflito entre o bem e o mal, entre a luz e a sombra. Isto é, são os exus. Agem de acordo com a justiça, sem se pautar pelas noções de bem e mal desenvolvidas pelos encarnados. Orientam-se conforme a ética mais ampla e os conceitos cósmicos."

Já que nossos instrutores tocaram no assunto, enveredando pela cultura afro e pela terminologia típica da umbanda, aproveitei para perguntar sobre um tema muito controvertido:

— E as chamadas pombajiras, algumas vezes temidas e, em outras, vistas como representantes de uma força mágica, tanto nos cultos de umbanda quanto naqueles de origem afro? Como podemos entender esse tipo de entidade e sua atuação?

— Bombonjira[1] — ou *pombajira*, no dizer mais popular — é o elemento feminino, passivo, *yin*, segundo a nomenclatura da ciência chinesa. É o correspondente feminino de Exu. Os espíritos que se apresentam como bombonjiras são agentes de equilíbrio das forças da natureza, mas que se sintonizam particularmente com a emoção e a sensibilidade. Agindo de acordo com essa vibração, trabalham nos cruzamentos vibratórios entre razão e emoção. Detectam o ponto de desequilíbrio e buscam o equilíbrio em processos que envolvem emoções fortes e causas mais ligadas à emoção e à sensibilidade, como família, sexualidade, etc. Podemos dizer que constituem uma espécie de polícia feminina do plano astral. Os exageros porventura imputados a elas são normalmente decorrentes da ignorância de médiuns e dirigentes despreparados, ou que então desejam manter o povo no cabresto da ignorância.

Fiquei pensando no grau de insensatez de muitas pessoas no que tange às questões espirituais.

---

[1] É indicado fazer remissão à nota de rodapé número 6, constante do capítulo 3 — *Mortos-vivos* —, que comenta a opção por maiúsculas ou minúsculas em certos vocábulos que aparecem no texto, bem como comenta especificamente os detalhes acerca dos termos *bombonjira* e *pombajira*.

Por um lado, aqueles que são apologistas da verdade sob a ótica umbandista escondem-se atrás dos chamados segredos ou *mirongas*, muitas vezes para encobrir a falta de conhecimento. Por outro lado, espíritas inumeráveis, ao se julgarem detentores de uma parcela mais ampla da verdade, mal dissimulam a repulsa ou o preconceito diante de temas semelhantes. Ambos os lados são frequentemente bem intencionados, mas cada qual oferecendo grande obstáculo para que, do Alto, fluam ideias verdadeiras e informações mais precisas a respeito de questões relevantes do mundo extrafísico.

Tocar nesses temas tão intrigantes ainda gera imenso desconforto nos meios espíritas e, não raro, sentimento de competição no âmbito umbandista — pelo menos entre adeptos de ambas as escolas que não desejam o esclarecimento integral das massas e querem centralizar as informações, o pretenso *poder*, e assim irradiam ignorância. A partir dos apontamentos de Pai João e Jamar, pude notar quanto escasseiam notícias e conhecimento a respeito da função de certas classes de espíritos e dos métodos utilizados por eles.

Alguns anos atrás, apenas algumas poucas décadas, falar numa colônia espiritual onde se reuniam e viviam espíritos era algo inconcebível entre os defensores das ideias espíritas. Mais tarde, quando se tornou popular o conhecimento das cidades e metrópoles astrais, veio o assombro das pessoas ante as revelações atinentes a equipamentos e artefatos tecnológicos utilizados pelos seres do mundo extrafísico. Novamente, a ideia precisou de algum tempo para ser assimilada por uma parcela dos estudantes e expoentes do pensamento espiritual. Surgem então novas observações, que hoje provocam estarrecimento nos mais ortodoxos, que estagnaram nos conceitos adquiridos. Não conseguem imaginar pais-velhos e caboclos trabalhando lado a lado com eminentes espíritos, consagrados pela crença de muita gente como luminares da espiritualidade. Outros se recusam a aceitar fatos patentes e óbvios, como o avanço de métodos e técnicas empregadas pelos habitantes das dimensões além da matéria densa. A simples cogitação de que seres desencarnados são capazes de desenvolver tecnologia, sistema de vida e de relacionamento similares, porém mais amplos do que nas comunidades terrenas, ainda causa inconformação ou discórdia.

No fundo, o que se pode constatar é que muitos encarnados não admitem haver coisas diferentes daquilo que, pessoalmente, eles delimitaram como sendo a verdade. A mera averiguação de uma evidência que rompa os limites estreitos da verdade vigente na comunidade espiritualista causa, até então, estranheza a muitos. O real não é mais apreendido pela pesquisa e pela investigação, como Allan Kardec e todos os grandes nomes fizeram, mas obedece a critérios preestabelecidos e a teorias estanques, que abandonaram o *espírito* do espiritismo, se dá para entender o trocadilho. Ora, então o novo deve ser descartado sem merecer o mais leve exame, tão somente porque não se encaixa em um ponto de vista pessoal? Não há algo de estranho nisso? Não é justamente contra essa postura tacanha e arcaica de seus contraditores que o Codificador lutou?

Ainda de posse dessas reflexões, ouvi os argumentos de Jamar, referindo-se aos diversos comandos de guardiões:

— Podemos dividir o trabalho dos guardiões em comandos — começou a falar o especialista. — À semelhança do que ocorre com um grande contingente de indivíduos responsável pela manutenção da segurança, cada grupo abarca um aspecto particular. De uma forma didática, apenas para facilitar o entendimento de vocês, apresento um quadro condensado ou simplificado dessa estrutura.

"Primeiramente, no sétimo nível, o mais elementar, temos os guardiões cuja incumbência é a guarda e a segurança de caráter pessoal. Sua atividade é voltada para o equilíbrio das energias e para a defesa de indivíduos, e por isso são erroneamente confundidos com os chamados anjos de guarda pessoais.[2] Diríamos que são os recrutas do plano astral, pois, em sua maioria, são espíritos recentemente advindos da realidade física, que encontram nessa tarefa uma ocupação que é útil e, ao mesmo tempo, oferece vasta possibilidade de desenvolvimento das aptidões do lado de cá. Naturalmente, estão sob a orientação de outros mais experientes."

Tomando a palavra, um dos espíritos presentes se pronunciou:

— Nessa classe de guardiões, podemos identificar aqueles que, na Terra, integraram as corporações militares?

— Também estes, mas não só — respondeu Jamar. — Há espíritos familiares, parentes ou amigos

[2] Um dos motivos prováveis para que se dê a confusão mencionada, entre *anjos de guarda* e *espíritos guardiões*, certamente se deve a uma questão de terminologia atual à luz do que se encontra em Kardec. A divergência talvez seja suscitada tanto pela idade do texto do Codificador, datado de meados do século XIX, como pelas diversas traduções em língua portuguesa, além do fato de que não era objetivo de Kardec entrar nos meandros e pormenores da questão, ainda mais no livro-base da doutrina espírita. Ele emprega os seguintes termos, que intitulam um subcapítulo da obra, sem distinção alguma entre os dois primeiros: *anjos de guarda, espíritos protetores, familiares ou simpáticos* (cf. KARDEC. *O livro dos espíritos*. Op. cit. p. 317-330, itens 489-521. Em especial, preste atenção no trecho assinado pelos espíritos

que, mesmo sem experiência na área militar, são capazes de inspirar a manutenção do equilíbrio ou de abraçar um compromisso com vistas à defesa das pessoas que lhes são caras. É válido lembrar que cada indivíduo tem a companhia espiritual compatível com o alcance e a importância da tarefa que desempenha, segundo a perspectiva dos imortais. Contraria a lógica mais elementar pensar que quem tem uma dose acentuada de responsabilidade, cujo trabalho é de importância vital e gera grandes repercussões, possa ser assessorado apenas por um espírito amigo ou familiar. Existem casos em que a pessoa tem em suas mãos uma obra de extrema relevância, o que evidentemente determina a necessidade da presença de guardiões mais especializados ao seu lado.

Santo Agostinho e São Luís, no item 495). A sinonímia citada é patente na questão 504: "Poderemos sempre saber o nome do *Espírito nosso protetor*, ou *anjo de guarda?*" (ibidem, p. 323. Grifo nosso). De toda forma, em Kardec (cf. ibidem, itens 490ss), *anjo da guarda* ou *espírito protetor* são expressões usadas em alusão ao próprio mentor espiritual, ou o espírito responsável pela encarnação do indivíduo. Além desses fatores, especulamos se o mal-entendido não está associado, também, à hegemonia cultural exercida pelo catolicismo em ambos os países, França e Brasil, já que *anjo da guarda* é uma expressão típica do fiel católico, assimilada, por conseguinte, pelo habitante das duas nações.

Prosseguindo nas explicações a respeito dos guardiões, Jamar cedeu a palavra a Pai João:

— Pois bem, meus filhos — iniciou o pai-velho, revezando-se com Jamar. — A seguir, adiante dessa classe de seres que se envolve com casos particulares e indivíduos, encontraremos, na sexta posição da hierarquia astral, aqueles guardiões responsáveis por ruas, bairros e casas. Estes, sim, são espíritos que, quando encarnados, em sua esmagadora maioria, tiveram algum tipo de vivência como militares, policiais, detetives ou seguranças. Em regra, o espírito é aproveitado do lado de cá de acordo com as tendências que possui, aliadas à bagagem que traz e com a qual se afinizou durante o período reencarnatório. Esses guardiões ou agentes da segurança astral cotidianamente evitam o assédio de inteligências perversas e desequilibradas ao ambiente das casas religiosas ou das instituições assistenciais e políticas com fins humanitários. Sob o ponto de vista umbandista, e levando-se em conta o vocabulário utilizado nos terreiros, estes são os que melhor se enquadrariam na definição de exus. No entanto, convém esclarecer que, para os espíritos sérios, o nome como são denominados não é o cerne da questão, ou seja, não se importam se são chamados de exus, na umbanda, ou de guardiões, no espiritismo. Representam a mesma classe de seres.

Nesse ponto da conversa, Jamar complementou:

— Normalmente, o comando maior dos guardiões guarda registros muito precisos a respeito das pessoas encarnadas e de sua esfera de atuação. Esses registros são fornecidos pelas comunidades astrais ou espirituais onde foi programada a experiência reencarnatória daquele ser. Quando ocorre o desencarne, entram em cena os guardiões, tão logo o indivíduo se veja localizado em determinada dimensão, o que se dá de acordo com sua vivência e em razão de sua capacidade de assimilar a verdade espiritual. Nesse momento, apresentam ao espírito a possibilidade de dar prosseguimento a tarefa semelhante àquela que desempenhava no corpo físico. Caso aceite a proposta, a pessoa é encaminhada a uma das diversas academias no astral, exatamente como aconteceu com vocês que me ouvem. Nessas academias, passam por um treinamento, um período de conscientização e, naturalmente, por etapas de especialização, segundo as afinidades pessoais e o grau de conhecimento e de responsabilidade de cada um.

Fiquei impressionado com a organização dos guardiões, conforme se podia depreender das palavras de Jamar. Sua estrutura se afigurava algo muito maior, mais abrangente e eficaz do que a de certas corporações conhecidas na Terra, como CIA, FBI e outras equivalentes. O raio de atuação dos guardiões é algo admirável, pois conta com um fator importantíssimo: as informações cadastrais, astrais, reencarnatórias e reais acerca de cada indivíduo que adentra o mundo extrafísico. Esse banco de dados ajuda a tornar apropriada a recomendação a ser dada aos recém-desencarnados, tendo em vista o leque de ocupações do lado de cá.

Corroborando esse raciocínio, Pai João deu ênfase ao aspecto destacado por Jamar, dizendo:

— Na verdade, meus filhos, desde os primórdios da organização da vida comunitária em nosso globo, reconheceu-se a importância de um sistema de equilíbrio mundial. Num planeta no qual se reúnem espíritos comprometidos e complicados, com comportamentos tão diversos e, na maioria dos casos, com desenvolvimento moral profundamente questionável, nada mais adequado do que a implantação de um sistema assim. A necessidade de espíritos dedicados exclusivamente à manutenção da ordem, da disciplina e do equilíbrio começou já no momento em que a Terra recebia os primeiros contingentes de espíritos vindos de outros mundos, evento contemporâneo às civilizações da Lemúria e da Atlântida. A partir de então, essa classe de espíritos, os guardiões, tem se aprimorado e especializado cada vez mais nas questões confiadas a eles.

Interrompendo o pai-velho para novos esclarecimentos, um dos espíritos que estudavam para exercer a tarefa de guardião perguntou:

— Com um esquema e uma estruturação tão completa e guardiões tão experientes, como podemos entender que na Terra ainda existam tamanhos desequilíbrios e em tão grande número, que ameaçam a todo instante a segurança dos povos e das pessoas? Porventura os guardiões não poderiam evitar os excessos cometidos pelos espíritos do mal ou pelas organizações terroristas, pelos grupos de extermínio e gangues, que se digladiam no dia a dia dos encarnados?

— Sua pergunta é muito oportuna, filho — respondeu Pai João. — Refere-se a um fator que não deve ser esquecido em hipótese alguma, no contexto da vida no planeta Terra. Falo do livre-arbítrio de cada ser humano, esteja ele no corpo físico ou não. E liberdade significa responsabilidade e a obrigação de arcar com as consequências de suas escolhas e de seus atos.

"Embora as diversas especializações e a eficiência das falanges de guardiões, seu trabalho no mundo não consiste nem visa à eliminação das lutas do cotidiano. Ao contrário do que muitos observadores da realidade argumentam, esses espíritos, enquanto agentes de Deus que são, não estão aí para poupar o homem de enfrentar as questões que ele mesmo engendrou ao longo dos séculos. Absolutamente. A função dessas equipes não é privar os indivíduos ou os governos dos desafios para o estabelecimento da paz, tampouco manter afastadas as inúmeras questões complexas e de natureza distinta que afligem a humanidade.

"Os guardiões são elementos de *equilíbrio* — e não apenas de *defesa*. É fundamental salientar a diferença. Sob essa ótica, sua atuação limita-se à barreira do livre-arbítrio das pessoas e comunidades, a menos que, no exercício da liberdade individual, seja colocado em risco o grande plano divino de evolução para os povos do planeta. Nesse caso, os guardiões assumem o papel de instrumentos da lei de causa e efeito, impondo um limite àquilo que poderia gerar um desvio mais evidente e profundo no planejamento geral."

Tomando a palavra, Jamar acrescentou:

— Veja, por exemplo, o que ocorre em certos acontecimentos de larga escala, com repercussões globais. No atentado às Torres Gêmeas e outros mais, que os EUA sofreram no mesmo dia de 2001, as entidades envolvidas procuraram inspirar os protagonistas do evento a concretizar algo que traria um prejuízo incomensurável a vários departamentos da vida no planeta. Inicialmente, a ideia era, antecipadamente e somando-se ao ataque às Torres Gêmeas, gerar uma onda de violência, que se estenderia a partir de atentados ao Vaticano e a mais dois outros pontos estratégicos, afetando assim as relações diplomáticas entre diversos países. Londres e Pequim eram os alvos traçados, além dos que já citamos. Se tivessem alcançado sucesso, teríamos estado diante de uma ameaça iminente de nova catástrofe de proporções mundiais. Imaginem tão somente a reação do mundo católico frente a um atentado dessa natureza ao centro do poder religioso, em Roma. Graças ao trabalho incansável dos guardiões, nos meses que antecederam o atentado, o estratagema dos terroristas pôde ser amenizado, de tal forma que os encarnados presenciassem apenas uma parcela minúscula daquilo que havia sido elaborado pelas entidades das sombras.

"Assim sucedeu. Todavia, ainda que tivessem evitado situações mais drásticas nos anos que se seguiram, os guardiões não poderiam simplesmente desprezar o livre-arbítrio do comandante supremo do governo americano e dos demais responsáveis diretos, com relação à ofensiva perpetrada contra os supostos culpados, em resposta aos atentados de setembro de 2001. Por esse motivo, as invasões e investidas ao Afeganistão, no Iraque, entre outras, não poderiam ser totalmente aplacadas. O que não quer dizer que as equipes de guardiões não têm se dedicado com afinco, indo e vindo, como o fazem até hoje, para tentar diminuir os prejuízos provocados pelas guerras desencadeadas desde então. Mas sem eliminar ou rechaçar experiências que, em certa medida, devem ou precisam ser vividas, embora o clima de apreensão e terror que o desenrolar desses lances mundiais tem suscitado nas pessoas em toda a face da Terra."

— Além disso, temos de contar com outro aspecto — arrematou Pai João, encerrando este tópico. — A esmagadora maioria da população da Terra gravita ainda entre as expressões de animalidade e o despertar da lucidez espiritual. Poucos, muito poucos, em termos proporcionais, estão conscientes de suas responsabilidades com relação a si mesmos e ao mundo onde vivem. Portanto, como pretender que o cotidiano não reflita a realidade do orbe, condizente com a índole turbulenta dos que nele habitam?

Após ligeira pausa, o pai-velho retomou o tema original, que deu margem à indagação mais recente dos estudantes:

— Mas, voltando aos diversos comandos de guardiões, há ainda aqueles responsáveis pela ordem e disciplina das comunidades, portanto num nível hierárquico superior aos exus propriamente ditos, os guardiões das ruas, assim tipicamente classificados. É a quinta categoria, que responde pela guarda de oradores e divulgadores legítimos do pensamento espiritual, bem como de líderes religiosos e políticos de destaque, que promovam benefício real em suas comunidades. É natural inferir que os guardiões desse grupo devem ser mais capacitados e especializados que os citados anteriormente, pois seu trabalho possui abrangência maior. Ele atinge e compreende não somente os protegidos em si, mas também aqueles que sofrerão as consequências diretas de sua ação e provarão dos frutos do trabalho desses representantes do Mundo Maior entre os encarnados.

As palavras de Jamar e Pai João incitaram novas reflexões. Ainda quando eu me ocupava dos pensamentos que emergiam de meu ser, tentando entender a complexidade da vida espiritual, outro espírito se adiantou, perguntando:

— E quanto aos líderes mundiais, aos organismos internacionais ou àqueles que representam os interesses globais; terão eles também uma proteção especializada?

— Não podemos esquecer que nada passa despercebido nos planos do Alto — esclareceu o especialista da noite. — Para enfrentar os desafios concernentes a essas organizações e pessoas, investiu-

-se na formação de outra equipe de guardiões, de hierarquia ainda mais alta. Em relação aos maiores do primeiro comando, esta é a quarta classe. São eles os responsáveis pelas instituições mundiais e pelos indivíduos que têm um papel importante na renovação da humanidade, através da difusão de ideias e ideais superiores, de uma forma mais pronunciada.

"De acordo com a perspectiva adotada previamente, podemos avaliar que os espíritos nomeados como mentores dessas instituições ou pessoas têm uma elevação proporcional ao grau de importância das ideias propagadas e dos benefícios decorrentes de sua ação, segundo parâmetros universais. Com os guardiões, o mesmo raciocínio procede. Conforme o valor que o Alto atribui aos indivíduos e às organizações que por eles se fazem representar, e a contribuição para o progresso mundial proporcionada por seu trabalho, tal a especialização dos guardiões que concorrem para seu equilíbrio."

— Convém lembrar aos meus filhos que especialização não significa evolução espiritual ou iluminação interior...

— Isso mesmo — concordou Jamar com a observação do pai-velho. — Quando falamos dos guardiões, estamos nos referindo a espíritos humanos, tanto quanto qualquer um de nós e, desse modo, com desafios pessoais similares aos que nós mesmos carregamos.

Foi a hora de Pai João de Aruanda continuar:

— Além desses espíritos, que naturalmente merecem nosso respeito pelo trabalho que realizam, os comandos superiores dos guardiões se ocupam com questões cada vez mais amplas e determinantes para o contexto planetário. Assim é que o terceiro comando se destaca entre os demais. Esses espíritos estão presentes em grandes cataclismos, tais como explosões vulcânicas, terremotos e outros fenômenos naturais de igual monta, minorando e administrando seus efeitos. Junto dessa classe, está imenso contingente de almas responsáveis pela evolução e condução dos elementais,[3] seres de evolução pré-humana, mas intimamente ligados ao sistema ecológico do nosso mundo.

"Procuram também conter o aumento da densidade da camada ou egrégora espessa, que envol-

---

[3] O nome utilizado por Kardec para se referir aos elementais é, na verdade, *espíritos da natureza*. Contudo, como se pode depreender, o nome é genérico, pois abarca tanto os espíritos de transição, pré-humanos, como as almas superiores, que coordenam os fenômenos naturais. Por essa razão, corriqueiramente os autores espíritas têm adotado a nomenclatura esotérica, *elementais*, quando desejam fazer alusão aos de evolução primária. O trecho é altamente esclarecedor: "Formam categoria especial no mundo espírita os Espíritos que presidem aos fenômenos da Natureza?

ve a atmosfera psíquica do planeta, formada pela compactação e sustentada pelas formas-pensamento obscuras criadas pela humanidade. Nesse particular, a classe de guardiões a que nos referimos trabalha em sintonia fina com os representantes do governo supremo do mundo, do qual Jesus é o nome maior.

"Atuam de forma física ao interferir em energias poderosas nos diversos ambientes do planeta, graduando, transformando e redistribuindo as energias advindas do Sol e de inúmeros elementos etéricos da dimensão astral, assim como quando buscam despertar os humanos encarnados para a responsabilidade no tocante ao sistema vivo do planeta em que habitam. De outro lado, agem de maneira não física, pois se esmeraram na manipulação de fluidos mais intensos e menos conhecidos do mundo oculto. A partir de bases situadas em locais estratégicos do plano astral — que correspondem,

Serão seres à parte, ou Espíritos que foram encarnados como nós? 'Que foram ou que o serão'. A) Pertencem esses Espíritos *às ordens superiores ou às inferiores da hierarquia espírita*? 'Isso é conforme seja mais ou menos material, mais ou menos inteligente o papel que desempenhem. Uns mandam, outros executam. Os que executam coisas materiais são sempre de ordem inferior, assim entre os Espíritos, como entre os homens'." (KARDEC. *O livro dos espíritos*. Op. cit. p. 339, item 538. Grifo nosso).

no mundo físico, à localização dos Andes, de certas regiões do Brasil, do Tibete e dos EUA —, além de bases submarinas e intraterrenas, entre outras, monitoram atentamente as mudanças climáticas e psíquicas do sistema físico-astral do planeta Terra." Cada vez mais as palavras dos nossos orientadores Jamar e João Cobú despertavam nossa admiração. Em mim, principalmente, causava espanto como tal realidade ainda não havia sido abordada abertamente no movimento espírita, seja na tribuna ou nos livros. Tão grande importância tinha o trabalho dos guardiões, que deveria ser mais estudada a ação e conhecida a especialização dessas figuras cruciais, mas pouco familiares mesmo aos frequentadores assíduos de atividades mediúnicas. Somente informações esparsas a respeito deles aparecem, e aquilo que se ouve nos círculos umbandistas, em geral, não faz jus à abrangência tamanha das tarefas realizadas por essa classe de espíritos, comprometida de modo decisivo com o equilíbrio da vida no planeta Terra. Antes que meus pensamentos pudessem me conduzir a outros raciocínios, Jamar retomou a palavra:

— Outro comando de guardiões, sempre ascendendo hierarquicamente, está ligado aos dirigentes espirituais do planeta. Sob seu encargo, ainda mais minucioso, encontra-se tudo o que diz respeito à preservação e à manutenção da ecologia planetária, não somente no aspecto físico, mas, sobretudo, no contexto energético, espiritual e cósmico. Ligados ao chamado segundo comando, esses espíritos estão por trás da formação de grupos de seres encarnados e desencarnados, em todo o orbe, que se preparam para a ajuda em momentos críticos. São comunidades que surgem, de modo incipiente, em campos, vales e serras, com alternativos e eficientes sistemas de vida.

"Como incumbência específica, controlam a rede de meridianos da Terra, redimensionando as energias de certos locais com natural potencial vibratório, preparando-os para um crescente fluxo de pessoas em sua direção, no caso de uma eventual convulsão de caráter mundial. Um exemplo recente disso deu-se no Iraque, sede da antiga Babilônia e dos povos mesopotâmicos. Alguns lugares, inabitados devido à precipitação energética, que os tornava impróprios, tiveram de ser postos em condição de receber refugiados.

"A missão dos guardiões dessa categoria envolve também a aceleração do despertar da consciência, em comunhão com a organização planetária. Notem que esse comando tem uma importância vital nos momentos de transição planetária ou naqueles que antecedem os grandes expurgos das populações de encarnados e desencarnados do planeta. Vibram e trabalham sob a orientação direta de entidades veneráveis.

"E, em sintonia com essa classe, existe aquele que denominamos de primeiro comando de vibrações, isto é, os responsáveis por administrar os processos de transmigração dos espíritos entre os diversos mundos. O trabalho desses guardiões pode ser resumido em três itens: apoio e supervisão de desencarnes em massa, quando grande contingente de indivíduos aporta na fronteira astral; gestão do processo evolutivo da humanidade terrena, em nível cósmico, em ambos os lados da vida; e atuação direta nos períodos de transição entre eras espirituais, que já ocorreram na Terra e que novamente se avizinham."

Dirigindo-se novamente ao grupo de estudantes, Pai João encerrava aqueles momentos, nos quais bebemos novos ensinamentos e informações pertinentes ao trabalho que realizávamos:

— Entre esses espíritos, encontraremos os chamados especialistas da noite ou guardiões da noite, chamados assim devido à sua especialidade: as questões que envolvem as obsessões complexas desencadeadas pelos magos negros. Essa subdivisão, da qual Jamar é um dos representantes e dirigentes, realiza um trabalho até então desconhecido por muitos espíritas e espiritualistas. Enfrentam situações de alta complexidade, no que se refere às bases dos senhores da escuridão e de seu séquito sombrio. Além disso, coletam informações acerca do sistema de poder dos chefes e subchefes das falanges dos dragões. Os especialistas possuem um dos maiores bancos de dados a respeito desses espíritos e de seu *habitat*, que tornam disponíveis a quem quer que deles necessite, tanto no plano físico quanto no extrafísico, ao enfrentar problemas decorrentes das obsessões de tal natureza.

Após a conversa, Jamar se ausentou, de acordo com o que havia planejado, em virtude da necessidade de conduzir algumas tarefas nas regiões subcrustais. Pai João, como sempre muito cativante e receptivo, foi cercado pelos aprendizes, que usufruíam de seus conhecimentos e de sua presença.

Fiquei meditando sobre tudo o que ouvira. Resolvi então que incluiria este assunto praticamente inédito dos guardiões em minhas observações, que deveriam ser transmitidas a espíritos em ambos os lados da vida. As implicações da existência de uma organização mundial voltada para o equilíbrio da vida espiritual do planeta, tanto quanto para as diversas tarefas realizadas em nome do bem, é algo que merece maiores estudos e pesquisas. Independentemente do nome com que sejam lembrados ou conhecidos, os guardiões se constituem numa força poderosa a serviço dos homens de bem e das instituições beneméritas no mundo. Não se pode ignorar por mais tempo o trabalho que empreendem, sob pena de não se poder colaborar com sua atuação, tão abrangente. Uma vez conhecida sua participação no cotidiano do ser humano, é possível convocá-los ou convidá-los a uma parceria ainda maior com os tarefeiros da verdade espiritual. Foi com tais pensamentos, cruzando minha mente a todo vapor, que me retirei para realizar as anotações de que precisaria, mais tarde. À noite, deveríamos buscar o médium Raul para continuarmos nossas diligências do lado de cá da vida — evidentemente, em desdobramento do corpo astral, para que desempenhasse as atividades junto à nossa equipe. Até lá, outros compromissos nos aguardavam. Segundo Pai João, deveríamos nos preparar, inclusive, auxiliando Raul em atribulações diárias, com vistas a tranquilizar suas emoções e seus pensamentos, pois teríamos um desafio ainda maior pela frente em nossa jornada, oportunidade abençoada de expandir observações e conhecimentos.

9

A entidade

Viu-se também outro sinal no céu:
um grande dragão vermelho,
que tinha sete cabeças, dez chifres,
e sobre as suas cabeças, sete diademas.

APOCALIPSE 12:3

No meio de ti aceitam-se subornos
para se derramar sangue; recebes usura
e lucros ilícitos, e usas de avareza
com o teu próximo, oprimindo-o.
E de mim te esqueceste, diz o Senhor Deus.

EZEQUIEL 22:12

AQUELE ser enigmático se disfarçava numa aparência tal que se apresentava aos espíritos daquela região de penumbras com uma personalidade fortemente magnética, irradiando uma aura que inspirava temor. Talvez, aquele aspecto com o qual era visto exteriormente fosse apenas projeção de sua mente poderosa e disciplinada, fonte de maquinações e planos que, para os homens comuns, afiguravam-se infernais. Quem sabe seus pensamentos transcorressem numa dimensão que usualmente os outros seres não poderiam compreender, e que os mais hábeis psicólogos e cientistas apenas suspeitassem? Como numa interpretação teatral, ele se expôs à percepção da população das esferas subcrustais envolto em tamanha nuvem de mistério que sua simples imagem causava tremendo impacto.

Aquela era uma área singularmente negra, pois a escuridão do ambiente astral inferior, denominado trevas, era acompanhada de um frio intenso, ríspido e intolerável, suscetível de dardejar os corpos espirituais daquele enxame de seres infelizes que perambulavam pelo vale das sombras, obscurecendo ainda mais sua visão, já apoucada pelo espaço lúgubre onde viviam. E de quase tocar o âmago do espírito, o frio — ou a frieza — parecia ser a extensão das auras daquelas almas desterradas, que ali coexistiam.

O ser, representante de uma constelação de poder que não poderia ser ignorada, trajava beca escura, facilmente confundida com um hábito sacerdotal, cujas cores se mesclavam entre o preto e o prata, porque reluzia desmesuradamente em meio ao negrume daquela paisagem aterradora. Acima dessa veste, com extrema elegância, um manto púrpura caía-lhe sobre os ombros, a denotar um cuidado extravagante, descendo em ondulações que lhe cobriam os pés e arrastavam-se além. Era como se o tecido vinho se derramasse ao longo de suas costas e fosse tragado pelo solo sedento, ressequido após as pisadas duras de seu senhor. Ao mesmo tempo, algo indefinido parecia animar essa cauda arroxeada, como se uma brisa a acariciasse, encaracolando de forma majestosa suas dobras, na presença de um sopro sussurrante.

E, ornando a opulenta indumentária de alguém experiente na arte do disfarce, esvoaçava ao vento —

um vento infecto, gélido e contagioso — uma espécie de capa, com certeza tecida em filigranas de luz astral, aglutinada por força mental exuberante. Especialmente leve, soberba, embora sóbria, e partida na frente, a aparência da capa era bem distinta daquela que possuíam as demais vestimentas exibidas pelo espírito. A tal peça era de um ocre escuro, quase dourado, que compunha elegantemente a figura daquele espírito, emprestando-lhe um ar de nobreza. Sob os trajes, ocultava-se seu verdadeiro feitio, sem artifícios, sem engodo, porém não percebido nem pressentido pelos seres que ali habitavam.

Por onde passava o espírito, semelhante a um fantasma advindo de regiões ínferas — se é que pudesse haver um lugar mais inferior do que aquele —, parecia que a escuridão rondava seus passos e se tornava ainda mais profunda, quase medonha. Gravitando em torno dele e exalando de sua presença, bruxuleava uma auréola fosca, intensamente negra e opaca, lembrando um buraco negro em tamanho reduzido, que parecia sugar toda a luz ao seu redor. Contudo, havia nela rajadas escarlates, como se estrias de um rubi brilhante adornassem discretamente aquele arranjo invulgar. Fiquei a indagar-me se aquele estranho das profundezas estaria absorvendo cada um dos tênues raios da luz astral, que se esgueirava por entre a imensidão de nuvens espessas e opressoras do ambiente extrafísico, subcrustal.

Envolvia-o uma bruma carregada, tangenciando a materialidade e ainda mais densa do que a concentração da matéria astral daquela dimensão. Aquela fuligem rodopiava em torno de seu corpo perispiritual de aparência delgada — cuja elegância mostrava-se implacável, agressiva — para depois se dissolver, ofuscando a visão dos desterrados. A atmosfera psíquica ao redor era percebida como uma noite negra, negra como a hematita, o ébano, negra como um pesadelo, que era característica das regiões mais densas, vibratoriamente mais inferiores que o chamado umbral.

"Meu Deus! O que faço aqui, desdobrado, projetado numa dimensão estranha, fora do aconchego do meu corpo, numa região tão tenebrosa?" — pensou Raul por um momento, porque viu aquele espírito.

Acompanhado por nós, seus amigos espirituais, o médium vira-o se aproximar, caminhando com passadas seguras e orgulhosas. O andar daquele ser apresentava firmeza e, ao mesmo tempo, familiaridade extraordinária com o ambiente. Seu rosto era lívido, de feições duras, e portador de um magnetismo que incomodava. Os longos braços como que se esgueiravam por entre as peças de sua indumentária. Os cabelos negros e longos aninhavam-se logo abaixo dos ombros, contorcendo-se; lembravam as víboras de uma medusa mitológica. As madeixas macias, fugidias, pareciam ter vida própria e escapavam do interior do tecido que as abraçava, irradiando uma luz fantasmagórica, fenomênica.

Tudo isso impressionou o médium Raul tanto quanto a mim, de tal forma que ele, ao elaborar aquele pensamento, realmente deu mostras de desejar voltar, desistir; não era apenas força de expressão. Sua hesitação durou breves instantes, somente até se aperceber da importância daquilo que presenciava sob a tutela de Pai João e, naturalmente, do mentor que, de mais além, abonara a excursão à região das trevas.

Sabíamos apenas que jamais Raul e eu víramos tamanha escuridão em qualquer lugar que visitamos. Passamos por ruelas estreitas, que pareciam sulcos profundos marcando o mundo subcrustal. Seguimos a entidade, que fascinava com seu magnetismo, sem nos afastarmos de Pai João de Aruanda, que permanecia silencioso, concentrado.

Olhamos o firmamento, mas não vimos estrelas nem céu; vimos tão somente o *em cima*, ou seja, as regiões do umbral denso, ainda assim mais elevadas do que o ambiente no qual nos movíamos. De onde estávamos, o topo se afigurava como uma nata leitosa, em revoluções de vermelho e cinza.

Não fossem as irradiações do nosso próprio corpo espiritual, não teríamos muito mais do que uma leve luminosidade embaçada e difusa, que se propagava a partir dos átomos astrais, componentes da matéria e da antimatéria daquela paisagem. As sombras tornaram-se quase materiais, intensas, profundas e carregadas de uma densidade tal que a locomoção se tornara difícil para todos. Embora nossos corpos espirituais não o sentissem como os habitantes dali, fazia calor. Tão súbito e tão violento que os demais seres que avistamos por ali, como os temidos *espectros* — alcunha para os chefes de legiões das trevas —, levantaram as abas e dobraram as mangas de seus trajes, talvez na tentativa de se refrescar, um feito impossível para eles, considerando a vibração com a qual se afinizavam. Estávamos próximos ao magma, na região genericamente conhecida como trevas.

Em meio ao calor voraz irradiado pela proximidade dos elementos altamente pressurizados no interior do globo, metais em ebulição e rochas liquefeitas, surgiam os ventos miasmáticos, regelados, portadores de uma exótica musicalidade e um ar de sedução e encantamento. A alternância de calor e frio intensos parecia ser algo comum por aquelas bandas. O calor, naturalmente exalado pelos mares de magma, contrastava sobremaneira com o frio, devido — quem sabe? — à influência da aura de extraordinária frieza dos seres demoníacos que se precipitaram no abismo das trevas.

Alguns espíritos das falanges que ali conviviam traziam túnicas recobrindo seus corpos espirituais — se é que poderíamos classificar de espirituais os seres tão materializados que víamos. Aparentavam sentir-se nauseados, com expressões que sugeriam asco e vertigem, murmurando algo incompreensível. No caso particular dos espectros, seu diálogo soava como um sibilar. Como se ainda fosse necessário mais um elemento para completar seu aspecto tétrico... A analogia com serpentes, pela malícia e pelo ardil a que remetiam, era inevitável.

Comentando a situação, Pai João anunciou, solene:

— Os espíritos que se localizam nas regiões profundas abaixo da crosta e próximas ao magma do planeta, em geral, são seres remanescentes do grande êxodo espiritual ocorrido há milênios. Representam as legiões luciferinas, cujos líderes olvidaram os desígnios divinos, retardando sua reencarnação por períodos inimagináveis, às vezes dezenas e dezenas de séculos. Em virtude do alto grau de materialidade e toxicidade de seus perispíritos e, obviamente, do magnetismo destrutivo de suas auras para um contato mais íntimo com os habitantes encarnados do mundo, não podem mais reencarnar no momento atual da Terra; é uma impossibilidade material, fisiológica. Somente em mundos mais primitivos, num próximo degredo, terão renovadas suas oportunidades.

— Lembro-me de uma passagem bíblica, na epístola de Judas — falou Raul —, que revela algo sobre tais espíritos: "E, quanto aos anjos que não conservaram suas posições de autoridade, mas abandonaram sua própria morada, ele os tem guardado em trevas, presos com correntes eternas para o juízo do grande Dia".[1]

A fala de Pai João e o texto que o médium citou ajudaram a clarear muita coisa que se passava em nossa mente. Os seres que se aninhavam naquela situação infeliz nas regiões subcrustais continuaram nos chamando a atenção, embora os esclarecimentos do pai-velho nos fornecessem elementos novos para compreender a situação e as reações daqueles que encontramos por ali.

Apesar de tudo, os seres na escuridão doentia da região subcrustal, quase na totalidade, davam mostras de estar extasiados, arrebatados pela presença da entidade que se apresentava como o senhor ou o comandante daqueles sítios. Um vento agreste en-

---

[1] Jd 1:6.

tremeava o calor e o frio intensos que aquelas almas sentiam. Enquanto isso, outra entidade, furtiva, silenciosa — um espectro das esferas mais inferiores que conhecemos —, passou a seguir a primeira, arrastando-se, feito vassalo. Era um dos chefes de legião, que inclinava a cabeça, à semelhança de um cão sensível e atento à presença de seu mestre. E a alternância entre vento frio e calor sufocante emitia sons cadenciados, murmúrios de algum pesadelo ou acordes enigmáticos, excêntricos, que repercutiam naquela atmosfera fúnebre e pestilenta.

Ao irromper novamente a névoa, permeada de um cheiro ácido, embalada pelo vento revolto, notamos que os mirrados habitantes das trevas foram tomados de grande pavor. Da escuridão sobrevieram as brumas, salpicando cargas tóxicas, sem qualquer aviso, saídas do mar de lavas etéreas. À visão deficiente daqueles exilados, exibiam tons pardacentos, ocres, traduzindo uma sensação de serem crespas e gélidas ao contato com seus corpos semiespirituais. Como um monstro que emerge de pesadelos terríveis, advindos da camada mais profunda do psiquismo, devassando as entranhas de seres repletos de culpas represadas; como um molusco gigante a estender seus tentáculos, rebrilhando na noite de uma escuridão quase palpável, ressurgem as brumas. Infestadas de fluidos nocivos e elementos daninhos da atmosfera astral, crescem e dominam a dimensão intra-humana das estâncias subcrustais, para então depois se recolherem.

Reverberando para os lados, abriu-se penosamente o caminho, ao custo de escavações nos fluidos pesados da paisagem infecta, por onde passou o espírito imponente, que se mostrava como um dos senhores absolutos do estranho império intraterreno, astral. Ninguém ali, com exceção talvez de nossa equipe, sabia de onde aquele ser viera, mas sabiam — todos os habitantes da região — que estavam diante da presença mais temida de todos os tempos: um dragão.

Pai João novamente elucidou-nos, sabendo dos pensamentos que se originavam em nossa mente a respeito daquele ser tão emblemático quanto bizarro, que dissimulava sua aparência através da sofisticação.

— Os dragões, meus filhos — principiou o pai-velho —, são um grupo de espíritos advindos de outros orbes, reencarnados em tempos longínquos, na Atlântida e Lemúria. Sua estranha ética não pode ser avaliada mediante os valores das religiões da Terra, pois sua história é anterior à história das civilizações terrestres. Tentam impedir o progresso da humanidade a qualquer preço, pois sabem que estão fadados a um novo degredo para mundos ainda inferiores. Suas maquinações ocupam-se mais do campo geopolítico e estratégico em âmbito internacional; interessam-se, sobretudo, pelas ideias e instituições de referência mundial, ao invés de enfocar pessoas ou instituições religiosas. Procuram impedir tudo e todos que contribuem para o avanço da moral, do progresso e do bem. Não se manifestam nas reuniões mediúnicas atualmente realizadas nos movimentos espiritualistas, pois ainda os irmãos encarnados não estão preparados para enfrentar espiritualmente e tecnicamente esses seres de mais baixa vibração e mais alta periculosidade. Talvez devido à presença de Pai João de Aruanda, comportávamo-nos agora como os mais corajosos dos imortais. Aguardávamos atentos aquilo que o representante dos dragões faria, naquele desolado mundo, ou, então, que retornasse para onde viera, possivelmente levando após si a escuridão, o miasma e a maldade que irradiava de sua aura. Mas era uma maldade diferente da que se vê nos homens; era de uma natureza que nem nós mesmos poderíamos compreender. Era algo simplesmente cósmico, que existia numa dimensão transcendente, atemorizante. O estranho ser, com paramentos que lembravam os de um sacerdote de outro mundo, parecia ignorar nossa presença ou, ao menos, não nos percebia da maneira como o fazíamos.

Encontramos, no percurso, um espírito que se identificou a Pai João como sendo um dos nossos tutores espirituais, mas que estava camuflado em tarefa permanente naquelas regiões. Ele infiltrara--se entre os chefes de falanges e, naquele momento, aguardava-nos a chegada. Estava acostumado com a presença dos dragões, porém, para não nos comprometer os trabalhos, ficaria ao longe, apenas observando-nos, para qualquer eventualidade.

De repente, o espírito que se identificava como um dos assombrosos dragões — cuja indumentária impunha medo e, simultaneamente, respeito e horror, e de cujos olhos irrompia de modo tempestuoso um magnetismo atroz — aproxima-se do local onde o magma se transformava num rio caudaloso de lava vulcânica e exclama, debruçando-se sobre a correnteza de massa derretida:

— Tenho sede! — e disse isso, acredito, para aumentar ainda mais o pavor que sentiam dele os outros seres infelizes, indicando teatralmente que beberia da lava, que escorria brilhante no leito do rio de matéria liquefeita, entremeada de componentes astrais.

Todos presenciaram que, do interior mais profundo da Terra, como resposta à pronúncia teatral, gutural e infecta do dragão, emergiram do magma gemidos, roncos e estrépitos, seguidos de estertores, demonstrando um ritmo demoníaco ou draconiano. Era o contratempo perfeito ao solo dos ventos uivantes, que havíamos ouvido instantes atrás, no concerto dissonante que aquele ser regia. O som advindo do âmago das correntezas submersas de lavas escaldantes lembrava o crepitar de madeira quebrada e ressequida, quando sob chamas intensas. Talvez seres que há séculos estivessem prisioneiros daquela situação deixassem escapar seus grasnidos e prantos, outrora inaudíveis, mas, agora — finalmente, agora — escutados por alguém, que almejavam pudesse interferir, por um subterfúgio qualquer, em sua infeliz condição, colocando fim ao domínio dos dragões.

Pai João permaneceu calado, impassível, profundamente concentrado, como se estivesse em estreita conexão com seres sublimes, embora temporariamente nos acompanhasse, como estandarte, àquelas regiões cobertas com um manto de trevas tão espessas.

Bolhas estouravam e chamas saltavam do rio em fusão natural, à medida que os seres submergidos nos meandros do mundo inferior deixavam escapar sua cantata atroz, em forma de lamentos. Labaredas expandiam-se e se contorciam, solenemente, contra si mesmas, como uma algazarra executada por instrumentos da medonha orquestra de espectros, capatazes fiéis dos dragões. Recolheram-se as flamas, em seguida, numa súbita demonstração de soberania do senhor daqueles espíritos.

Como um portentoso gigante do mundo intraterrestre, ele se mostrava, feito um pavão a cortejar sua plateia, com a cauda iridescente aberta em leque. Ante as sombras que se esgueiravam à sua volta e perante as testemunhas silenciosas, espectrais, de seu poderio dantesco, sobre-humano, aquele ser contemplava sua suposta pujança nos olhares servis dos que rastejavam, frente à sua monumental presença.

Depois, aparentemente sem nenhuma influência externa, as agitações ígneas novamente se fizeram notar, agora numa explosão de luminosidade terrífica, fantasmagórica. As chamas do mar infernal, que então se apresentavam singularmente frias e, ao mesmo tempo, infernalmente quentes, atingiam temperaturas que afetavam de maneira impetuosa os espíritos daquela paisagem extrafísica, causando rebuliço entre os espectros, que se moviam diante de seus superiores hierárquicos, submissos como cães à míngua, a esperar seu dono.

Talvez aquela demonstração toda, todo o espetáculo, tivesse unicamente a função de provocar comoção maior ainda nos espíritos sob o jugo dos dragões ou — quem sabe? — tão somente estarrecê-

-los, numa exibição patente de seu magnetismo e de sua ascendência sobre as hordas que lhes eram subordinadas. Provavelmente isso e muito mais; por ora, entretanto, não fazia parte dos nossos planos desvendar os mistérios desse mundo intraterreno, subcrustal. Dedicado a esse mister já havia ali um dos nossos, enviado de esferas sublimes, muito embora disfarçado, mas autêntico porta-voz da vontade suprema do Pai entre os desterrados das paragens inferiores.

Ao nos deslocarmos no encalço do dragão, chegamos a um local em que, presumivelmente, ficava o centro de seu império, sua base propriamente dita. Raul e eu ficamos impressionados com a brusca mudança na conformação de tudo o que englobava o sistema de vida daquela dimensão. Uma cúpula se erguia em meio ao ambiente hostil, exatamente dentro do caudal de forças que se reviravam no magma. Orbitando a cúpula, outras de igual tamanho pareciam interligadas a ela, destoando completamente dos antros e cavernas até então observados nas regiões profundas. Era como se uma obra de engenharia ultramoderna surgisse no meio dos elementos em ebulição no interior do planeta. Quando Pai João, Raul, eu e os guardiões que participavam de nossa caravana ultrapassamos a entrada da cúpula, encontramo-nos numa penumbra suave, fria e com perfume exótico. Para adentrá-la, aproveitamos o instante logo após a entidade haver aberto uma espécie de portal energético, tocando levemente na estrutura do campo de força que envolvia o local. O ambiente na dimensão astral, também ali, beirava a escuridão.

Vimos algo que merecia ser estudado por cientistas de um e outro lado da vida. A fraca luminosidade, própria da matéria astral, foi literalmente sugada pelos olhos daquele espírito, e não apenas rápido, mas veloz como um raio ou a força mental em ação, a própria luz astral sumia, tragada pela escuridão daquele olhar sombrio. Embora a súbita escuridão, veemente, podíamos ver o que se passava ao redor. Creio que essa sombra mais ou menos imanente afetava apenas os espíritos dos espectros, os únicos, além de nós, que podiam permanecer no ambiente. Esses seres comportavam-se com profunda reverência, como se estivessem no interior de algum templo ou na presença de um ser supremo.

O ambiente parecia ser preenchido de uma música diferente de todas as que eram conhecidas na Terra. Era algo invulgar; uma melodia que, ao que tudo indica, remontava a um passado perdido na poeira do tempo, lembrando aos habitantes do local, possivelmente, instrumentos musicais de outro mundo, não da Terra. E ressoava a sonoridade exótica, produzindo inquietantes e fascinantes vibrações, de aragens que transportavam miasmas e outras contaminações. Sem que soubéssemos de onde vinham, os ventos e as tais vibrações pareciam palpáveis, onipresentes, e preenchiam, de maneira quase transcendente, o lugar onde estávamos.

O interior da cúpula parecia ser todo de ouro — quem sabe o correspondente astral do metal historicamente mais cobiçado entre os homens? Instrumentos de tecnologia tão estranha quanto incompreensível por nós estavam expostos nos muros da construção e ao longe, pois a cúpula parecia imensa. Arquivos milenares pendiam das paredes, gravados em cristais, cuja capacidade de armazenamento era muitíssimo superior à dos mais modernos computadores da Crosta.

Depois de consultar alguns dos seus arquivos pessoais, o ser partiu em direção a uma segunda cúpula.

Com ele se foi o ar torpente dos ventos; com ele se foram as névoas esvoaçantes e etéreas, que não mais gravitavam em torno do ambiente ou em meio às sombras humanas, constituídas pelos espectros que o acompanhavam. Mas o que restou daquela dança de fluidos e energias revolutas não se pode expressar com precisão e — quem sabe? — nem ser entendido em sua plenitude. Ficou uma atmosfera

461

regelada, que impregna de miasmas as auras dos chefes de legião, os espectros: a mais perigosa de todas as milícias do astral inferior.

Persistente, marcante como um rasgo profundo, uma falha tectônica no interior da Terra, o magnetismo do ser misterioso impregnou toda a mobília do ambiente. O ar daquele recinto tornou-se penoso à inalação, certamente infiltrado por contaminações de elementos etéricos que não conhecíamos. Restou a sinistra sinfonia das terríveis noites umbralinas, antes temidas, mas agora conhecidas. Essa música inquietante e perturbadora, surgida do vento, da aura que irradiava de tudo por ali, entrelaça ritmos e acordes que provocam o êxtase das almas exiladas. Mais uma vez, foi Pai João quem nos deu o esclarecimento:

— Os elementos radioativos no interior do magma ou a radioatividade de determinados minerais podem afetar, de diversas formas, os corpos astrais de muitos seres. Mesmo que a matéria em si não exerça nenhuma influência sobre os desencarnados, as radiações e irradiações energéticas podem influenciar a estrutura etérica do perispírito de entidades mais materializadas, como as que estagiam aqui. Principalmente se considerarmos que muitas inteligências desencarnadas vibram nesta dimensão e aqui residem há séculos ou milênios, podemos conceber uma pálida ideia acerca de como seus corpos astrais estão deteriorados, de um modo ainda desconhecido pelos estudiosos espiritualistas.

"Aqueles entre os espíritos que aqui comparecem, como os espectros, envolvem-se em campos de força poderosíssimos, na tentativa de evitar que os componentes energéticos de seus corpos astrais degradados se prejudiquem ainda mais. Os dragões, por outro lado, dispõem de uma energia mental ainda desconhecida pelos humanos encarnados. Com essa energia, somada a vontade e disciplina férreas, colocam-se ao abrigo dessas radiações, emitidas pelos elementos pressurizados e altamente radioativos desta região, no interior da Terra. Embora todo o esforço por parte dos dragões, não podem evitar a deformação gradual de seu perispírito, devida — preponderante, mas não exclusivamente — ao adiamento milenar do processo reencarnatório."

Um senso de profundo respeito nos dominou a todos, principalmente a mim e ao médium Raul, assim que miramos um espírito verdadeiramente milenar, talvez — quem sabe? — representante de um mundo perdido na amplidão, agrilhoado, jungido ao planeta, em suas dimensões mais sombrias, tão sombrias que eram relativamente mais densas do que o umbral conhecido pelos estudiosos espíritas. Era um dos legendários dragões, remanescentes de um evento cósmico, catastrófico.

Continuando com sua fala, nosso guia espiritual, Pai João, trouxe mais uma contribuição:

— Esses espíritos da falange dos dragões geralmente estão impregnados de um sentimento de culpa muito forte. São seres revoltados por terem sido banidos de seus mundos de origem; enfurecidos por saber que tudo progride e que não haverá lugar para eles na Terra, pois serão em breve degredados para outros orbes. Uma vez que repelem com veemência a reencarnação, adiando-a indefinidamente, se ressentem da força da gravidade terrestre, que ocasiona um fenômeno de atração das células astrais de seus corpos, em direção ao núcleo planetário. Sem mencionar o natural arrastamento para o útero materno, a que seus corpos espirituais estão sujeitos, força contra a qual devem opor resistência incessante, a fim de manterem-se onde estão. Como rechaçam essa oportunidade há longo tempo, não há mais, para eles, condições de renascer aqui, no planeta Terra, porque se distanciaram enormemente do contexto histórico-cultural e em vista da infestação que acomete seu organismo, irremediável, considerando-se os recursos terrenos. Sendo assim, aguardam inquietos, profundamente infelizes e inconformados, o momento irredutível do expatriamento sideral.

De repente, a escuridão fora da cúpula se transformou em intensa claridade. Num relampejar cristalizado no tempo, numa luz perenemente coagulada entre o aqui e o agora, vimos um espírito elevado descer às regiões inferiores, solene, brandindo em sua mão algo semelhante a uma espada flamejante e libertando alguns dos autores dos gemidos e lamentos da prisão do rio infernal, de lavas quentíssimas, fonte de alta radioatividade. Outros, os que ficaram, não conseguiram sequer emitir seus lamentos, diante da superioridade moral do representante das esferas superiores.

Deduzi que algum emissário da vontade soberana visitava o lugar tenebroso de sombras quase eternas, somente clareadas pelo ardor do magma cintilante e, agora, pelo fulgor sublime. Era um enviado especial dos planos sublimes quem descera, pessoalmente, àquele lugar dominado por uma noite perene, fria e negra, sob as ordens do Senhor, para resgatar algumas poucas almas ainda passíveis de ser regeneradas. Não importa quem era. O ser de pura luz foi-se assim como surgiu, abruptamente, deixando para trás um clarão que se esvaiu após breve intervalo, como um cometa que estampa seu rastro na escuridão. Depois disso, novamente o ambiente ficou impregnado da penumbra obstinada, que se diria quase perene, abismal, perturbada tão somente pelas faíscas da lava, que corria e se acumulava num grande lago flamejante, mais ao longe.

Decorrido o evento com caracteres miraculosos, que acabáramos de observar, o ser fascinante, diabolicamente possuidor de um magnetismo que transmitia poder, um dos dragões em pessoa, retornara para exercer a sua maldita soberania, como ditador impiedoso, a subjugar todos os espíritos moradores daquele antro de martírios, por muitas e muitas gerações.

Sob o olhar atento de João Cobú, retornamos lentamente pelos mesmos caminhos palmilhados até ali. Por algum tempo Raul sentiu ainda o cheiro exótico a exalar de seu corpo espiritual, como puro reflexo das condições adversas e dos fluidos grosseiros, quase materiais, encontrados naquelas terras tenebrosas.

Reflexões profundas foram inspiradas por essa visita que fizemos a uma das regiões de trevas mais inferiores do planeta, nos dois planos da vida. Que pensamentos poderiam passar pelas mentes de seres como aquele que víramos? Quais planos seriam arquitetados pelos dragões e seus subordinados, os espectros ou chefes de legião?

Ainda estávamos pensando nessas questões, quando João Cobú nos convidou a participar de uma conferência entre os seres subordinados aos dragões e seus superiores. Os chefes de legião se reuniriam em determinado lugar naquelas paragens, e alguns ditadores astrais, os dragões, estariam presentes. Pai João nos disse que seria uma oportunidade de ouvirmos dos próprios envolvidos alguma coisa sobre seus planos. Quem sabe assim poderíamos fazer uma ideia mais ampla a respeito de sua personalidade, seu caráter?

Depois de tudo acertado, e munidos da permissão do Alto, dirigimo-nos com uma legião de guardiões para o lugar ao qual Pai João nos guiava. O local parecia uma das cúpulas de poder, um conjunto conhecido entre os chefes de legião das sombras como Pavilhão dos Invencíveis. O nome imponente já representava o orgulho e a pretensão dos soberanos daquela dimensão das trevas. A construção se erguia entre diversas outras, e sua arquitetura soberba não parecia algo terreno, humano. Havia mesmo algo de inumano na aparência do lugar, algo que não poderíamos definir. O emblema da suástica encimava o pórtico do pavilhão.

Quando nos avizinhávamos do pavilhão, Jamar e um representante de outra legião de guardiões, que nos acompanhava, acercaram-se de um dos espectros, que montava guarda na entrada. O ambiente era protegido com campos de força mui-

467

tíssimo fortes, e os espectros — seres a serviço dos dragões — estavam atentos à menor aproximação. Jamar e seu companheiro chegaram quase furtivamente perto do chefe de legião.

— Alto lá! — pronunciou o espectro. — Mostrem suas credenciais ou serão escravizados pelos soberanos.

Jamar e Anton, o outro guardião, apresentaram-se de forma a não deixar pairar a mínima dúvida quanto às suas credenciais:

— Somos guardiões da luz. Estamos aqui com autorização dos superiores e do Cordeiro.

— Que procuram entre nós os representantes do Cordeiro? Bem sabem que estamos em polos opostos. Além do mais, temos uma importante conferência, da qual só participarão os convidados dos soberanos.

— Somos enviados do Cordeiro — tomou a palavra o guardião. — Temos credenciais que nos permitem entrar e sair quando quisermos. Comunique isso ao seu superior.

— É coragem ou estupidez o fato de virem aqui? — perguntou o chefe de legião.

— Nem uma nem outra — respondeu Jamar, seguro de si. — Não é preciso muita coragem para enfrentar sua estirpe quando se tem autoridade superior. E nunca será estupidez preferir se informar, pesquisar e ouvir o outro lado em vez de guerrear ou usar de métodos antiéticos. Como se sabe em todo o astral, sua legião prefere a força e a coação. Os enviados do Cordeiro preferem os métodos mais brandos, como o uso da razão, do coração e da força moral, que em tudo é superior. O semblante do espectro parecia irradiar ódio. Ele não esperava uma resposta à altura de sua provocação. Mas os guardiões foram firmes.

Após ouvir a palavra do guardião representante de um comando superior, o espectro deslizou em meio aos fluidos grosseiros de sua zona de ação. Afoito, dirigiu-se a um dos dragões, que exercia a liderança no local. Ao retornar, já parecia menos seguro de si, pois, para sua surpresa, trazia a permissão dos dragões para a entrada da comitiva. Eles sabiam não poder ignorar o comando superior dos guardiões, que estava diretamente subordinado ao governo oculto do mundo, o colegiado de seres sublimes que administravam o planeta sob a amorável orientação de Jesus. Não havia como desprezar tamanha autoridade.

A um sinal de Jamar e Anton, achegamo-nos aos dois. Agora a equipe estava completa novamente. Voltando-se para o espectro, Anton falou com firmeza:

— Não interferiremos em seus planos. Estamos

aqui somente para observar. Podem continuar suas atividades.

— Você sabe que não podemos simplesmente ignorá-los. Os soberanos — assim se referiam aos dragões — deram ordens a respeito de nosso comportamento quanto a vocês. Não acatamos ordens do Cordeiro nem de seus representantes.

— Não importa o que pensam, estamos apenas representando um poder superior.

Dessa maneira, o guardião deu por encerrada a conversa com o espectro. Minha curiosidade aumentava vertiginosamente ao ouvir a conversa entre o chefe de falanges dos dragões e o guardião. Anton, então, resolveu me socorrer, fazendo algumas observações:

— Os chefes de legião, conhecidos entre os espíritos inferiores como espectros, são os encarregados de administrar as ordens dos dragões e de se expor vibratoriamente no lugar deles. Na verdade, não é do feitio dos chamados soberanos atuarem no chamado campo de batalha espiritual; muito longe disso. Sentem-se tão superiores, como representantes de uma constelação de poder reconhecida entre os habitantes do astral, que encarregam outros seres dessa função, como se nomeassem assessores ou porta-vozes. Conduzem tudo da clausura de suas bases, nas profundezas da escuridão.

"Os chefes de legião, de um modo geral, são os responsáveis pela arquitetura dos planos de ataque às organizações do bem e às nações do planeta Terra. Elaboram investidas contra expoentes do pensamento progressista, contra governos e líderes comunitários de expressão, representativos em âmbito global. Eles também são os organizadores e supervisores das bases, dos laboratórios e das comunidades astrais de grande importância para os planos dos dragões."

Olhei para o chefe de legião e vi que estava envolvido numa estranha luminosidade, que, embora fraca, abraçava-o por inteiro. Diante de minha curiosidade, Anton explicou.

— Por ocuparem uma posição importante em sua estrutura de poder, os chefes de legião costumam se apresentar protegidos por potentes campos de força, frequentemente associados a campos de invisibilidade, para que não sejam percebidos, tanto entre os desencarnados, quanto pelos médiuns desdobrados em corpo astral.

— A aparência desses espíritos me traz algo à memória; no entanto, não consigo definir com precisão o quê...

— Os espectros ou chefes das falanges sombrias são antigos generais nazistas e outros estrategistas, que participaram de inúmeros conflitos ao longo da história. Entre eles, encontram-se cientistas do III Reich e personalidades que articularam ou fomentaram guerras, inclusive pelo caminho da diplomacia subvertida, fazendo-se temidos em diversas latitudes do planeta.

— Entendo agora as imagens que me vêm à tona — retrucou Raul, lembrando as ideias que a imagem do estranho chefe de legião fazia com que eclodissem em sua mente.

Proporcionando um tempo para que pudéssemos assimilar as observações, o guardião continuou, decorridos alguns instantes:

— Normalmente, os chefes não enfrentam diretamente o campo de batalha espiritual. Assim como seus superiores, também buscam preservar-se, ainda que num nível diferente, pois, ao contrário dos dragões, não ocupam o primeiro escalão da hierarquia maligna. Os chamados espectros apenas arquitetam e organizam as ideias, indicando, de longe, as estratégias para se efetivarem as ofensivas, perpetradas por espíritos não menos perigosos. Eis a razão por que, no âmago desse sistema de forças e poder que compõe a estrutura das trevas, surgiu a necessidade de se instaurar a figura do subchefe ou comandante. Ele, sim, recebe dos espectros os projetos com os quais trabalha, visando à execução do planejamento contra as instituições mundiais.

Sob a orientação dos espectros, encabeça e lidera diretamente as legiões de ataque às bases e fileiras do bem. Como se poder ver, sua posição também é significativa entre as legiões astrais; constitui o terceiro escalão de poder. Comporta-se como um general, que atua supervisionando as falanges diretamente nos campos de batalha, tendo à disposição imenso contingente de espíritos especializados em diversas áreas, tais como ciência, medicina, magia, engenharia genética, assistência técnica, etc.

— Então existe uma organização intricada, que me parece também muito eficaz, dirigida pelos dragões. Os espíritos especialistas, como magos, cientistas e outros, conhecem toda a extensão dessa máquina?

— Apenas alguns poucos entre os magos e um ou outro cientista têm noção da existência dessa estrutura de poder maior. Em geral, os especialistas das sombras formam suas próprias associações e, do alto de sua pretensão, ignoram que são dirigidos ou induzidos por uma força mais tenaz, ditatorial, como a dos dragões.

— Aliás — interveio Jamar —, faz parte da política de poder dos dragões, segundo pudemos observar, que seus subordinados não saibam muita coisa sobre eles. Preferem comandar tudo mantendo os subalternos na ignorância de sua própria existência. Isso se reproduz, de certo modo, em toda a escala do mal. É comum que, embevecido com o próprio mando, o representante de determinado patamar hierárquico seja levado a crer que é soberano em suas atitudes. Alimentam a ilusão de subjugar, sem serem subjugados.

— Exatamente — tornou a falar Anton. — Enquanto os cientistas e a maioria dos magos se entregam aos seus planos complexos de obsessões, os dragões se ocupam com questões mais globais. Não se envolvem em casos particulares, deixando àqueles que se curvam a sua ascendência esse tipo de ocupação.

"O contingente de espíritos a serviço dos dragões é descomunal e não pode ser ignorado, de modo algum. Os comandantes das legiões ou subchefes têm à disposição muitas equipes de obsessores especializados, como grupos inteiros de peritos em informações divulgadas pela Internet, de observadores e investigadores, além de juristas, especialistas em sexualidade, hipnotizadores, religiosos inquisidores, etc."

Os guardiões estavam cientes do assombro meu e de Raul diante de organização de poder tão sofisticada quanto essa com que deparávamos. Havia muita coisa a estudar no que concerne à política adotada pelos dragões e seus comandantes diretos, os temidos espectros, chefes de legião. Do local onde estávamos pudemos observar os diversos representantes das ideias dos dragões ou seus aliados.

— Por Deus, pelos bons espíritos! — pronunciou Raul, teatralmente. — Vejam como isto aqui está cheio de gente. Quem são aqueles seres estranhos ali?

— São irmãos das estrelas — respondeu Anton.

— Eles têm igual interesse em conhecer os planos dos detentores do poder nestas regiões de trevas. Pretendem auxiliar a Terra no momento decisivo. Mas nem pense em abordá-los, pois sua delegação está aqui sem ser percebida pelos dragões. Somente nós os vemos.

— Vejam — gritou Raul, apontando em determinada direção, com euforia. — Ali... Assemelham-se a encarnados. São representantes de governos da Terra!

— Exatamente, Raul — elucidou Jamar. — Líderes de diversos países do mundo vêm aqui, desdobrados. Repare como são trazidos e colocados em local à parte dos demais espíritos. Representantes políticos e alguns religiosos, os quais você poderá reconhecer muito bem, juntamente com esses chefes de governo, são interventores dos dragões, reencarnados neste momento da história da humanidade. Participam ativamente do planejamento estratégico dos chamados soberanos das trevas. Mais tarde, ao retornarem a seu corpo físico, levarão as ideias recebidas e compartilhadas do lado de cá.

— Todos vocês sabem o que está em jogo por aqui — sentenciou Pai João, interferindo na conversa. — Devemos manter a discrição, e você, Raul, meu filho, procure não ficar impressionado com as pessoas que reconhece aqui, desdobradas. Se formos habilidosos em nossas averiguações e diplomáticos em nosso comportamento, ninguém deve ter nada a temer. Certamente os dragões já modificaram seu programa, ao saberem da nossa presença. Vejam lá, ao longe.

Pai João apontou em direção a uma plataforma onde se localizavam alguns seres, em tudo diferentes dos demais.

— São seres artificiais manipulados pelos senhores das trevas. Os próprios dragões temem a presença dos representantes do Cordeiro e, por isso, manipulam à distância os clones. Através deles, sabem de tudo o que ocorre na conferência e, igualmente por seu intermédio, podem se dirigir aos presentes sem se expor vibratoriamente.

Um a um os diversos representantes do império dos dragões foram se acomodando em seus devidos lugares. A conferência iniciara-se. Um dos espectros, muito habilidoso com as palavras, tomou a iniciativa de prestar reverência aos seres artificiais, como se fossem os próprios dragões ali presentes.

— Meus senhores, sabemos que o mundo está numa encruzilhada no que tange ao momento evolutivo de seus habitantes. Ninguém aqui pode desprezar o fato de que os representantes do Cordeiro fazem de tudo para sabotar nossos planos, inclusive enviando a esta conferência, que deveria ser secreta, seus agentes — anunciou, olhando-nos com certo respeito. — Portanto, faz-se necessário medir com cautela nossas palavras, ao fazer nossos pronunciamentos perante os soberanos, pois sabemos que não será possível deter abertamente os agentes do Cordeiro. Teremos de tolerá-los.

Dando por iniciada a conferência, ainda que frustrado pela surpresa ingrata, a seu ver, o chefe de legião convidou algumas delegações do poder invisível a se pronunciarem. Um chefe político assumiu a plataforma, dirigindo-se aos demais. Quem primeiro falou foi uma mulher, desdobrada, secretária de estado de uma nação de grande monta.

— Estamos nos ocupando atualmente de vários assuntos no âmbito das relações internacionais, mas o que nos preocupa, principalmente, são os povos do Oriente. Nossa política precisa seguir o planejamento traçado na última conferência, quando determinamos que trabalharíamos para desestabilizar os fatores econômicos e sociais do mundo a partir das bases no Oriente Médio. Uma vez comprometida a economia mundial, inclusive com sério prejuízo para muitos empreendimentos de nossa nação, as pessoas no planeta não terão o mínimo de tranquilidade para pensar em sua vida espiritual.

Perplexo e indignado com a ideia ali exposta, Raul olhou para mim. Ele entendia agora o plano por detrás das palavras da secretária de estado, que estava desdobrada e participando da conferência do império das sombras. Encarei Raul com firmeza, de modo que ele se apercebeu da urgência de conter-se, procurando aplacar as emoções que ameaçavam emergir de seu interior. E mal havia começado a reunião; aquela era apenas a primeira manifestação dos líderes sombrios. Após alguns minutos, encerrado o discurso inaugural, um dos chefes de legião tomou a palavra:

— Sabemos que nossa estratégia está correta, pois ela já foi inúmeras vezes mencionada pelos soberanos, os dragões, o que indica aprovação por parte deles. A ideia de desestruturar a economia global com certeza levará os povos da Terra a um grande derramamento de sangue. Haverá desespero, suicídios e vários levantes entre os países menores e mais pobres. Pretendemos promover um rompimento definitivo entre os humanos e seus mentores desencarnados através do choque econômico, que afetará muitas nações do mundo. Um confronto aberto com os representantes do governo oculto do mundo seria um risco muito grande; por essa razão, é de suma importância que consigamos desequilibrar as economias mundiais, e, nesse contexto, as nações do Oriente são instrumentos preciosos em nossas mãos.

Em seguida, outro chefe de legião inscrito na ordem do dia resolveu dar sua contribuição, na conferência dos representantes das regiões inferiores.

— Primeiramente, conquistamos a confiança da nação americana e de muitos representantes políticos que estão aqui conosco, temporariamente fora do corpo. Sabemos que, numa democracia, nunca é apenas um homem quem decide os destinos da nação; por isso, nosso esforço em estabelecer sintonia efetiva com os representantes do Congresso, amealhando parceiros mesmo entre aqueles que, quando estão em seus corpos físicos, clamam ser da oposição.

"Precisamos atacar alguns sistemas de governo ou, ainda com mais propriedade, a população de alguns países, pois eles representam um trunfo para nossos adversários, os filhos do Cordeiro. Alguns países da América do Sul, como Brasil e Venezuela, Argentina e Chile, precisam urgentemente ser acoplados ao nosso sistema de poder de forma definitiva. Alguns passos têm sido dados nesse sentido. Não ignoram os senhores que o Brasil, especificamente, representa um centro de ideias que para nós é fonte constante de dor de cabeça, bastante complicado administrar.

"Tentaremos convencer políticos influentes a nos auxiliarem na execução de nossos planos. Caso se oponham, mesmo que indiretamente, ou se porventura se mantiverem ao abrigo de seus mentores, usaremos da coerção sob todos os aspectos. Os cientistas astrais desenvolvem atualmente seres artificiais ou clones que poderão ser extremamente eficientes na manipulação mental dos representantes políticos de muitas nações. Nossos agentes estão por toda parte, objetivando colher o máximo de informações, para então submetê-las à apreciação dos senhores de nosso império."

Após as palavras daquele chefe de legião, outro espírito, dando mostras de pertencer à falange dos magos, fez sua declaração:

— Nossa legião está determinada a inspirar dignitários do poder político do Oriente a se aliarem a alguns estados sul-americanos. Pretendemos alimentar a ideia de que uma coalizão de governos antiamericanos representará oposição à política expansionista dos EUA. Portanto, nosso principal objetivo na atualidade é o desenvolvimento da tecnologia nuclear entre algumas nações do Oriente Médio, visando fazer frente ao poderio das nações mais ricas, fato que, por si só, suscitará disputas intermináveis. Na verdade, tanto norte-americanos quanto alguns povos de todo o Oriente, nós os temos inteiramente em nossas mãos, através de seus dirigentes políticos. Contudo, ao nos concentrarmos nas estratégias particulares, não podemos esquecer os objetivos gerais — adiar indefinidamente o progresso do planeta, para que nosso poder se consolide nas duas dimensões da vida.

Ao fim daquele pronunciamento, uma comissão de mandatários do poder religioso a serviço dos dragões adentrou o ambiente da conferência. Na comitiva encontravam-se alguns representantes encarnados, que ali compareciam em desdobramento astral. Duas figuras altamente graduadas entre os chefes de legião os acompanhavam de perto.

Com um gesto que denotava estarem familiarizados com aquele tipo de reunião, curvaram-se diante dos seres artificiais que julgavam ser os dragões, bem como diante dos chefes de legião propriamente ditos.

— Supomos que haja apenas um ponto na pauta de nossa conferência — disse o representante da comitiva. — Adiar indefinidamente a evolução do planeta. Não resta a menor dúvida de que os planos que dizem respeito às questões da política terrena precisam urgentemente ser postos em prática, pois representam um fator crucial no contexto geral de nossos soberanos. Todavia, não podemos ignorar a realidade social e religiosa dos povos do planeta. Ninguém ignora que, notadamente no Oriente, as questões religiosas estão intrinsecamente associadas ao fator político e, com intensidade ainda maior, ao terrorismo.

O enviado das questões religiosas, entre os seres fiéis aos dragões, aparentava um aspecto tão brutal que, de longe, parecia ser a última pessoa a estar envolvida com religião e espiritualidade dos povos. Pelas suas palavras, podia-se depreender que era um hábil estrategista e, segundo os registros dos guardiões, também um cientista político e social versado no comando mental de líderes religiosos. Astuto, sagaz e habilidoso com as palavras, sabia dissimular com maestria seus verdadeiros propósitos. Ele não ignorava nossa presença ali, embora jamais fôssemos interferir diretamente nos acontecimentos que se desenrolavam, desrespeitando assim a condição — até certo ponto diplomática — que ditava as regras de não-ingerência nos planos das trevas enquanto estivéssemos apenas observando. Dando sequência a seu pensamento, o ser que falara antes prosseguiu:

— Contamos com certos fatores que nos favorecem: ilusões culturais e religiosas, crenças e dogmas estabelecidos por certas religiões e, além de tudo isso, o próprio desespero da população terrestre ante os acontecimentos naturais e sociais, responsável inclusive por levá-la à busca de cultos sensacionalistas e espetaculares. Novos planos estão sendo traçados por nossos cientistas da religião, visando envolver as pessoas em conceitos absurdos, mas facilmente admitidos por aqueles que não estão acostumados a usar o raciocínio crítico ou pensar de forma mais lógica. Temos aliados em diversas instituições religiosas do planeta, mas, no Ocidente, principalmente, contamos com movimentos ligados ao cristianismo, que, diga-se de passagem, está em franca decadência. As doutrinas que foram enxertadas no corpo espiritual das igrejas representam uma enorme confusão para a mente e o sentimento das pessoas. No entanto, é necessário permanecer de olhos bem abertos, providenciando para que mais figuras de destaque nesses meios sejam instrumentalizadas com intenso poder magnético, a fim de influenciarem seus adeptos de maneira ainda mais determinante. Estamos convencidos de que nossos aliados no campo da religião levarão o cristianismo à derrocada definitiva, e as ideias do Cordeiro, a um emaranhado caótico e crescente.

O locutor fez uma pausa, como se meditasse com vagar nas palavras que estava prestes a pronunciar. Parecia não querer dar todas as informações naquela assembleia, pois, com nossa presença, alguns fatores preciosos e detalhes-chave precisavam ser omitidos pelos potentados das trevas.

— Estamos contando com o poder de persuasão de líderes religiosos em todo o planeta — continuou o chefe das legiões sombrias. — Nosso projeto é de longo prazo, e não há por que ter pressa em consolidar os pormenores, que serão definidos à medida que os humanos encarnados nos oferecerem condições mentais e emocionais para agirmos. Entretanto, ao mesmo tempo em que insuflamos nos expoentes religiosos a busca por destaque, precisamos destruir neles a ética, abalando irremediavelmente a confiança que o povo deposita nesses homens, fazendo com que lentamente deixem a dúvida e a indecisão tomarem o lugar da fé. Se, por um lado, muitos representantes das religiões no mundo estão comprometidos conosco, por outro lado temos de instigar o descrédito na direção maior do âmbito religioso, bem como em seus ilustres encarregados.

"Nem tudo constitui bons prognósticos. Nossas investigações mostram inequivocamente que algo está acontecendo entre os adeptos do espiritualismo na Terra, ainda que não saibamos defini-lo com precisão, o que nos obriga a ser mais cautelosos em nossa investida. Estamos confiantes no desenvolvimento da técnica astral, por parte dos cientistas e magos negros, a fim de dispormos de melhores condições para ativar o grande plano dos dragões. Neste exato momento, enviamos um exército de artificiais manipulados à distância, para se imiscuírem entre os espiritualistas do Ocidente. Precisamos estar preparados para qualquer eventualidade. Mas, como procuramos demonstrar, o cenário é favorável, e temos convicção de que o mundo em breve estará definitivamente em nossas mãos."

A esta altura da fala do chefão das sombras, alguém na assembleia ousou perguntar:

— E quanto aos planos para enfrentar os espíritas e umbandistas da miserável Terra do Cruzeiro? Há algo definido? Que estratégia utilizar para evitar que se intrometam em nossas questões? Estão disseminando sua praga avassaladora, ainda que com alcance restrito, em nível mundial.

— Evidentemente — respondeu prontamente o

ser que fora questionado e interrompido. — Quanto aos espíritas, não precisamos nos ocupar com eles. Estão tão entretidos em analisar o que é doutrinário ou antidoutrinário, que se perderam em meio a discussões estéreis. Além do mais, são inimigos íntimos entre si, e eles mesmos se incumbem de anular seus próprios esforços com a desunião que reina entre eles. Com relação aos umbandistas, contamos com a estratégia do desânimo no tocante a qualquer iniciativa que se aproxime do estudo. Como a maioria já possui tendências nesse sentido e não gosta de se esclarecer, ficam presos a ideias fantasiosas que permeiam o movimento espiritualista, à mercê de muitos pais e mães de santo que não investem no conhecimento de seus filhos.

Após ligeira pausa em suas repostas, que foram resumidas, porém comprometedoras, o representante do poder religioso continuou:

— Como dizia antes, estamos enviando um contingente de clones artificiais, contando com a assessoria de magos e cientistas. Pretendemos que esses seres, disfarçados com a feição de cada um dos mentores individuais, gradativamente tomem o lugar destes, ao aparecerem para seus médiuns ou para os dirigentes espiritualistas. Devemos minar os esforços dos emissários do Cordeiro em qualquer contexto no qual se apresentem; do contrário,

486

sua confiança atingiria os limites do insuportável para nossos tentames. Trago comigo a tática a ser empregada, descrita em detalhes, e a disponibilizo para os senhores.

"Nosso maior trunfo, contudo — prosseguiu eufórico em seu discurso —, é o nascimento do anticristo nas terras brasileiras. Um poder, uma formação político-religiosa esboça-se de tal maneira que será, para nós, um dos maiores instrumentos de ação que poderíamos utilizar. Essa instituição de poder político-religioso será o anticristo. Temos trabalhado para que indivíduos de destaque na esfera religiosa concorram, cada vez mais, a cargos eletivos no Congresso Nacional do Brasil. A união do estado à religião trará o recrudescimento de uma força única, de natureza temporal e espiritual, elementos fundidos numa só expressão. É a Besta[2] que finalmente ressuscita! Eis o projeto anticristo, a Besta que sorrateiramente renasce no Brasil."

Os representantes das diversas falanges, assim como os encarnados desdobrados que participavam do conclave, começaram a falar ao mesmo tempo. Empolgados, pareciam em êxtase, como se tivessem se esquecido da nossa presença ali. Instantes depois, as perguntas foram surgindo, uma a uma.

[2] Cf. Ap 13; 17.

A sala de conferência estava lotada, e havia ali representantes de várias legiões das sombras. Cada um deles procurava apresentar seus planos aos demais integrantes da assembleia. Chegou a tal ponto que Pai João julgou mais apropriado reconduzir Raul ao corpo físico, pois ele estava visivelmente abatido e precisava se reabastecer de energia vital. Além do mais, ele demonstrava aquela estranha inquietação, que denotava um desejo quase incontrolável de interferir no processo em andamento, o que poderia causar uma situação embaraçosa. Ficamos ali, os guardiões e eu, enquanto João Cobú se encarregava pessoalmente de encaminhar Raul a uma estância de refazimento espiritual, ainda antes de acoplá-lo ao veículo físico.

Antes do término daquele conclave, os guardiões sob o comando de Jamar e Anton receberam um importante comunicado do Alto. Os dragões arquitetaram uma investida no ambiente físico do planeta, que levariam a cabo enquanto a conferência se desenrolava. Partimos imediatamente dali, deixando uma comitiva de guardiões a postos, e fomos em direção ao local onde seria perpetrado o ataque. No fundo do oceano, onde forças titânicas estavam sendo desencadeadas, encontrava-se o lugar pretendido pelos dragões.

Quando chegamos às proximidades do local

indicado pela informação do comando superior dos guardiões, Pai João já estava lá com uma equipe de caboclos, pais-velhos e outras entidades, que se deslocavam em direção à moradia dos homens, na superfície.

Os dragões tinham muito apreço por demonstrações de força como essa, para que seu poder não fosse questionado entre os representantes das trevas. Aproveitavam certos elementos naturais e disposições climáticas existentes na Terra, a fim de dar impulso à sua força mental e à sua tecnologia astral para dinamizar um processo considerado natural. Sem essa intervenção, demoraria ainda muito tempo para que certos efeitos fossem atingidos. O caos pretendido causaria transtornos imensos em diversos países e seria favorável aos planos de longo prazo das hostes sombrias.

De uma base dos dragões, partira um ligeiro reverberar de energia, que atingiu as massas de lava no interior do planeta. Uma fissura imensa foi provocada com a emissão do fluxo de energia, feita no local apropriado, tirando vantagem das condições existentes, que já eram críticas. Os pais-velhos, caboclos e entidades ligadas às equipes de samaritanos colocaram-se a postos para socorrer vítimas — especialidade número um deste último grupo de entidades — e receber o imenso contingente de espíritos que certamente desencarnaria em meio ao cataclismo. Tudo estava preparado do nosso lado.

Segundo pude me informar, os guardiões conseguiram congregar naquela região pessoas que tinham necessidades cármicas semelhantes, isto é, inspiraram encarnados que precisavam passar por experiências drásticas a se reunirem no mesmo lugar. Seriam aproveitados os fenômenos desencadeados no ambiente físico-astral para a transferência de uma quantidade enorme de pessoas para o plano extrafísico.

Os agressores espirituais, os dragões e seus subordinados, continuavam se concentrando no local pretendido. Eles acabariam vendo seu intento cumprido, porém ignoravam o trabalho desenvolvido pelos guardiões e pelas demais equipes espirituais, que já estavam a postos, tomando providências há algum tempo. Os dragões sabiam da superioridade espiritual dos representantes do Cordeiro, e, além disso, não era novidade para eles como os espíritos do bem aproveitavam situações aparentemente drásticas para sanearem a atmosfera psíquica do planeta Terra.

Rios de lava movimentavam-se no interior do planeta, e correntes submarinas começavam a se formar, em função de certas condições geológicas, atmosféricas e energéticas, as quais recebiam o incremento da energia psíquica dos dragões e seus prepostos. Caso os encarnados pudessem divisar a realidade em nosso plano, veriam grandes torrentes de energia sendo canalizadas pelos dragões, as quais faziam o mar ficar desmesuradamente revolto. A impressão é que o planeta iria sucumbir a qualquer momento. No entanto, as diversas fraternidades de seres a serviço do bem estavam já trabalhando para socorrer os espíritos que chegariam ao nosso plano. Essa pretensão dos dragões, dinamizando um processo natural, serviria para promover a partida de uma parcela da população para o plano extrafísico, e, de lá, muitos dos espíritos que desencarnariam naquele incidente natural seriam preparados para deixar o planeta.

A irradiação das energias dos dragões atingiu outros locais do planeta; porém, a ocorrência de fatores físicos semelhantes, igualmente complicados, poderia ser retardada pelos guardiões, que já trabalhavam para a situação ser controlada. Mesmo que os encarnados ficassem chocados com os eventos iminentes, não encarariam a totalidade do que fora planejado pelos dragões, pois que muita coisa fora amenizada por determinação do Alto.

A costa de determinado país foi sacudida ante a assolação das ondas, que pareciam irromper trovejando, causando estrago sem precedentes, ao menos nas últimas décadas. De outros recantos do planeta vinha ajuda, mas insuficiente para aplacar toda a ira da natureza. Os guardiões acionaram geradores de energia astral de altíssima capacidade, a fim de diminuir a ação daquele evento gigantesco, que se abatia sobre uma parcela da humanidade. O acionamento das potentes usinas também dispersava o ectoplasma acumulado das vítimas da catástrofe, evitando que os seres das sombras roubassem as energias vitais liberadas. Eles não poderiam fazer nada mais ali.

De um e outro recanto das dimensões próximas à Crosta, iam e vinham equipes socorristas que se dispunham a tempo ao trabalho de auxílio em nome do Cordeiro. Aquilo que fora estudado e engendrado pelos dragões somente em parte fora consumado, pois os guardiões haviam previsto e desvendado muitos dos planos, de maneira que o auxílio foi providenciado com antecedência.

Por iniciativa dos dragões, a conferência havia sido planejada com os mínimos detalhes, e fazia parte do fechamento daquela assembleia a demonstração de poder das entidades pérfidas. Entretanto, o plano fora descoberto pela equipe espiritual dos guardiões, que, juntamente com médiuns desdobrados e seus mentores, trabalhavam para que a ordem fosse restabelecida, embora os transtornos emocionais e físicos causados.

Tudo isso produziu em mim intensas reflexões. Fiquei a imaginar quanto falta aos nossos irmãos encarnados se fortalecerem em conhecimento, disciplina, garra e organização para enfrentar, de igual para igual, essas questões tão sérias e intricadas, que guardam relação estreita com as comunidades umbralinas e subcrustais que operam com o objetivo de retardar o progresso a humanidade.

— Temos diante de nós um desafio imenso — principiou Pai João, surpreendendo-me em meus pensamentos, ditando-me alguns apontamentos e observações. — É inadiável atualizar o conhecimento espiritual, capacitar os médiuns, instrumentalizando-os com estudo e novas técnicas, além de fundamentar nossas ações nos princípios éticos do Evangelho do Cristo. Estamos no meio de uma batalha espiritual sem precedentes na história. Somos nós os chamados para a hora do Armagedom.[3]

"Médiuns, nossos irmãos e parceiros, a urgência da hora exige de vocês — assim como de nós, espíritos — um comprometimento integral com a causa do bem. Não há lugar para vacilações e dúvidas, nem tempo para pestanejar. O momento histórico e espiritual que vive o planeta Terra chama-nos à res-

---

[3] Cf. Ap 16:16.

ponsabilidade, e quem não se colocar como instrumento das forças superiores do bem e da luz já está, por si só, entregando-se como instrumento da discórdia e das forças de oposição ao Cordeiro.

"Invistamos no conhecimento superior — prosseguiu o pai-velho. — Sejamos nós os trabalhadores da última hora, porém aqueles que se especializam para o enfrentamento das questões sérias desencadeadas pela obsessão em suas formas mais complexas, mas nem sempre sutis. O Plano Superior aguarda novos parceiros, e não apenas médiuns passivos. Espera instrumentos participativos e atuantes, para que a vitória das falanges do bem seja decisiva, e a Terra, em breve, seja liberada da carga tóxica e das energias densas que a mantêm na retaguarda da evolução."

Após nossas observações no tocante ao reino das sombras, emergimos das regiões abissais em direção às claridades do lar espiritual que nos abrigava, retomando a roupagem fluídica que nos era própria. Raul, por sua vez, vinha conosco, depois que João Cobú o reconduziu para refazimento em estância superior. Deveria restabelecer-se, liberando o corpo espiritual de eventuais resíduos, e, sob a tutela dos nossos benfeitores, sua saúde, razoavelmente comprometida, poderia alcançar relativo equilíbrio. Fomos recebidos por Joseph

Gleber, que pessoalmente nos abraçou, enquanto juntos, em oração, agradecíamos ao Pai pelas oportunidades e nos colocávamos sempre dispostos a novos investimentos que porventura nos fossem dirigidos. Não havia dúvida de que as reflexões advindas das últimas experiências enriqueceram nosso espírito, que se preparava para novas frentes de trabalho, que, com certeza, seriam prodigalizadas a todos nós.

NOTA À 2ª EDIÇÃO REVISTA
pelos autores

E M *Legião*, as descrições do panorama astral, notadamente as que envolvem aspectos da ciência e da técnica extrafísica, foram compostas a partir de um convite do espírito Ângelo Inácio feito a três cientistas alemães, também escritores desencarnados, bem como a outro encarnado, durante momentos de emancipação da alma ou projeção da consciência deste indivíduo.

Como repórter, Ângelo conduziu diversas entrevistas e, mais do que isso, convidou esses espíritos a participar na elaboração de certos trechos, principalmente a respeito da tecnologia extrafísica, como no que tange ao funcionamento do aeróbus e às propriedades do magnetismo animal e do eletromagnetismo. Os convidados visitaram a metrópole espiritual onde Ângelo Inácio estagia e conheceram de perto os detalhes do que deveriam relatar. Entenderam que poderiam escrever livremente, contudo seus textos seriam submetidos à aprovação de Joseph Gleber, espírito responsável pela orientação do médium. Depois de revistos, editados e liberados por Joseph Gleber, que lhes alterou substancialmente o conteúdo, adaptando-os ao vocabulário espírita, foram novamente editados por Ângelo Inácio, a fim de adequá-los à linguagem da obra e encadear o conteúdo técnico-científico à narrativa.

Como se pode ver, Ângelo contou com a colaboração de diversos espíritos para a formação do texto final de *Legião*. Entre os que mais contribuíram, destacam-se W. W. da Mata e Silva,[1] Menininha do Gantois[2] e Júlio Verne.[3] Outros autores desencarnados preferiram ficar no anonimato, pois

[1] Médium e escritor, o pernambucano W. W. da Matta e Silva (1917-1988) é responsável por uma espécie de sistematização da umbanda chamada esotérica, a qual apresenta como conhecimento filosófico (cf. Wikipédia. Acesso em: 12 abr. 2011).

[2] Maria Escolástica da Conceição Nazaré (1894-1986) talvez seja a representante do candomblé que mais projeção atingiu no Brasil e no exterior. Baiana de Salvador, Mãe Menininha do Gantois é mencionada em diversas canções da música popular brasileira (cf. idem).

[3] Nascido na França, Júlio Verne (1828–1905) é dos maiores escritores em

não queriam seus nomes associados ao espiritismo. Ângelo respeitou a privacidade e o desejo de tais espíritos. A seguir, algumas explicações do autor espiritual acerca do trabalho com *Legião*.

"Os eventos mostrados neste livro são verdadeiros, de modo algum produto de ficção. Nos capítulos de cujo conteúdo ressalta um viés científico mais elaborado, por fugir ao meu conhecimento pessoal, adaptei recursos obtidos nos registros siderais, disponíveis a qualquer autor encarnado ou desencarnado que, durante o processo de inspiração, se eleve às frequências mais altas, nos momentos de êxtase criativo. Assim sendo, no que concerne aos elementos próprios da ciência espiritual ao longo da obra, não há novidade no que escrevi.

"Quanto ao último capítulo — *A entidade* —,

matéria de aventura e ficção científica, considerado precursor de avanços científicos como submarino, máquinas voadoras e viagem à Lua. Sua estreia como escritor, em 1862, com *Cinco semanas em um balão*, expressa bem o gênero ficcional tão recheado de informações socioculturais e geográficas acuradas que caracterizaria definitivamente seu estilo. Sucesso desde a primeira obra, seu currículo está recheado de *best-sellers*, rendendo mais de 30 superproduções cinematográficas e quase uma centena de adaptações para TV ao longo dos anos, entre elas: *Vinte mil léguas submarinas*, *Viagem ao centro da Terra* e *A volta ao mundo em 80 dias* (cf. idem).

encontrei dificuldade em me utilizar dos recursos anímicos do médium e recorri igualmente aos registros siderais,[4] a projetos elaborados em dimensão superior e, sobretudo, à ajuda de um dos mentores da umbanda que trabalha pela evolução do pensamento humano, o qual nos auxiliou do lado de cá, emprestando-nos sua forma de ver o referido personagem. Foi somente devido ao auxílio desse espírito que pude adaptar o capítulo em questão, com o objetivo de produzir uma reflexão, uma espécie de tempestade cerebral nos leitores. Esse texto é, reitero, uma adaptação, feita a partir da ajuda desse elevado mentor.

"Essa parceria foi necessária primeiramente para facilitar nosso trabalho lado a lado com o médium e também para que os leitores possam identificar, no futuro, outros instrumentos do Plano Superior abordando os mesmos assuntos, temas e conteúdos. No limite, nada do que escrevi é de autoria exclusiva minha; certas verdades são universais... Conforme os apontamentos de Allan

---

[4] Os registros do mundo astral constituem aquilo que os esoteristas costumam designar de *registros akáshicos*. *Akasha* é uma palavra sânscrita, de gênero masculino, que significa espaço, éter. Trata-se de um conjunto de conhecimentos armazenados no éter, que abrange tudo o que ocorre no universo.

Kardec a respeito da universalidade do ensino dos espíritos,[5] que os leitores constatem o método pelo qual os seres esclarecidos disseminam as mesmas verdades, por meios e elementos diferentes, frequentemente adotando formato similar e até idêntico, a fim de que a mesma verdade chegue a todos os filhos de Deus.

"Que o leitor possa compreender e formar um juízo, ainda que aproximado, acerca da situação espiritual envolvendo cada personagem, atendo-se mais a esse aspecto do que propriamente à descrição do ser retratado, que poderá apresentar similitude ou equivalência com outros relatos, de outros autores que produzem sob inspiração. O personagem descrito no último capítulo, por exemplo — exatamente este —, já foi percebido por outros sensitivos, escritores e médiuns em momentos de desdobramento. Tal figura não se constitui, portanto, em minha propriedade intelectual, seja na forma, seja no conteúdo, como se fora fruto de minha imaginação.

"Com isso, pretendo que os estudiosos reflitam mais detidamente sobre os eventos discorridos em *Legião* e se lancem à pesquisa e ao estudo — não do livro em si, mas dos temas nele arrolados. Que

---

[5] Cf. "Controle universal do ensino dos Espíritos". In: KARDEC. *O Evangelho segundo o espiritismo*. Op. cit. p. 27-37, Introdução, item 2.

discutam, discordem, estudem, e se porventura algo falar ao coração dos leitores, que se coloquem como instrumentos das forças soberanas da vida a fim de contribuir com o bem e o crescimento da humanidade. Onde estiverem, como estiverem, em qualquer religião a que se vinculem ou em que estagiem, possam ser úteis como instrumentos superiores nesta hora importante de definições de valores pela qual passa o planeta Terra.

"Por fim, acrescento que, no intuito de verificar o tipo de espírito percebido e as formas de descrição do mesmo ser do capítulo 9, assim como a similaridade das ideias e da forma, mesmo guardando diferenças no que tange a certas abordagens, que o interessado possa se reportar ao *The Tenth Planet*,[6] cuja descrição está em perfeita sintonia com nosso relato, embora conservando suas particularidades."[7]

---

[6] RUSCH, Kristine Kathryn. SMITH, Dean Wesley. *The Tenth Planet*. New York: Del Rey, 1999-2000. 3 vol.

[7] Na bibliografia, os itens assinalados (*) são indicações do autor espiritual para estudo e aprofundamento nos temas mencionados nestas explicações. Além dessas referências, de forma geral recomenda os ensinamentos de Mãe Menininha do Gantois e os estudos sérios sobre apometria.

*Portanto, não andeis ansiosos pelo dia
de amanhã, pois o amanhã se preocupará consigo
mesmo. Basta a cada dia o seu próprio mal.*

MATEUS 6:34

*Eu te fiz multiplicar como o renovo do campo,
e cresceste e te engrandeceste, e alcançaste grande
formosura. Formaram-se os teus seios e cresceu
o teu cabelo; contudo estavas nua e descoberta.*

EZEQUIEL 16:7

Posfácio

Um espírito diferente
por Leonárdo Möller
EDITOR

REOCUPADO com o andamento das atividades da Casa dos Espíritos Editora — casa dos *espíritos*, e não dos *espíritas* que nela trabalham, como fazem questão de periodicamente lembrar os imortais responsáveis por sua fundação —, Robson Pinheiro, de repente, resolve indagar o espírito Joseph Gleber sobre o futuro próximo dos trabalhos. Como um dos dirigentes espirituais da obra encabeçada pelo médium, que também compreende a Sociedade Espírita Everilda Batista, a Clínica Holística Joseph Gleber e a Aruanda de Pai João, o espírito do físico nuclear alemão, personagem coadjuvante em *Legião*, desconversa, para evitar estender o assunto. Apreensivo, porém, em virtude dos dramas graves de saúde que o acometiam durante toda a produção deste livro, o autor encarnado insiste.

Conforme argumentava o médium, a Editora — fundada por ele sob orientação dos Imortais, dada primeiramente através da pena de Francisco Cândido Xavier — fora inaugurada, sobretudo, para a publicação dos livros recebidos através de sua própria psicografia. Caso fosse desencarnar em breve, como fariam os companheiros frente ao áspero desafio de manter uma casa publicadora em operação com somente pouco mais de 20 títulos em catálogo? Será que os espíritos trairiam, pela primeira vez, sua confiança, pensou ele, entregando-lhe nas mãos tamanha fonte geradora de angústia ou, no mínimo, de inquietação, ao cruzar para o outro lado da vida?

Não sei bem ao certo se procediam as cogitações de Robson, e se de fato sofreria tanto, no mundo extrafísico, com a ausência de originais para publicarmos, a fim de concretizarmos a missão da Editora, que consiste na difusão das ideias espíritas sob determinada ótica. As elucubrações nossas, afirmam tanto os benfeitores que nos dirigem quanto a codificação kardequiana,[1] diferem muito entre si, quando se compara o que nos aflige em vi-

---

[1] Cf. KARDEC. *O livro dos espíritos*. Op. cit. p. 283, item 416.

gília com aquilo que pensamos afastados do corpo físico, em caráter temporário ou definitivo. A iminência de desencarnar não é fato inédito para Robson. Conforme chega a mencionar em sua introdução a este livro, no ano de 1997 esteve completamente desenganado pelos médicos, que lhe deram no máximo 3 meses de vida, o que já contrariava todos os prognósticos até ali. Para o espanto geral, porém, o médium escapou, sem sequela alguma, de uma infecção generalizada que o fizera mergulhar em 19 dias de coma. Surpresa inclusive para os amigos espíritas, que chegaram a lhe cochichar no ouvido, durante o coma:

— Pode morrer em paz, irmão Robson, pois lhe cederemos o caixão e a tumba previamente adquiridos por nossa família...

Nada como a sensibilidade e a generosidade na hora de exercer a bendita caridade, não é? Um amigo espiritual mais debochado denomina, ironicamente, de *crises de caridade* esses arroubos de bondade e enlevo que acometem, mais ou menos esporadicamente, os adeptos do espiritismo, de modo geral. Quando extrapolamos o limite do bom senso, querendo exterminar as dores alheias com nossa emoção desmedida e sem governo, ele sempre alerta, com bom humor:

— Não vai dar crise, né? Veja lá, hein? Vou chamar o Joseph pra você! — referindo-se ao mentor espiritual, conhecido por seu temperamento ágil e pelas palavras diretas, ainda que sempre amorosas, na hora das admoestações necessárias.

A sobrevivência de Robson não se deveu a equívoco dos médicos em suas previsões; elas seriam acertadíssimas, não fosse a intervenção que sucedeu, digamos, excêntrica, para os parâmetros dos profissionais da saúde. Os erros se deram todos muito antes, durante e após a internação de emergência — desde a admissão no bloco cirúrgico, feita sem os exames de praxe, até a sutura, prova inconteste de desleixo e negligência, que lhe deixou uma cicatriz 10 vezes maior do que o necessário. Foi o próprio Robson, desdobrado, sobre a maca, que chegou a ouvir do doutor, no hospital: "Vou fechar de qualquer jeito, pois esse não vai resistir, de maneira alguma".

No instante exato em que os médicos adentraram a UTI e se aproximaram da maca, ao fim do período de coma, o inesperado aconteceu. Esperavam efetuar a intervenção autorizada, ainda que a contragosto, pelos parentes de Robson Pinheiro: desligar os aparelhos que mantinham sua respiração. De súbito, o médium põe-se sentado na cama, num só movimento, dotado do vigor de um homem perfeitamente saudável, que o parecia possuir, e declara:

— Estou tirando meu médium daqui! — Na verdade, a voz que ressoa pelo quarto, carregada pelo forte sotaque alemão, não era precisamente de Robson, mas do médico Joseph Gleber, que se valia da faculdade da psicofonia.

Com as próprias mãos de seu pupilo, tomadas assim que pronunciou as breves palavras, o espírito vai arrancando cada um dos fios que prendiam o corpo recém-desperto aos equipamentos. Robson, que possui como característica a inconsciência dos fatos ocorridos durante o transe medianímico, não se recordaria de nada posteriormente, tomando conhecimento do acontecido pela boca das testemunhas mais achegadas a ele, entre as mais de 15 cujas convicções foram postas em cheque naquela tarde, no hospital.

A seguir, é o espírito Pai João de Aruanda, o mesmo que conduz as experiências relatadas neste *Legião*, que levanta o corpo quase moribundo da cama, com pouco mais de 50kg, de um homem antes corpulento, que pesava mais de 80kg. Sai a caminhar pela ala hospitalar, rumo ao apartamento, deixando estupefatos os que topavam com aquele ser lânguido a passear pelos corredores, com as vestes de mau gosto habitualmente usadas em recintos desse tipo. Como se não bastasse, já no quarto, Pai João, incorporado no médium, assenta-

-se sobre a cama, com as pernas cruzadas em posição de índio, e dispara a cantar. Isso mesmo, entoa cânticos de preto-velho, alto e bom som, com toda a potência extraída da garganta do médium, secundada pela devida cota de seu ectoplasma: "Cadê a minha pemba/ cadê a minha guia/ minha terra é muito longe/ meu gongá é na Bahia...". Era apenas o início da revitalização do médium.

Para a loucura generalizada, desde a primeira tentativa dos médicos e enfermeiros de se aproximarem do doente quase morto, uma barreira energética — invisível, porém concreta e atuante — impede que qualquer um se acerque do corpo de Robson Pinheiro.

— Não se aproxime, doutor; não adianta nem tentar. O que está acontecendo aqui o senhor não poderá explicar. — Quem esclarece é Marcos Leão, amigo do peito do médium, desde bem antes da fundação da Sociedade Espírita Everilda Batista, datada de 1992.

Resumida toda a história de 1997 — digressão das digressões... —, é hora de retomar os acontecimentos de 2006, às vésperas da publicação de *Legião*, no que dizem respeito à preocupação de Robson Pinheiro, manifesta ao espírito Joseph Gleber na conversa a que fiz alusão, no início deste texto. Ela prossegue mais ou menos assim:

— Espere o resultado do livro *Legião*, meu filho, antes de reclamar — retruca Joseph Gleber. — Depois, se tiver algo a dizer, poderemos ouvi-lo.

— Ah! Ainda bem que, pelo menos, nossos livros agradam ao público... — comenta Robson, um tanto desolado.

— Nada disso — declara decidido o mentor. — Nossos livros não agradam coisa nenhuma! Livros para agradar já temos aos montes por aí; nossos livros incomodam, abalam estruturas. É por isso que os produzimos: para provocar desconforto, mudança, reflexão. Se não for assim, não há razão para existirem.

Como editor, meditei muito nas palavras do orientador espiritual. E são verdadeiras, graças a Deus. Todos nos orgulhamos profundamente do catálogo que temos na Casa dos Espíritos, pois os títulos, sem exceção, desde o de estreia, *Canção da esperança*, vieram para tratar de temas originais, senão inéditos, ou com enfoque singular: HIV/aids na época do famigerado grupo de risco; corpo mental e duplo etérico em detalhes, no livro *Medicina da alma*, quando apenas referências breves tinham sido feitas a seu respeito na literatura espírita, por André Luiz... E assim por diante, passando por *Tambores de Angola* e *Aruanda*, os romances *best-sellers* de Ângelo Inácio, que abordam de modo corajoso, respectivamente, a umbanda e o espiritismo sob a perspectiva histórica, e o trabalho de pretos- -velhos, exus e caboclos sob a ótica espírita. Inúmeras pedradas nos custaram tais publicações. No entanto, muito mais relevantes são o gozo e a satisfação de saber que temos dado nossa contribuição efetiva para a quebra de tabus e o fim de preconceitos, de forma a fazer ruir a mentalidade tacanha, antiga e decadente que persiste no pensamento de um bocado de espantalhos e seu séquito, que têm em Kardec um estranho, desconhecendo por completo a essência de sua atitude pioneira.

É por essas e outras que estamos aqui a destacar alguns pontos que merecem observação mais detida nesta obra que publicamos — *Legião: um olhar sobre o reino das sombras*, de Robson Pinheiro pelo espírito Ângelo Inácio.

Primeiramente, é preciso comentar que há conteúdo relevante nos romances desse autor espiritual. À semelhança do que defende Yvonne do Amaral Pereira em uma de suas obras de relatos autobiográficos, *Devassando o invisível*, no capítulo intitulado *Romances mediúnicos*,[2] acreditamos que esse tipo de texto tem a finalidade de seduzir o

---

[2] Cf. PEREIRA, Yvonne. *Devassando o invisível*. 1ª ed. esp. Rio de Janeiro: FEB, 2004. p. 121-150.

leitor, pela forma narrativa e cativante, para temas fundamentais da doutrina espírita. Nada contra historietas de amor medieval, ou então de paixões lancinantes no Antigo Egito, que se repetem no mundo contemporâneo — o enredo por excelência dos folhetins psicografados... Mal e mal apresentam a reencarnação, e é inevitável indagar, ao virar cada página, onde foram parar as discussões que interessam ao espiritismo. Seja como for, todos os livros têm seu papel, e, afinal, a liberdade de expressão é das mais nobres e prezadas conquistas da humanidade, ou de parte dela, que de fato goza dessa prerrogativa. Não pretendemos dela abrir mão, nem ressuscitar o *index prohibitorum* — que, mesmo transcorridos tantos anos desde que *O livro dos espíritos* foi para a fogueira em Barcelona, ainda no séc. XIX, a mando da Santa Inquisição, lamentavelmente está tão em voga em alguns redutos espíritas, mas agora perpetrado pelos seus próprios adeptos.

Com gratidão aos céus, entretanto, nossos livros, que editamos na Casa dos Espíritos, não têm nada daquela temática convencional. Não consistem em simples entretenimento; muito pelo contrário, trazem cultura espiritual. Nesse sentido, os romances de Ângelo querem mirar temas da espiritualidade sob enfoques *o-ri-gi-nais*. Se não por esse critério, o da originalidade, por que outro motivo algo deve merecer a publicidade? Não desejamos chover no molhado, nem imprimir palavras ao vento, que somem das prateleiras e morrem, no máximo, na segunda tiragem, ou mesmo antes disso, escondidas atrás da poeira, no estoque de livros da própria editora. (Conhecem a piada corrente no meio editorial, no Brasil? Vá lá, um pouco de entretenimento não faz mal. Sabe como o editor comete suicídio? Pula da pilha de encalhes!)

Em segundo lugar, especificamente em *Legião*, ganha relevo a brincadeira, ou melhor, o passeio que Ângelo faz pelos diversos estilos de escrita. Alterna narrativas eletrizantes com descrições detalhadas, discursos longos com diálogos breves, aulas formais com bate-papos coloquiais, formas consagradas na redação de livros espíritas — à moda de André Luiz e suas reportagens —, e nos presenteia com a poesia exuberante do capítulo final. É interessante notar que o autor não avisa, em momento algum, que assim procederá, muito embora recomende atenção às entrelinhas — mais importantes, num certo sentido, que as palavras que compõem sua obra, segundo diz. De acordo com o que pudemos especular, com base na convivência com os espíritos da apaixonante equipe que nos tutela os passos, a intenção dele é "afrouxar" a ortodoxia que tomou conta da avaliação das comunicações espíri-

514

tas, ou mediúnicas, como dizemos hoje. Engessamos os espíritos, esquecendo o princípio que perpassa o texto de Kardec — notadamente, sobre esse particular, no capítulo *Da identidade dos espíritos*.[3] Em seu lugar, adotamos o seguinte critério: "Para ser de fulano de tal, *tem que* ser assim, assado". Ora, não é o fim do mundo? Fazemos o espírito refém de sua personalidade, seja enquanto encarnado, caso tenha nome conhecido, seja considerando a história de sua produção medianímica. Acaso aos espíritos é vedado o direito de mudança interior, que se reflete na escolha de novos temas e estilos? Isso vale não só para a literatura, mas para outras formas de expressão mediúnica, como a pintura e as artes, de modo geral. Situação análoga costuma ocorrer com atores profissionais, segundo frequentemente reclamam, convidados somente para um tipo de papel, quando através dele conseguiram alcançar fama ou reconhecimento.

Há que se certificar, primeiramente, do que vem a ser estilo, coisa que muitos estudiosos espíritas ignoram, e, em seguida, compreender que esse é apenas *um* dos elementos para julgar a procedência de uma comunicação. Há outros parâmetros a serem levados em conta. Do contrário, onde estaria

---

[3] In: KARDEC. *O livro dos médiuns...* Op. cit. p. 376-403, itens 255-268.

o espaço para a flexibilidade? Onde, a maleabilidade que os médiuns devem oferecer, na medida do possível? No extremo oposto, estão os médiuns rígidos, classificados como *exclusivos*, sobre os quais Kardec é taxativo, ao reproduzir passagem, provavelmente dos espíritos de Erasto ou Sócrates: "É mais um defeito [a falta de maleabilidade] do que uma qualidade e muito próximo da obsessão".[4]

Além da razão citada, que é uma provocação indireta, embora clara, com referência a nossos maneirismos e preconceitos na prática espírita, devemos pontuar outras razões para a opção pela diversidade de estilos. O autor espiritual é profícuo e criativo e, justamente por ter padecido do engessamento a que nos referimos anteriormente, como jornalista e escritor que foi, em sua experiência física mais recente, hoje quer usufruir da liberdade que a vida espiritual lhe oferece, desvinculado da crítica literária e das convenções mundanas a que esteve submetido. Basta olhar sua produção mediúnica, ainda que somente através de Robson Pinheiro, para se ter uma ideia do que está sendo dito, acerca da multiplicidade de facetas por ele apresentadas. Intenta também, com essa providência, escapar a qualquer intenção de identificação de

---

[4] Ibidem, p. 274, item 192.

sua personalidade nos anais da literatura, reserva mantida até em respeito a diversos de seus familiares, que permanecem encarnados.

Como fator seguinte, que enumeramos em terceiro lugar, deve-se salientar que há diversos ângulos possíveis para se estudar o livro *Legião*, alguns deles mais evidentes ao leitor atento, especialmente num segundo exame. Por exemplo, o relacionamento entre o médium e seus amparadores espirituais. Nada de perfeição ou santidade, em nenhum dos lados, mas de superação dos medos e limites de cada um. Nada de linguagem sisuda ou excessivamente formal, mas interação condizente com a realidade atual e o relacionamento de amizade e afeto que une ambas as partes. Nada de mentores sabe-tudo, como alguns imaginam, que orientam o mínimo gesto, mas atmosfera de colaboração ativa, em que há campo para iniciativa de todas as partes. Ser mais experiente, ou *evoluído*, como talvez prefiram os ortodoxos, não implica conhecer tudo nem ter, na ponta da língua, solução antecipada para todos os desafios e percalços da jornada; tampouco significa certeza absoluta de acerto, nem extinção do espaço para sugestões dos aprendizes. O processo de ensino e aprendizagem, como sabem os educadores, é via de mão dupla, em qualquer contexto em que ocorra.

É possível apontar ainda um conjunto de informações que perpassa toda a obra, da primeira à última linha, com relação à descrição do panorama extrafísico. Ao contrário do que muitos insistem em postular, o cotidiano da tarefa espiritual não é "todo mental", nem baseado na lógica do "basta querer, que, se a vontade for firme, acontece". Estão aí dois grandes engodos nascidos sabe-se lá onde, mas que vigem com tenacidade no meio espiritualista. Não só não é assim, como a realidade está bastante longe disso, e com muito mais propriedade nas esferas mais densas, materializadas, astrais. Quer uma prova cabal do que defendemos? Vamos a algumas perguntas indutivas sobre o "basta querer". Se fosse do modo como querem alguns, por que não estaria a humanidade livre por completo de mazelas e sofrimentos? Porventura alguém deseja penar com ardor, consciente e indefinidamente? Se basta querer, por que motivo você ainda não concluiu a propalada *reforma íntima* do jargão espírita brasileiro, expurgando todos os conflitos internos? E mais: por que não é tudo cor-de-rosa no panorama mundial? Acaso os espíritos superiores, da esfera de Jesus, não querem um planeta feliz? Ou será que sua vontade não é suficientemente forte?

Analisando agora a primeira afirmativa: Por que os espíritos verdadeiramente superiores precisariam trabalhar conosco e com nossos benfeitores espirituais, se tudo está no âmbito mental? Por que, com o poder da mente, eles não socorrem os espíritos no umbral, à distância, apenas com a irradiação de seu pensamento magnânimo? Onde ficaria nosso aprendizado, se assim sucedesse? Chega de falácias! Devemos conhecer melhor os mecanismos da realidade extrafísica.

Poderíamos ainda discorrer longamente sobre tudo o mais que Ângelo, Pai João e Jamar ricamente trazem em seu *Legião*, apontando detalhes e nuances, mas aí estaríamos subestimando a inteligência do leitor, bem como estendendo o propósito deste artigo, de posfácio para apostila... Nossa intenção é, sobretudo, instigar a reflexão e provocar o debate, de tal maneira que, ao chegar ao fim desta obra, ela não vá parar em sua estante, relegada ao pó. Que se aproveite o manancial fértil que tem para oferecer, e se desperte o desejo de conhecer, aprofundar, estudar mais, formar grupos de discussão... Enfim, ir além da superficialidade, que ameaça condenar os dias atuais, solapando os melhores esforços para o crescimento.

Levante polêmicas, questione, ainda que seja para discordar, para reforçar sua convicção em pontos de vista contraditórios ao que está aqui exposto. Ótimo! Que sem graça seria o mundo caso pensássemos todos de forma igual. Ou, pior, se tivéssemos que nos privar de emitir nossa opinião porque divergir implica estar "mal assistido" ou obsidiado, como sugerem alguns religiosos fanáticos, e levasse necessariamente a brigas e contendas. É tempo de amadurecer. É hora de reencontrar Kardec, esquecido em emboloradas bibliotecas do centro espírita. Ele, o homem da ousadia, da troca de ideias, da argumentação fundamentada, das perguntas intrépidas — que fizeram o parto de *O livro dos espíritos* — e das respostas brilhantes aos contraditores, reunidas na *Revista espírita* e sintetizadas em *O que é o espiritismo*?[5]

Despedimo-nos com um até logo, convidando-o a ficar atento aos volumes II e III da trilogia *O reino das sombras*. Ângelo ainda tem muito mais para chacoalhar, tanto nas estruturas do astral inferior, como nas próprias sombras da nossa intimidade.

---

[5] KARDEC. *O que é o espiritismo*. Tradução de Guillon Ribeiro. 1ª ed. esp. Rio de Janeiro: FEB, 2005.

Referências bibliográficas

AZEVEDO, José Lacerda. *Espírito/matéria*: novos horizontes para a medicina. Porto Alegre: Casa do Jardim. 8ª ed. rev. ampl., 2005.

BÍBLIA SAGRADA. *Nova Versão Internacional*, 1993/2000. São Paulo: Ed. Vida.

BÍBLIA. *Edição contemporânea da tradução de João Ferreira de Almeida*. São Paulo: Ed. Vida, 2004.

DICIONÁRIO Houaiss da Língua Portuguesa. Rio de Janeiro, RJ: Objetiva, 2004.

KARDEC, Allan. *A gênese, os milagres e as predições segundo o espiritismo*. Tradução de Guillon Ribeiro. 1ª ed. esp. Rio de Janeiro: FEB, 2005.

_____. *O Evangelho segundo o espiritismo*. Tradução de Guillon Ribeiro. 120ª ed. esp. Rio de Janeiro: FEB, 2002.

_____. *O livro dos médiuns* ou guia dos médiuns e dos evocadores. Tradução de Guillon Ribeiro. 71ª ed. Rio de Janeiro: FEB, 2003.

_____. *Obras póstumas*. Tradução de Guillon Ribeiro. 1ª

ed. esp. Rio de Janeiro: FEB, 2005.

_____. *O que é o espiritismo*. Tradução de Guillon Ribeiro. 1ª ed. esp. Rio de Janeiro: FEB, 2005.

_____. *Revista espírita*: jornal de estudos psicológicos. Rio de Janeiro: FEB, 2004/2005. Tradução de Evandro Noleto Bezerra. 12 v. Ano I (1858) a XII (1869).

_____. *O livro dos espíritos*. 1ª ed. esp. Rio de Janeiro: FEB, 2005.

*LÉVI, Eliphas. *Dogma e ritual da alta magia*. São Paulo: Pensamento, 2003.

*MAES, Hercílio. Pelo espírito Ramatis. *Magia de redenção*. 13ª ed. Limeira: Conhecimento, 2006.

MIRANDA, Hermínio. *Diálogo com as sombras*. 21ª ed. Rio de Janeiro: FEB, 2006.

PEREIRA, Yvonne do Amaral. *Devassando o invisível*. 1ª ed. esp. Rio de Janeiro: FEB, 2004 (ed. original: 1963).

PINHEIRO, Robson. Pelo espírito Ângelo Inácio. *Aruanda*: um romance espírita sobre pretos-velhos e caboclos. 13ª ed. rev. ampl. Contagem: Casa dos Espíritos, 2011. (Segredos de Aruanda, 2.)

_____. Pelo espírito Ângelo Inácio. *Senhores da escuridão*. 2ª ed. Contagem: Casa dos Espíritos, 2008. (O Reino das Sombras, 2.)

_____. Pelo espírito Joseph Gleber. *Além da matéria*: uma ponte entre ciência e espiritualidade. Contagem: Casa dos Espíritos, 2003/2011.

_____. Pelo espírito Pai João de Aruanda. *Magos negros*.

Contagem: Casa dos Espíritos, 2011.

_____. Pelo espírito W. Voltz. *Corpo fechado*. Contagem: Casa dos Espíritos, 2009.

*RUSCH, Kristine Kathryn. SMITH, Dean Wesley. *The Tenth Planet*. New York: Del Rey, 1999-2000. 3 vol.[1]

XAVIER, Francisco Cândido e VIEIRA, Waldo. Pelo espírito André Luiz. *Evolução em dois mundos*. 20ªed. Rio de Janeiro: FEB, 2002.

XAVIER, Francisco Cândido. Pelo espírito André Luiz. *Libertação*. 2ª ed. esp. Rio de Janeiro: FEB, 2010.

_____. Pelo espírito André Luiz. *Nosso lar*. Rio de Janeiro: FEB, 1943.

---

[1] Os itens marcados com (*) são indicações de aprofundamento feitas pelo autor espiritual.

Transcenda-se. Para o catálogo completo, acesse www.casadosespiritos.com

TAMBORES DE ANGOLA | *Coleção Segredos de Aruanda, vol. 1*
EDIÇÃO REVISTA E AMPLIADA | A ORIGEM HISTÓRICA DA UMBANDA E DO ESPIRITISMO | ROBSON PINHEIRO *pelo espírito Ângelo Inácio*

O trabalho redentor dos espíritos – índios, negros, soldados, médicos – e de médiuns que enfrentam o mal com determinação e coragem. Nesta edição revista e ampliada, 17 anos e quase 200 mil exemplares depois, Ângelo Inácio revela os desdobramentos dessa história em três capítulos inéditos, que guardam novas surpresas àqueles que se deixaram tocar pelas curimbas e pelos cânticos dos pais-velhos e dos caboclos.

ISBN: 978-85-99818-36-7 • ROMANCE MEDIÚNICO • 2015 • 256 PÁGS. • BROCHURA • 16 X 23CM

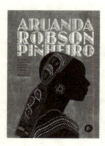

ARUANDA | *Coleção Segredos de Aruanda, vol. 2*
UM ROMANCE ESPÍRITA SOBRE PAIS-VELHOS, ELEMENTAIS E CABOCLOS
ROBSON PINHEIRO *pelo espírito Ângelo Inácio*

Por que as figuras do negro e do indígena – pretos-velhos e caboclos –, tão presentes na história brasileira, incitam controvérsia no meio espírita e espiritualista? Compreenda os acontecimentos que deram origem à umbanda, sob a ótica espírita. Conheça a jornada de espíritos superiores para mostrar, acima de tudo, que há uma só bandeira: a do amor e da fraternidade.

ISBN: 978-85-99818-11-4 • ROMANCE MEDIÚNICO • 2004 • 245 PÁGS. • BROCHURA • 16 X 23CM

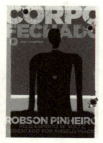

CORPO FECHADO | *Coleção Segredos de Aruanda, vol. 3*
ROBSON PINHEIRO *pelo espírito W. Voltz, orientado pelo espírito Ângelo Inácio*

Reza forte, espada-de-são-jorge, mandingas e patuás. Onde está a linha divisória entre verdade e fantasia? Campos de força determinam a segurança energética. Ou será a postura íntima? Diante de tantas indagações, crenças e superstições, o espírito Pai João devassa o universo interior dos filhos que o procuram, apresentando casos que mostram incoerências na busca por proteção espiritual.

ISBN: 978-85-87781-34-5 • ROMANCE MEDIÚNICO • 2009 • 303 PÁGS. • BROCHURA • 16 X 23CM

Legião | *Trilogia O Reino das Sombras, vol. 1*
UM OLHAR SOBRE O REINO DAS SOMBRAS
ROBSON PINHEIRO *pelo espírito Ângelo Inácio*

Veja de perto as atividades dos representantes das trevas, visitando as regiões subcrustais na companhia do autor espiritual. Sob o comando dos dragões, espíritos milenares e voltados para o mal, magos negros desenvolvem sua atividade febril, organizando investidas contra as obras da humanidade. Saiba como os enfrentam esses e outros personagens reais e ativos no mundo astral.

ISBN: 978-85-99818-19-0 • ROMANCE MEDIÚNICO • 2006 • 502 PÁGS. • BROCHURA • 14 X 21CM

Senhores da escuridão | *Trilogia O Reino das Sombras, vol. 2*
ROBSON PINHEIRO *pelo espírito Ângelo Inácio*

Das profundezas extrafísicas, surge um sistema de vida que se opõe às obras da civilização e à política do Cordeiro. Cientistas das sombras querem promover o caos social e ecológico para, em meio às guerras e à poluição, criar condições de os senhores da escuridão emergirem da subcrosta e conduzirem o destino das nações. Os guardiões têm de impedi-los, mas não sem antes investigar sua estratégia.

ISBN: 978-85-87781-31-4 • ROMANCE MEDIÚNICO • 2008 • 676 PÁGS. • BROCHURA • 14 X 21CM

A marca da besta | *Trilogia O Reino das Sombras, vol. 3*
ROBSON PINHEIRO *pelo espírito Ângelo Inácio*

Se você tem coragem, olhe ao redor: chegaram os tempos do fim. Não o famigerado fim do mundo, mas o fim de um tempo – para os dragões, para o império da maldade. E o início de outro, para construir a fraternidade e a ética. Um romance, um testemunho de fé, que revela a força dos guardiões, emissários do Cordeiro que detêm a propagação do mal. Quer se juntar a esse exército?

ISBN: 978-85-99818-08-4 • ROMANCE MEDIÚNICO • 2010 • 640 PÁGS. • BROCHURA • 14 X 21CM

Além da matéria
Uma ponte entre ciência e espiritualidade
Robson Pinheiro *pelo espírito Joseph Gleber*

Exercitar a mente, alimentar a alma. *Além da matéria* é uma obra que une o conhecimento espírita à ciência contemporânea. Um tratado sobre a influência dos estados energéticos em seu bem-estar, que lhe trará maior entendimento sobre sua própria saúde. Físico nuclear e médico que viveu na Alemanha, o espírito Joseph Gleber apresenta mais uma fonte de autoconhecimento e reflexão.

ISBN: 978-85-99818-13-8 • SAÚDE E MEDIUNIDADE • 2003/2011 • 320 PÁGS. • BROCHURA • 16 X 23CM

Medicina da alma
Saúde e medicina na visão espírita
Robson Pinheiro *pelo espírito Joseph Gleber*

Com a experiência de quem foi físico nuclear e médico, o espírito Joseph Gleber, desencarnado no Holocausto e hoje atuante no espiritismo brasileiro, disserta sobre a saúde segundo o paradigma holístico, enfocando o ser humano na sua integralidade. Edição revista e ampliada, totalmente em cores, com ilustrações inéditas, em comemoração aos 150 anos do espiritismo [1857-2007].

ISBN: 978-85-87781-25-3 • SAÚDE E MEDIUNIDADE • 1997 • 254 PÁGS. • CAPA DURA E EM CORES • 17 X 24CM

A alma da medicina
Robson Pinheiro *pelo espírito Joseph Gleber*

Com a autoridade de um físico nuclear que resolve aprender medicina apenas para se dedicar ao cuidado voluntário dos judeus pobres na Alemanha do conturbado período entre guerras, o espírito Joseph Gleber não deixa espaço para acomodação. Saúde e doença, vida e morte, compreensão e exigência, sensibilidade e firmeza são experiências humanas cujo significado clama por revisão.

ISBN: 978-85-99818-32-9 • SAÚDE E MEDIUNIDADE • 2014 • 416 PÁGS. • BROCHURA • 16 X 23CM

Consciência
Em mediunidade, você precisa saber o que está fazendo
Robson Pinheiro *pelo espírito Joseph Gleber*

Já pensou entrevistar um espírito a fim de saciar a sede de conhecimento sobre mediunidade? Nós pensamos. Mais do que saciar, Joseph Gleber instiga ao tratar de materialização, corpo mental, obsessões complexas e apometria, além de animismo – a influência da alma do médium na comunicação –, que é dos grandes tabus da atualidade.

ISBN: 978-85-99818-06-0 • SAÚDE E MEDIUNIDADE • 2007 • 288 PÁGS. • BROCHURA • 16 X 23CM

Energia
Novas dimensões da bioenergética humana
Robson Pinheiro *sob orientação dos espíritos Joseph Gleber, André Luiz e José Grosso*

Numa linguagem clara e direta, o médium Robson Pinheiro faz uso de sua experiência de mais de 25 anos como terapeuta holístico para ampliar a visão acerca da saúde plena, necessariamente associada ao conhecimento da realidade energética. Anexo com exercícios práticos de revitalização energética, ilustrados passo a passo.

ISBN: 978-85-99818-02-2 • SAÚDE E MEDIUNIDADE • 2008 • 238 PÁGS. • BROCHURA • 16 X 23CM

Apocalipse
Uma interpretação espírita das profecias
Robson Pinheiro *pelo espírito Estêvão*

O livro profético como você nunca viu. O significado das profecias contidas no livro mais temido e incompreendido do Novo Testamento, analisado de acordo com a ótica otimista que as lentes da doutrina espírita proporcionam. O autor desconstrói as imagens atemorizantes das metáforas bíblicas e as decodifica.

ISBN: 978-85-87781-16-1 • JESUS E O EVANGELHO • 1997 • 272 PÁGS. • BROCHURA • 16 X 23CM

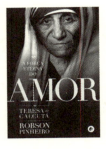

A FORÇA ETERNA DO AMOR
ROBSON PINHEIRO *pelo espírito Teresa de Calcutá*

"O senhor não daria banho em um leproso nem por um milhão de dólares? Eu também não. Só por amor se pode dar banho em um leproso". Cidadã do mundo, grande missionária, Nobel da Paz, figura inspiradora e controvertida. Desconcertante, veraz, emocionante: esta é Teresa. Se você a conhece, vai gostar de saber o que pensa; se ainda não, prepare-se, pois vai se apaixonar. Pela vida.

ISBN: 978-85-87781-38-3 • AUTOCONHECIMENTO • 2009 • 318 PÁGS. • BROCHURA • 16 X 23CM

PELAS RUAS DE CALCUTÁ
ROBSON PINHEIRO *pelo espírito Teresa de Calcutá*

"Não são palavras delicadas nem, tampouco, a repetição daquilo que você deseja ouvir. Falo para incomodar". E é assim, presumindo inteligência no leitor, mas também acomodação, que Teresa retoma o jeito contundente e controvertido e não poupa a prática cristã de ninguém, nem a dela. Duvido que você possa terminar a leitura de *Pelas ruas de Calcutá* e permanecer o mesmo.

ISBN: 978-85-99818-23-7 • AUTOCONHECIMENTO • 2012 • 368 PÁGS. • BROCHURA • 16 X 23CM

MULHERES DO EVANGELHO
E OUTROS PERSONAGENS TRANSFORMADOS PELO ENCONTRO COM JESUS
ROBSON PINHEIRO *pelo espírito Estêvão*

A saga daqueles que tiveram suas vidas transformadas pelo encontro com Jesus, contadas por quem viveu na Judeia dos tempos do Mestre. O espírito Estêvão revela detalhes de diversas histórias do Evangelho, narrando o antes, o depois e o que mais o texto bíblico omitiu a respeito da vida de personagens que cruzaram os caminhos do Rabi da Galileia.

ISBN: 978-85-87781-17-8 • JESUS E O EVANGELHO • 2005 • 208 PÁGS. • BROCHURA • 14 X 21CM

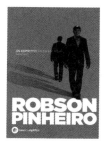

OS ESPÍRITOS EM MINHA VIDA
ROBSON PINHEIRO editado por Leonardo Möller

Relacionar-se com os espíritos. Isso é mediunidade, muito mais do que simples fenômenos. A trajetória de um médium e sua sintonia com os Imortais. As histórias, as experiências e os espíritos na vida de Robson Pinheiro. Inclui CD: os espíritos falam na voz de Robson Pinheiro: Joseph Gleber, José Grosso, Palminha, Pai João de Aruanda, Zezinho e Exu Veludo.

ISBN: 978-85-87781-32-1 • MEMÓRIAS • 2008 • 380 PÁGS. • BROCHURA • 16 X 23CM

OS DOIS LADOS DO ESPELHO
ROBSON PINHEIRO pelo espírito de sua mãe Everilda Batista

Às vezes, o contrário pode ser certo. Questione, duvide, reflita. Amplie a visão sobre a vida e sobre sua evolução espiritual. Aceite enganos, trabalhe fraquezas. Não desvie o olhar de si mesmo. Descubra seu verdadeiro reflexo, dos dois lados do espelho. Everilda Batista, pelas mãos de seu filho Robson Pinheiro. Lições da mãe e da mulher, do espírito e da serva do Senhor. Uma amiga, uma professora nos dá as mãos e nos convida a pensar.

ISBN: 978-85-99818-22-0 • AUTOCONHECIMENTO • 2004/2012 • 208 PÁGS. • BROCHURA • 16 X 23CM

SOB A LUZ DO LUAR
UMA MÃE NUMA JORNADA PELO MUNDO ESPIRITUAL
ROBSON PINHEIRO pelo espírito de sua mãe Everilda Batista

Um clássico reeditado, agora em nova edição revista. Assim como a Lua, Everilda Batista ilumina as noites em ajuda às almas necessitadas e em desalento. Participando de caravanas espirituais de auxílio, mostra que o aprendizado é contínuo, mesmo depois desta vida. Ensina que amar e servir são, em si, as maiores recompensas da alma. E que isso é a verdadeira evolução.

ISBN: 978-85-87781-35-2 • ROMANCE MEDIÚNICO • 1998 • 264 PÁGS. • BROCHURA • 14 X 21CM

O PRÓXIMO MINUTO
ROBSON PINHEIRO *pelo espírito Ângelo Inácio*

Um grito em favor da liberdade, um convite a rever valores, a assumir um ponto de vista diferente, sem preconceitos nem imposições, sobretudo em matéria de sexualidade. Este é um livro dirigido a todos os gêneros. Principalmente àqueles que estão preparados para ver espiritualidade em todo comportamento humano. É um livro escrito com coração, sensibilidade, respeito e cor. Com todas as cores do arco-íris.

ISBN: 978-85-99818-24-4 • ROMANCE MEDIÚNICO • 2012 • 473 PÁGS. • BROCHURA • 16 X 23CM

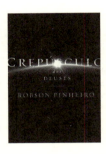

CREPÚSCULO DOS DEUSES
UM ROMANCE HISTÓRICO SOBRE A VINDA
DOS HABITANTES DE CAPELA PARA A TERRA
ROBSON PINHEIRO *pelo espírito Ângelo Inácio*

Extraterrestres em visita à Terra e a vida dos habitantes de Capela ontem e hoje. A origem dos dragões – espíritos milenares devotados ao mal –, que guarda ligação com acontecimentos que se perdem na eternidade. Um romance histórico que mistura cia, fbi, ações terroristas e lhe coloca frente a frente com o iminente êxodo planetário: o juízo já começou.

ISBN: 978-85-99818-09-1 • ROMANCE MEDIÚNICO • 2002 • 403 PÁGS. • BROCHURA • 16 X 23CM

MAGOS NEGROS
MAGIA E FEITIÇARIA SOB A ÓTICA ESPÍRITA
ROBSON PINHEIRO *pelo espírito Pai João de Aruanda*

O Evangelho conta que Jesus amaldiçoou uma figueira, que dias depois secou até a raiz. Por qual razão a personificação do amor teria feito isso? Você acredita em feitiçaria? – eis a pergunta comum. Mas será a pergunta certa? Pai João de Aruanda, pai-velho, ex-escravo e líder de terreiro, desvenda os mistérios da feitiçaria e da magia negra, do ponto de vista espírita.

ISBN: 978-85-99818-10-7 • AUTOCONHECIMENTO • 2011 • 394 PÁGS. • CAPA DURA • 16 X 23CM

NEGRO
ROBSON PINHEIRO *pelo espírito Pai João de Aruanda*

A mesma palavra para duas realidades diferentes. Negro. De um lado, a escuridão, a negação da luz e até o estigma racial. De outro, o gingado, o saber de um povo, a riqueza de uma cultura e a história de uma gente. Em Pai João, a sabedoria é negra, porque nascida do cativeiro; a alma é negra, porque humana – mistura de bem e mal. As palavras e as lições de um negro-velho, em branco e preto.

ISBN: 978-85-99818-14-5 • AUTOCONHECIMENTO • 2011 • 256 PÁGS. • CAPA DURA • 16 X 23CM

SABEDORIA DE PRETO-VELHO
REFLEXÕES PARA A LIBERTAÇÃO DA CONSCIÊNCIA
ROBSON PINHEIRO *pelo espírito Pai João de Aruanda*

Ainda se escutam os tambores ecoando em sua alma; ainda se notam as marcas das correntes em seus punhos. Sinais de sabedoria de quem soube aproveitar as lições do cativeiro e elevar-se nas asas da fé e da esperança. Pensamentos, estórias, cantigas e conselhos na palavra simples de um pai-velho. Experimente sabedoria, experimente Pai João de Aruanda.

ISBN: 978-85-99818-05-3 • AUTOCONHECIMENTO • 2003 • 187 PÁGS. • BROCHURA COM ACABAMENTO EM ACETATO • 16 X 23CM

PAI JOÃO
LIBERTAÇÃO DO CATIVEIRO DA ALMA
ROBSON PINHEIRO *pelo espírito Pai João de Aruanda*

Estamos preparados para abraçar o diferente? Qual a sua disposição real para escolher a companhia daquele que não comunga os mesmos ideais que você e com ele desenvolver uma relação proveitosa e pacífica? Se sente a necessidade de empreender tais mudanças, matricule-se na escola de Pai João. E venha aprender a verdadeira fraternidade. Dão o que pensar as palavras simples de um preto-velho.

ISBN: 978-85-87781-37-6 • AUTOCONHECIMENTO • 2005 • 256 PÁGS. • BROCHURA COM CAIXA • 16 X 23CM

Quietude
ROBSON PINHEIRO *pelo espírito Alex Zarthú*

Faça as pazes com as próprias emoções.
Com essa proposta ao mesmo tempo tão singela e tão abrangente, Zarthú convida à quietude. Lutar com os fantasmas da alma não é tarefa simples, mas as armas a que nos orienta a recorrer são eficazes. Que tal fazer as pazes com a luta e aquietar-se?

ISBN: 978-85-99818-31-2 • AUTOCONHECIMENTO • 2014 • 192 PÁGS. • CAPA FLEXÍVEL • 17 x 24CM

Serenidade
ROBSON PINHEIRO *pelo espírito Alex Zarthú*

Já se disse que a elevação de um espírito se percebe no pouco que fala e no quanto diz. Se é assim, Zarthú é capaz de pôr em xeque nossa visão de mundo sem confrontá-la; consegue despertar a reflexão e a mudança em poucos e leves parágrafos, em uma ou duas páginas. Venha conquistar a serenidade.

ISBN: 978-85-99818-27-5 • AUTOCONHECIMENTO • 1999/2013 • 176 PÁGS. • BROCHURA • 17 x 24CM

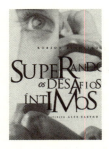

Superando os desafios íntimos
A NECESSIDADE DE TRANSFORMAÇÃO INTERIOR
ROBSON PINHEIRO *pelo espírito Alex Zarthú*

No corre-corre das cidades, a angústia e a ansiedade tornaram-se tão comuns que parecem normais, como se fossem parte da vida humana na era da informação; quem sabe um preço a pagar pelas comodidades que os antigos não tinham? A serenidade e o equilíbrio das emoções são artigos de luxo, que pertencem ao passado. Essa é a realidade que temos de engolir? É hora de superar desafios íntimos.

ISBN: 978-85-87781-24-6 • AUTOCONHECIMENTO • 2000 • 200 PÁGS. • BROCHURA COM SOBRECAPA EM PAPEL VEGETAL COLORIDO • 14 X 21CM

CIDADE DOS ESPÍRITOS | *Trilogia Os Filhos da Luz, vol. 1*
ROBSON PINHEIRO *pelo espírito Ângelo Inácio*

Onde habitam os Imortais, em que mundo vivem os guardiões da humanidade? É um sonho? Uma miragem? Não! É Aruanda, a cidade dos espíritos, onde orientadores evolutivos do mundo vivem, trabalham e, de lá, partem para amparar, socorrer, influenciando os destinos dos homens muito mais do que estes imaginam.

ISBN: 978-85-99818-25-1 • ROMANCE MEDIÚNICO • 2013 • 460 PÁGS. • BROCHURA • 16 X 23CM

OS GUARDIÕES | *Trilogia Os Filhos da Luz, vol. 2*
ROBSON PINHEIRO *pelo espírito Ângelo Inácio*

Se a justiça é a força que impede a propagação do mal, há de ter seus agentes. Quem são os guardiões? A quem é confiada a responsabilidade de representar a ordem e a disciplina, de batalhar pela paz? Cidades espirituais tornam-se escolas que preparam cidadãos espirituais. Os umbrais se esvaziam; decretou-se o fim da escuridão. E você, como porá em prática sua convicção em dias melhores?

ISBN: 978-85-99818-28-2 • ROMANCE MEDIÚNICO • 2013 • 474 PÁGS. • BROCHURA • 16 X 23CM

OS IMORTAIS | *Trilogia Os Filhos da Luz, vol. 3*
ROBSON PINHEIRO *pelo espírito Ângelo Inácio*

Os espíritos nada mais são que as almas dos homens que já morreram. Os Imortais ou espíritos superiores também já tiveram seus dias sobre a Terra, e a maioria deles ainda os terá. Portanto, são como irmãos maisvelhos, gente mais experiente, que desenvolveu mais sabedoria, sem deixar, por isso, de ser humana. Por que haveria, então, entre os espiritualistas tanta dificuldade em admitir esse lado humano? Por que a insistência em ver tais espíritos apenas como seres de luz, intocáveis, veneráveis, angélicos, até, completamente descolados da realidade humana?

ISBN: 978-85-99818-29-9 • ROMANCE MEDIÚNICO • 2013 • 443 PÁGS. • BROCHURA • 16 X 23CM

Encontro com a vida
Robson Pinheiro *pelo espírito Ângelo Inácio*

"Todo erro, toda fuga é também uma procura." Apaixone-se por Joana, a personagem que percorre um caminho tortuoso na busca por si mesma. E quem disse que não há uma nova chance à espreita, à espera do primeiro passo? Uma narrativa de esperança e fé — fé no ser humano, fé na vida. Do fundo do poço, em meio à venda do próprio corpo e à dependência química, ressurge Joana. Fé, romance, ajuda do Além e muita perseverança são os ingredientes dessa jornada. Emocione-se... Encontre-se com Joana, com a vida.

ISBN: 978-85-99818-30-5 • ROMANCE MEDIÚNICO • 2001/2014 • 304 PÁGS. • BROCHURA • 16 X 23CM

Canção da esperança
A TRANSFORMAÇÃO DE UM JOVEM QUE VIVEU COM AIDS
Robson Pinheiro *pelo espírito Franklim*
CONTÉM ENTREVISTA E CANÇÕES COM O ESPÍRITO CAZUZA.

O diagnóstico: soropositivo. A aids que se instala, antes do coquetel e quando o preconceito estava no auge. A chegada ao plano espiritual e as descobertas da vida que prossegue. Conheça a transformação de um jovem que fez da dor, aprendizado; do obstáculo, superação. Uma trajetória cheia de coragem, que é uma lição comovente e um jato de ânimo em todos nós. Prefácio pelas mãos de Chico Xavier.

ISBN: 978-85-99818-33-6 • ROMANCE MEDIÚNICO • 1995/2002/2014 • 320 PÁGS. • BROCHURA • 16 x 23CM

Faz parte do meu show
A TRAJETÓRIA DE UM ARTISTA EM BUSCA DE SI MESMO
Robson Pinheiro *orientado pelo espírito Ângelo Inácio*

Um livro que fala de coragem, de arte, de música da alma, da alma do rock e do rock das almas. Deixe-se encantar por quem encantou multidões. Rebeldia somada a sexo, drogas e muito *rock'n'roll* identificam as pegadas de um artista que curtiu a vida do seu jeito: como podia e como sabia. Orientado pelo autor de *A marca da besta*.

ISBN: 978-85-99818-07-7 • ROMANCE MEDIÚNICO • 2004/2010 • 181 PÁGS. • BROCHURA • 14 X 21CM

O FIM DA ESCURIDÃO | *Série Crônicas da Terra, vol.1*
REURBANIZAÇÕES EXTRAFÍSICAS
ROBSON PINHEIRO *pelo espírito Ângelo Inácio*

Os espíritos milenares que se opõem à política divina do Cordeiro – do *amai-vos uns aos outros* – enfrentam neste exato momento o fim de seu tempo na Terra. É o sinal de que o juízo se aproxima, com o desterro daquelas almas que não querem trabalhar por um mundo baseado na ética, no respeito e na fraternidade.

ISBN: 978-85-99818-21-3 • ROMANCE MEDIÚNICO • 2012 • 400 PÁGS. • BROCHURA • 16 X 23CM

OS NEPHILINS | *Série Crônicas da Terra, vol.2*
A ORIGEM DOS DRAGÕES
ROBSON PINHEIRO *pelo espírito Ângelo Inácio*

Receberam os humanoides a contribuição de astronautas exilados em nossa mocidade planetária, como alegam alguns pesquisadores? Podem não ser Enki e Enlil apenas deuses sumérios, mas personagens históricos? Desse universo em que fatalmente se entrelaçam ficção e realidade, mito e fantasia, ciência e filosofia, emerge uma história que mergulha nos grandes mistérios.

ISBN: 978-85-99818-34-3 • ROMANCE MEDIÚNICO • 2014 • 480 PÁGS. • BROCHURA • 16 X 23CM

O AGÊNERE | *Série Crônicas da Terra, vol.3*
ROBSON PINHEIRO *pelo espírito Ângelo Inácio*

Há uma grande batalha em curso. Sabemos que não será sem esforço o parto da nova Terra, da humanidade mais ciente de suas responsabilidades, da bíblica Jerusalém. A grande pergunta: com quantos soldados e guardiões do eterno bem podem contar os espíritos do Senhor, que defendem os valores e as obras da civilização?

ISBN: 978-85-99818-35-0 • ROMANCE MEDIÚNICO • 2015 • 384 PÁGS. • BROCHURA • 16 X 23CM

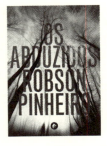

OS ABDUZIDOS | *Série Crônicas da Terra, vol. 4*
ROBSON PINHEIRO *pelo espírito Ângelo Inácio*

A vida extraterrestre provoca um misto de fascínio e temor. Sugere explicações a avanços impressionantes, mas também é fonte de ameaças concretas. Em paralelo, Jesus e a abdução de seus emissários próximos, todos concorrendo para criar uma só civilização: a humanidade.

ISBN: 978-85-99818-37-4 • ROMANCE MEDIÚNICO • 2015 • 464 PÁGS. • BROCHURA • 16 X 23CM

VOCÊ COM VOCÊ
MARCOS LEÃO *pelo espírito Calunga*

Palavras dinâmicas, que orientam sem pressionar, que incitam à mudança sem engessar nem condenar, que iluminam sem cegar. Deixam o gosto de uma boa conversa entre amigos, um bate-papo recheado de humor e cheiro de coisa nova no ar. Calunga é sinônimo de irreverência, originalidade e descontração.

ISBN: 978-85-99818-20-6 • AUTOAJUDA • 2011 • 176 PÁGS. • CAPA FLEXÍVEL • 16 X 23CM

TRILOGIA O REINO DAS SOMBRAS | *Edição definitiva*
ROBSON PINHEIRO *pelo espírito Ângelo Inácio*

As sombras exercem certo fascínio, retratado no universo da ficção pela beleza e juventude eterna dos vampiros, por exemplo. Mas e na vida real? Conheça a saga dos guardiões, agentes da justiça que representam a administração planetária. Edição de luxo acondicionada em lata especial. Acompanha entrevista com Robson Pinheiro, em cd inédito, sobre a trilogia que já vendeu 200 mil exemplares.

ISBN: 978-85-99818-15-2 • ROMANCE MEDIÚNICO • 2011 • LATA COM *LEGIÃO, SENHORES DA ESCURIDÃO, A MARCA DA BESTA* E CD CONTENDO ENTREVISTA COM O AUTOR

Responsabilidade Social

A Casa dos Espíritos nasceu, na verdade, como um braço da Sociedade Espírita Everilda Batista, instituição beneficente situada em Contagem, MG. Alicerçada nos fundamentos da doutrina espírita, expostos nos livros de Allan Kardec, a Casa de Everilda sempre teve seu foco na divulgação das ideias espíritas, apresentando-as como caminho para libertar a consciência e promover o ser humano. Romper preconceitos e tabus, renovando e transformando a visão da vida: eis a missão que a cumpre com cursos de estudo do espiritismo, palestras, tratamentos espirituais e diversas atividades, todas gratuitas e voltadas para o amparo da comunidade. Eis também os princípios que definem a linha editorial da Casa dos Espíritos. É por isso que, para nós, responsabilidade social não é uma iniciativa isolada, mas um compromisso crucial, que está no DNA da empresa. Hoje, ambas instituições integram, juntamente com a Clínica Holística Joseph Gleber e a Aruanda de Pai João, o projeto denominado Universidade do Espírito de Minas Gerais — UniSpiritus —, voltado para a educação em bases espirituais [*www.everildabatista.org.br*].

**Quem enfrentará o mal
a fim de que a justiça prevaleça?
Os guardiões superiores
estão recrutando agentes.**

COLEGIADO DE GUARDIÕES DA HUMANIDADE
por Robson Pinheiro

FUNDADO PELO MÉDIUM, terapeuta e escritor espírita Robson Pinheiro no ano de 2011, o Colegiado de Guardiões da Humanidade é uma iniciativa do espírito Jamar, guardião planetário.

Com grupos atuantes em mais de 10 países, o Colegiado é uma instituição sem fins lucrativos, de caráter humanitário e sem vínculo político ou religioso, cujo objetivo é formar agentes capazes de colaborar com os espíritos que zelam pela justiça em nível planetário, tendo em vista a reurbanização extrafísica por que passa a Terra.

Conheça o Colegiado de Guardiões da Humanidade. Se quer servir mais e melhor à justiça, venha estudar e se preparar conosco.

PAZ, JUSTIÇA E FRATERNIDADE
www.guardioesdahumanidade.org